# ଗାୟତ୍ରୀ ସରାଫ୍ଙ୍କ

# ପ୍ରେମଗଳ୍ପ

## ଗାୟତ୍ରୀ ସରାଫ୍

**VIDYA**
PUBLISHING INC.

ବିଦ୍ୟା ପବ୍ଲିଶିଙ୍

ଟରୋଣ୍ଟୋ, କାନାଡ଼ା ॥ ଭୁବନେଶ୍ୱର, ଓଡ଼ିଶା

ଗାୟତ୍ରୀ ସରାଫ୍‌ଙ୍କ ପ୍ରେମଗଳ୍ପ

| ଲେଖିକା | : ଗାୟତ୍ରୀ ସରାଫ୍‌ |
| ପ୍ରକାଶକ | : ଡ. ତନ୍ମୟ ପଣ୍ଡା, ଡ. ସୁନନ୍ଦା ମିଶ୍ର ପଣ୍ଡା |
| | ବିଦ୍ୟା ପବ୍ଲିଶିଙ୍ଗ୍ ଇଙ୍କ, ଟରୋଣ୍ଟୋ, କାନାଡ଼ା |
| ପ୍ରଥମ ସଂସ୍କରଣ | : ଜାନୁୟାରୀ, ୨୦୨୫ |


......................................................................................

## GAYATRI SARAF NKA PREMAGALPA

by Gayatri Saraf

**ISBN : 978-1-99847-549-0**



| First Edition | : January, 2025 |
| Published by | : Dr. Tanmay Panda & Dr. Sunanda Mishra Panda |
| | Vidya Publishing Inc., |
| | Toronto, Canada \|\| Bhubaneswar, Odisha |
| Website | : www.vidyapublishing.com |
| Email | : vidyapublishinginc@gmail.com |
| Cell | : +1 6478389884 |
| Odisha Contact | : Nirmalya Garden, Plot 516/1719, House 10, |
| | KIIT Post Office, Patia, Bhubaneswar - 751024 |
| Cell | : +91 8984131810 |
| Cover Design | : Dr. Tanmay Panda |
| Printed at | : Biswanath Enterprises, India |

**Price** **: ₹ 250/-**

# ସୂଚୀପତ୍ର



□□

# ଆଖି

ସବୁ ଦିଶୁଛି କୁହୁଡ଼ା, କୁହୁଡ଼ା ।

ଯେଉଁ ଜିନିଷକୁ ନିରେଖି ଦେଖିଲେ ବି ବାରି ହେଉ ନାହିଁ ଜିନିଷଟା କଣ । ଏମିତି କି ଚାରିପଟେ ମୋ ଯତ୍ନ ନେଉଥିବା ଲୋକମାନଙ୍କର ମୁହଁଗୁଡ଼ାକ ବି ଅସ୍ପଷ୍ଟ ଦିଶୁଛି । ଭୁଲ୍‍, ସେ ମୁହଁଗୁଡ଼ିକର ନୁହେଁ; ଭୁଲ୍‍, ମୋ ଆଖିର । ବୟସର ବୟସ୍କ ଆଉଁଶା ମୋ ଶରୀରକୁ ବାର୍ଦ୍ଧକ୍ୟ ଦେଇଛି । ସାରା ଶରୀରର ଚମ ସବୁ କୁଞ୍ଚିତ । ନିଃଶ୍ୱାସଟା ନେଲାବେଳେ ପବନଗୁଡ଼ାକ ଝଡ଼ ଭଲି ପଶେ ଆଉ ବାହାରେ । ବାହାରିବା ବେଳେ ସମଗ୍ର ସତ୍ତାକୁ ଦୋହଲାଇ ଦେଇଯାଏ । ଦେହଟା ଅଛି ବୋଲି କହିଲେ ମୁଁ କେବଳ ଯନ୍ତ୍ରଣାକୁ ବୁଝେ ଯନ୍ତ୍ରଣା ଓ ମୃତ୍ୟୁ ମୋ ପାଇଁ କେବଳ ଗୋଟେ ରୁପା କଏନ୍‍ର ଏପଟ ସେପଟ । ସେଇ ଦିକ୍‍ଦିକ୍‍ ଜଳୁଥିବା ପ୍ରାଣଟି କିନ୍ତୁ ସ୍ୱପ୍ନ ଦେଖିବା ଛାଡ଼େନି ବରଂ ବେଶୀ ବେଶୀ ସକ୍ରିୟ ହୋଇ ଉଠେ ।

ମୋ ଅଜାଣତରେ ମୁଁ ଖୁବ୍‍ ପାଟି କରିଥିଲି ଅସହ୍ୟ ଯନ୍ତ୍ରଣା ପାଇଁ । ହଠାତ୍‍, ଝାପ୍ସା, ଝାପ୍ସା ଦେଖାଗଲା ଧଳା ପୋଷାକ ପିନ୍ଧା କେହି ଜଣେ ମୋ ଦେହରେ ଇଞ୍ଜେକ୍‍ସନ୍‍ ଦେଉଛି ଓ ନିଶ୍ଚିତ ଜଣେ ନର୍ସ । ଇଞ୍ଜେକ୍‍ସନ୍‍ ଦେଇସାରି ସେ ପଚାରିଲେ–

ସାର୍‍ ! ଏବେ କେମିତି ଲାଗୁଛି ?

ବହୁତ କଷ୍ଟ ହେଉଛି ।

ଇଞ୍ଜେକ୍ସନ୍ ଦେଇଛି ଭଲ ଲାଗିବ ।

ମତେ ସବୁ ଝାପ୍‍ସା ଲାଗୁଛି । ମୋ ଚଷମାଟା ଟିକେ ଆଣିଦେବ ?

ଦେଉଛି ସାର୍ । କହି ସାଂଗେ ସାଂଗେ ସେ ଚଷମାଟା ଆଣି ମୋ ଆଖ୍‍ରେ ପିନ୍ଧେଇ ଦେଲେ, ହସି ହସି ପଚାରିଲେ,

ଏବେ ଦିଶିଲା ? ମତେ ଦେଖ୍ ପାରୁଛନ୍ତି ?

ମୁଣ୍ଡ ଟୁଙ୍ଗାରି ମୁଁ ହଁ କଲି । କିନ୍ତୁ ସେ ମୁହଁକୁ ଦେଖ୍‍ଲାପରେ ଆଶ୍ଚର୍ଯ୍ୟ ହୋଇଗଲି ଓ ଭାରି ଆପଣାର ଲାଗିଲା ସେ ମୁହଁ । ସ୍ମିତହସର ମୁହଁ ଭିତରେ ଝଟ୍‍କୁଥିବା ଦିଇଟା ଆଖ୍ ହଠାତ୍ ମତେ ଟାଣିନେଇ ଫୋପାଡ଼ି ଦେଲା ମୋ ଜୀବନର କୈଶୋରରେ । ଇଏ କଣ ଦେଖୁଛି ? ନିଜକୁ ବିଶ୍ଵାସ କରି ପାରୁ ନ ଥିଲି । ସତରେ କଣ ଇଏ ସେଇ ଆଖ୍ ? ଯେଉଁ ଆଖ୍ ଦିଇଟାକୁ ନେଇ ଦୀର୍ଘ ପଚାଶ ବର୍ଷ ଧରି ମୁଁ ଜିଇ ଆସିଛି ? ଜୀବନରେ ଅତତଃ ଆଜି ସେ ଆଖ୍‍କୁ ଚିହ୍ନିବାରେ କେବେ ଭୁଲ୍ ହେବନି, କୁହାଯାଏ ସିଧା ଆମ୍ଭ ସାଙ୍ଗରେ ଆଖ୍‍ର ସଂଯୋଗ ଥାଏ । ଆଖ୍ ହିଁ ଆମ୍ଭାର ଏକ ପ୍ରତିବିମ୍ବ ।

ସେ ଆଖ୍‍ରୁ ମୋ ନଜର ହଟୁ ନ ଥାଏ । ହଜିଯାଉଥାଏ ମୁଁ ସେଇ ଆଖ୍‍ରେ ଆଉ ମୋତେ ମୋ ଜୀବନର ସେଇ ଅଭୁଲା ଉପତ୍ୟକାରେ ନେଇ ଠିଆ କରିଦେଇଥିଲା ସେ ।

•

ସ୍କୁଲରୁ ଆସୁ ଆସୁ ସେଦିନ ବସ୍ତାନି ପକେଇ ଝଟ୍‍ସେ ଗୁଡ଼ି ଆଉ ନଟି ନେଇ ବାହାରିଗଲି । ଦଉଡ଼ିଲି ଆମ ସୁବର୍ଣ୍ଣମୁଣ୍ଠିଆ ଆଡ଼କୁ । ସେତେବେଳେ ଅଖ୍, ପପ୍ପୁ, ସାନୁ ମାନେ ପହଞ୍ଚିସାରି ଗୁଡ଼ି ଉଠେଇଲେଣି ଓ ତାଙ୍କୁ ଦେଖ୍ ଜୋରରେ ଦଉଡ଼ିଗଲି । ଗୁଡ଼ି ଉଡ଼େଇବା ଆରମ୍ଭ କଲି । ସମସ୍ତେ ଜାଣନ୍ତି ଗୁଡ଼ି ଉଠେଇବାରେ ମୁଁ ମାଷ୍ଟର । ନଟି ଛାଡ଼ି ଗୁଡ଼ି ଉଠିଲା ଉପରକୁ ଉପରକୁ, ଶେଷରେ ନଟିର ସବୁ ସୂତା ଛାଡ଼ିଦେଲି । ସମସ୍ତଙ୍କ ଗୁଡ଼ିର ତିନିଗୁଣା ଉଚ୍ଚତାରେ ଉଡୁଥିଲା ମୋ ଗୁଡ଼ି । ବାଦଲ ଆଉ ତିର୍ଯ୍ୟକ୍ ସୂର୍ଯ୍ୟ କିରଣର ସ୍ଵପ୍ନିଲ ଝଲାକାରେ ପହଁରି ବୁଲୁଥିଲା ସେ ।

କିଛି ସମୟ ପରେ ମୋ ଚାରିପଟରୁ ଶୁଭୁଥିବା କୁହାଟ୍ ଓ କୁରୁଲା ଆଓ୍ଜ ଗୁଡ଼ିକ ଧୀରେ ଧୀରେ ଅସ୍ପଷ୍ଟ ହୋଇଗଲା। ଲାଲ୍ ଗୁଡ଼ିର ଉଚ୍ଚତା ସାଙ୍ଗରେ ମୋ ମନକୁ କେତେବେଳେ ହଜେଇ ଦେଇଥିଲି ଜାଣେନା। ଅତିକ୍ରମ କରି ଯାଉଥିବା ବାଦଲଗୁଡ଼ିକ ବି ମୋ ଚପଲ ମନକୁ ସ୍ୱପ୍ନରେ ଭିଜେଇ ଦେଇ ଯାଉଥିଲା। ତଳେ ଅସଂଖ୍ୟ ଜନବସତି ଭିତରେ ମୋ ମନ, ନିରେଖି ଖୋଜୁଥିଲା ଫ୍ରକ୍ପିନ୍ଧା ଜଣେ ଅନାମିକା ଝିଅକୁ। ମନେ ହେଉଥିଲା କୋଉ ଏକ ଅନନ୍ତ ଦ୍ୱୀପ ଭିତରେ ମୋର ହଜିଯାଇଥିବା ମୁକ୍ତା ଖୋଜୁଛି ମୁଁ ସବୁ ଖାଲି ଧୂଆଁ ଧୂଆଁ ଅଥଚ ଅସରନ୍ତି ଯାତ୍ରା। ସବୁ ବାସ୍ତବ ଓ ଅବାସ୍ତବର ପ୍ରହେଲିକା ଅତିକ୍ରମି ଯାଇଥିଲା ସାତପରସ୍ତ ମନ ତଳର ଅନୁଭୂତିକୁ ଛୁଇଁଥିବା ଦୁଇଟି ସରଳ, ନିଷ୍କପଟ ଆଖିଟ ମୁକ୍ତା ପରି ଝଟକୁଥିବା ସେ ଆଖିକୁ ଛାଡ଼ିଦେଲେ ମୋ ପାଇଁ ବାକି ଦୁନିଆ ଅଦୃଶ୍ୟ ହୋଇଯାଉଥିଲା।

ହଠାତ୍ ନଟିର ସୂତା ଢିଲା ପଡ଼ିବା ଅନୁଭବ କଲି। ଦେଖେତ ପପୁ ମୋ ଗୁଡ଼ି କାଟି ଦେଇଛି। ବାକି ସବୁ କୁରୁଲି କୁରୁଲି ଚିତ୍କାର କରୁଛନ୍ତି। ମୋ ସ୍ୱପ୍ନ ବି ଢିଲାପଡ଼ିଗଲା। ଆକାଶରୁ ଦୁଲ୍ କରି କଟାଡ଼ି ହୋଇ ପଡ଼ିଥିଲି ନିଜ ଉପରେ, ତମାମ୍ ହୋସ୍ ଠିକଣାକୁ ଆସିଯାଇଥିଲା। କିନ୍ତୁ ସ୍ୱପ୍ନଟା ସେତେବେଳଯାଏ ଆଖିକୁ ରଙ୍ଗିନ କରି ରଖିଥିଲା।

ମନ୍ଦିରର ଘଣ୍ଟି ବାଜିଉଠିଲା। ବୋଉ କଥା ମନେ ପଡ଼ିଲା। ତାଗିଦ୍ କରିଥିଲା ସେ ''ଘଣ୍ଟି ବାଜିବା ଆଗରୁ ଘରେ ଆସି ପହଞ୍ଚିବୁ। ନ ହେଲେ ବାପା ପାଟି କରିବେ।'' ଘରକୁ ଫେରିଲି। ହାତ ଗୋଡ଼ ଧୋଇ ବହି ଖୋଲି ବସିଗଲି କିନ୍ତୁ ମନଟା ଛିଣ୍ଡା ଗୁଡ଼ିର ଅଡ଼ୁଆ ସୂତା ପରି ଛନ୍ଦାଛନ୍ଦି ହୋଇ ଯାଉଥିଲା, ମନ ଭିତରେ ଯାହା ଚାଲୁ ପଢ଼େ ଆଖିକୁ ଅକ୍ତିଆର କରି ନେଇଥିଲା ସେଇ କଅଁଳ ମୁହଁ। ସ୍ମୃତିରୁ ଉତାରିବା ପାଇଁ କାଗଜ ଉପରେ ପେନ୍‌ସିଲ୍ ଗାରେଇ ତାର ସ୍ୱରୂପ ପାଇବାକୁ କେତେ ଯେ ପ୍ରୟାସ କରିଛି ମୁଁ କିନ୍ତୁ ଆଙ୍କି ହୋଇଥିବା ଗଡ଼ା ଅଗଡ଼ା ଆଖି ମୋ ଅପାରଗତାକୁ ତାଚ୍ଛଲ୍ୟ କରିଥିଲା। ବିରକ୍ତିରେ କାଗଜଗୁଡ଼ିକୁ ଲୋଚାକୋଚା କରି ବୋଉ ରାନ୍ଧୁଥିବା ଚୁଲି ଭିତରକୁ ଫୋପାଡ଼ି ଦେଲି। ଜଳିଯାଉଥିବା ଅଧାଆଙ୍କା ଆଖି ବିଦାୟ ନେଲା ବେଳେ ଯେମିତି କହୁଥିଲେ— ''ତୁମେ ଖୋଜୁଥିବା ଆଖି ସାରା ଦୁନିଆଁ ଭିତରେ ଈଶ୍ୱରଙ୍କ ଏକମାତ୍ର ସୃଷ୍ଟି, ପାରିବ ତ ଖୋଜିନିଅ। ତମ ଭିତରର ଅମାନିଆ ପ୍ରଗଲ୍ଭତା ନିର୍ବାଣ ପାଇଯିବ।''

ତା ପରଦିନ ସକାଳ । ସ୍କୁଲ୍ ସମୟର ବହୁ ଆଗରୁ ବହି ବସ୍ତାନି ଧରି ଏକ ନିଃଶ୍ୱାସରେ ଦଉଡ଼ିଲି ଘାଟ ଆଡ଼କୁ । ସାନଘାଟରେ ସବୁଦିନ ପାର ହୋଇ ସାନନଇ ସେପଟର ସ୍କୁଲକୁ ଯାଏ । ମତେ ସମ୍ମୋହିତ କରିଥିବା ସେ ଦିଠିଟା ଆଖି ବି ସେଇ ଡଙ୍ଗାରେ ଯାଏ । ସେଥିପାଇଁ ସବୁଦିନ ମୁଁ ଯଥେଷ୍ଟ ଆଗରୁ ପହଞ୍ଚିଯାଏ ଯେମିତି ମୋ ଆଗରୁ ସେ ଚାଲି ନ ଯାଏ । ଯେତେବେଳ ଯାଏ ସେ ଆସି ନ ଥାଏ ମୁଁ ବାହାନା ବନେଇ ସେମିତି ଠିଆ ହୋଇଥାଏ । ଘାଟୁଆ ତା ଭିତରେ ଚାରି ପାଞ୍ଚଥର ଲୋକଙ୍କୁ ପାର କରି ସାରିଥାଏ, ସେଦିନ କିନ୍ତୁ ମୁଁ ପହଞ୍ଚିବା ବେଳକୁ ତା ବାପାର ହାତ ଧରି ସେ ଠିଆ ହୋଇଥିଲା । ଡଙ୍ଗା ଆସି ଲାଗିଲା । ସେ ତା ବାପା ସାଙ୍ଗରେ ଯାଇ ବସିଲା । ମୁଁ ବି ସୁଯୋଗ ନେଇ ସାମ୍ନାରେ ପାଖାପାଖି ବସିଗଲି । ଡଙ୍ଗା ଘାଟ ଛାଡ଼ିଲା, ମୁଁ ମୋ ବସ୍ତାନିକୁ ଠିକଣା ଜାଗାରେ ରଖୁ ରଖୁ ଅନୁମାନ କଲି ମତେ ସେ ନିରେଖି ଚାହୁଁଛି । ମୋ ଆଖି ତା ଆଖିରେ ପଡୁ ପଡୁ ଦୁହେଁ ହଜିଗଲୁ । ଟିକେ ବି ପଲକ ପଡୁ ନଥାଏ ତାର ଡଙ୍ଗା ଦୋହଲିବା ଭିତରେ କୂଳ ଦୋହଲୁଥାଏ ନଈ ଦୋହଲୁଥାଏ । ଆକାଶ ଦୋହଲୁଥାଏ । କିନ୍ତୁ ଦୁଇଯୋଡ଼ା ଆଖି ସ୍ଥିର ରହିଥାଏ । ଅପଲକ ଚାହାଣି ଦେଇ ଦୁଇଟି ସ୍ୱପ୍ନିଳ ଆତ୍ମା ଆମ୍ଭସ୍ତ । ହଠାତ୍ ନାଉରିଆର ପାଟି ଶୁଭିଲା ।

ଜଲ୍‌ଦି ଓହ୍ଲା..... ଭାଇ ଘାଟ ଲାଗିଲା ଓହ୍ଲା... ଓହ୍ଲା...

ଡଙ୍ଗା ଯାଇ ଘାଟରେ ବାଡ଼େଇ ହେଲା ସେଇ ଝଟ୍‌କାରେ ଆଖିଯୋଡ଼ା ବିଚ୍ୟୁତ ହୋଇଗଲେ । ସବୁ ଲୋକ ଓହ୍ଲେଇବା ଭିତରେ ବି ମୋର ନଜର ହଟୁ ନ ଥାଏ । ତା ବାପା ତାର ହାତଧରି ଓହ୍ଲେଇଗଲେ । ସେ କିନ୍ତୁ ବୁଲି ବୁଲି ବାରମ୍ବାର ପଛକୁ ଚାହୁଁଥାଏ । ନାଉରୀ ହାତକୁ ପଇସାଟା ବଡ଼େଇ ଦେଇ କ୍ଷିପ୍ର ଗତିରେ ମୁଁ ଚାଲିବା ଆରମ୍ଭ କଲି । କିଛି ବାଟ ପରେ, ବଜାର ଶେଷରେ ତାର ପ୍ରାଇମେରୀ ସ୍କୁଲ ଆସିଲା । ବାପା ସାଙ୍ଗରେ ସ୍କୁଲ ହତା ଭିତରକୁ ସେ ପଶିଗଲା । ପାଚେରି ଯୋଗୁଁ ଆଉ କିଛି ଦେଖି ହେଲାନି । ବ୍ୟାକୁଳତାରେ କିଛି ସମୟ ପାଇଁ ଆଖି ବନ୍ଦ କରିଦେଲି । ଅନ୍ତର୍ମନରେ ବାରମ୍ବାର ପ୍ରତିବିମ୍ବିତ ହୋଇ ଜୀବନ୍ତ ପ୍ରାୟ ମନେ ହେଉଥିବା ତା ଆଖିର ପ୍ରତିରୂପକୁ ଦେଖିପାରୁଥିଲି । ଆଉ ଅମାନିଆ ଓଠ ମୋର ପ୍ରସାରିତ ହୋଇ ମନ୍ଦ ମନ୍ଦ ହସୁଥିଲା । ଘଣ୍ଟା ବାଜିଲା । ପିଅନ ଆସି

ଫାଟକ ବନ୍ଦ କରିଦେଲା । ଲାଗିଲା, ଫାଟକ ସେପାଖରେ ମୋର ମନ ଆଉ ଏ ପାଖରେ ମୋ ସ୍କୁଲ ଆଡ଼କୁ ଭାରି ପାଦ ନେଇ ଆଗୋଉଥିବା ଏଇ ମୋର ଦେହ । ସ୍କୁଲ ବେଞ୍ଚରେ ଗୁମ୍ ହୋଇ ବସିଥାଏ । ଅନ୍ୟମନସ୍କ, ବହୁତ ଅନ୍ୟମନସ୍କ, ସାରା କ୍ଲାସରୁମରେ କୋଲାହଲ, ହସରୋଲ ଆଉ ସେମାନଙ୍କ ଉଚ୍ଚଗଲାରେ ପାଠପଢ଼ା । ସବୁ କିଛି ବରଫ ପାଲଟି ଯାଉଥିଲା ମୋ ପାଇଁ, ଦୁନିଆଟା ଲାଗୁଥିଲା ନିରବ । ନିରବ । ପିରିୟଡ୍ ପରେ ପିରିୟଡ୍, ସ୍କୁଲ ସମୟ ସରି ଆସିଲା । ଛୁଟି ଘଣ୍ଟିର ପ୍ରଥମ ଠନ୍ ବେଳକୁ ମୁଁ ହତା ପାର ହୋଇ ସାରିଥିଲି । ଏକା ନିଃଶ୍ୱାସେ ଆସି ପହଞ୍ଚିଗଲି ତା ସ୍କୁଲ ପାଖରେ । ପିଅନ ଆସି ମେଲା କରିଦେଲା ଫାଟକଟା ।

୦୫... ଯେମିତି ମୋ ମନ ଓ ଦେହ ମଝିର ତାଲାଟା ଖୋଲିଗଲା । ଝିଲ୍‌ମିଲ୍ ତାରା ପରି ଏବେ ଅସଂଖ୍ୟ ଆଖି ମାଡ଼ି ଆସିବେ ହୋହଲ୍ଲା କରି । ତା ଭିତରେ ଉଙ୍କି ଉଠିବ ମୋ ସ୍ୱପ୍ନର ଚନ୍ଦ୍ରମା । କିନ୍ତୁ ଏଇ କଣ ? ସବୁ ତାରା ଭାସିଗଲେଣି, ଚନ୍ଦ୍ରମାର ଦେଖା ନାହିଁ ? ବ୍ୟାକୁଳତାର ବାଦଲ ଘୋଟିଗଲା ମୋ ମନ ଆକାଶରେ । ସ୍କୁଲଟା ସାରା ଫାଙ୍କା ହେଇ ସାରିଲାଣି । ଆଗରୁ ଯାଇ କାଲେ ଘାଟ ପାର ହୋଇଯିବ ଭାବି ଏକମୁହାଁ ଦଉଡ଼ି ପହଞ୍ଚିଗଲି ଘାଟ ପାଖରେ । ସବୁ ଲୋକ ବସି ଯାଇଥାନ୍ତି ସେ କିନ୍ତୁ ନଜର ଆସିଲାନି । ଉଦ୍‌ବିଗ୍ନ ହୋଇ ଏପଟ ସେପଟ ଖୋଜି ହେଲି କିଛି ସମୟ ହଠାତ୍ ଦେଖିଲି ଡଙ୍ଗାର ଗୋଟେ କୋଣରେ ତା ବାପା କୋଲରେ ଚାଦର ଘୋଡ଼ି ହୋଇ ବସିଛି ସେ, ଆଉ ତା ବାପା ତାର ମୁଣ୍ଡକୁ ଆଉଁଶୁଥାନ୍ତି, କଲେ ବଲେ, କଉଶଲେ ଯାଇ ତାଠୁ ଟିକେ ଦୂରରେ ଠିଆ ହେଲି । ଡଙ୍ଗା, ଘାଟ ଛାଡ଼ିଦେଲା । ମୋ ଆଖି ଖୋଜୁଥିଲା ମୋ ମନର ଘାଟ । କିନ୍ତୁ ଏ କଣ ? ସେ ଆଖି ବନ୍ଦ କରି ଶୋଇଥାଏ । ଥରୁଥାଏ । ବହୁତ ବିଚଲିତ ଲାଗିଲା । ପଚାରି ପାରୁ ନ ଥାଏ କିଛି, ସେମାନଙ୍କ ପାଖରେ ବସିଥିବା ବୁଢ଼ା ଜଣକ ପଚାରିଲେ, ଝିଅର ଦେହ ଭଲ ନାହିଁ କି ?

ନା ।

ଅସରନ୍ତି କୋହ ମୋ ଛାତି ଭିତରେ ଘୂର୍ଣ୍ଣିର ରୂପ ନେବା ଆରମ୍ଭ କରୁଥିଲା । ଅନୁଭବ କଲି ତା ଆଖିର ପଲକ ଭିତରେ ଯେମିତି ମୋର ସମସ୍ତ ସ୍ୱପ୍ନ ସ୍ନେହ ଓ ଭାବନା ସବୁ ନିବୁଜ ହୋଇ ଯାଇଛନ୍ତି, ସୂର୍ଯ୍ୟ ଅସ୍ତ ହୋଇ ଆସୁଥାଏ । ଘାଟରେ

ଡଙ୍ଗା ଲାଗିଲା । ସବୁ ଲୋକ ଓହ୍ଲେଇବା ଭିତରେ ତା ବାପା ଝଟ୍ କରି ଡଙ୍ଗାରୁ ଓହ୍ଲେଇଗଲେ, ତାକୁ କାନ୍ଧରେ ପକେଇ ଲମ୍ବ ଲମ୍ବ ପାଦରେ ଚାଲିବା ଆରମ୍ଭ କଲେ । ମୁଁ ବି ପାଗଲ ପ୍ରାୟ ଯନ୍ତ୍ରବତ୍ ପଛେ ପଛେ ଧାଇଁବା ପରି ଚାଲିଲି । କିଛି ବାଟ ଗଲା ପରେ ଦେଖିଲି ସେ ଆଖି ଖୋଲି ମୋତେ ଚାହିଁଛି । ଆଖି ତାର ଲୁହରେ ଭିଜି ଲାଲ୍ ଟକ୍‌ଟକ୍ ଦିଶୁଥିଲା । ମନେ ହେଉଥିଲା ଅସ୍ତଗାମୀ ଆକାଶରୁ ଲାଲ ରଙ୍ଗ ଚୋରେଇ ବଡ଼ ସରାଗରେ ମତେ ପ୍ରେମରଙ୍ଗ ଭେଟି ଦେଇଛି । ଏତିକିବେଳେ ନଇବନ୍ଧ ଛାଡ଼ି ବିଲବନ୍ଧ ଦେଇ ତା ବାପା ଦୂରକୁ ଦୂରକୁ ଚାଲିଗଲେ । ଇଏଁ ବି ପାଦ ନ ହଟେଇ ନିର୍ବାକ୍ ହୋଇ ଚାହିଁ ରହିଥାଏ ମୁଁ, ସେମାନେ ବିଲର ଗହୀର ଭିତରେ ହଜିଯିବା ଯାଏ ।

ୟା ଭିତରେ ଦଶଦିନ ଗଡ଼ି ଯାଇଥିଲା ।

ସେଦିନ ଥିଲା ଶରତ ରତୁର ଏକ ବିଳମ୍ବିତ ଅପରାହ୍ନ ।

ମଳିନ ହୋଇ ଆସୁଥିବା ଲୋହିତ ସୂର୍ଯ୍ୟର ପ୍ରକାଶରେ ସମଗ୍ର ଆକାଶ ଲାଲ୍ । ସମଗ୍ର ନଦୀ ରକ୍ତିମ ।

ତା କୂଳରେ ଲହଡ଼ି ଭାଙ୍ଗୁଥିବା କାଶତଣ୍ଟୀର ଉପତ୍ୟକା ବି ଲାଲ । ଲାଗୁଥିଲା, ମୋ ସହିତ ସମଗ୍ର ପ୍ରକୃତି ବି ଅଭିମାନରେ ଥିଲା, ନଇ ପଠାରେ କେତେ ଅପରାହ୍ନ ବିତିଯାଉଥିଲା, ପାର ହେଉଥିବା ଡଙ୍ଗାଗୁଡ଼ିକୁ ପରଖ୍ ପରଖ୍ କାଲେ ଫେରୁଥିବ କି ସେ ? ତାକୁ ନ ଦେଖ୍ ଶେଷରେ କ୍ଲାନ୍ତ ସୂର୍ଯ୍ୟ ପରି ଅବଶ ମନ ନେଇ ମୁଁ ବି ଫେରୁଥିଲି ।

ନା, ଆଉ ସହି ପାରିବିନି ।

ସେଦିନ ଚାହିଁଲି, ମୋ ଅପେକ୍ଷାର ପରିଣାମ ।

ମୋର ଏ ଅବସ୍ଥା ପାଇଁ ସମସ୍ତେ ଦାୟୀ ।

ଏ ନଇ ।

ଏ ଡଙ୍ଗା । ନାଉରିଆ ।

ଏ କାଶତଣ୍ଟୀ ବଣ ।

ଆଉ ନିଜ ଭିତରେ ତାକୁ ହଜେଇ ଦେଇଥିବା ସେ, ଗହୀର ବିଲ ବି ଦାୟୀ । ଏମିତି ନୁହେଁ ଯେ ସେଇ କେତେ ଦିନରେ, ନଈଦଣ୍ଡାରେ ଠିଆ ହୋଇ ଗହୀର ବିଲ ଆଡ଼େ ଅନାଇ, ଦିଗ୍‌ବଳୟ ଫଟେଇ ମୁଁ ଚିକ୍‌ବାର କରିନି । କିନ୍ତୁ କିଛି ଉତ୍ତର ନାହିଁ । ଆଜି ସମସ୍ତଙ୍କଠୁଁ ମୋତେ ଉତ୍ତର ଦରକାର । ବସି ରହିଥିଲି, ଘାଟ ପାଖାପାଖ୍ ଗୋଟେ ପଥରରେ, ଦେହ ସାରା କ୍ଲାନ୍ତି । ଅବଶପଣ ସୁଲୁସୁଲୁ ପବନରେ ଆଖ୍ ଲାଗିଯାଉଥିଲା । କେତେବେଲେ ଯେ ଝିଲ୍‌ମିଲ୍ ନିଦ ଟିକେ ମାଞ୍ଜ ଧରିନେଲା ଜାଣିପାରିଲିନି । ଜ୍ଞାନଶୂନ୍ୟ ହୋଇଗଲି । ସ୍ନାନ କାଲର । ଦେଖ୍ ପାରୁଥିଲି ଲହଡ଼ି ଭାଙ୍ଗୁଥିବା ସୁନେଲି କାଶତଣ୍ଡୀ ବଣ ଭିତରେ ଗୋଟେ ନାଲି ଫ୍ରକ୍ ପିନ୍ଧି, ସେ ଦଉଡୁଛି । ମତେ ବୁଲି ବୁଲି ଚାହୁଁଛି । ଡାକୁଛି, ପୁଣି ଦଉଡୁଛି । ମୁଁ ବି ହାତ ବଢ଼େଇ ତା ଆଡ଼କୁ ପାଗଲ ଭଲି ଦଉଡୁଛି, ସେ ଦୋଡ଼ି ଦୋଡ଼ି ଯାଇ ଗହନ କାଶତଣ୍ଡୀ ଭିତରେ ହଜିଯାଉଛି ।

ରହିଯା....

ବଡ଼ ପାଟିରେ ଚିକ୍‌ବାର କଲାବେଲକୁ ପଥରରୁ ଖସଡ଼ି ଯାଇ ପଡ଼ିଗଲି କାଦୁଅରେ । ଭାଙ୍ଗିଗଲା ନିଦ । ଦେହସାରା ପଙ୍କ । ସାଂଗେ ସାଂଗେ ନଈକୂଲକୁ ଗଲି ଓ ଠିଆ ହେଲି ଧୋଇ ହେବାକୁ । ଆଉ ଠିକ୍ ସେତେବେଲକୁ ଦଲେ ଚିଲ, ଶାଗୁଣା କାଁ କାଁ କରି ମୋ ମୁଣ୍ଡ ଦେଇ ଉଡ଼ିଗଲେ । କିଛି ଦୂର ଯାଇ ନଈପଠାରେ ବସି କଣ ସବୁ ଖୁଂଶି ଚାଲିଲେ । ଛାତିରୁ ଅଡ଼ଡ଼ା ଖସିଗଲା । ବୁକୁ ଫଟେଇ କେମିତି ଏକ ଅମାନିଆ କୋହ ମୋ ସମଗ୍ର ସତ୍ତାରେ ଚରିଗଲା । ଆଖ୍ ମୋର ଲୁହ ସରସର୍ ମନ, ଦେହ ବିଷଣ୍ଣ ହୋଇ ଉଠିଲା । ଛାତିଏ ପାଣିକୁ ପଶିଯାଇ ପାଣିରେ ଟିକେ ବୁଡ଼ିଗଲି । ଆଉ ଭୋ ଭୋ କାନ୍ଦିଲି । ହଠାତ୍ ଦେଖ୍‌ଲି, ପାଣି ଭିତରେ ପ୍ରଥମ ଦିନର ତାର ସେ ସତେଜ, ମୋହିନୀ ଆଖ୍ ଦିଇଟା ମତେ ଅନେଇଛି । ଅଣନିଃଶ୍ୱାସୀ ଲାଗିଲା । ସଟ୍‌କି ପାଣି ଭିତରୁ ଉଠି ପଡ଼ି ଜୋର ଜୋର ନିଃଶ୍ୱାସ ନେଇପକେଇଲି । ଠିକ୍ ସେଇ ସମୟରେ, ନିଃଶ୍ୱାସର ଶବ କାଟି ଶୁଣାଗଲା, ଝାଞ୍ଜ, ଢୋଲ, ଘଣ୍ଟ, କୀର୍ତ୍ତନ ଭିତରେ ଜୟଜୟକାର । ଦଲେ ଲୋକ ମା ଦୁର୍ଗାଙ୍କ ବିଗ୍ରହ ନଈରେ ବିସର୍ଜନ କରିବା ପାଇଁ ଆସୁଥିଲେ । ମୁଁ ସ୍ଥାଣୁ ହୋଇ ଠିଆ ହୋଇ ଦେଖୁଥିଲି ।

ସେମାନେ ଆସି ମୋଠୁ ଟିକେ ଦୂରରେ ଥିବା ଗୋଟେ ଉଚ ଜାଗାରେ ରୁଣ୍ଡ ହୋଇଗଲେ । ମା'ଙ୍କ ଜୟ ଜୟକାର ଭିତରେ ମୂର୍ତ୍ତି ତଳେ ଥୋଇଲେ । ବିସର୍ଜନ ପୂଜା ହେଲା । ଜଂଘ ପାଣିରେ ଠିଆ ହୋଇ ମୁଁ ସବୁ ଦେଖୁଥିଲି, ଦେଖୁଥିଲି ମା'ଙ୍କର ମାତୃମୁଖା ଲାଗୁଥିଲା ସେ ମୋ ଆଡ଼େ ଅନେଇଛନ୍ତି, ନିମିଷକେ ପୂଜାରୀ ଜଣକ ତାଙ୍କ ଆଖିରେ ପାଣିମାରି ଆଖି ଦିଇଟା ଲିଭେଇ ଦେଲେ । ଘଣ୍ଟାନାଦରେ ନଈକୂଳ କମ୍ପି ଉଠିଲା । ଏକ ସ୍ୱରରେ 'ଜୟ ମା ଦୁର୍ଗା'' କହି ଉପରୁ ତଳକୁ ପେଲିଦେଲେ । ମୋଠୁ ଟିକେ ଦୂରରେ ଦୁଲ୍‍କିନା ପଡ଼ିଲା । ଶେଷଥର ପାଇଁ 'ଜୟ ମା ଦୁର୍ଗା' କହି ଜଣ ଜଣ କରି ଚାଲିଗଲେ ଓ ପୂର୍ବ ପରି ଫାଙ୍କା ହୋଇଗଲା ନଈକୂଳ ହଠାତ୍ ଅନୁଭବ କଲି ମୂର୍ତ୍ତି ପଡ଼ିଥିବା ଜାଗାରେ ଭୁତୁଭୁଡ଼ୁ ହୋଇ ପାଣି ଫୋଟକା ଉପରକୁ ଉଠୁଛି । ମୁହୂର୍ତ୍ତେ ଯାଇଛି କି ନାଇଁ ମୂର୍ତ୍ତିର କିଛି ଅଂଶ ପାଣି ଉପରେ ଭାସି ଉଠିଲା । ସେଥିରେ ମା'ଙ୍କ ମୁହଁ ଦିଶୁଥିଲା । ଧୀରେ ଧୀରେ ମୁଁ ସେ ମୁହଁ ପାଖକୁ ଗଲି । ଯାଇ ପହଞ୍ଚି ଚକିତ ହୋଇଗଲି, ଦେବୀମାଙ୍କ ମୁହଁରେ ଦିଶୁଥିଲା ସେଇ ଝିଅଟିର ସଂପୂର୍ଣ୍ଣ ମୁହାଁ ଲିଭା ହେଇଥିବା ଆଖି ଦୁଇଟି ପୁଣି ଭରି ଯାଇଥିଲା । ଆଖି ତରାଟି ମତେ ପୁଣି ସେ ଚାହିଁଥିଲା.... ଓ... ସେଇ ଆଖି !

ସେଇ ଚାହାଣି !....

•

ସାର୍.. !

ନର୍ସର ଡାକରେ ମୋ ଆଖି ଖୋଲିଗଲା । ସେ ଟିକେ ନଈଁପଡ଼ି କାଢ଼ିଦେଲା ମୋ ଚଷମା । କିନ୍ତୁ ସେ ଯାଏଁ ମୁଁ ପ୍ରକୃତିସ୍ଥ ହୋଇ ନ ଥିଲି । କେଉଁ ଏକ ଅତିମାନସପଟରେ ସେ ଘାଟରେ ଠିଆହୋଇ, ସେଇ ଆଖି ଦୁଇଟିରେ ହଜିଯାଇଥିଲି । କିନ୍ତୁ ଧୀରେ ଧୀରେ ନିଜକୁ ଆବିଷ୍କାର କଲି । କୈଶୋରରୁ ଆସି ପରିଣତ ବୟସର ଏକ ମୁମୂର୍ଷୁ ଫାଟକରେ ଶଯ୍ୟାଶାୟୀ ଅଛି ମୁଁ ।

ଝାୟସା ଦିଶୁଥିବା ଆଖି ।

ନିସ୍ତବ୍ଧ ମାନସିକତା ।

ଅକ୍‌ସିଜେନ୍ ମାସ୍କରୁ ଅମ୍ଳଜାନ ନେଇ ଫୁଲୁଥିବା ଆଉ ସଙ୍କୁଚିତ ହେଉଥିବା ହୃତ୍‌ପିଣ୍ଡ ଆଉ ତା ଭିତରେ ଜୀବନ ତମାମ୍‌ର ସାଇତା ଅସଂଖ୍ୟ ଅସଂଖ୍ୟ ଭାବନା ଓ ଅନୁଭୂତି ।

ମୁଁ କହିଲେ ସାଉଁଟି ସୁଉଁଟି ବାସ୍ ଏତିକି ।

ଏତିକି ହିଁ ତ ମତେ ଜୀବନ୍ତ ବୋଲି ପ୍ରମାଣ କରୁଛି । ନ ହେଲେ ଗାର ସେପଟେ ମୋ ସହ ଜନ୍ମ ହୋଇ ଦୀର୍ଘ ବାସ୍ତରି ବର୍ଷ ଅପେକ୍ଷା କରିଥିବା ମୋର ମୃତ୍ୟୁ । ହଠାତ୍ ମୋ ଛାତି ଧଡ୍‌ଧଡ୍ ହେଲା ।

ଅଣନିଃଶ୍ୱାସୀ ଲାଗିଲା ।

ହାଲ୍‌କା ସକ୍ରିୟ ଥିବା ହାତ ହଲେଇ ସଂକେତ ଦେଲି ।

ନର୍ସ ଜଣକ ଦୌଡ଼ି ଆସିଲେ ।

ମୋର ସ୍ଥିତି ଦେଖି ବଡ଼ ପାଟିରେ ଡାକ୍ତରଙ୍କୁ ଡାକିଲେ ।

ଡାକ୍ତର ଆସିଲେ । ସାଙ୍ଗରେ ଥିଲେ ସେଇ ନର୍ସ ଯାର ମୁହଁ, ଆଖ ମତେ ଆପଣାର ଲାଗିଥିଲା । ଡାକ୍ତରଙ୍କ ନିର୍ଦ୍ଦେଶରେ ସେ ମତେ ଦୁଇଟା ଇଞ୍ଜେକ୍‌ସନ୍ ଦେଲେ । ମତେ ଚାହିଁ ରହିଲେ । ଡାକ୍ତର ଗଲା ପରେ ବି ସେ ମୋ ପାଖରେ ଠିଆ ହୋଇ ଚାହିଁ ରହିଲେ ମତେ । ମୋର ପ୍ରିୟ ଆଖି ଦିଟାକୁ ମୁଁ ବି ଚାହିଁ ରହିଲି ।

ଅନୁଭବ ହେଉଥିଲା ମୋ ସମଗ୍ର ଶରୀର ନିସ୍ତେଜ ହୋଇଆସୁଛି ।

ନିସ୍ତବ୍ଧ ହୋଇ ଆସୁଛି ଅନେକ ଅନେକ ସୂକ୍ଷ୍ମତମ ଚେତନା,

ମୋ ଆଖି କିନ୍ତୁ ସେଇ ଦି ଆଖି ସହ ସେମିତି ଲାଖି ରହିଯାଇଛି ।

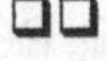

# ଦେହତନ୍ତ୍ର

ମେକ୍ଅପ୍ କିଟ୍‌ରୁ ଲାଲ୍ ଲିପିଷ୍ଟିକ୍‌ଟାକୁ ନେଇ ଆଇନା ଆଗରେ ଠିଆହେଲା ସାରିକା । ନିଖୁଣ ଭାବେ ବୋଲିଦେଲା ଓଠରେ । ପୁଣି ଓଠ ଦୁଇଟାକୁ ଚାପି ସମାନ ଭାବରେ କୋଟେଡ୍ କଲା । ନିଜକୁ ଦେଖି ନିଜେ ଖୁସି ହେଲା । ଠିକ୍ ସେବେଲକୁ ଫୋନ୍ ରିଂ ହୁଏ । ମନନ ନାଁ ଦେଖି ପଚାରେ ସେ—

: ଆଉ କେତେ ସମୟ ଲାଗିବ ?

: ଯାଉଛି ବାବା, ବ୍ୟସ୍ତ ହୁଅନି । ଆମ ହାତରେ ଢେର୍ ସମୟ ।

: ଠିକ୍ ଅଛି... ଆସ...

: କ'ଣ କରୁଛ ? ପଚାରିଲା ମନନ ।

: କିଛି ନାଇଁ । ଏଇ ତୁମ ରାଣୀକୁ ସଜେଇଥିଲି ।

: ମୋର ଫେବୋରାଇଟ୍ ଜାଗାକୁ ସଜେଇଛ ତ ?

ଟିକେ ହସିଦେଇ ସାରିକା କହିଲା—

: ହଁ ଖୁବ୍ ସୁନ୍ଦର କରି କାଜଲ ଲଗେଇଛି । ତମେ ସେଥରେ ବାରମ୍ବାର ହଜି ଯିବାଟା ନିଶ୍ଚିତ ।

: ତୁମ ପାଇଁ କ'ଣ ନେଇଯିବି ?

: ମତେ ମୋ ଶିଳ୍ପୀ ଦରକାର । ଯିଏ କି ମୋ ଜୀବନର ଉପତ୍ୟକାରେ ପ୍ରେମର ନଗରୀ ତୋଳିବ । ଯାହା ମଦମତ୍ତ ହୋଇଉଠିବ ଫୁଲ ଓ ଭଅଁରରେ ।

ମୋ ପସନ୍ଦର ଗୋଲାପ ବଗିଚାଟି ବି ଥିବ । ଏଇ କଥାଟି କହିଲା ବେଳକୁ କାଚପାତ୍ରର ପାଣି ଭିତରେ ଗୋଲାପ ପାଖୁଡ଼ା ପକେଇ ସାରି ଭାସୁଥିବା ଗୋଟେ ପରେ ଗୋଟେ ଫ୍ଲୋଟିଙ୍ଗ୍ କ୍ୟାଣ୍ଡଲ୍ ଜଳେଇ ସାରିଥାଏ ସାରିକା । ତା'ପରେ ସୁନ୍ଦର କରି ବିଛଣା ସଜେଇ ଗୋଲ ତକିଆ ରଖେ । ବେଡ଼ସିଟ୍ ଉପରେ କିଛିଟା ଗୋଲାପ ପାଖୁଡ଼ା ବିଛେଇ ଦିଏ । ତକିଆ ଉପରେ ଅଧାଶୁଆ ଅବସ୍ଥାରେ ଗଡ଼ି ସେମିତି କଥା କହି ପଙ୍ଖା ପବନରେ ଉଡ଼ୁଥିବା ତା'ର ସିଲ୍କି ବାଲ୍‌କୁ ସଜାଡ଼ି ଚାଲିଥାଏ । ମନନ ଆସି ପହଞ୍ଚିଯାଏ ଦ୍ୱାର ପାଖରେ । ଫୋନ୍ କାଟି ସାରିକା ଦଉଡ଼ି ଯାଇ ସଂଭ୍ରମେ ସ୍ୱାଗତ କଲା ତାକୁ ।

ଭିତରକୁ ଆସି ଆଣିଥିବା ଫଳ ଓ ମିଠା ରଖ଼ ଦେଉ ଦେଉ ମନନ ଭିଡ଼ିନେଲା ସାରିକାକୁ । ଲକ୍ କରିଦେଲା ଓଠରେ ଓଠକୁ । କିଛି ସମୟର ଉଷ୍ମ ଚୁମ୍ବନ ପରେ, ଲମ୍ବା ଲମ୍ବା ନିଶ୍ୱାସ ଛାଡ଼ି ଦୁଇଟି ଦେହ ଫିଟି ଆସିଲେ ପରସ୍ପରଠୁ । ମଦନଉ ଆଖିରେ ଭରି ଯାଇଥିଲା କାମନା, ବାସନାର ରକ୍ତିମ ଢେଉ । ସ୍ନାୟୁତନ୍ତ୍ରୀରେ ଖେଳିଥିଲା ଅସରନ୍ତି ଅମାନିଆ ସୁନାମୀ । ପାଖରେ ଥିବା ଛୋଟ ପଥୁରୀରୁ ଗୋଟେ ଲବଙ୍ଗ ଓ ଦୁଇଟି ଗୁଜୁରାତି ଆଣି ମନନର ପାଟିରେ ଦେଲା ସାରିକା । ମନନ ବି ସେଇ ଚିରାଚରିତ ଢଙ୍ଗରେ ବାନ୍ଧିନେଲା ତାକୁ ସାରିକା ସାଙ୍ଗରେ । ଲବଙ୍ଗର ନିଶାଖୋର ବାସ୍ନାରେ ଦିହେଁ ଟିକେ ଅଧିକ ପ୍ରଗଲ୍ଭ ହୋଇଉଠିଲେ । ଭାସମାନ ମହମବତୀର ଧୀମା ଆଲୁଅରେ ପ୍ରଣୟମୟୀ ଲାଗୁଥିଲା ସାରା ବାତାବରଣ । ନିଜକୁ ଆଉ ବେଶୀ ସମୟ ରୋକି ନ ପାରି ଦେହରୁ ସାମାଜିକତାର ଖୋଳପା ଫୋପାଡ଼ି ନେଲେ ସେମାନେ । ଏକରୁ ଏକାକାର ହୋଇଯିବା ଲକ୍ଷ୍ୟ ନେଇ ସାରିକା ନିଜର ପ୍ରେମ ନିପୁଣତାରେ ପ୍ରକୃତିସ୍ଥ ହୋଇ ଉଠୁଥିଲା ଯେମିତି, ମନନ ସେମିତି ନିଜର କଳା ନୈପୁଣ୍ୟତାର ପ୍ରମାଣ ଦେବାକୁ ଚାହୁଁଥିଲା । ଦିହେଁ ଚାଲୁଥିଲେ ଏକ ଜୈବିକ ପାରାମିଟରର ଶୀର୍ଷକୁ ଛୁଇଁଯିବା ପାଇଁ ।

ହଠାତ୍ ରିଂ ହେଲା ସାରିକାର ମୋବାଇଲ୍ । ହାତ ବଢ଼େଇ କାଟିଦେଲା ସେ । ପୁଣି ବାଜିଲା । ପୁଣି କାଟିଲା ଆଉ ଥରେ ବେଳକୁ ବିରକ୍ତିରେ ଉଠେଇଲା ସାରିକା ।

: କ'ଣ ହେଲା ? ଫୋନ୍ କାଇଁ କାଟୁଛ ? କୋଉଠି ଅଛ ?

: କିଛି ନାଇଁ... ଘରେ ଅଛି ।

: ମୁଁ ପହଞ୍ଛୁଛି । ତମେ ବାହାରିପଡ଼ । ତୁମ ପ୍ରମୋସନ୍ ଖୁସିରେ ଟିକେ ବୁଲାବୁଲି କରି ଆସିବା...

ସାରିକା କହିଲା,

: ମୋ ଦେହଟା ଭଲ ଲାଗୁନି । ଶୋଇଛି । ଅଫ୍ ଅଛି ଯଦିଓ ଉପରଓଲି ହସ୍ପିଟାଲ୍ ଯିବାକୁ ପଡ଼ିବ ।

: ସେସବୁ ମୁଁ କିଛି ଜାଣିନି । ବୁଲି ଆସିଲେ ଭଲ ଲାଗିବ । ଏଇ ମୁଁ ପହଞ୍ଚିଲି ।

ଏକ ଅସହ୍ୟ ଯନ୍ତ୍ରଣାରେ ମନନକୁ ଚାହିଁଲା ସାରିକା । ମନନ ବେଶ୍ ଅଶାନ୍ତ ଲାଗୁଥିଲା । ସେ ବୁଝି ସାରିଥିଲା ବିକ୍ରମ ଆସୁଛି । ବାହାରିଗଲା ପ୍ୟାଣ୍ଟ୍ ସାର୍ଟ ପିନ୍ଧି । ସମୟ ନଥିଲା ସାରିକା ପାଖରେ ଘରର ପୂର୍ବ ପରିବେଶ ଫେରେଇ ଆଣିବାକୁ । ବ୍ୟତିବ୍ୟସ୍ତ ହୋଇ ସେ ଗୋଲ ତକିଆ, ଭାସୁଥିବା ମହମବତୀ, ରୁମ୍ସ୍ପ୍ରେ, ଗୋଲାପୀ ଚାଦର, ଲବଙ୍ଗ, ଗୁଜୁରାତିର ପଥୁରୀ ସବୁକୁ ଗୋଟେଇ ନେଇ ପଛପଟ ରୁମର ଖଟ ଉପରେ ଗଦା କରିଦେଲା । ଆସିଲା ରୁମ୍ ବନ୍ଦ କରି, ଖୋଲା ରଖିଲା ସାମ୍ନା କବାଟ । ନିଜର ଆଉଏକ ଚୁଡ଼ିଦାର କାମିକ୍ ଧରି ପଶିଗଲା ବାଥରୁମକୁ । କବାଟ ଦେଉ ଦେଉ ବାହାରି ଆସିଲା ଗୋଟେ ଦୀର୍ଘ ନିଃଶ୍ୱାସ । ନିଜ ଭିତରେ ସେ ବିକ୍ଷିପ୍ତ ହୋଇ ପଡ଼ୁଥିଲା ଯେତିକି, ସେତିକି ପୁଣି ସଜାଡ଼ି ନେଉଥିଲା ନିଜକୁ । ହାତ ବଢ଼େଇ ସେ ସାୱାର ନବ୍କୁ ମୋଡ଼ିଦେଲା ଓ ତା'ତଳେ ଠିଆ ହୋଇଗଲା । ଟିକେ ସ୍ୱାଭାବିକ ଅବସ୍ଥାକୁ ଆସିଲା ସେ । ଡ୍ରେସ୍ ପିନ୍ଧି ବାହାରି ଆସୁ ଆସୁ ଦେଖିଲା ଡ୍ରଇଂରୁମ୍ରେ ବିକ୍ରମ । ତା'ର ଓଦାବାଳ, ପାଣି ଠୋପା ଲଗା ବାହୁକୁ ଦେଖି ମୁଢ୍ ଆସିଗଲା ବିକ୍ରମର । ବାହାନା କରି ସାରିକାକୁ କୁଣ୍ଢେଇ ଧରି କହିଲା ସେ,

: କଙ୍ଗ୍ରାଟୁଲେସନ୍ସ ଫର ୟୋର ପ୍ରମୋସନ: କହୁ କହୁ ତା' ଗାଲକୁ ଚୁମିବାକୁ ଚେଷ୍ଟା କଲା । ବିରକ୍ତ ହୋଇ ତାକୁ ଛାତିଦେଇ କହିଲା ସାରିକା,

: ଆରେ ବାବା ଛାଡ଼, ଗାଧୋଇକି ଆସିଲି ପରା । ବାହାରିବି ଜଲ୍ଦି: ସେ ଚାଲିଗଲା ଭିତରକୁ ।

ଗାୟତ୍ରୀ ସରାଫ୍

ବିକ୍ରମ କିନ୍ତୁ କହିବା ବନ୍ଦ କଲାନି । କହି ଚାଲିଥିଲା ସେ,

: ନୂଆ କ୍ୱାର୍ଟର୍ଟାକୁ ବହୁତ ବଢ଼ିଆ କରି ସଜେଇବା । ଆଗରେ ସୋ ଗଛ ସବୁ ଲଗେଇବା । କିଛି ଫୁଲ ଗଛ ବି । ନୂଆ ସୋଫାସେଟ୍ ଆସିବ । ବେଡ୍ ବି ଚେଞ୍ଜ ହେବ । ପଡ଼ିବ ଗୋଟେ ସଫ୍ଟ ଡନ୍ଲପ୍ ।

କହୁ କହୁ ସେ ଡ୍ରେସିଂ ଟେବୁଲ୍ ପାଖରେ ପହଞ୍ଚି ସାରିକାକୁ ପଛରୁ କୁଣ୍ଢେଇ ଧରି କହିଲା,

: କଅଁଳ ଗଦିରେ ସବୁଠୁ କଅଁଳ ଦେହ ଶୋଇଥବ ମୋ ବାହୁ ଭିତରେ... ଅତିଷ୍ଠ ହୋଇପଡ଼ିଲା ସାରିକା ।

: ଓହୋ... ଟିକେ ରହନା । ମତେ ବାହାରିବାକୁ ଦିଅ ଠିକ୍ । ତୁମେ ବସ । ମୁଁ ଆସୁଛି: ବିକ୍ରମ ଚାଲିଗଲା । ବାହାରେ ଥାଇ କହିଲା ବଡ଼ ପାଟିରେ,

: ଜଲ୍‌ଦି ବାହାର । ତୁମ ସ୍ତ୍ରୀଲୋକଙ୍କର ସମୟଜ୍ଞାନ ଟିକେ କମ୍ । ସବୁ କାମରେ ଡେରି ।

ଦାନ୍ତ କାମୁଡ଼ି ସାରିକା କହିଲା–

: ତୁମ ପୁରୁଷମାନେ ଖାଲି ନିଜ ଇଚ୍ଛାର ମାଲିକ । ସ୍ତ୍ରୀଲୋକଙ୍କ ମନକଥା ନ ବୁଝ ନିଜ ସ୍ୱାର୍ଥ ପାଇଁ ବେଶ୍ ପଙ୍କଚୁଆଲ୍ । ଗଲ, ଗାଡ଼ି ଷ୍ଟାର୍ଟ କର । ତାଲା ପକେଇ ଆସୁଛି ।

ବଜାର ଭିଡ଼ ।

ଗୋଟେ ଫାଷ୍ଟଫୁଡ୍ ରେଷ୍ଟୋରାଁ ।

କୋଣ ଟେବୁଲରେ ବସି ସାରିକା ଅନ୍ୟମନସ୍କ ଭାବେ ମାଞ୍ଚୁରିଆନରେ ଚାମଚ ଗୋଞ୍ଜି ଗୋଞ୍ଜି ସମୟ ବିତାଉଥିଲା । ବିକ୍ରମ ପଚାରିଲା,

: କ'ଣ ହେଇଛି, ଖାଉନ କାହିଁକି ?

: ପେଟଟା ଭଲ ଲାଗୁନି:

: ନଷ୍ଟ ହେବ । ପଇସା ଦିଆହୋଇଛି । ବାହାରକୁ ଗଲେ ଗୋଟେ ଇନୋ ପିଇଦେବ ।

ସାରିକା କିନ୍ତୁ ପାଣି ପିଇଲା, ଖାଇଲାନି ।

: ପଇସା ନଷ୍ଟ ହେଲେ ଭଲ ଲାଗେନି: ସାରିକାର ପ୍ଲେଟ୍ ନେଇ ବିକ୍ରମ ଖାଇବାରେ ଲାଗିଲା । ତା'ପରେ ବଜାର ବୁଲିବା ଭିତରେ ଗୋଟେ ନାଇଟି କିଣିଲା ସାରିକା । ବିକ୍ରମ ସେବେଳକୁ କହିଲା, 'ଚାଲ ପାର୍କରେ ଟିକେ ବସି ଆସିବା...'

: ପେଟ୍ ଖରାପ କହିଲି ନା, ମୁଁ ରେଷ୍ଟ କରିବାକୁ ଚାହେଁ...

: ପାର୍କ ଗେଟ୍ ପାଖରେ ଲେମ୍ବୁପାଣି ଓ ଜଳଜିରା ସର୍ବତ ବିକ୍ରି ହୁଏ । ପିଇଲେ ଭଲ ଲାଗିବ ।

ପାର୍କ ଆଡ଼କୁ ଗାଡ଼ି ବୁଲିଲା । ପାକିଁରେ ରହିଲା । ଭାରି ବିରକ୍ତିରେ ସାରିକା ସର୍ବତ ପିଇ ଦେଇ ଆଗତୁରା ଗଲା ପାର୍କ ଭିତରକୁ । ବସିଗଲା ଗେଟ୍ ପାଖରେ ଥିବା ବେଞ୍ଚରେ । ବିକ୍ରମ ଆସି କହିଲା,

: ଏଠି କ'ଣ ବସିଛ ? ଚାଲ ଭିତରେ ଯାଇ ବସିବା...

ନ ଶୁଣିବା ପରି ହେଲା ସାରିକା । ବାଧ୍ୟହୋଇ ବସିଲା ବିକ୍ରମ ଆଉ କହିଲା,

: ତୁମର ଟଙ୍କା କେଇଟା ମୋ ଉପରେ ଅଛି ବୋଲି ତୁମେ ଏମିତି ହେଉଛ ମୁଁ ଜାଣେ । ଲାଷ୍ଟ ବିଜନେସ୍ ଖରାପ ହୋଇଗଲା । ନ ହେଲେ ପାଞ୍ଚ ସାତ ଲକ୍ଷ କ'ଣ ବଡ଼କଥା ? ତା'ଛଡ଼ା ଆମେ ଦି'ଜଣ କ'ଣ ଅଲଗା ? ଚିନ୍ତା କରନା । ଗୋଟେ ବଡ ପ୍ରୋଜେକ୍ଟ ହାତକୁ ଆସୁଛି । ଆମେ ଭଲ ଲେବଲ୍‌ରେ ପହଞ୍ଚିଯିବା ।

: କେତେ ଆଉ ବାହାନା ? କେତେ ଦଲାଲି ଭାଷା ଏଁ... ? ଚାଲ ମତେ ଘରେ ଛାଡ଼ିଦେବ । ସାରିକା ମୁହଁ ବୁଲେଇ କହିଲା । ଏ ସମୟରେ ଶୁଭିଲା ଗୋଟେ ହୋହଲ୍ଲା । ସାରିକା ଦେଖେ ତ ଅର୍ଦ୍ଧଉଲଗ୍ନ ଜଣେ ପାଗଳୀ ପଶି ଆସିଛି । ତା' ଚିରା କପଡ଼ାରେ ତା'ର ଦୁଇ ସ୍ତନ ବାହାରକୁ ସ୍ପଷ୍ଟ ଦିଶୁଛି । ଭଦ୍ର ପୋଷାକରେ ଥିବା କିଛି ଲୋକ ସେ ଆଡ଼କୁ କଣେଇ କଣେଇ ଚାହୁଁଥାନ୍ତି । ମଜା ନେଉଥାନ୍ତି । ପାଗଳୀ ଫୁଲ ଛିଣ୍ଡେଇ ଫିଙ୍ଗି ଦେଉଥାଏ । ସିକ୍ୟୁରିଟି ଆସି ତା'ର ଉନ୍ମୁକ୍ତ ପିଚାରେ ଦୁଇ ଚାରି ପାହାର ବସେଇ ତଡ଼ିବାକୁ ଚେଷ୍ଟା କରୁଥାଏ । ସାରିକା ସହି ପାରିଲାନି । ତା' ଓଢ଼ଣୀଟାକୁ ସେ ତା' ଫୁଙ୍ଗୁଲା ଛାତିରେ ଗୁଡ଼େଇ ଦେଇ ଆସିଲା । ବିକ୍ରମ ଆସି କହିଲା,

: ବେଶୀ ସମାଜସେବା ହୋଇଯାଉଛି, ଚାଲ...

ଗେଟ୍‌ରୁ ବାହାରୁ ବାହାରୁ ସାରିକା ଉତ୍ତର ଦେଲା,

: ତୁମେ କୁଆଡୁ ବୁଝିବ ଗୋଟେ ନାରୀ ଦେହର ସମ୍ମାନ ?

: ଜଣେ ପାଗଳୀର କ'ଣ ମାନ ସମ୍ମାନ ? ସେ କହିଲା ତାଚ୍ଛଲ୍ୟ କରି ।

: ସେ ପାଗଳୀ ଯଦି ତୁମ ମା ହୋଇଥାନ୍ତେ ?

ବାସ୍, ବିକ୍ରମ ଚୁପ୍ ହୋଇଗଲା ଏକାଥରକେ ।

ଘରକୁ ଫେରିବା ପରେ ବିକ୍ରମ ସାଙ୍ଗେ ସାଙ୍ଗେ ଖୋଲିଲା ଆଣିଥିବା ପ୍ୟାକେଟ୍‌ଟା । ସେଥିରୁ ନାଇଟିଟା କାଢ଼ି ଦୁଇ ହାତରେ ଡ଼ିସ୍‌ପ୍ଲେ କରି ଦେଖାଇଲା । କହିଲା, ବହୁତ ହଟ୍ ହୋଇଛି । ମୁଁ ତୁମକୁ ଆଜି ଏଥରେ ଦେଖିବାକୁ ଚାହେଁ । ହଁ, ଯାହାର ଚଙ୍କାଟା ମୁଁ ତୁମକୁ ଦେଇଦେବି, ବୁଝିଲ ? ଏ ସାରିକା, ଏ ନାଇଟି ପିନ୍ଧିବା ପରେ ତୁମକୁ ଦେଖି ଯେ କୌଣସି ପୁରୁଷର ଜ୍ଞାନ ହଜିଯାଇପାରେ ।

ସାରିକା ବିରକ୍ତ ହୋଇ କହିଲା,

: ଯେ କୌଣସି ପୁରୁଷ ମାନେ ? ଛାଡ଼, ଯାହୁ ଅଧିକ ତୁମଠୁ କିଛି ଆଶା କରାଯାଇପାରେନା । ତୁମେ ଯାଅ, ମୁଁ ଥକିଯାଇଛି ।

ତୁମକୁ ମୁଁ କ'ଣ ମାଗୁଛି ? ଖାଲି ଟିକେ ଅଧିକାର ।

ଜାଣିଛି ତୁମର ଅଧିକାର ହେଉଛି କେବଳ ମୋର ଦେହ । ସେଥିପାଇଁ ପୁରୁଷନାମା ପ୍ରାଣୀ ତା'ର ପୁରୁଷତ୍ୱ ରଖିବା ବି ଦରକାର ।

: ମାନେ...? ଚିହିଁକି ଗଲା ବିକ୍ରମ ।

: ମାନେ ପୁରୁଷ ସୁଲଭ ଗୁଣ । ଜାଣି ପାରୁଥିବ ସେସବୁ ଗୁଣରେ ତୁମେ କେଡ଼େ ଭରପୂର । ତାଚ୍ଛଲ୍ୟରେ କହିଲା ସାରିକା । ହସିଲା ଟିକେ, ପୁଣି କହିଲା,

: ତୁମ ପୁରୁଷତ୍ୱ ଖାଲି ସୁରକ୍ଷା ଦେବା ବାହାନାରେ, ନାରୀର ଦେହକୁ ଝୁଣି ଝୁଣି ଭୋଗ ବା ଦକ୍ଷିଣା ନାଁରେ ସବୁକିଛି ଲୁଟିନେଇ ସର୍ବସ୍ୱାନ୍ତ କରିବା । ହେଃ ହାଃ ତୁମେ କାଲେ ପୁରୁଷ...

ଏତିକି କହି ସାରିକା ଗୋଟେ ଲମ୍ବା ହାଇ ମାରିଲା । ଲୋଟି ପଡ଼ିଲା ବିଛଣାରେ । ସେଇ ମଉକାରେ ଖଟ ଧାରେ ବସି ବିକ୍ରମ ତା' ହାତ ପାପୁଲି ଧରିନେଇ କହିଲା,

: ହଉ, ସେକଥା ଛାଡ଼ । ତୁମ ପାଖେ ପାଖେ ରହିବି । ତୁମ ପାଦେ ପାଦେ ସାଥ୍ ଦେବି । ତୁମ ପ୍ରମୋସନ୍ ଖୁସି ଟିକେ ଦେବନି ଆଜି ? ବହୁତ ଦିନ ହେଲା ତୁମକୁ ଖୋଲା ମେଲାରେ ପାଉନି । ପୂଜା, ପର୍ବପର୍ବାଣୀ, ପିରିଅଡ୍ସ ନାଁରେ ଦୂରେଇ ରଖିଛ ମତେ । ନ ଶୁଣିବା ପରି ହୁଏ ସାରିକା ।

କାନ୍ତୁରେ ଫୁଲମାଳ ଦିଆ ବାପାଙ୍କ ଫଟୋକୁ ଚାହିଁ ରହେ । ସେଇ ମଉକାରେ ବିକ୍ରମ ଝୁଙ୍କିଯାଇ ସାରିକା ବେକରେ ଗୋଟେ ଚୁମ୍ବନ ଦେଇଦିଏ । ଚମକିପଡ଼ି ସାରିକା ଚିତ୍କାର କରି କହେ,

: କିଛି କାମ ଧନ୍ଦା ନାହିଁ ତୁମର ? ଖାଲି ଏ ଚମଡ଼ା ଓ ଦେହ ଚାରିପଟେ କୁକୁର ଭଳି ବୁଲୁଛ ।

: ଘର କୁକୁର ଚାଟିଲେ ରକ୍ଷା । ବାହାର କୁକୁର ଚାଟିଲେ ବିଷ । ତା'ଛଡ଼ା ତୁମ ପାଇଁ ମୋର କ'ଣ କିଛି କର୍ତ୍ତବ୍ୟ ନାଇଁ ?

ପୁଣି ଚିଡ଼ିଯାଇ କହିଲା ସାରିକା —

: ମତେ ନେଇ ଡ୍ୟୁଟିରେ ଛାଡ଼ିବା, ଆଣିବା ଛଡ଼ା କ'ଣ କରିଛ କେବେ ? ଗାଡ଼ିର ପେଟ୍ରୋଲ ପଚିଶ ଦିନ ପୁଣି ମୁଁ ପକାଏ । ଛାଡ଼, ମୁହଁ ଖରାପ କରିବାକୁ ଚାହେଁନା । ତୁମେ ଯାଆ କହୁଛି ପରା...

କବାଟଟାକୁ ଧଡ଼ାସ୍ କରି ବାଡ଼େଇ ଘରୁ ବାହାରିଗଲା ବିକ୍ରମ । ସାରିକା ଆସି କବାଟ ବନ୍ଦ କଲା, ସାଙ୍ଗେ ସାଙ୍ଗେ ରିଂ କଲା ମନନକୁ । ରିସିଭ୍ ହେଲାନି । ପୁଣି ଲଗେଇଲା, ପୁଣି... । ବ୍ୟତିବ୍ୟସ୍ତ ହୋଇପଡ଼ିଲା ସେ । କୋଉଠୁ ଗୋଟେ ଅଜଣା କୋହ, ଲୁହ ହୋଇ ଝରିପଡ଼ିଲା । କଟିଗଲା ବେଶ୍ କିଛି ସମୟ । ହଠାତ୍ ରିଂ ହେଲା ତା' ଫୋନ୍ ।

: ମନନ ! ତୁମେ ଫୋନ୍ ନ ଉଠେଇଲେ ମୁଁ ମରିଯାଏ ଧନ, ତୁମେ ଜାଣିନ ? ତୁମେ ଆଜି ଯିବା ପରଠୁ ମୁଁ କେବଳ ତୁମରି ସାଥରେ ଅଛି, ଖାଲି କଳାବାଦଲଟିଏ ମତେ କିଛି ସମୟ ଛାଇ ରଖି ଅପସରି ଯାଉଛି । ...ରାଗିଛ ? ତୁମେ ଏମିତି ଚାଲିଯିବାରେ ମୁଁ ଗଭୀର ମର୍ମାହତ ହୋଇଛି...

: ସେଥିରେ ତୁମର କିଛି ଦୋଷ ନାଇଁ... ଟିକେ ଅଟକିଯାଇ ମନନ ପୁଣି କହିଲା—

ସାରି ! ମୋର ବୈବାହିକ ଜୀବନ ବିଷୟରେ ଥରେ ତୁମେ ପଚାରିଥିଲ ନା ? ଶୁଣ ଏବେ। ଦଶବର୍ଷ ତଲେ ପ୍ରଜ୍ଞାଶ୍ରୀଙ୍କ ସହ ହୁଏ ମୋର ବିବାହ। କିନ୍ତୁ ଚତୁର୍ଥୀ ରାତିରେ ହିଁ ଜାଣିନେଲି ଆମ ବିବାହ ଅସଫଳ। ପ୍ରଜ୍ଞା ବୁଝେଇଥିଲା ମା-ବାପାଙ୍କ ବାଧବାଧକତାରେ ସେ ବିବାହ କରିଛି। ଜୀବନ ନେଇ ସେ ନିର୍ଲିପ୍ତ। ଦେହକୁ ନେଇ ଦେହାତୀତ। କଠୋର ଭାବରେ କହିଥିଲା, ଜନ୍ମ ମୃତ୍ୟୁ ତା' ପାଇଁ ସମାନ। ସେ ଚାହେଁ ସୂକ୍ଷ୍ମ ଶରୀରର ଉନ୍ନତି। ଉତ୍ସର୍ଗ କରିବ ସେ ନିଜକୁ ଆଧ୍ୟାମିକ ଯାତ୍ରାପଥରେ। ସବୁ ବୁଝିଗଲା ପରେ ମୁଁ ତାକୁ ମୁକୁଲେଇ ଦେଇଥିଲି ବନ୍ଧନରୁ। ସମସ୍ତଙ୍କ ଆର୍ଶୀବାଦ ନେଇ ସେ ସନ୍ୟାସ ଗ୍ରହଣ କରିଥିଲା। ସେଇ ଦିନଠୁ, ନାରୀ କହିଲେ ମୋ ପାଇଁ କେବେ କେବେ ପ୍ରସ୍ତର ଦେହରେ ଖୋଦେଇ କରୁଥିବା ନାରୀର ଅବୟବ ମାତ୍ର। ପାଷାଣମାନଙ୍କ ସହ ନିହାଣ, ହାତୁଡ଼ିରେ ମୁଁ କଥା ହୁଏ, ଶୋଇଯାଏ ତାଙ୍କ ଗହଣରେ ଠିକ୍ ଆଉ ଏକ ମୂର୍ତ୍ତି ଭଲି...

ସାରିକା କୌତୂହଳୀ ହୋଇ ପଚାରେ,

: କେହି କାହାକୁ, କେବେ କ'ଣ ଖୋଜିନ ଏତେ ବର୍ଷ ଭିତରେ ?

ଏକ ଦୀର୍ଘ ନିଃଶ୍ୱାସ ସହ ମନନ ରଖ୍ଥିଲା ଉତ୍ତର —

: ହଁ, କେବେ କେବେ ଜୀବନଚେତନା, ସ୍ୱାସ୍ଥ୍ୟରକ୍ଷା ଆଉ ଆଶ୍ୱାସନାର ଗୋଟେ ଗୋଟେ ଚିଠି ସେ ମେଲ୍ କରେ। କେବେ ପଢ଼େ, କେବେ ପଢ଼େନା। କିନ୍ତୁ ଏତିକି ଅନୁଭବ କରେ, କିଛି ନ ଥିବା ଭିତରେ ବି ସମ୍ପର୍କର ସୂତ୍ରାଖ୍ଥାରେ ବାନ୍ଧି ହୋଇଥିବା ଭାବପ୍ରବଣ ଶିଳ୍ପୀଟିଏ ମୁଁ। ସନ୍ୟାସିନୀ ହେଲେ ବି ସେ ମୋର ପତ୍ନୀ। ଏବେ ତୁମକୁ ଭେଟିଲି, ଭଲ ପାଇଲି। କିନ୍ତୁ ତୁମ ଦେହରେ ବୋଲି ହୋଇଥିବା ପଙ୍କକୁ ନ ଧୋଇଲାଯାଏ ଏକ ସଫେଦ ଜୀବନ ପାଇବନି ତୁମେ। ଆମ ପ୍ରେମରେ ସେ ପଙ୍କର ଛିଟା ପଡ଼ିବ ହିଁ ପଡ଼ିବ। ଆଜି ସକାଳେ ମତେ ଲାଗିଲା ଆନନ୍ଦରେ ଡେଣାମେଲି ଉଡ଼ୁଥିବା ଦୁଇଟି ପକ୍ଷୀ ହଠାତ୍ ଯେମିତି ଶରବିନ୍ଧ ହୋଇ ତଳକୁ ଖସିପଡ଼ିଲେ। ଭାରି କଷ୍ଟ ହେଲା, ସାରି:

: ମତେ ବି କଷ୍ଟ ହେଲା ମନନ। ଏବେ ତୁମେ ଟିକେ ତୁମ ଛାତିରେ ଆଉଜେଇ ନିଅ ମତେ। ମୁଁ ଶୋଇପଡ଼େ...

ସାରିକା କାମ କରୁଥିବା ହସ୍ପିଟାଲରେ ଗୋଟେ ଶବ ଚୋରି । ସେ ନେଇ ଯାବତୀୟ ଝାମେଲା । କର୍ମଚାରୀଙ୍କ ସାଙ୍ଗରେ ଧସ୍ତାଧସ୍ତି । ପରିବାର ଲୋକଙ୍କ ହୋହଲ୍ଲା । ସାମୟିକ, ପୁଲିସ୍ ଅନୁସନ୍ଧାନ । ପ୍ରଶ୍ନବାଣ । ଟେନ୍‌ସନ୍ ଖାଲି ଟେନ୍‌ସନ୍ । କିଛି ଭଲ ଲାଗୁ ନ ଥାଏ ସାରିକାକୁ । ଖୁବ୍ ଭାବମୟୀ ସେ । ଛୋଟ ଛୋଟ କଥାରେ ଆହତ ହୁଏ, ଭାବୁଥାଏ ଯେ ଭାବୁଥାଏ । ଏ ଘଟଣାଟି ପାଇଁ ସେ ଅବଶ୍ୟ ଦୁଃଖିତ ହେଲା କିନ୍ତୁ ସେ ଆଉ ଗୋଟେ ଭାବରେ ବି ଛନ୍ଦି ହେଉଥିଲା । ମଣିଷ ହଜିଯିବା ଖବର ବି ଶୁଭେ କିନ୍ତୁ ସେଠାରେ ପ୍ରତିବାଦର ସ୍ୱର ଅତି କ୍ଷୀଣ । ସେ ଭାବିଲା, ମରି ଯାଉଥିବା ଗୋଟେ ଦେହକୁ ଖୋଜିବାରେ ପରିବାର ଯେତିକି ବ୍ୟସ୍ତ, ବ୍ୟାକୁଳ, ହଜି ଯାଉଥିବା ମଣିଷଟିକୁ ଖୋଜିବାରେ ବନ୍ଧୁ, କୁଟୁମ୍ବ ସେତିକି ବ୍ୟାକୁଳତା ଦେଖାନ୍ତି ନାଇଁ, କାହିଁକି ନା ବଞ୍ଚିଥିବା ମଣିଷ ଭାତ ମାଗିବ । ଦି' ବଖରା ଘର ମାଗିବ । ମାଗିବ ବି ସାମାଜିକ ଅଧିକାର । ପରକ୍ଷଣରେ ପୁଣି ବଦଲି ଯାଉଥିଲା ତା' ଭାବନାର ଦିଗ ବିଦିଗ । ନାଇଟ୍ ସିଫ୍‌ଟ ସାରି ଘରକୁ ଫେରୁଥିବା ବେଳେ ହିଁ ଜୀବନ ଓ ଦେହର କ୍ଷଣଭଙ୍ଗୁରତା ବିଷୟରେ ଚିନ୍ତା କରୁଥିଲା ସେ । ସେଇ କ୍ଷଣଭଙ୍ଗୁରତାକୁ ଦେଖିଛି ସେ ଅତି ପାଖରୁ ତା'ର ଚାକିରିକାଳ ଭିତରେ । ଅନେକ ଲୋକ ଜୀବନ ସାଙ୍ଗରେ ଲଢ଼ିବା ସ୍ଥିତିରେ ହସ୍ପିଟାଲରେ ପଶନ୍ତି । ସେଥିରୁ କିଛି ଲୋକ ଏକ୍‌ଜିଟ୍ ରାସ୍ତାରେ ଶବ ହୋଇ ଫେରନ୍ତି କିମ୍ବ । ମରୁଚ୍ୟୁରିରେ ଶୋଇରହନ୍ତି ଆମ୍ୟାୟମାନଙ୍କ ଅପେକ୍ଷାରେ । ସେମାନଙ୍କୁ ଦେଖିଲାବେଲେ କେବେ କେବେ ମନ ଈର୍ଷା କରେ । ଲାଗେ ଏ ଶବ ଭାଗ୍ୟବାନ୍ ଯା'ର ସବୁ କାହାଣୀ ସରିଯାଇଛି । ଜୀବନର ଏକମାତ୍ର ପରମଶାନ୍ତି ପ୍ରାପ୍ତ କରିଛି ସେ ।

ଘରେ ପହଞ୍ଚି ୟୁନିଫର୍ମ ବଦଲେଇ ଖଟରେ ଗଡ଼ୁ ଗଡ଼ୁ କେତେବେଳେ ଯେ ଶୋଇଯାଇଛି ସାରିକା । ହଠାତ୍ କ'ଣ ଗୋଟେ ଶବରେ ଉଠିପଡ଼ିଲା । କ'ଣ ହୋଇପାରେ ? ଦେଖିଲା, ବିଲେଇଟା ପାଣିବୋତଲ ଗଡ଼େଇ ଅଳସ ଭଙ୍ଗିରେ ଚାଲିଯାଉଛି । ଘଣ୍ଟା ଦେଖେ ତ ରାତି ଆସି ବାଆର । ଖାଇବ କ'ଣ, ବୋତଲର ସବୁ ପାଣି ପିଇଦେଲା । ଫୋନ୍ କରିବି କି ମନନକୁ ? 'ନା ଥାଉ' କହି ଲାଇଟ୍ ସବୁ ଅଫ୍ କରିଦେଲା । ଜଳାଇ ରଖିଲା ଜିରୋ ପାୱାର ବଲ୍‌ବ । କ୍ଷୀଣ ଆଲୁଅ ଜହ୍ନରାତି ପରି ଲାଗୁଥାଏ । ଶୋଇବାକୁ ଚେଷ୍ଟା କଲା । ମନନ ସାଙ୍ଗରେ କଥା ନ

ହେଲେ ନିଦ କ'ଣ ଆସେ ? । ବାଧ୍ୟହୋଇ ଫୋନ୍ ଲଗେଇଲା । ରିଂ ହେବା କ୍ଷଣି ସେ ଉଠେଇଲା । ଖୁସିରେ ସାରିକା ପଚାରିଲା —

: ଏ ଯାଏଁ ଶୋଇନ ?

: ଗୋଟେ ମନ୍ଦିର ତିଆରିର ପ୍ରୋଜେକ୍ଟ ଆସିଛି । ଲେ-ଆଉଟ୍ କରୁଥିଲି ।

: ତେବେ ମୁଁ ରଖୁଛି । ଖାଇ ନେଇଛ ତ ? ହଉ ତୁମ କାମ କର: ତୁମେ କ'ଣ କରିବ ?

: ଶୋଇବାକୁ ଚେଷ୍ଟା କରିବି । ଆଉ କ'ଣ ?

ମୁଁ ଲେ-ଆଉଟ୍ ରଖୁଛି । କଥା ହେବା ।

: ହଉ କୁହ... ମୋବାଇଲରୁ ଚାର୍ଜ ସରିବା ଯାଏ ଚାଲ ଆଜି ଗପିବା...

: ମନନ କହିଲା: ଏଇଟା କ'ଣ କହିବା, ଶୁଣିବା ବେଳ ? ନିରୋଳା ପ୍ରେମ କରିବାର ବେଳ ।

: ଦୁଷ୍ଟ...

: ପ୍ରେମିକମାନେ ତ ଯୁଗେ ଯୁଗେ ଦୁଷ୍ଟ:

ଏ ସମୟରେ ସାରିକା କାନ ପାଖରେ ଆଉ ଗୋଟେ କଲ୍ ଆସୁଥିବା ଅନୁଭବ କରେ । ଆଉ କିଏ ହୋଇଥିବ ବିକ୍ରମ ଛଡ଼ା ? ମନନକୁ କହିଲା, ଟିକେ ଲାଇନ୍‌ରେ ରୁହ, ସେ କାଇଁ ଫୋନ୍ କରୁଛି ଟିକେ ଦେଖେ । ସେପଟୁ ବିକ୍ରମ ବଡ଼ପାଟିରେ କହେ,

: ଏତେ ରାତିରେ କା' ସାଙ୍ଗରେ ବିଜି ଅଛ ?

ସାରିକା ବି ଗଲା ଫଟେଇ କହେ,

: କ'ଣ ତୁମକୁ ପଚାରି ନିଶ୍ୱାସ ନେବି ? ମୋର କ'ଣ ବେସିକ୍ ଲାଇଫ୍ ବୋଲି କିଛି ନାହିଁ । ତୁମର କୌଣସି ଅଧିକାର ନାହିଁ ଏସବୁ ଉପରେ ପ୍ରଶ୍ନ ପଚାରିବା ପାଇଁ । ତୁମେ କାଇଁ ଏତେ ରାତିରେ ମତେ ଡିଷ୍ଟର୍ବ କରୁଛ ? ମୁଁ ମୋ ମା' ସାଙ୍ଗରେ କଥା ହେଉଛି । କହି ସେ ଫୋନ୍ କାଟିଦେଇ ମନନ ସାଙ୍ଗରେ କଥା ଜାରି ରଖିଲା ।

: କ'ଣ କହୁଥିଲା ସେ ? ମନନ ବିରକ୍ତିରେ ପୁଣି ପଚାରେ, କାହିଁକି ସେ ଲୋକଟାକୁ ଏକାଠାରେ ଦୂରକୁ ଫୋପାଡ଼ି ଦେଉନ ? ଘୋଷାରି ଘୋଷାରି ଚାଲିଛ ? ବାସ୍ ଗୋଟେ ଥର ତମ ସମ୍ପର୍କ ଓ ଅସମ୍ପର୍କର ହିସାବକିତାବ ଛିଣ୍ଡେଇ ଦିଅ । ମୋର ଦୟା ଆସୁଛି ତୁମ ଉପରେ ।

ସାରିକା ଟିକେ କାନ୍ଦି ପକେଇ କହିଲା, 'କ'ଣ କରିବି ମନନ ! ଦଶବର୍ଷ ହେବ ସେ ମତେ ଅକ୍ତିଆର କରି ରଖିଛି । ମୋ ମା'କୁ ବି ସେ ହାତରେ ରଖିଛି । ତା' ଉପରେ ମା'ର ଅଗାଧ ବିଶ୍ୱାସ ।

: କେମିତି ?

: କହୁଛି... ବିଛଣାରୁ ଉଠିପଡ଼ି ସାରିକା କାନ୍ଧକୁ ଆଉଜି ବସି କହିଲା, ମନନ ବୁଝିଲ, ମୁଁ ବାପାମାଆଙ୍କ ଗୋଟିଏ ବୋଲି ଝିଅ । ଫୁଲମାଳ ପିନ୍ଧା ବାପାଙ୍କ ଫଟୋଟିକୁ ଦେଖି ଦେଖି ମୁଁ ବଡ଼ ହୋଇଛି । ବାପା ଚାଲିଯିବା ପରେ ମା'ର ବଞ୍ଚିରହିବାର କେନ୍ଦ୍ରବିନ୍ଦୁ ଥିଲି ମୁଁ । ମା' ଓ ମୋ ଭିତରେ ହିଁ ବନ୍ଧାଥାଏ ଦୁନିଆ । ମୋ ବୟସ ଯେତେ ଯେତେ ବଢ଼େ ମା' ମତେ ନେଇ ସେତେ ବେଶୀ ଅସୁରକ୍ଷିତ ହୋଇଚାଲେ । ତା'ର ସେଇ ଗୋଟିଏ କଥା । 'ଉଚ୍ଛୁଳା ନଈ ଓ ବଢ଼ିଲା ଝିଅ କେତେବେଳେ କୂଳ ଲଙ୍ଘି ଯିବେ ଜଣାପଡ଼େନି ।' ମୁଁ ତା' ପାଖରେ ଯେତେବେଳେ ନ ଥାଏ ସେ ଜୁଆ ବିଲେଇ ପରି ଚାହିଁ ବସିଥାଏ ମୋ ଫେରିବା ବାଟକୁ । ଏମିତି ହେଉ ହେଉ କଲେଜରେ ଗୋଡ଼ ଦେଲି । ଠିକ୍ ସେତିକିବେଳେ ଆମ ସହରର ଗୋଟେ ଝିଅ ଲାପତା ହୋଇଯାଏ । ତିନିଦିନ ପରେ ତା'ର ପଚାଶଢ଼ା ଦେହ ନଙ୍କକୂଳ ବୁଦା ଭିତରୁ ମିଳେ । ବାସ୍, ସହର ଉଚ୍ଛନ୍ନ ହୋଇପଡ଼େ । ଯୁଆଡ଼େ ଦେଖିଲେ ପୋଲିସ୍ ପେଟ୍ରୋଲିଂ । ଭୁଁ ଭାଁ ସାଇରନ୍... ଟିଭି, ସମ୍ୱାଦପତ୍ରରେ ହୋହଲ୍ଲା । କିନ୍ତୁ ସପ୍ତାହେ ଯାଇଛି କି ନାଇଁ ସବୁ ନିରବ । ଲୋକେ କହିଲେ କେସ୍କୁ ବଡ଼ଲୋକମାନେ ଦବେଇ ଦେଲେ । ହଠାତ୍ କିନ୍ତୁ ସହରଟା ସ୍ୱାଭିମାନୀ ହୋଇଉଠିଲା । ଅଣ୍ଟା ଭିଡ଼ିଲେ ଯୁଥ୍ କ୍ଲବ, ସମାଜସେବୀ ସ୍କୁଲ କଲେଜ ପିଲା । ନ୍ୟାୟ ମାଗିଲେ । ଷ୍ଟ୍ରାଇକ୍ ହେଲା, ପ୍ଲାକାର୍ଡ ଧରି କଲେଜ ପିଲା ମେଳିରେ ମୁଁ ବି ସ୍ଲୋଗାନ ଦେଲି । ହଠାତ୍ ଗୋଟେ ବାଟାଲିୟନ୍ ପୋଲିସ ଓହ୍ଲେଇ ସମସ୍ତଙ୍କୁ ପିଟିଲେ ଗୋଡ଼େଇ ଗୋଡ଼େଇ । ଶୋଭାଯାତ୍ରା ଛିନ୍ନଛତ୍ର । ଦଉଡ଼ାଦଉଡ଼ି ଆରମ୍ଭ ।

ଗାୟତ୍ରୀ ସରାଫ୍

ସେଦିନ ଦୁର୍ଭାଗ୍ୟକୁ ମୁଁ ପିନ୍ଧିଥାଏ ହାଏ ସୋଲ୍ ଜୋତା । ଧସ୍ତାଧସ୍ତିର ସୁଅରେ ଗୋଟେ ନାଲ ପାଖରେ ଖସିଗଲା ଗୋଡ଼ । ପଡ଼ି ଯାଉ ଯାଉ ଗୋଟେ ହାତ ମତେ ଧରିନେଲା । ଗୋଟେ ସୁରକ୍ଷିତ ଜାଗାରେ ଠିଆ କରାଇଦେଲା । ପହଞ୍ଚେଇ ଦେଲା ଘରେ । ଦଙ୍ଗାହଙ୍ଗାମାରେ ମୁଁ ସାମିଲ ଥିବା ଶୁଣି ମା' ଭୀଷଣ ରାଗିଲା, କହିଲା ତୋର ଯଦି କିଛି ହେବ ଏ ନୃଶଂସ ସମାଜରେ କିଏ ତତେ ସାହାଯ୍ୟର ହାତ ବଢ଼େଇବ ?

ହ୍ୟାଲୋ... ମନନ... ଶୁଣୁଛ ?

: ହଁ ସାରି... ତା'ପରେ ? କୁହ ।

ମୁଁ ଉତ୍ତର ଦେଲି– ସମାଜ ନୃଶଂସ ନୁହେଁ ମା' । କିଛି ଭଲ ଲୋକ ଅଛନ୍ତି ବୋଲି ତ ସେ ଗରିବ ଝିଅର ନ୍ୟାୟ ପାଇଁ ସ୍ୱର ଉଠେଇଲେ । ମତେ ତ ପୁଣି ଜଣେ ଦଙ୍ଗାରୁ ବଞ୍ଚେଇଲା । ଆଉ ସେ ହେଲା ବିକ୍ରମ ଭାଇ । କହିଛନ୍ତି, ତତେ ଦେଖା କରିବାକୁ ଆସିବେ । ଆସିଲା ବି ସେ । ମା'କୁ ଭେଟିଲା । ଫୋନ୍ ନମ୍ବର ଦେଲା । ମୋର ସୁରକ୍ଷା ପାଇଁ ଆଶ୍ୱାସନା ଦେଲା । ଉଚ୍ଛ୍ୱାସ ହୋଇଯାଏ ମା । ବିଶ୍ୱାସ ବଢ଼ିଯାଏ ତା' ପ୍ରତି । ସେ ବରାବର ଆସେ । ସୁଯୋଗ ନେଇ ଘୁଞ୍ଚି ଘୁଞ୍ଚି ଆସେ ମୋ ପାଖକୁ । ମୁଁ ବି ଘୁଞ୍ଚିଯାଏ ତା' ପାଖକୁ । ତା' ସାଙ୍ଗରେ ବଜାର ବୁଲେ । ନଈକୂଳରେ ପବନ ଖାଏ । ସେ ଦିନକୁ ଦିନ ବେଶୀ ଭଲ ଲାଗେ । ଦିନେ ବୁଲିବା ଛଳରେ ଆମେ ଜଙ୍ଗଲ ଭିତରକୁ ଗଲୁ । ଆମ୍ବତୋଳି ଖାଇଲୁ, ଗାଧୋଇଲୁ ଝରଣାରେ । ପାହାଡ଼ ଟିଖରେ ଠିଆହୋଇ ପରସ୍ପରକୁ ବଡ଼ପାଟିରେ ଡ଼ାକି ପ୍ରତିଧ୍ୱନି ଶୁଣିଲୁ । ଗୋଟେ ଚିକ୍କଣ ପଥରଶଯ୍ୟା ଉପରେ ଦିହେଁ ହାଜିଗଲୁ । ତା'ପରେ ମୁଁ ଆଉ କୁଆଁରୀ ନ ଥିଲି । କା'ର କିଛି ଗୋଟେ ହେଇଯାଇଥିଲି ଯେ ଆଜିଯାଏ ସେ ସଜ୍ଞା ମୁଁ ବୁଝିପାରି ନାଇଁ । ସେବେଳକୁ ମୁଁ ଥିଲି ପୂରା ବେହୋସ, ବେଖ୍ୟାଲ...

ରହିଗଲା ସାରିକା ।

ମନନ କୌତୂହଲୀ ହୋଇ ପଚାରିଲା ତା'ପରେ ? ସାରିକା ଉତ୍ତର ରଖିଲା–

: ସେ ସୁନ୍ଦରକାଣ୍ଡ ଆଉ କେବେ: ଦୂରରେ ଥିଲେ ବି ଦୁହେଁ ଦୁହିଁଙ୍କ ବାହୁ ଭିତରେ ଶୋଇଗଲେ ତା'ପରେ ।

ସାରିକା ଏବେ ହସ୍ପିଟାଲରେ । ୱାର୍ଡ କାମ ସାରି ରେଷ୍ଟରୁମ୍‌ରେ ରେଜିଷ୍ଟର ଚେକ୍ କଲା ବେଳକୁ ଫୋନ୍ ଆସିଲା ମନନର । ଛିଙ୍କିଲା ଥରେ ସେ । ଧଇଁସଇଁ ହୋଇ କହିଲା, 'ଦେହଟା ମୋତେ ଭଲ ଲାଗୁନି ସାରି । ତାତି ବି ଅଛି । କ'ଣ କରିବି ?"

: ଡ୍ୟୁଟି ସାରି ପହଞ୍ଚୁଛି । ଗୋଟେ ପାରାସିଟାମଲ୍ ଖାଇଦିଅ ଏବେ । ଟିକେ ପରେ, ଜଣେ କଲିଗ୍ ସାଙ୍ଗରେ ଆସି ମନନ ଘରେ ପହଞ୍ଚିଲା ସାରିକା । ବୁଡ୍ ପ୍ର କରି ତା' ହାତରେ ପଠେଇଦେଇ ମନନକୁ କହିଲା, 'ଏଠି ଅସୁବିଧା । ଚାଲ ଆମ ଘରକୁ ଯିବା । ସ୍ୱୁଟିରେ ବସିପାରିବ ?' ସେ ହଁ କଲା । ସାରିକା ନେଇଗଲା ତାକୁ ତା' ଘରକୁ ।

ଶୋଇଥାଏ ମନନ ସେଇଠି । ତା' ମୁଣ୍ଡରେ ଓଦା କପଡ଼ା ଥାପି ଥାପି ଦେଉଥାଏ ସାରିକା । ଘଣ୍ଟା ଦେଖ ଜଣେ ଜୁନିଅର ସିଷ୍ଟରକୁ ପଚାରିଲା, ବୁଡ୍ ରିପୋର୍ଟ କ'ଣ ଆସିଛି । ସେ କହିଲା ଓ.କେ । ସାରିକା ନିଶ୍ଚିନ୍ତ ହୋଇଗଲା । ନର୍ମାଲ୍ ଫ୍ଲୁ ତଥାପି ମେଡିସିନ୍ ଦେଲା । ମନନ ଶୋଇବା ପରେ ତଳେ ଶପତେ ବିଛେଇ ଶୋଇପଡ଼ିଲା ।

ପାଖାପାଖି ରାତି ତିନିଟାରେ ତା'ର ନିଦ ଭାଙ୍ଗିଗଲା । ଦେଖେ ତ ମନନ ଉଠିଯାଇଛି । ମୋବାଇଲ୍ ଦେଖୁଛି ।

କେମିତି ଲାଗୁଛି ? 'ମଚ୍ ବେଟର୍' ମନନ ଉତ୍ତର ଦେଲା । ସାରିକା ଖୁସିରେ ରୋଷେଇ ଘରକୁ ଯାଇ ଦୁଇ କପ୍ କଫି ନେଇ ଆସିଲା । ସେବେଳକୁ ମୋବାଇଲରେ ଜଗ୍‌ଜିତ୍ ସିଂଙ୍କର ଗୋଟେ ଗଜଲ୍ ଲଗେଇଥିଲା ମନନ । କଫି ସେଆର କରୁ କରୁ ଗଜଲ ସାଙ୍ଗରେ ଦିହେଁ ଗୁଣୁଗୁଣୁ ହେଲେ । ସାରିକାକୁ ଟିକେ ଆଦରରେ ଛାତି ଉପରକୁ ଟାଣି ନେଇ ପଚାରିଲା ମନନ,

ନିଦ ହେଉନି କି ?

: ତୁମ ଛାତିରେ ମୁହଁ ପାରିଦେଇ ଶୋଇବା ପ୍ରଶାନ୍ତିଠାରୁ, ନିଦରେ କ'ଣ ବେଶୀ ଶାନ୍ତି ମିଲିବ ?

: ତା'ହେଲେ, କୁହନା ସାରି, ତୁମ ସେଇ ସୁନ୍ଦରାକାଣ୍ଡ ବିଷୟରେ ?

: ଏଇ ସୁନ୍ଦର ସମୟକୁ ଖରାପ କରିବାକୁ ଚାହୁଁନି ମନନ...

: କିନ୍ତୁ, ସବୁ ଖୋଲି ନ କହିବା ଯାଏ ନିଜଠାରୁ ତୁମେ ମୁକ୍ତି ପାଇପାରିବନି ଯେ... ଆଚ୍ଛା ସେ ଭୁବନେଶ୍ୱର ପୁଣି କେମିତି ଆସିଲା ?

ତା'ର ସବୁଠୁ ପ୍ରିୟ ଜାଗାରେ ଥାଇ ବି, ଦୀର୍ଘ ନିଃଶ୍ୱାସଟେ ପକେଇ ସାରିକା କହିଲା, ଛୋଟମୋଟ ବିଜନେସ୍ କରୁଥିଲା ସେ ସେଠି । ଧୀରେ ଧୀରେ ସବୁ ମାନ୍ଦା ହୋଇଗଲା, ଲୋନ୍ କଲା । ସେଇ ଲୋନ୍ ଶୁଝି ନ ପାରିବାରୁ କିଛି ଶତ୍ରୁ ସୃଷ୍ଟି ହେଲେ । ବାଟ ଖୋଜୁଥିଲା ସେ, ଜାଗା ଛାଡ଼ି କଟକ, ଭୁବନେଶ୍ୱର ଚାଲି ଆସି ନୂଆ ଧନ୍ଦା କରିବାକୁ । ସେତିକିବେଳେ ମୋର ନସିଂ ଟ୍ରେନିଂ ସରିଥାଏ । ବିଭିନ୍ନ ହସ୍ପିଟାଲକୁ ମୁଁ ଆବେଦନ କରିଥାଏ । ପୋଷ୍ଟ ଏଇ ଭୁବନେଶ୍ୱରରେ ହିଁ ହେଲା । ସେ ଖୁସି ହେଲା । ସ୍ଥିର କଲା ଯେ ସେ ବି ଏଠିକି ଆସିବ । ଆରମ୍ଭ କରିବ ଏକ ନୂଆଯାତ୍ରା । ମା' ଶୁଣି ନିଶ୍ଚିତ ରହିଲା । ଗୋଟେ ଭଡ଼ାଘର ନେଲି । ସେ କହିଲା ଲିଭଇନ୍‌ରେ ରହିବା । ମୋ ପ୍ରେମିକାପଣ ସେତେବେଳେ ଚିହ୍ନି ଆସୁଥିଲା ଯେ ତା'ପ୍ରେମ ଖାଲି ମୋ ଦେହ ଓ ଅର୍ଥକୁ ନେଇ । ତଥାପି ଦୟା ଆସିଲା । ଦୁଇବର୍ଷ ରହିଲୁ ଏକାଠି । ତା'ର ଭରପୂର ଫାଇଦା ଉଠାଏ ସେ । ମୋଠୁ ଟଙ୍କା ନିଏ । ଲୋନ୍ ବି ଆଣେ । ମୋ ଉପରେ ଇଏମ୍ଆଇ ଭାର ପଡ଼େ । ତା'ର ବ୍ୟବସାୟ ବୁଡ଼ିଯାଏ । ସେ କାମ ଖୋଜେ । ମିଳେ ନାଁ, ଘରେ ବସି ଖାଲି ଖାଏପିଏ ଶୁଏ । ଆଉ ମୋ ଦେହକୁ ନେଇ ବେଶ୍ ମାନେ । ଦୁଇବର୍ଷ ପରେ ମୋର ବାରବାର କହିବା ପରେ ସେ ଗୋଟେ ମେସ୍‌ରେ ରହିଲା କିନ୍ତୁ ସମସ୍ତ ଖର୍ଚ୍ଚ ମୋ ଏଟିଏମ୍ ବହନ କରେ । ମୁଁ ଅତିଷ୍ଠ ହୋଇ ସାରିଥିଲି । ମୋ ଧୈର୍ଯ୍ୟର ସୀମା କୂଳ ଲଂଘି ସାରିଥିଲା । ଜୀବନ ମତେ ଧିକ୍କାର କରେ । ସହି ନ ପାରି କେତେ ଥର ଜୀବନ ହାରିଦେବାକୁ ଭାବିଛି । ମୋ ଆୟାର ବିଚାର ମତେ କିନ୍ତୁ ପଛରୁ ଟାଣିଧରିଛି । ତୁମେ ଆସିବା ପରେ ବଞ୍ଚିଛି ତ ତୁମରି ପାଇଁ ବଞ୍ଚିଛି ମନନ ।

: ସେମିତି ଏକ ଅଯାଚିତ ଅଧିକାରକୁ ଜୀବନରୁ ଫିଙ୍ଗି ଦେଲନି କାହିଁକି ? କୋଉ ଦୁର୍ବଳତାରୁ ତାକୁ ତୁମେ ଛିଣ୍ଡିପାରୁନ ? ବେଳ ଥାଉ ଥାଉ ବାହାହେଲନି ବି କାହିଁକି ?

ମନନ କଥାର ଉତ୍ତରରେ ସାରିକା କହିଲା,

: ମୋର ପିଲାବେଳେ ଆମ ଘର ବାରଣ୍ଡାରେ ରାମାୟଣ ମହାଭାରତ ପଢ଼ା ହୁଏ । ସେସବୁ ଆଲୋଚନା ବି ହୁଏ । ପଞ୍ଚସତୀ ଉପରେ ଥରେ ସେମିତି ଆଲୋଚନା ହେଉଥିଲା । ମୋ ଆଈମା ସେ ବେଳକୁ କହିଥିଲା, ମନେ ରଖିଥାଲୋ ସାରି ! ଜଣେ ଝିଅ ଯେତେବେଳେ କୌଣସି ପୁରୁଷ ସହିତ ନିଜକୁ ବାନ୍ଧିଦିଏ, ସେଇ ପୁରୁଷର ହୋଇଯାଏ ସେ, ସାରାଜୀବନ ପାଇଁ । ଆଉ କା'କଥା ଭାବିଲେ ପାପ । ପିଲାବେଳର ଏ ଆଧ୍ୟାତ୍ମିକ ସଂସ୍କାର ମତେ କବଳିତ କରି ରଖିଥିଲା । ମୁକୁଳି ପାରି ନ ଥିଲି ସେ ଅନ୍ଧାରୁଆ ସୁଡ଼ଙ୍ଗ ଭିତରୁ । କିନ୍ତୁ ମନନ, ପଞ୍ଚସତୀର ପ୍ରବାଦ ଉପରେ ଠିଆହୋଇ ତୁମକୁ ଭଲ ପାଇବାରେ ଯଦି ପାପ ହୁଏ, ନର୍କ ମିଳେ ତେବେ ତାକୁ ମୁଁ ମୋର ପୁଣ୍ୟ ଓ ସ୍ୱର୍ଗ ଭାବିବି । ଆଉ କିଛି କହିବାର ନାଇଁ ମୋର:

ସାରିକା ଆଖିରୁ ତା' ଅଜାଣତରେ ଧୀରେ ଧୀରେ ଲୁହ ଗଡ଼ି ଆସି ମନନର ଛାତିକୁ ଭିଜେଇ ଦେଲା । ଯ଼ା ଭିତରେ ଦିହେଁ ପୁଣି ଶୋଇ ପଡ଼ିଥିଲେ । ହଠାତ୍ ଦାଣ୍ଡ କବାଟ ଧଡ଼କି ଶଢ ହେଲା । ଚକି ନିଦ ଭାଙ୍ଗିଗଲା ସାରିକାର । ଯାଇ ଦେଖେ ତ ସକାଳର ଖବରକାଗଜ ପଡ଼ିଛି । ଗୋଟେଇ ଆଣି ଘଣ୍ଟା ଦେଖିଲା ବାଜିଛି ସାଢ଼େ ଛ'ଟା । ଆଜି ତା'ର ସକାଳ ଡ୍ୟୁଟି । ସାଢ଼େ ଆଠ ଭିତରେ ସେ ସାରିଦେଲା ସବୁ କାମ ଯନ୍ତ୍ରବତ୍ । ମନନକୁ ଉଠେଇ କହିଲା, ଏବେ ଠିକ୍ ଲାଗୁଥିବ । ତଥାପି ଆଜି ବିଶ୍ରାମ ନିଅ । ମୁଁ ଦୁଇଟାରେ ଆସିବି । ଆଉ ଶୁଣ, ଚୁଡ଼ା ଉପମା କରିଛି । ଖାଇନେବ । ଆସିଲେ ଏକାଠି ଲଞ୍ଚ ଖାଇବା । କହୁ କହୁ ମୁଣ୍ଡରେ ଟପ୍‌ନଟପ୍‌ଏ କରିଦେଲା ସେ ତରତର ହୋଇ ।

ଏତେ ସମୟ ମୁଁ କରିବି କ'ଣ ? କହିଲା ମନନ ।

: ଦେହ ପାଇଁ ବିଶ୍ରାମ ବି ନିହାତି ଜରୁରୀ । ଯାଉ ଯାଉ ସାରି କା କହିଦେଇଗଲା ।

ନିତ୍ୟକର୍ମ ସାରି ଉପମା ଖାଇ ନେଇ ଖବରକାଗଜ ପଢ଼ିଲା ମନନ । ହେଲେ ମନ ଲାଗିଲାନି । ଘର ସାରା ଆଖି ବୁଲି ଆସିଲା ବେଳକୁ ନଜର ଯାଇ ଅଟକିଗଲା କାନ୍ଥରେ ଥିବା ବହିଥାକ ଉପରେ । ସାରିକା ତା'ହେଲେ ପଢ଼ାପଢ଼ି ବି କରେ ! ହୁଏତ ସେଥିପାଇଁ ତା' କଥା ଏତେ ମାର୍ଜିତ । ଯୁକ୍ତିଯୁକ୍ତ । ବେଳେବେଳେ

ତତ୍ତ୍ୱ ଓ ଦର୍ଶନର କଥା ବି ସେ କହେ। ପାଖକୁ ଯାଇ ସେ ଦେଖିଲା ଓଡ଼ିଆ ଭାଷାର ବେଶ୍ କେତୋଟି ପ୍ରସିଦ୍ଧ ଗଳ୍ପ ଓ ଉପନ୍ୟାସ ବହି। ସେ ତା' ରୁଚିର ପ୍ରଶଂସା କଲା ମନେ ମନେ। ବହି ସାଙ୍ଗରେ ଥିଲା ତିନିଟା ରଙ୍ଗିନ ଡାଏରୀ। ଅନୁଚିତ ମନେହେଲେ ବି ଦୁଇହଜାର ଜଣେଇଶ ଲେଖାଥିବା ଡାଏରିଟି ସେ ଉଠେଇ ଆଣିଲା। ଦେଖିଲା '୫ର୍ଦ୍ଧ ଲେଉଟାଇ। ବେଶ୍ କୌତୂହଳୀ ହୋଇ। ସବୁ ଲେଖା ତାକୁ ନେଇ ସେ ଏଡ଼େ ଭାବ ବିଭୋର! କାନ୍ଥରେ ଟଙ୍ଗା ହୋଇଥିବା ତା' ଫଟୋଟିକୁ ଦେଖି ସେ ଟିକେ ମୁରୁକି ହସିଲା ଆଉ ସାରିକାର ଲେଖା ତଳେ ଗୁଣୁଗୁଣୁ ହୋଇ ସେ ବି କିଛି ଲେଖିଲା। ଠିକ୍ ସେତିକିବେଳେ ତା' ଫୋନ୍ ବାଜିଲା। ଡାଏରିଟି ସେମିତି ଖୋଲା ରହିଗଲା ଟେବୁଲ୍ ଉପରେ। ସେ ଫୋନ୍‌ରେ କଥା ହେଲା। କଲ୍ ବନ୍ଦ କରି ପୁଣି ସାରିକାକୁ ଫୋନ୍ କରି କହିଲା, ମତେ ଯିବାକୁ ହେବ ସାରି। ମନ୍ଦିର ପ୍ରୋଜେକ୍ଟର ଜରୁରୀ ମିଟିଂ। ତା'ପରେ ଭୂମିପୂଜା...। ହଁ, ହ୍ୟାଲୋ କହିପାରିବିନି କେତେ ଡେରି ହେବ। ଘରୁ ଗାଡ଼ି ନେଇ ଯିବି। ଆଚ୍ଛା... ଚାବିଟା ସେଇ ତୁମ ନିର୍ଦ୍ଦିଷ୍ଟ ଜାଗାରେ ରଖିଦେଇଯାଉଛି, କହି ଚାବି ରଖିଦେଇ ଚାଲିଗଲା ସେ। ଆଶ୍ଚର୍ଯ୍ୟ, ତା' ପରେ ପରେ ବିକ୍ରମର ମୋଟର ସାଇକେଲ୍ ଆସି ଗେଟ୍ ପାଖରେ ଲାଗିଲା। ଚାବି ରହିବା ଜାଗାରୁ ଚାବିଟି ନେଇ ଆସି ସେ କବାଟ ଖୋଲିଲା। ଲାଇଟ୍, ଫ୍ୟାନ୍ ଲଗେଇ ଖଟରେ ଗଡ଼ିପଡ଼ିଲା। ଖବରକାଗଜ ଆଣି ଖୋଲି ପଢ଼ିଲା। ହେଲେ ତାକୁ ଲାଗିଲା ବିଛଣାରେ ଏକ ଅଲଗା ବାସ୍ନା। ଇଏତ ସାରିକା ଦେହର ବାସ୍ନା ନୁହେଁ...ସେ ଉଠିପଡ଼ିଲା। ଖଟକୁ ଆଉଥରେ ଶୁଙ୍ଘିଲା। କିଛି ଭାବି ଏଣେ ତେଣେ ଦେଖିଲା। ଟେବୁଲରେ ରଖା ହୋଇଛି ଜ୍ୱର ଔଷଧ। ଆଲକାସଲ୍। ପାଣିପାତ୍ର। ଛୋଟ ତଉଲିଆ।

'ଜ୍ୱର ହେଉଥିଲା କି ସାରିକାକୁ?' ଆଉ ଟିକେ ଅଧିକ ଧାର୍ଯ୍ୟ କରିବାକୁ ଯାଇ ସେ ସବୁଆଡ଼େ ଟିକେ ଘୁରି ଦେଖିଲା। ଟେବୁଲ୍ ଉପରେ ଥିବା ଖୋଲା ଡାଏରି ଉପରେ ହଠାତ୍ ଅଟକିଗଲା ନଜର। ଉଠେଇ ନେଇ ପଢ଼ିଲା କୌତୂହଳୀ ହୋଇ। ୫ର୍ଦ୍ଧ ପରେ ୫ର୍ଦ୍ଧ। ଚକିତ ହେବାର ସୀମା ରହିଲାନି ତା'ର। ମନନ ଯେଉଁ ଦୁଇପଦ ଗୁଣୁଗୁଣୁ ହୋଇ ଲେଖିଥିଲା ତା' ବି ପଢ଼ିଲା। ଓ... ଏଇ ସବୁ ଚାଲିଛି ତା' ହେଲେ! ପର ଲାଗିଲାଣି ସାରିକା ଦେହରେ!

ଡାୟରିଟା ବନ୍ଦ କରି ଦେଇ ଗୁମ୍ ମାରି ବସି ରହିଲା ସେ ।

ଫୋନ୍ ଉଠାଉଥିଲା ସାରିକା ପାଖକୁ କଲ୍ କରିବାକୁ । ଗେଟ୍ ଖୋଲିବା ଶବ୍ଦରେ ଜାଣିଲା ସେ ଆସିଲାଣି । ଆଉ କଲାନି ।

ସାରିକା ଭିତରକୁ ଆସି ପର୍ସ ରଖି ବିକ୍ରମ ବସିଥିବା ପାଖ ଚେୟାରରେ ବସିଗଲା । ପଚାରିଲା, କୁହ କାହିଁକି ଆସିଛ ?

ଚିଡ଼ିଯାଇ ବିକ୍ରମ କହିଲା, 'ତୁମର ଏଇଭଳି ଫିଙ୍ଗାଫୋପଡ଼ା କଥାର କାରଣ ମୁଁ ଜାଣିସାରିଛି ।'

ସାରିକା ନିଜର ଆଶ୍ଚର୍ଯ୍ୟଭାବ ଲୁଚେଇ କହିଲା, 'କ'ଣଟା ଜାଣିଛ ? ମନେରଖ, ଯାହାବି ଜାଣିଛ, ତାହା ମୋର ବ୍ୟକ୍ତିଗତ କଥା । ଏଥିରେ ତୁମର ମୁଣ୍ଡ ଖେଳେଇବା ଅଧିକାରଟି ତୁମଠୁ ମୁଁ କାଢ଼ି ନେଇସାରିଛି । ଅଲଗା କିଛି କହିବାର ଅଛି ତ କୁହ ।"

ଖ୍ଙ୍କାରି ହୋଇ ବିକ୍ରମ ଏଥର କହିଲା, 'ଦେଖୁଛି ମୁହଁ ଭାରି ଟାଣ ହୋଇଯାଇଛି । ଜିଭଟା ହଲୁଛି ବହୁତ ଜୋରରେ । ଟିକେ ସଂଯତ ହେଇଯା ନ ହେଲେ ପସ୍ତେଇବୁ । ଜାଣିପାରୁଛି ଏଇ ବଡ଼ିମା ତୋର ନିଜର ନୁହେଁ କୋଉ ପ୍ରେମିକ ପ୍ରବର ମନନର । ସେଇଟା ରହିଲେ ହେଲା ।'

ସାରିକା ମୁହଁତୋଡ଼ରେ କହିଲା, ହଁ, ସେଇ ମନନ ଯାହାକୁ ମୁଁ ଭଲ ପାଉଛି । ଅତତଃ ତାଙ୍କୁ ନେଇ ଗର୍ବ କରିପାରୁଛି ମୁଁ । ତମ ସାଙ୍ଗରେ ମୁଁ ଆଉ ଆଗକୁ ବଢ଼ିବାକୁ ଚାହୁଁନି । ପ୍ଲିଜ ବିକ୍ରମ ବାରବାର ଆସି ମତେ ଆଉ ଡିଷ୍ଟର୍ବ କରନି । ମୋ ଜୀବନରୁ ଏଥର ତୁମେ ଦୂରେଇ ଯାଅ । କବିତା ବୋଲି ଯେଉଁ ଝିଅକୁ ସେଦିନ ଆଣି ଛାଡ଼ିଥିଲ ମୋ ପାଖରେ, ସେ ତୁମ ମୁହଁର ପର୍ଦ୍ଦା ଖୋଲିଦେଇଛି । ବୁଝୁଥବ କ'ଣ କହୁଛି ମୁଁ ? ଛି... ତୁମେ ଏତେ ଘୃଣ୍ୟ କାମ କରିପାର ଝିଅକୁ ନେଇ ?

ଏତିକି କହି ସାରିକା ଯାଇ ବେସିନ୍‌ରେ ମୁହଁ ଧୋଇଲା । ହସ୍‌ପିଟାଲର ପୋଷାକ ବଦଳାଇଲା ୱାସରୁମ୍ ଯାଇ । 'ତୁମେ ଏଥର ଆସିପାର' କହି ଭିତର ଘରକୁ ଆସିଲା । ହେଲେ ପଛେ ପଛେ ବିକ୍ରମ ବି ପଶି ଆସି ବଡ଼ପାଟିରେ କହିଲା,

‘ତମେ କ’ଣ ମତେ ୟୁଜ୍ କରିନ ? ମୋର ସମୟ ଖାଇନ ? ତୁମ ଜୀବନର ସବୁ ଛକ ଓ ମୋଡ଼ରେ ଠିଆ ହୋଇ ତୁମକୁ ସାମାଜିକ ସୁରକ୍ଷା ଦେଇନି ମୁଁ ? ଏତେ ଶୀଘ୍ର ମତେ ଦୂରେଇ ଦେଇପାରିବ ତୁମେ ଆଉ ମୁଁ ଦୂରେଇ ଯିବି ? ’ କହୁ କହୁ ତା’ ପାଖରେ ବସି ଦୁଇ ବାହୁରେ ତାକୁ ସେ ଜାବୁଡ଼ି ଧରିଲା । ଏକ ଶକ୍ତ ଧକ୍କାଦେଇ ସାରିକା ତାକୁ ପେଲିଦେଲା । ଆଉ କହିଲା, ‘ଡୋଣ୍ଟ ଟଚ୍ ମି, ମୁଁ ତୁମକୁ ଘୃଣା କରେ । ତୁମେ ଯେଉଁ ଟଙ୍କା ନେଇଛ ନେଇଯାଅ । ଭାବିନେବି ସମାଜସେବାରେ ଟଙ୍କା ଗଲା । ତମର ମୋର ହିସାବ ଏଠୁ ଖତମ୍ । ମୋ ଘରୁ ବାହାର... ଆଉଟ୍ । ସବୁଦିନ ପାଇଁ ଆଉଟ୍...।’ ଦଉଡ଼ିଯାଇ କବାଟ ପୁରା ଖୋଲିଦେଇ ପୁଣି ସେ ଚିତ୍କାର କଲା, ‘ବାହାରିଯାଅ’।

ତମତମ ହୋଇ ଲଜ୍ଜା ଅପମାନରେ ବିକ୍ରମ ସେଠୁ ବାହାରିଗଲା । କବାଟ ବନ୍ଦ କରିଦେଇ ସାରିକା ଆସିଲା । ଖଟ ଉପରେ ପେଟେଇ କଇଁ କଇଁ କାନ୍ଦିଲା । କାନ୍ଦୁ କାନ୍ଦୁ କେତେବେଳେ ତାକୁ ନିଦ ହୋଇଯାଇଛି । ଫୋନ୍ ରିଙ୍ଗ ହେବା ଶବ୍ଦରେ ଧଡ଼୍କିନା ଉଠି ଦେଖେ ତ ମନନର କଲ୍ । ମୋବାଇଲରେ ସମୟ ଦେଖିଲା ରାତି ବାଆର । ମନେ ମନେ କହିଲା, ହେ ଭଗବାନ ! ଏତେ ସମୟ ଶୋଇ ପଡ଼ିଥିଲି । ସେବେଳକୁ କଟିଯାଉଥାଏ ରିଙ୍ଗ୍ । ସେ କଲ୍ବ୍ୟାକ୍ କଲା ତାକୁ । ହ୍ୟାଲୋ  ମନନ...

: ଆରେ... ସାରି ଏମିତି କ’ଣ ଶୁଭୁଛି ତୁମ ସ୍ୱର ? କାନ୍ଦୁଥିଲ ?

: ବିକ୍ରମ ଆସିଥିଲା । ତାକୁ ଆଜି ଘରୁ ତଡ଼ି ଦେଇଛି । ମନ ଓ ଜୀବନରୁ ତ କେବେଠୁ ତଡ଼ି ସାରିଥିଲି । ଟିକେ ସୁଁ ସୁଁ ହୋଇ ପୁଣି ସେ କହିଲା,

: କୋଉ ଚନ୍ଦନବନ ଦେଇ ବୋହିଗଲେ ବି ଏ ମଳିନ ଦେହ ପବିତ୍ର ହୋଇପାରିବନି ମନନ ।

: ଏମିତି କାଇଁ କହୁଛ, ମୁଁ କ’ଣ ବିକ୍ରମ କଥା ଜାଣିନାଇଁ ?

: ଖାଲି କ’ଣ ବିକ୍ରମ ? ସେ ତ ପର । ମୋ ନିଜ ବନ୍ଧୁକୁଟୁମ୍ବ ଲୋକ, ରକ୍ତସମ୍ପର୍କମାନେ ବି ଫ୍ରକ୍ ତଳେ କଅଁଳୁଥିବା ଛାତିକୁ ଛୁଇଁଛନ୍ତି । ଆମ ଉପରମହଲା ଧାନରଖା ଭାଡ଼ିଘର ଭିତରକୁ ଖେଳ ନାଁରେ ଟାଣି ନେଇ ଖେଳିଛନ୍ତି ମୋ ଦେହ

ସାଙ୍ଗରେ । ମୋ କଷ୍ଟମନରେ ବୁଝୁ ନ ଥିଲି କିଛି । ପାକଳ ହେଲା ପରେ ବୁଝିଲି, ସାରା ଦୁନିଆଟା ଠିଆ ଏ ଦେହ ଖେଳ ଉପରେ । ଆଉ ଏ ଦେହଖେଳ ବେଳେ ସବୁ ନୈତିକତା ଓ ସାମାଜିକତା କେବଳଗୋଟେ ଫାଙ୍କାବାଜି ବୋଲି ମନେହୁଏ । ଏ ଦେହତନ୍ତ୍ର ଭିତରେ ଯଦି କିଛି ସତ୍ୟର ସ୍ୱର ଶୁଭୁଥାଏ, ଆମ୍ଭର ପରିପ୍ରକାଶ ହେଉଥାଏ, ତା' ହେଉଛି କେବଳ ଏକ ବାସ୍ତବ ତଥା ସ୍ୱଚ୍ଛ ନିର୍ମଳ ପ୍ରେମ । ମନନ ! ଭାବୁଛି ମୁଁ, 'ସେମିତି ଏକ ପ୍ରେମର ସୁଅରେ ହିଁ ଆମେ ପରସ୍ପର ପ୍ରତି ସମର୍ପିତ । ନୁହେଁ ? ତୁମେ କ'ଣ ଭାବ ? '

ସ୍ତମ୍ଭୀଭୂତ ହୋଇ ଶୁଣୁଥିଲା ମନନ । ଏକ ଦୀର୍ଘ ନିଃଶ୍ୱାସ ଛାଡ଼ି କହିଲା, 'ତୁମ କଥା ଶୁଣି ମନେ ହେଉଛି, ନିହାଣରେ ଦେହ ଆଙ୍କିବାରେ ମୁଁ ଯେତିକି କୁଶଳୀ, ଦେହତନ୍ତ୍ରକୁ ଜୀବନ ସାଙ୍ଗରେ ସାଲିସ୍ କରି ନେବାରେ ତୁମେ ସେତିକି ପ୍ରବୀଣା । ହୁଏ ତ ତୁମ ଯନ୍ତ୍ରଣାମୟ ଜୀବନଯାତ୍ରା ହେଉଛି ତା'ର ପାଠଶାଳା ସାରି ।'

: ଟାଇମ କେତେ ହେଲାଣି କୁହତ ମନନ ?

: ସାଢ଼େ ଦି'ଟା ।

: ତୁମେ ଜଣେ ଖୁବ୍ ସଜା ଓ ଉଚିତର ମଣିଷ, ମନନ ।

ମନନ ଟିକେ ହସିଲା । ଆରମ୍ଭ ହୋଇଥିବା ଛିପିଛିପି ବର୍ଷାର ଓଠରେ ବି ଥିଲା ମଧୁର ହସର ଛିଟା ।

'ତୁମର ମନେ ଅଛି ମନନ, ନୂଆ ନୂଆ ଆମ୍ଭୟତା ବେଳେ ଏକ ବର୍ଷା ରାତିରେ ତୁମେ ମୁଁ ଓ ତୁମ ବାଇକ୍ ଲମ୍ୟ ରାସ୍ତାରେ କେମିତି ମତୁଆଲା ହୋଇଥିଲେ । ଆଜି ବି ଭିଜୁଛି ରାତି ସେମିତି ଝିପିଝିପି ବର୍ଷାରେ । ମୁଁ ଫିଟିଯିବାକୁ ଚାହେଁ ଏ ଗମ୍ଭୀରି ଭିତରୁ... ଚାହେଁ ଟିକେ ଖୋଲା ପବନ । ଆସନା ନେଇଥାଅ ମତେ ଏକ ଲମ୍ୟ ରାସ୍ତାରେ ।'

: ଆର ୟୁ ସିରିଏସ୍ ସାରି ? ଠିକ ଅଛି । ମୁଁ ଆସୁଛି :

ବାଇକ୍ ଚାଲିଛି । କୁଣ୍ଠାଏରୋ ବର୍ଷାମିଶା ଶୀତୁଆ ପବନ ପିଟୁଛି । ସାରିକାକୁ କିଛି କାରୁନି । କାଟୁ କରିପାରୁନି । ସେ ପଛରୁ କଷି କରି ଭିଡ଼ି ଧରିଥାଏ ମନନକୁ ।

ଗାୟତ୍ରୀ ସରାଫ୍

ବାଦଲ ପରେ ବାଦଲ ଚିରି ଉଡ଼ି ଯାଉଥିଲେ, ବେଖାତିର, ବେପରୁଆ ଦୁଇ ବଗୁଲା, ବଗୁଲୀ ।

: ତୁମେ ହିଁ ମୋର ରାସ୍ତା । ତୁମେ ମୋର ସାରଥି । ତୁମ ସାଙ୍ଗରେ କୌଣ ଏକ ଦିଗ୍‌ବଳୟରେ ମୁଁ ହଜିଯିବାକୁ ଚାହୁଁଛି ।

: ସିନ୍ଦୁରା ଫାଟିଲାଣି ମନନ । ଏଇ ଦେଖ...

: ତେବେ ତ ବହୁତ ଜଲଦି ପହଞ୍ଚିବାକୁ ହେବ ।

: କୌଠି ?

ଯେଉଁଠି ସୂର୍ଯ୍ୟର ପ୍ରଥମ କିରଣ ଦେଖିବା ପାଇଁ ଯୁଗ ଯୁଗ ଧରି ମଣିଷ ବ୍ୟାକୁଳ ହୋଇଛି ।

ମୋର ପ୍ରିୟ ଜାଗା । ମୋ ପ୍ରିୟତମ ମନନର ଉଦୟ ବି ତ ସେଇଠି ହୋଇଥିଲା । ମନେଅଛି ? ସାରିକାର ସ୍ୱରଟି ଶୁଭୁଥିଲା ଭେଶ୍ ଭିଜା ଭିଜା ।

ଧୀରେ ଧୀରେ ଆକାଶ ଓ ସମୁଦ୍ରକୁ ଦୁଇଫାଲ କରି ମୁଣ୍ଡ ଟେକୁଥିଲା ନାରଙ୍ଗୀ ରଙ୍ଗର ସୂର୍ଯ୍ୟ । ସେଇଠି ସେ ଦୁହେଁ ବସିଥିଲେ ବାଲି ଉପରେ । ସାରିକାର ଆଖିରେ ପଲକ ପଡୁନ ଥାଏ । ରକ୍ତିମ ସୂର୍ଯ୍ୟୋଦୟରେ ଲାଖ୍ ରହିଥାଏ ଆଖି । ଭାବବିହ୍ୱଳ ସ୍ୱରରେ ସେ କହିଲା, 'ସ୍ୱପ୍ନିଲ ଲାଗୁଛି ମତେ ସବୁକିଛି । କାହିଁକି କେଜାଣି ଅଭ୍ୟନ୍ତରରେ ପୁଣି ଡର ବି ଲାଗୁଛି ।' ଆଖି ବନ୍ଦକରି ମନନ କାନ୍ଧରେ ସେ ନିଜକୁ ଡେରିଦେଲା । କହିଲା ବନ୍ଦ ଆଖିରେ, 'ଏମିତିରେ ତ ଦୁଇ ଚାରିଥର ଦେଖିଛି କୋଣାର୍କ କିନ୍ତୁ ତୁମ ଭଳି ଭାସ୍କର୍ଯ୍ୟ ଶିଳ୍ପୀ ସାଙ୍ଗରେ ପୁଣି ଦେଖିବାକୁ ଚାହୁଁଛି ମନ୍ତ୍ରମୟ ଭାସ୍କର୍ଯ୍ୟର ସେ ଶ୍ରେଷ୍ଠକୃତିକୁ । ଅନୁଭବ କରିବାକୁ ଚାହୁଁଛି ସେଇ ଅତିମାନବୀୟ ପରିପ୍ରକାଶକୁ । ଯିବା ଚାଲ ।'

ଏକଥା ଶୁଣି ତାକୁ ଛାତି ଉପରୁ ଉଠାଇ ଆଣିଲା ମନନ ଆଉ ଦୁଇ ପାପୁଲିରେ ତୋଲି ଧରିଲା ତା'ର ସ୍ୱପ୍ନିଲ ମୁହଁକୁ ଆଉ ଟିକେ ହସିଦେଲା । ଯାହା ବିସ୍ତାରିତ ହୋଇଗଲା ସକାଲର ସୁନୀଲ ଆକାଶରେ ।

ମୁଖଶାଳା ଦେଇ ଆସିଲେ ସେ ଦିହେଁ କୋଣାର୍କ ଭିତରକୁ । ଜଗମୋହନ ପାଖରେ ଠିଆହୋଇ କୋଣାର୍କର କାରୁକାର୍ଯ୍ୟ ଉପରେ ପହଁରେଇଲେ ଆଖି । ସ୍ୱସ୍ତ

ବାରି ହୋଇପଡୁଥିଲା ସେଇଠୁ, ପରସ୍ପର ସହ ଜଡ଼ିତ ନରନାରୀ ମୂର୍ତ୍ତି । ଅନେକ ମୂର୍ତ୍ତିରେ ଜୀବନ୍ତ ପରି ଅନୁମେୟ ହେଇଥିଲା ନରନାରୀଙ୍କ ସ୍ୱର୍ଗୀୟ ମିଳନ । ଦେଖିବା ଭିତରେ ମନନର ହାତକୁ ଜାବୁଡ଼ି ଧରିଥିଲା ସାରିକା । ମନନ ବି ବେଶ ଅନୁଭବ କରିପାରୁଥିଲା ସାରିକାର ସମ୍ବେଦନଶୀଳତା । ସେ ବୁଝେଇ କହିଥିଲା,

      : ଏଇ ମୂର୍ତ୍ତି ସବୁ ଶାସ୍ତ୍ରୀୟ । ଯୁଗ ଯୁଗ ଧରି ସୃଷ୍ଟିର ଜୀବନତନ୍ତ୍ର । ଏସବୁ ଗଢ଼ିବା ବେଳେ ଶିଳ୍ପୀ ନିଜ ଶରୀରକୁ ପ୍ରକୃତିମୟ କରିଥାଏ । ପ୍ରକୃତିର ପ୍ରେମମୟ ସମର୍ପଣକୁ ଅନୁଭବ କରିବା ଭିତରେ, ହାତରେ, ନିହାଣ ଚାଲିଥାଏ । ସେଥିପାଇଁ ପାଷାଣରେ ଆଜି ବି ଜୀବନ୍ତ ଏ ଦେହତନ୍ତ୍ର ।

      ଚାଲ, ଆଉ ଗୋଟେ କଥା ଦେଖୁବ । ରେଖଦେଉଳଟାରୁ ଉପରଜଙ୍ଘା ଭିତରେ ଥିବା ଅନେକ ସମ୍ଭୋଗମୟ ଭାସ୍କର୍ଯ୍ୟ ଦେଖାଉ ଦେଖାଉ କହିଲା ସେ, ମୁଖ୍ୟତଃ କୋଣାର୍କ ସର୍ବମୟ ଭାବେ କାମକଳାରେ ଅଳଙ୍କୃତ । ଏଠି କୌଣସି ତ୍ରସ୍ତ ଗୋପନୀୟତା ନାହିଁ ବା ସମ୍ପୂର୍ଣ୍ଣ ଭୋଗର ବିରାଗ ନାହିଁ । ଆଉ ଜାଣିଛ ସାରି, କୋଣାର୍କ ଯୁଗ ଯୁଗ ଧରି ବହନ କରିଛି ପୁରୁଷ ଓ ନାରୀ ଭିତରର ପ୍ରବୃତ୍ତିଗତ ଦେହତନ୍ତ୍ରର କଠୋର ବାସ୍ତବତା ।

      ଏ କୋଣାର୍କ ଏମିତି ଏକ ଦିବ୍ୟସୃଷ୍ଟି ଯେଉଁଠି ରହିଛି ଯୁଗର ପ୍ରାଚୀନତାର, ମଣିଷ ଯାତ୍ରାର ଅତ୍ୟାଧୁନିକତା କୃତି ଆଉ ବିକୃତିର ପରିପ୍ରକାଶ ।

      ତୃପ୍ତିମୟ ଆଖିରେ ସାରିକା, ମନନକୁ ଚାହିଁଲା । ଶିହରିତ ସ୍ୱରରେ କହି ପକେଇଲା, 'ଏବେ ବି କ'ଣ ଆମ ପ୍ରେମରେ ସେ ପ୍ରାଚୀନ ଶାସ୍ତ୍ରୀୟ ଶୈଳୀକୁ ଆମେ ଅନୁଭବ କରିପାରିବାନି ? ମୁଁ ଚାହେଁ ତୁମ ସହିତ ସେଇ ପୁରୁଣା ଯୁଗରେ ହଜିଯିବି । ଦି' ଜଣଙ୍କର ଦୁଇଟା ପଞ୍ଜା ପ୍ରବୃତ୍ତିଗତ ଭାବରେ ଛନ୍ଦି ହୋଇଗଲା । ମନନ କହିଲା, 'ସାରା ରାତି ଶୋଇନ, ରେଷ୍ଟ କରିବ ? ଫେରିବା ଆମର ଶିଳ୍ପଶାଳାକୁ ?

      : ନା, ଭଲ ଲାଗୁଛି । ଚାଲ ଆହୁରି ବୁଲିବା: ଯେମିତି ପାଗଳୀ ହୋଇଯାଉଥିଲା ସାରିକା ।

      ପ୍ରାୟତଃ ମଉଳା ସଞ୍ଜ ।

ସେବେଳକୁ ଯାଇ ଦୁହେଁ ପହଞ୍ଚିଲେ ଶିକ୍ଷଶାଳାରେ । ଅଜ କେତୋଟି ଶହେ ପାୱାର ବଲ୍‌ରେ ସାରା ଶିକ୍ଷଶାଳାଟି କ୍ଷୀଣ ଆଲୁଅରେ ମନୋରମ ଦିଶୁଥାଏ । ତା’ ସାଙ୍ଗକୁ ଜହ୍ନରାତିର ଏକ ସ୍ୱପ୍ନିଲ ବାତାବରଣ । ସମଗ୍ର ପରିବେଶଟି ସାରିକାକୁ ରୋମାଞ୍ଚିତ କରୁଥାଏ । ଶାଲର ରକ୍ଷାକର୍ତ୍ତା ଉମା ମାଉସା ଦଉଡ଼ି ଆସି ବେଗ୍‌ଟି ନେଇଗଲେ । କହିଗଲେ, ଫ୍ରେସ୍ ହୋଇଯାନ୍ତୁ, ମୁଁ ଚା’ ନେଇ ଆସୁଛି । ଦୁହେଁ ଫ୍ରେସ୍ ହେଲେ । ବାହାରପଟେ ପଡ଼ିଥିବା ବାଉଁଶ ସୋଫାରେ ବସିଲେ । ଚାରିଆଡ଼ ଖୋଲା । ସୁଲୁସୁଲୁ ପବନ । ସାରାଦିନର କ୍ଲାନ୍ତି ପ୍ରଶମିତ ହୋଇ ଯାଉଥାଏ । ଉମା ମାଉସା ମାଟି କପ୍‌ରେ ଚା’ ଆଣି ଦେଇଗଲେ । ଚା’ର ଗୋଟେ ସିପ୍ ନେଉ ନେଉ ଖୁସିହୋଇ ସାରିକା ପଚାରିଲା, ଏଇଟା କି ଚା’ ? ମନନ ଉତ୍ତର ଦେଲା: ଏ ଚା’ ଚେର ମୂଳିରେ ତିଆରି । ନିଜେ କରୁ ଆମେ । ମୋର ଅତି ପ୍ରିୟ । ଚା’ ପିଉ ପିଉ ମନନ ଉଠିଯାଇ ମ୍ୟୁଜିକ୍ ସିଷ୍ଟମ୍‌ରେ ରବିଶଙ୍କରଙ୍କ ‘ସନ୍ଧ୍ୟାରାଗ’ର ସିତାରର ଏକ ଟ୍ରାକ୍ ବଜେଇ ଦେଇ ଆସିଲା ।

ମିଞ୍ଚି ମିଞ୍ଚି ଆଲୁଅ, ସୁଲୁସୁଲୁ ପବନ, ସୀତାରର ସନ୍ଧ୍ୟାରାଗ, ଚେରମୂଳି ଚା’, କୋଣାର୍କର ବାସ୍ନା, ସାରିକାକୁ ଏକଦମ୍ ନିଶାତୁର କରୁଥିଲା । ମନନ କହିଲା, ଚାଲ, ଆମ ଶାଲ ବୁଲି ଆସିବା । ଶାଲ ଚାରିଆଡ଼େ ବୁଲୁବୁଲୁ ଆତ୍ମହରା ହୋଇ ପଡ଼ିଥିଲା ସାରିକା । ବିଭୋର ହୋଇ ଉଠୁଥିଲା ପ୍ରିୟ ପୁରୁଷ ମନନର କଳାକୃତି ଦେଖି । ସେ ଅନୁଭବ କରୁଥିଲା କୋଣାର୍କର ସୂକ୍ଷ୍ମ ଶିଳ୍ପରେ ଫୁଟି ଉଠୁଥିବା ପ୍ରେମ ଓ ପ୍ରଣୟର ଯୁଗାତୀତ ମୁଦ୍ରା, ମନନର ଶିଳ୍ପରେ ବି ଫୁଟିଛି । ପ୍ରତିଭା ଓ କଳା ନିପୁଣରେ ସେ କିଛି କମ୍ ନୁହେଁ । ଏଡ଼େ ବଡ଼ ଶିଳ୍ପୀର ପ୍ରେୟସୀ ସେ । ଯ‍ାଁ ଭିତରେ ସେ ପ୍ରାୟତଃ ସବୁ ମୂର୍ତ୍ତି ତନ୍ନ ତନ୍ନ କରି ଦେଖି ସାରିଲାଣି । ଉମା ମାଉସା ଆସି କହିଲେ, ‘ଖାଇବା ରେଡି, ଲଗେଇ ଦେବି ? ’

ହଁ କରି ଦୁହେଁ ଯାଇ ଖାଇବା ଟେବୁଲରେ ବସିଲେ । ମାଉସାଙ୍କ ହାତରନ୍ଧାରେ ନୂଆ ସ୍ୱାଦ ପାଉଥିଲା ସାରିକା । ଖାଇସାରି ଦୁହେଁ ରୁମକୁ ଆସିଲେ । ପୁରୁଣା ସମୟର ଏକ କାରୁକାର୍ଯ୍ୟ ପୂର୍ଣ୍ଣ ପଲଙ୍କ ସେଠି ପଡ଼ିଥିଲା । ମାଉସା ସେଥରେ ଧୋବ ଫର୍‌ଫର୍ ଚାଦରଟିଏ ପାରି ଦେଇଥିଲେ । ଦିହେଁ ଯାଇ ସେଠି ବସିଲେ, ପରସ୍ପରକୁ ପ୍ରେମର ସହ ଆଲିଙ୍ଗନ କରି ପୂର୍ବରାଗର ବାସ୍ନାରେ ଶିହରିତ ହୋଇଉଠିଲେ ।

ସାରିକା କହିଲା, ଆଜି ଆମେ ସମ୍ପୂର୍ଣ୍ଣ ରୂପେ ଫେରିଯିବା କୋଣାର୍କର ସମୟକୁ ନ ହେଲେ ସେ ସମୟର ଶିଳ୍ପୀଙ୍କୁ ମୋ ପ୍ରେମ ଚେତନାରେ ପାଇବି କେମିତି ? ଏତିକି କହିଲା ବେଳକୁ ଦେଖିଲା ସେ, ଟିକେ ଦୂରରେ ରଖା ହୋଇଛି ପିତଳର ଏକ ବଡ଼ ଡୋକରା ଦୀପ । ବ୍ୟବହାର ହେଉଥିବା ବେଳେ ବୋଧେ ଅଧାରୁ ଲିଭିଯାଇଛି । ସେ ଯାଇ ଦିଆସିଲି ମାରି ଦୀପଟାକୁ ଜଳାଏ ଓ ଜଳୁଥିବା ଶହେ ପାୱାର ବଲ୍‌ବକୁ ଲିଭେଇଦିଏ । ଏ ଆଲୋକ ତ ସେ ସମୟର । ସେ କହେ ଓ ମ୍ୟୁଜିକ୍ ସିଷ୍ଟମରେ ଏକ ଶୃଙ୍ଗାର ସଙ୍ଗୀତ ଲଗେଇ ଦିଏ । 'ଅଖିଆୌ ରସିଲି ତୋରି, ଅଖିଆୌଁକୋ ମତ୍ ମାରେ ତର, ଖଲେ କଣ କଣ ମେରି ତନବଦନରେ... ।'

ଅନୁଭୂତ ହେଉଥିଲା ଫେରିଯାଇଛନ୍ତି ସେମାନେ ସେଇ ପ୍ରାଚୀନ ସମୟକୁ । ମନନ, ସାରିକା ମୁହଁକୁ ଦୁଇ ଆଙ୍ଗୁଳିରେ ତୋଲି ଧରି ଚୁମ୍ବନ୍‌ତେ ଆଙ୍କିଦେଲା । ନିଜ ମୁଖରେ ମୁଖବାସ ଥୋଇ, ଜିହ୍ୱା ଦେଇ, ସାରିକା ମୁଖରେ ବି ଥୋଇ ଦେଉଥିଲା ନବରନ୍‌, ଆଲସୀ ଆଦି ମୁଖବାସ । ଆମୋୟତାର ଆନନ୍ଦରେ ଶିହରିତ ହେଉଥିଲା ସାରିକାର ସର୍ବାଙ୍ଗ ଶରୀର । ଉଭୟଙ୍କ ମନ ଶରୀରରେ ଖୋଲି ଯାଉଥିଲା ଅସଂଖ୍ୟ ପାଖୁଡ଼ା । ଏଥର ସାରିକା ବେଶ୍ ସହଜ ହୋଇଗଲା । ସିଧା ଆସି ବସିପଡ଼ିଲା ମନନର କୋଳରେ । କ୍ଷୁଧାର୍ତ ପ୍ରାୟ ଦୁହେଁ ଦୁହିଁଙ୍କୁ ଚୁମ୍ବନରେ ଭରିଦେଲେ । ଆମ୍ୟଶୂନ୍ୟ ହୋଇ ଦୁହେଁ ବ୍ୟାକୁଳ ହୋଇ ଉଠୁଥିଲେ, କୋଣାର୍କର ସମସ୍ତ ଶୃଙ୍ଗାର କଳାକୁ ଚରିତାର୍ଥ କରିବା ପାଇଁ । ପ୍ରେମର ତୀବ୍ର ପ୍ରକମ୍ପନରେ ଗତି କରୁ କରୁ ଦୁହେଁ ପୂର୍ଣ୍ଣତାକୁ ପ୍ରାପ୍ତି ହେଉଥିଲେ । ଆହ୍ଲାଦିତ ହେଉଥିଲେ କୋଣାର୍କର ପ୍ରାଚୀନ କାମକଳାର ସାନ୍ନିଧ୍ୟକୁ ନେଇ । ଧୀରେ ଧୀରେ କମି ଆସୁଥିଲା କାମନାର ୫ଡ଼ । ପ୍ରେମାଲିଙ୍ଗନରେ ସେମିତି ପଡ଼ି ରହିଲେ କିନ୍ତୁ ଅନେକ ସମୟ । ପ୍ରକୃତିସ୍ଥ ହେଲା ପରେ, ସାରିକା ନିରବ ନିରବ ଶବ୍ଦରେ କହି ଚାଲୁଥିଲା, ତା' ପରିତୃପ୍ତିର ଭାଷା । ଉନ୍ମୁକ୍ତ କରୁଥିଲା କାମକଳା ଓ ଦେହତନ୍ତ୍ରର ତତ୍ତ୍ୱ ।

'ଏହା ହିଁ ହେଉଛି ଦେହତନ୍ତ୍ର । ବ୍ରହ୍ମାଣ୍ଡରେ ଥିବା ସମସ୍ତ ସୃଷ୍ଟିର ବୀଜମନ୍ତ୍ର । ଏହି ତତ୍ତ୍ୱର ତ୍ୱରାନ୍ଧିତ ଚକ୍ର ହିଁ ସାରା ସୃଷ୍ଟିର ଗତି । ପୁରୁଷ, ସ୍ତ୍ରୀର ମିଳନରେ ହିଁ ଆଉ ଏକ ନୂଆ ପୃଥିବୀ ଓ ନୂଆ ସମୟ ଜନ୍ମ ନେଇଥାଏ ।'

ଗାୟତ୍ରୀ ସରାଫ୍

ଯା ଭିତରେ ବାହାର ଜଗତ ଜାଗ୍ରତ ହୋଇ ଉଠିଥିଲା । କାଉ, କୋଇଲିର ସ୍ୱର ଭୋର ହୋଇ ଆସୁଥିବାର ସୂଚନା ଦେଉଥିଲେ । ମନନ ଘଣ୍ଟା ଦେଖିଲା ଚାରିଟା ହେଲାଣି । ସାରିକାକୁ କହିଲା,

: ଏ ସାରି ! ଚାଲ ଉଠ । ଆମକୁ ବାହାରିବାକୁ ହେବ: ହଁ କଲା ସାରିକା ମଧୁର ସ୍ୱରରେ ।

ଫେରିବା ବେଳେ, ଜୋରରେ ଗାଡ଼ି ଚଲାଉଥାଏ ମନନ । ସାରିକା କହିଲା, 'ସାଢ଼େ ସାତଟା ଭିତରେ ପହଞ୍ଚିବା ତ ?'

: ଟେନ୍‌ସନ୍‌ ନାଇଁ । ମତେ ଠିକ୍‌ ଭାବେ ଧରି ବସ । ମୁଁ ପହଞ୍ଚେଇ ଦେବି । ତୁମକୁ ଛାଡ଼ି ଦେଇ ମତେ ପୁଣି ମନ୍ଦିର ପ୍ରୋଜେକ୍ଟ କାମରେ ଯିବାକୁ ହେବ । ଏଥର ସେଠି ଗୋଟେ ସପ୍ତାହର ରହଣି:

: ଏତେ ଦିନ କାଇଁ ? ସାରିକା ପଚାରିଲା ।

: ମନ୍ଦିରର ନିହଁଖୋଲା ଆରମ୍ଭ ହେବ । ପୂରା ମନ୍ଦିରଟା ପଥରରେ ହେବ । ପାଞ୍ଚଶ ଟନ୍‌ ପଥର ଗଦା ହୋଇ ସାରିଛି । ପ୍ରାୟ ଶହେ ଲୋକ କାମରେ ଲାଗିଛନ୍ତି । ମୁଁ ବହୁତ ବ୍ୟସ୍ତ ରହିବି । କଥା ହୋଇ ନ ପାରିଲେ ଦେଖ ମନଦୁଃଖ କରିବନି ସାରି, ବୁଝିଲ ?

: ନାଇଁ ବାବା ନାଇଁ ତୁମର ଯେତେବେଲେ ସମୟ ହେବ, କରିବ । ହେଲା ? ଡିଷ୍ଟର୍ବ କରିବିନି । ହେଲେ, କହିଥିବା କଥାଟି କ'ଣ ସାରିକା ରଖିପାରିଲା ?

ମନନ କଥା ତା'ର ଏତେ ମନେ ପଡ଼ିଲା ଯେ ସେ ଅଧୀର ହୋଇପଡ଼ିଲା । ସହିଗଲା ବହୁ କଷ୍ଟରେ ତିନିଦିନର ନିରବତା । ପାରିଲାନି ଆଉ । ହେଉ ପଛେ ଡିଷ୍ଟର୍ବ ସେ ଫୋନ୍‌ ଲଗେଇଲା । ଲମ୍ବା ରିଂ ହେଲା । ସେ କିନ୍ତୁ ଉଠେଇଲାନି । ଏତେ ବ୍ୟସ୍ତ ଶିଳ୍ପୀ ମହାଶୟ ! ମନେ ମନେ କହିଲା, ପୁଣି ଲଗେଇଲା । ଉଉର ନାଇଁ । କାମ ଲାଗିଥିବ... କଲ୍‌ ବ୍ୟାକ୍‌ କରିବ ନିଶ୍ଚୟ । ଅପେକ୍ଷା କଲା । ଆସିଲା ନାଇଁ । ବ୍ୟସ୍ତ ହୋଇପଡ଼ିଲା । ଚେଷ୍ଟା କଲା ପୁଣି ଥରେ । ଶଙ୍କା ଲାଗିଲା । ମନ ଭିତରେ ଅନେକ କଥା ଜମାଟ ବାନ୍ଧିଲା । କାହାକୁ ଆଉ ପଚାରିବ ? ସମୟ ଯେତିକି ଗଡ଼ୁଥାଏ ତା' ଛାତି ସେତିକି ଭାରି ହୋଇ ଚାଲିଥାଏ । ହଠାତ୍‌ ଫୋନ୍‌

ରିଂ ହୁଏ । ପାଗଳୀ ପ୍ରାୟ ୫ଫେଟି ପଡ଼ିଲା ସେ, ଫୋନ୍ ଉପରକୁ । ଉଠେଇ ଦେଖେ ତ ବିକ୍ରମର ଫୋନ୍ । ଘୃଣା ଆଉ ବିଷର୍ଣ୍ଣତାରେ ଫୋନ୍ କାଟି ଦେଇ ପକେଇଦେଲା ଗୋଟେ କୋଣକୁ ଓ ତକିଆରେ ମୁହଁ ପୋତି କାନ୍ଦିଲା । ପୁଣି ରିଂ ହେଲା ଫୋନ୍ । ସେ ଉଠେଇଲାନି । ରିଂ ହୋଇ ହୋଇ କଟିଗଲା । ପୁଣି ଥରେ ଫୋନ୍ ବାଜିଲା । ଇଚ୍ଛା ନ ଥିଲେ ବି ଭାବିଲା, କାଲେ ମନନର ହେଇଥିବ । ଦେଖେ ତ ସତରେ ତା'ର ଫୋନ୍ ।

କିନ୍ତୁ ତା'ର ସ୍ୱର ଶୁଭିଲାନି । ଆଉ କାହାର ଆଓ୍ୱାଜ୍ ଶୁଣି ସେ ଆଶ୍ଚର୍ଯ୍ୟ ହେଲା । ପଚାରିଲା, 'କିଏ କହୁଛନ୍ତି ? ମନନ କୁଆଡ଼େ ଗଲେ ? ତାଙ୍କୁ ଫୋନ୍ ଦିଅନ୍ତୁ ।'

: ସେ କ'ଣ କଥା ହୋଇପାରିବେ ମେଡମ୍ ଛାତି ଦରଜ ହେଉଛି ବହୁତ ଜୋର୍‌ରେ, କହୁ କହୁ ସେ ପଡ଼ିଗଲେ । ଚେତା ନାଇଁ । ଡାକିଲେ ଆଉ ଉଠୁନାହାନ୍ତି । ଆମ୍ବୁଲାନ୍ସରେ ଆମେ ତାଙ୍କୁ ପାଖ ଡାକ୍ତରଖାନାକୁ ନେଇଯାଇଛୁ: ସେଇ ଲୋକ ଜଣକ କହିଲେ ।

ସାରିକା ଶୁଣିଲା । ବହୁ କଷ୍ଟରେ ନିଜକୁ ସମ୍ଭାଳି ନେଇ କହିଲା, ନା ନା ତାଙ୍କୁ ଶୀଘ୍ର ଭୁବନେଶ୍ୱର ସମ ହସ୍ପିଟାଲ୍‌କୁ ନେଇ ଆସନ୍ତୁ । ମୁଁ ଏଠିକାର ଜଣେ ଷ୍ଟାଫ୍... ସବୁ ବୁଝିବି ମୁଁ...

: ଠିକ୍ ଅଛି ମେଡମ୍ । ଭୁବନେଶ୍ୱର ଏଠୁ ଷାଠିଏ କି.ମି. ହେବ । ଘଣ୍ଟାଏ ଭିତରେ ପହଞ୍ଚିଯିବୁ । ସାରିକା ତରତର ହୋଇ ହସ୍ପିଟାଲ୍ ଚାଲିଗଲା । କାର୍ଡିଓଲୋଜିର ସୁପର ସ୍ପେସିଆଲିଷ୍ଟ ଡକ୍ତର ଡି. ସୃଜନଙ୍କୁ ଭେଟି କଥାବାର୍ତ୍ତା କଲା । ତାଙ୍କ ପରାମର୍ଶ ଅନୁସାରେ ପୂର୍ବ ପ୍ରସ୍ତୁତି କରି ନେଲା । କେବିନ୍ ବୁକ୍ କଲା । ଫୋନ୍‌ରେ ପଚାରିଲା କେତେ ଦୂର ହେଲେଣି ? ଉତ୍ତର ଆସିଲା ଖଣ୍ଡଗିରି ପାଖ ହୋଇଗଲୁଣି । ଏମର୍‌ଜେନ୍‌ସି ପାଖରେ ଗାଡ଼ି ଲଗାଅ । ଗାଡ଼ି ପହଞ୍ଚିଗଲା । ସ୍ଟେଚରରେ ନିଆଗଲା ମନନକୁ । ଦଉଡୁଥିଲା ସାରିକା । ବେସିକ୍ ଟେଷ୍ଟ ସବୁ କରାଗଲା । ଚେକ୍‌ଅପ୍ ପରେ ଡକ୍ତର କହିଲେ 'ମାସିଭ୍ ହାର୍ଟଆଟାକ୍, ପଲ୍‌ସ ଡାଉନ୍ ହେଉଛି । ଓ.ଟି. ରେଡି କରନ୍ତୁ । ତାଙ୍କୁ ସାଙ୍ଗେ ସାଙ୍ଗେ ନେଇଯାଆନ୍ତୁ ।' ସାରିକା ସବୁ ଫର୍ମାଲିଟିକ୍ ସାରିଲା । ଓ.ଟି. ରେ ନାଲିବତୀ ଜ୍ୱଳିଲା । ବାହାରେ ବସିରହିଲେ

ସାରିକା ଓ ମନନର ଦୁଇ ସହଯୋଗୀ ଶିକ୍ଷୀ । ଜଣେ ମନନର ମୋବାଇଲ୍ ସାରିକାକୁ ଦେଲେ । ସାରିକା କିଛି ଭାବିଲା । ମୋବାଇଲଟା ଖୋଲି ମନନର ପନ୍ତୀ ପ୍ରଜ୍ଞାଶ୍ରୀଙ୍କ ନମ୍ବର ଖୋଜିନେଲା ଓ ତାଙ୍କୁ ଫୋନ୍ କଲା । ଭୁବନେଶ୍ୱର ସମ୍ ହସ୍ପିଟାଲ୍‌ରେ ଜଣେ ସିନିଅର୍ ଷ୍ଟାଫ୍ ନର୍ସ ହିସାବରେ ପରିଚୟ ଦେଇ ସେ ତାଙ୍କୁ ମନନର ଅବସ୍ଥା ବିଷୟରେ ଜଣାଇଦେଲା ।

 : ମୁଁ ଏବେ ଉତ୍ତରାଞ୍ଚଳରେ ଅଛି । ଆସି ପହଞ୍ଚିବି । ତାଙ୍କର ଯତ୍ନ ନିଅନ୍ତୁ । କହିଲେ ସେ ଅବିଚଳିତ ସ୍ୱରରେ ।

 ସାରିକା ଅନୁଭବ କଲା ତାଙ୍କ ସ୍ଥିତପ୍ରଜ୍ଞତା । ବେଶ୍ ଧୀର ସ୍ଥିର ଜଣାପଡ଼ିଲେ ସେ । ପ୍ରାୟ ତିନି ଘଣ୍ଟା ପରେ ଓ.ଟିର ସବୁଜବତି ଜଳିଲା । ଡକ୍ତରଙ୍କ ପଛେ ପଛେ ତାଙ୍କ ଚ୍ୟାମରକୁ ଧାଉଁଗଲା ସାରିକା । ମନନଙ୍କ କଥା ବୁଝୁ ବୁଝୁ ତା' ଆଖିରେ ଜକେଇ ଆସିଲା ଲୁହ ।

 ସେ ପୂରାପୂରି ବିପଦମୁକ୍ତ ନୁହନ୍ତି, ଶୁଣିବା ପରେ ଆଇସିୟୁରେ ସେ ନିଜେ ମନନ ଦାୟିତ୍ୱରେ ରହିଲା । ଛାଇ ପରି ତା' ଚାରିପଟେ ଘୂରି ବୁଲିଲା । ଅଚେତ୍ ହୋଇ ପଡ଼ିଥିବା ପ୍ରିୟପ୍ରାଣର ପ୍ରତିଟି ନିଃଶ୍ୱାସ ଗଣୁଥାଏ । ପ୍ରାର୍ଥନା କରୁଥାଏ । ଟିକେ ସମୟ ପାଇଁ ଭୁଲେଇ ପଡ଼ିଥାଏ । ସେଇ ଅବସ୍ଥାରେ ତାକୁ ଲାଗିଲା ମନନ ଯେମିତି ତାକୁ ଡାକୁଛି । ସେ ଚମକି ପଡ଼ିଲା । ବୁଲିପଡ଼ି ଦେଖେ, ମନନର ହୋସ୍ ଆସିଛି । ସତରେ ଡାକୁଛି ସେ 'ସାରି' । ଖୁସିରେ ଗଦ୍ ଗଦ୍ ହୋଇ ସେ ତା'ର ମୁଣ୍ଡ ଆଉଁଶି ପକେଇଲା । ହାତ ପାପୁଲିକୁ ଧୀରେ ଛୁଇଁ ପଚାରିଲା,

 : ଧନ, ବ୍ୟସ୍ତ ହୁଅନି । ମୁଁ ପରା ଅଛି । ଆଚ୍ଛା କହିଲ ଦେଖ, ତୁମ ଦେହ କୋଉଠି ଖରାପ ହେଲା ?

 ଫିସ୍ ଫିସ୍ ସ୍ୱରରେ ସେ କହିଲା, 'ମନ୍ଦିର ପ୍ରୋଜେକ୍ଟ' ପାଖରେ ।' ସାରିକା ଉଶ୍ୱାସ ହୋଇଗଲା ମେମୋରି ଠିକ୍ ଅଛି । କେମିତି ଲାଗୁଛି ? ସେ ପଚାରିଲା —

 : ଏତୁ ବାହାରି ନିହାଣ, ହାତୁଡ଼ି ନ ବାଡ଼େଇଲା ଯାଏ ନିଃଶ୍ୱାସ ଉପରେ ବିଶ୍ୱାସ ? ଧୀରେ କହିଲା ସେ ।

: ସେମିତି କ'ଣ କହୁଛ ? କିଛି ହେବନି ତୁମର...

: ପ୍ରଜ୍ଞାକୁ ଟିକେ ଫୋନ୍‌କରି ଜଣେଇଦିଅ, ନମ୍ବର ମୋବାଇଲରୁ ଖୋଜିନିଅ ।

: ଜଣେଇ ସାରିଛି । ସେ ଆସୁଥିବେ ।

: ଖୁବ୍ ବୁଦ୍ଧିମତୀ ତୁମେ । ସାରି ! ମୋର ଗୋଟିଏ କଥା ରଖିବ ?

: ପରେ କହିଲେ ଚଳିବନି ? ଏଇନେ ବିଶ୍ରାମ କର: ସାରିକା ତାକୁ ଆଉଁଶିଦେଇ କହିଲା ।

: ପରେ ନୁହେଁ ଆଜି । ଏବେ । ମୋର ଯଦି କିଛି ହୋଇଯାଏ... ମୁଁ ମୋ ବଡି ଡେନେଟ୍ କରିବାକୁ ଚାହେଁ ସାରି । ତମେ ଉକିଲ ପେପରରେ ମୋର ଦସ୍ତଖତ ନେବା ବ୍ୟବସ୍ଥା କର ପ୍ଲିଜ ।

: ସେସବୁ ବଜେ କଥା କୁହନି ବୁଢ଼ିଲ ? ମୋର ପରୀକ୍ଷା ନେଉଛ ?

କାନ୍ଦ କାନ୍ଦ ହୋଇଗଲା ସାରିକା । ଘଣ୍ଟା ଦେଖି ଗୋଟେ ଇଞ୍ଜେକ୍‌ସନ୍ ଦେଲା । ଔଷଧ ବି ।

: ପ୍ଲିଜ ସାରି, ମୋ କଥା ରଖ । ପୂରଣ କରିଦିଅ ମୋର ଏଇ ଇଚ୍ଛା... ଆଜି ହିଁ... ହୋଇପାରିବନି ?

: କାହିଁକି ଏମିତି ଇଚ୍ଛା ? କ'ଣ ଦର୍କାର ? ମୋ ଜାଣିବାରେ କୌଣସି ମେଡିକାଲ ଲୋକ ତ ଚାହେଁନା ତା' ଦେହଦାନ କରିବାକୁ ତୁମେ କାଇଁ ଚାହୁଁଛ ଏଁ ? ?

ମ୍ଲାନ ହସଟେ ହସି ମନନ କହିଲା, 'ଦେହରୁ ପ୍ରାଣ ଚାଲିଗଲା ପରେ ଏ ଦେହ ଗୋଟେ ନିର୍ଜୀବ ବସ୍ତୁଠାରୁ ଅଧିକ କିଛି ନୁହେଁ । ତାକୁ ନେଇ ଏଇ ପ୍ରଲୋଭନର ମାନେ କ'ଣ ?

ତା' ଆଡୁ ମୁହଁ ବୁଲେଇ, ସାରିକା, ପାଖରେ ଥିବା ସୁପ ବାଉଲ ଆଣି କହିଲା,

: ସୁପ ପିଇଦିଅ । ଶୋଇପଡ଼ । ମୁଁ ଦେଖୁଛି । ବୁଝାବୁଝି କରୁଛି । ଲୁହ ଛଳଛଳ ଆଖିରେ ସେ ଚାଲିଗଲା । ଆସିଲା ପ୍ରାୟ ଦେଢ଼ ଦୁଇ ଘଣ୍ଟା ପରେ ।

ସାଙ୍ଗରେ 'ଦେହଦାନ' ସମିତିର ଦୁଇଜଣ କର୍ମକର୍ତ୍ତା । ସେମାନେ ବାହାରେ ରହିଲେ । ସାରିକା ଆବଶ୍ୟକୀୟ ଫର୍ମ ନେଇ ଭିତରକୁ ଆସିଲା । ଧୀରେ ଉଠାଇଲା ମନନକୁ । କହିଲା,

: ତୁମେ ଯେଉଁ କଥା କହୁଥିଲ, ସେଇ ସଙ୍କ୍ରାନ୍ତରେ ଦୁଇଜଣ ଭଦ୍ରବ୍ୟକ୍ତି ଆସିଛନ୍ତି । ଏଇ ଫର୍ମରେ ତୁମର ଦସ୍ତଖତ ଚାହୁଁଛନ୍ତି:

ଖୁସି ହୋଇଗଲା ମନନ । ସାରିକା ତାକୁ ସାହାରା ଦେଇ ଆବଶ୍ୟକୀୟ ଜାଗାରେ ଦସ୍ତଖତ କରେଇଲା । ତା'ପରେ ତା' ହାତକୁ ଜାବୁଡ଼ି ଧରି ସାରିକା ନିଃଶବ୍ଦରେ କାନ୍ଦିଲା । ମନନ ବି ନିଃଶବ୍ଦରେ କହିଲା, କାନ୍ଦନି ସାରି । ମନନର ଆଖି ଧୀରେ ଧୀରେ ବୁଜି ହୋଇ ଆସିଲା । ସେ ଶୋଇଗଲା । ସାରିକା ତାକୁ ଚାହିଁ ରହିଥାଏ ଅପଲକ ଚାହାଣିରେ ।

ରାତି ପ୍ରାୟ ତିନିଟା ।

ଆଇ.ସି.ୟୁ. ନିରବ । ନିସ୍ତବ୍ଧ । ସିଷ୍ଟରମାନେ ଝୁଲେଇ ପଡ଼ିଥାନ୍ତି । ମନନ କିନ୍ତୁ ସେତିକିବେଳେ ଆଖି ଖୋଲିଲା । ପାଣି ମାଗିଲା । ସାରିକା ପାଣି ଦେଉ ଦେଇ ସେ ଜୋରରେ ନିଃଶ୍ୱାସ ନେବା ଆରମ୍ଭ କଲା । ତାକୁ ବୋଧେ କଷ୍ଟ ହେଇଥିଲା ନିଃଶ୍ୱାସ ନେବାରେ ।

କ'ଣ ଲାଗୁଛି ମନନ ? କ'ଣ ଲାଗୁଛି କୁହ..

ଉତ୍ତର ଆସି ନ ଥିଲା । ଖାଲି ସାଁ ସାଁ ଶବ୍ଦ । ସେ ଷ୍ଟାଫଙ୍କୁ ଡାକିଲା । ଦଉଡ଼ି ଆସିଲେ ସମସ୍ତେ । ଅକ୍ସିଜେନ୍ ଲାଗିଲା । ଛାତିକୁ ଦବେଇ ଦବେଇ ସି.ପି.ଆର. କରାଗଲା । ଅକ୍ସିଜେନ ଡାଉନ୍ । ସାରିକା ଦଉଡ଼ି ଯାଇ ଡକ୍ତରଙ୍କୁ ଡାକିଲା । ସେ ଭେଣ୍ଟିଲେଟର ପାଇଁ ପରାମର୍ଶ ଦେଲେ । ମନନ ଟିକେ ସ୍ଥିରହେଲା । ମନିଟରରେ ତା' ହାର୍ଟ ରେସିଓ ସ୍ଲୋ ଚାଲୁଥିଲା । ସାରିକାକୁ ଲାଗୁଥିଲା ତା' ହାର୍ଟବିଟ୍ ବି ଧୀମେଇ ଯାଉଛି । ବାସ୍ । ବସି ରହିଲା ସ୍ତ୍ୟ ହୋଇ । ବନ୍ଦ ହୋଇ ଯାଉଥାଏ ଆଖିପତା । ବନ୍ଦ ଆଖିରେ ବି ସେ ଯେମିତି ନିରେଖୁଥାଏ ମନନକୁ । ହଠାତ୍ ଜଣେ ସିଷ୍ଟର ଆସି ତାକୁ ହଲେଇଦେଇ କହିଲେ,

: ଦିଦି । ଇୟ କ'ଣ ସ୍ଟେଟଲାଇଲନ୍ ହୋଇଗଲାଣି । ଚମକିପଡ଼ି ସେ ପୁଣି ସି.ପି.ଆର. କରିବାକୁ ଚେଷ୍ଟା କଲା । କିନ୍ତୁ ବ୍ରିଡିଙ୍ଗରେ କିଛି ପରିବର୍ତନ ଆସିଲାନି ।

କୋଡ୍ ବ୍ଲୁ ଟିମ୍ ଆସି ତା' ଛାତିରେ ସକ୍ ଦେଲେ । କିନ୍ତୁ ପ୍ରତିକ୍ରିୟା ଦେବା ପାଇଁ ମନନ ଆଉ ନ ଥିଲା । ଡାକ୍ତର ଘୋଷଣା କଲେ 'ହି ଇଜ୍ ନୋ ମୋର' । ଆଉ ଚାଲିଗଲେ । ରେଷ୍ଟ ଚାମ୍ବରକୁ ଦୌଡ଼ିଗଲା ସାରିକା । ତଳେ ବସିପଡ଼ି ଭୋ ଭୋ କାନ୍ଦିଲା । ସେପଟେ ମେଡିକାଲ ଷ୍ଟାଫ୍ ଖୋଲି ଦେଉଥିଲେ ମନନ ଦେହରୁ ଗୋଟେ ପରେ ଗୋଟେ ମେସିନାରି ଉପକରଣ । କିଛି ସମୟ ପରେ ଫୋନ୍ ପାଇ 'ଦେହଦାନ ସମିତି' ଟିମ୍ ଆସି ପହଞ୍ଚିଗଲେ । ସାରିକା କାନ୍ଦ କାନ୍ଦ ହୋଇ ଫୋନ୍ ଲଗେଇଲା ପ୍ରଜ୍ଞାଶ୍ରୀକୁ । 'ଏଇ ତ ଏଆରପୋର୍ଟରେ ପହଞ୍ଚିଲି' କହିଲେ ସେ । ସାରିକା ତାଙ୍କୁ ମନନର ଖବର ଓ ତା'ର ଶେଷ ଇଚ୍ଛା କଥାଟା ବି ଜଣେଇ ଦେଲା ସେତିକିବେଲେ ।

ପ୍ରାୟ ଘଣ୍ଟାଏ ପରେ ପ୍ରଜ୍ଞାଶ୍ରୀ ଆସି ପହଞ୍ଚିଲେ । କୁଲିଂ ଚେମ୍ବରରେ ମନନର ଶରୀର ରଖାଯାଇଥିଲା । ସାରିକା ତାଙ୍କୁ ସେଠିକି ନେଇଗଲା । କେଆର୍‌ଟେକର ମନନ ମୁହଁରୁ ଚାଦର କାଢ଼ି ଦେଖେଇଲା । 'ଥାଉ.. ବନ୍ଦ କରିଦିଅ' କହି ଚାଲି ଆସିଲେ । ସାରିକା କିନ୍ତୁ ଶେଷଥର ପାଇଁ ମନନ ପାଖକୁ ଯାଇ ତା' ମୁହଁକୁ ଆଉଁଶି ପକେଇ ଚୁମ୍ବନଟିଏ ଦେଲା ତା' ମାଥାରେ । ବାହାରକୁ ଆସି ପ୍ରଜ୍ଞାଶ୍ରୀଙ୍କୁ ପରିଚୟ କରେଇଦେଲା ଦେହଦାନ କର୍ମକର୍ତ୍ତାଙ୍କ ସହ । ତାଙ୍କ ଦସ୍ତଖତରେ ସେମାନେ ବଡ ପ୍ୟାକ୍‌କରି ଟାଣି ନେଇଗଲେ । ପ୍ରଜ୍ଞାଶ୍ରୀ ଛଲ ଛଲ ଆଖିରେ ଚାହିଁ ରହିଲେ । ସାରିକା କାନ୍ଦି ଉଠିଲା । ସେ କାନ୍ଦରେ କିନ୍ତୁ ଆଓ୍ୱାଜ ନ ଥିଲା । ସାରିକା କୁ ବିଦାୟ କହି ଗଲାବେଲେ ପ୍ରଜ୍ଞାଶ୍ରୀ ଧୀର, ଶାନ୍ତ ଓ ଅବିଚଳିତ ଜଣାପଡୁଥିଲେ ।
ଅଥଚ ସାରିକା ?

ସପ୍ତାହେ ଛୁଟିନେଇ ଘରକୁ ଫେରିଲା ବେଳକୁ ତା' ଭିତରର ରାଜପ୍ରାସାଦଟି ପୂରା ଧ୍ୱସ୍ତବିଧ୍ୱସ୍ତ ହୋଇଯାଇଥିଲା । ଧାଇଁଆସି ସେ ଗଡ଼ିଗଲା ଖଟରେ । କ'ଣ ସବୁ ଘଟିଗଲା ଜୀବନରେ ? ବିଛଣା ଭିଜିଗଲା ଧାର ଧାର ଲୁହରେ ।

ଦିନ ପରେ ରାତି । ରାତି ପରେ ସକାଲ । ସମୟର କ'ଣ ଅଛି ? ସେ ଚାଲିଥାଏ ତା'ର ଛନ୍ଦ ଲୟରେ । ସାରିକା କିନ୍ତୁ ସେମିତି ପଡ଼ିରହିଥାଏ ଖଟରେ । ମୁକୁଲା କେଶ । ଶ୍ରୀହୀନ ମୁହଁ । ଫୁଲାଫୁଲା ଆଖି, କାନ୍ଧରୁ ଖସି ପଡ଼ିଥିବା ଶାଢ଼ି । ପାଞ୍ଚଦିନ ହୋଇଗଲା ସମୟ କାଟିଛି ତ କେବଲ ମନନ ସହ ଜିଇଁଥିବା ମୁହୂର୍ତ୍ତମାନଙ୍କ

ସ୍ମୃତିଚାରଣରେ । ସବୁ ଜିନିଷ ଯେମିତି ଅଧା ଅଧୁରା । ପଡ଼ିରହିଛି ଖଟରେ ସେଇ ଡାଏରି, ମନନ ସହ ବିତେଇଥିବା ପ୍ରତି ମୁହୂର୍ତ ସାଇତି ରଖିଛି ସେଥି । ପଢ଼ୁଛି ଫର୍ଦ ପରେ ଫର୍ଦ । ହଠାତ୍ ଆଶ୍ଚର୍ଯ୍ୟ ହୋଇଗଲା ସେ । ଶେଷ ପୃଷ୍ଠାରେ ଲେଖା ହୋଇଥିବା ମନନର ଦି'ପଦ କଥା । ସେ ଦେଖ ନ ଥିଲା । ପଢ଼ି ନ ଥିଲା । ତେଣୁ ପଢ଼ିଲା ବ୍ୟାକୁଳ ହୋଇ ।

: ସାରି । ମୋ ଜୀବନର ଶ୍ୱାସ, ପ୍ରଶ୍ୱାସ ହୋଇ ଯାଉଥିବା ମୋର ଜୀବନସଙ୍ଗିନୀ କେବଳ ତୁମେ ଆଉ ତୁମେ । ଏ ଜନ୍ମରେ ଯଦି କୌଣ ନାରୀକୁ ନେଇ ମୁଁ ପରିପୂର୍ଣ୍ଣ, ସେ ବି କେବଳ ତୁମେ । ଆମର ପ୍ରେମ, ଦେହତନ୍ତରେ ଯେତିକି ତନ୍ତ୍ରାୟିତ, ସେତିକି ଦେହାତୀତ ବି ଆମୃଜ ଓ ଆମୃସ୍ତ । ଆମେ ଚିରନ୍ତନୀ, ଏ ଦେହରେ ଆଉ ବିଦେହରେ ବି– ତୁମର ମନନ ।

ଟୋପା ଟୋପା ଲୁହ ଗଡ଼ିଗଲା ମନନର ଲେଖା ଉପରେ ।

: ଏ ଧନ । କୁଆଡ଼େ ଗଲ ତୁମେ ? କାଇଁ ଠକିଲ ମତେ ? କଥା ଦେଇଥିଲ ନା ଜୀବନର ଲମ୍ବା ରାସ୍ତାରେ ହାତଧରି ବାଟ କଢ଼େଇନେବ ବୋଲି ? ମତେ ଏ ଅଧା ରାସ୍ତାରେ ଛାଡ଼ି ହଠାତ୍ କୁଆଡ଼େ ଉଭାନ ହୋଇଗଲ ? କୋହମିଶା ଲୁହ ଓ ଦୀର୍ଘଶ୍ୱାସରେ ସାରିକା ସ୍ଲାଣୁ ପାଲଟି ଯାଉଥିଲା ।

ଦିନ ଗଡ଼ି ଚାଲିଲା ।

ସାରିକା କ୍ରମେ ଅବଶ ଓ କ୍ଲାନ୍ତ ହୋଇ ପଡ଼ୁଥାଏ । ହସ୍ପିଟାଲରେ କାମ କରୁ କରୁ ଦିନେ ତା'ର ମୁଣ୍ଡ ବୁଲେଇହେଲା । ବାନ୍ତି ହେଲା । ଜୁନିଅର ଜଣେ ତାକୁ ଷ୍ଟାଫ୍‌ରୁମ୍‌କୁ ନେଇ, ଶୁଆଇଦେଲେ । ଆଉ ବ୍ଲଡ ଟେଷ୍ଟ ପାଇଁ କହି ଚାଲିଗଲେ । କିଛି ସମୟ ପରେ ତାକୁ ଟିକେ ଭଲ ଲାଗିଲା । ପୁଣି ଲାଗିଗଲା କାମରେ । ଡ୍ୟୁଟି ସାରିବା ପରେ ଡକ୍ତରଙ୍କୁ ଯାଇ ସେ ଭେଟିଲା । ସେ କହିଲେ, 'ସାରିକା ଏଇ ନିଅ ତୁମ ରିପୋର୍ଟ । ୟୁ ଆର ପ୍ରେଗନାଣ୍ଟ ।'

ଅବିଶ୍ୱାସ ଆଖିରେ ସେ ଚାହିଲା ଡକ୍ତରଙ୍କୁ । ରିପୋର୍ଟଟି ଆଣି ଆଖି ପୂରେଇ ଦେଖିଲା । ପଦେ ବି କିଛି ନ କହି ବାହାରିଆସିଲା । ତା' ପାଇଁ ତା' ଚାରିପଟର ଦୁନିଆ ଚଲଚଞ୍ଚଳ ହୋଇ ଉଠିଲା । କୌଣଠୁ ଗୋଟେ ଅନ୍ଧାର ଫିଟି ବାହାରି

ଆସିଲା, ଏକ ଅଫୁରନ୍ତ ଆନନ୍ଦ ଲହରୀ । ଖେଳିଗଲା ସମଗ୍ର ସ୍ନାୟୁତନ୍ତ୍ରୀ ଭିତରେ । ପାଗଳୀପ୍ରାୟ ସେ ଦଉଡ଼ି ଆସିଲା ଘରକୁ । ଯାଇ ଠିଆ ହେଲା ଆଇନା ଆଗରେ । ପ୍ରଥମ ଥର ପାଇଁ ତା' ପେଟକୁ ଖୋଲାକରି ଦେଖିଲା । ହାତରେ ଆଉଁଶିଦେଲା, ମୋବାଇଲରୁ ମନନର ଫଟୋ କାଢ଼ି କହିଲା,

:ଏ.. ଖୁବ୍ ମାୟାବୀ ତୁମେ । ଏତେ ଶୀଘ୍ର ମୋ ଲୁହକୁ ଆପଣାର କରିନେଲ ! କଙ୍କରଭର୍ତ୍ତି ଚଲାପଥରେ ଫୁଲ ବିଛେଇଦେଲ ! ଭାବୁଛି, ସେଇ ପଥରେ ମୋ ହାତ ଧରି ତୁମେ, ସାମାନ୍ତ ଯାଏ ବାଟ କଟେଇ ନେବ । ସୀମା ସେ ପାଖରେ, ଦେହାତୀତ ହେଲେ ବି ପଞ୍ଚମହାଭୂତ ହୋଇ ପରସ୍ପର ଭିତରେ ଆମେ ହଜୁଥିବା, ଆଉ ଆମର ଅସ୍ତିତ୍ୱର ଏ ପ୍ରତୀକ, ସୂର୍ଯ୍ୟ, ଚନ୍ଦ୍ର, ତାରା ଆଦିକୁ ପୂଜା କରି ଆମ ନାଁରେ ପାଣି ଟେକୁଥିବା ।

ଆନନ୍ଦାଶ୍ରୁରେ ଭରିଗଲା ସାରିକାର ଆଖି ।

ଆଇନାରେ ତା' ପ୍ରତିଛବି ଝାପ୍‌ସା ଦିଶିଲା । ସେଇ ଝାପ୍‌ସା ପ୍ରତିବିମ୍ବରେ ସେ ଦେଖିଲା ତା' ମାର ପ୍ରତିଛବି ଯାହାକୁ ସେ ତାର ଦୁନିଆଁ ଭାବେ । ମା'କୁ ଫୋନ୍ ଲଗେଇଲା ସେ ।

: ମା'ରେ କେମିତି ଅଛୁ ?

ଆନନ୍ଦରେ ଫାଟିପଡ଼ି ସେ କହିଲା, ମା' ମୁଁ ବହୁତ ଖୁସି ଅଛି । ସବୁ ଯେ ପାଇଯାଇଛି । ପରିପୂର୍ଣ୍ଣ ମୁଁ । ମା', ମୁଁ ମା' ହେବାକୁ ଯାଉଛି ।

ସେପଟୁ ମା'ର ସ୍ୱର.. 'କିଏ ସେ ?'

: ମୋ ଜୀବନର ଶ୍ରେଷ୍ଠ ପୁରୁଷ ସେ । ମୋ ହୃଦୟ ମଣିଷ ।

: ତା' ହେଲେ ତାକୁ ଶୀଘ୍ର ବାହା ହେଇଯା ।

ଦମ୍ଭିଲା ସ୍ୱରରେ ସେ ଉତ୍ତର ଦେଲା, ସେ ଆଉ ନାହାନ୍ତି ମା' । କିନ୍ତୁ ମୋ ପାଖରେ ମୋ ବଞ୍ଚିବାର ରାହା:

ସେପଟୁ ଶୁଭିଲା, 'ଜୀବନଟା ତୋର । ଜୀବନ ଜିଇଁବାଟା ତୋର ହକ୍ ।'

ମା'ର ଏ ଦି' ପଦ କଥା ସାରିକାକୁ କେବଳ ଆଶ୍ୱାସନା ଦେଲା ନାହିଁ, ମଜବୁତ ବି କଲା । ତା' ଆମ୍ପ୍ରତ୍ୟୟ ଓ ଆମ୍ବିଶ୍ୱାସକୁ ଦୃଢ଼ କଲା । ହଁ, ତା'

ଉପରେ କେବଳ ତା'ର ଅଧିକାର । ଜୀବନ ଜିଇଁବା ପାଇଁ, ସାରା ଦୁନିଆ ସହ ଯୁଝିବା ପାଇଁ ପ୍ରସ୍ତୁତ ହେବାକୁ ପଡ଼ିବ ଏବେ ତାକୁ ।

ଆଉ ଠିକ୍ ସେତିକିବେଳେ, ଗୋଟେ ମଟର ସାଇକେଲ ଭଡ଼୍ ଭଡ଼୍ ଶବ୍ଦକରି ଗେଟ୍ ପାଖରେ ଅଟକିଯିବା ଶୁଣି ଚମକିପଡ଼ିଲା ସେ । ପର ମୁହୂର୍ତ୍ତରେ କିନ୍ତୁ ନିଜକୁ ସମ୍ଭାଳି ନେଇ ଅଧିକ ଟିକେ ଦୃଢ଼ ହୋଇଗଲା ।

▢▢

# ତଥାପି ଜୀବନ

ଆହା ! ଏଇ ପବନ ! ଧାନ ଗଛର ଧ୍ନତାକ୍ ଧ୍ନତାକ୍ ନାଚ । ଦୂରରେ ଦିଶୁଥିବା ପାହାଡରାଣୀର ଶାଗୁଆ, ସୁନ୍ଦର ମୁହଁ । ବିଜୁଳି ତାରରେ ଦଳେ ଚଢ଼େଇ । ଭଲ ଲାଗୁଛି ଦେଖିଲେ । ଏଇ ଖେତବାଟ ଦେଇ ସେ ଆଉଚି, ଯାଉଚି, ହେଲେ କେବେ ସେ ଅଟକି ନଥିଲା । ନିଘା କରି ନଥିଲା ସିଆଡ଼େ ।

ଗୋଟେ ଭଙ୍ଗାପୋଲ ଉପରେ ବସିଛି ଇଶ୍ଣୁ । କ'ଣ ମନ ପାଇଲା ଯେ ଅଟକିଚି । ବସିଛି । ପବନ ଖାଉଚି । ଧାନଗଛ ଦେଖୁଚି । ଧାନଗଛ ସାଙ୍ଗରେ ସାଙ୍ଗ ହୋଇ ତା ମନ ବି ନାଚୁଚି । ନ ହେଲେ ଏମିତି ଗୀତନାଚ ପାଇଁ ତା'ଭଳି ପିଲାର ସମିଆ କାଇଁ ? କାମ, ଖାଲି କାମ । ଖଟଣି । ଗାଳିଗୁଲଜ । ସେ ଜାଣେ ତା'କାମ ସରିବ ନାଇଁ । ଘରର ଛୋଟ ଛୋଟ ସପନ ଅଛି । ତା'ପାଇଁ ମା'ଖଟୁଛି । ସେ ବି ଲଟୁଚି । ତା'ଜାତି, ଧର୍ମ ସେ ଜାଣେନା । ଜାଣେ ବସ୍ତିବାସିନ୍ଦାଙ୍କ ଗୋଟିଏ ଜାତି । ଜାତି ଗରିବ, ଧର୍ମ ହେଲା ମେହନତ, ମଜ୍ଦୁରି ।

ଏବେ ଏଇ ଭୋଟ୍ ସରିଲା ପରେ ସେ ଶୁଣିଚି, ଗରିବ ଜାତିର କପାଳ ଫିଟିବ । ଭଲ ଦିନ ଆସିବ । ଭଲ ସମିଆ ଆସିବ । ହେଲେ, ସେ କଥାକୁ ସେ ବିଶ୍ୱାସ କରିପାରେନା । ନିଜ ହାତ ଦି'ଟାରେ ତା'ର ଭରସା । ହାତରେ କାମ ଥିଲେ ପଇସା ଆସେ । ପଇସା କପାଳ ବଦଲାଏ । ଭଲ ସମିଆକୁ ଡାକି ଆଣେ । ଆଉ କିଏ ଯଦି ଭାଗ୍ୟ ବଦଲେଇ ପାରିଥାନ୍ତା, ତେବେ ବସ୍ତିଜୀବନରେ ଟିକେ ସୁଖ ସୁବିଧା ଆସିଥାନ୍ତା । କିନ୍ତୁ ନା, ପିଲାବେଳୁ ଦେଖିଆସିଛି—ସେଇ ବସ୍ତି, ସେଇଘର ।

ଗାୟତ୍ରୀ ସରାଫ୍

ବାଟଘାଟ ମଉଳା । ଖରାର ତାତି-ବରଷା, ଶୀତର ଭାତି । କିଛି ବଦଳିବ ନାଇଁ । ସେ ଜାଣେ । ସେ ଭାବେ, ନିଜ କାମ କର । ଜୀବନ ବଦଳାଏ । କିନ୍ତୁ କଉ ବଡ଼ ବଡ଼ କାମ ଗରିବକୁ ମିଳିବ ? ଛୋଟ କାମଟେ ମିଳିଲେ ବି ଖୁସି ।

ଆରେ ସେ ପାହାଡରାଣୀ କୁଆଡ଼େ ପଳାଇଲା ? ଦିଶୁନାଇଁ ତ । ଓ... ମେଘ ସାଙ୍ଗରେ ଚାଲିଛି ଲୁକ୍‌ଲୁକାନି ଖେଳ ! ଯେମିତି ସେ ଖେଳୁଥିଲା ପିଲା ବେଳେ । ପିଲାବେଳ କହିଲେ ତାକୁ ଭାରି ହସ ଲାଗେ । ତାଙ୍କର ପିଲାବେଳ କଣ ? ସେମାନେ କଣ ବଡ଼ ଘରର ପିଲା ଯେ ମା-ବାପାଙ୍କ ସୁଆଗ ପାଇବେ ? ଗରିବ ପିଲାର ପିଲାବେଳ ନଥାଏ । ସେମାନେ ଯେମିତି ବଡ଼ପିଲା ହୋଇ ଜନ୍ମ ନେଇଥାନ୍ତି । ତାକୁ ସାତ, ଆଠବର୍ଷ ହେଲା ବେଳକୁ ମା’ ଇସ୍କୁଲରେ ନାଁ ଲେଖେଇଲା । ହେଲେ କହିଲା–ସବୁଦିନ ଇସ୍କୁଲ ଯିବୁନାହିଁ । ସମିଆ ବରବାଦ୍‌-କାମ ବରବାଦ୍‌ । ସେ ତା’କାନ୍ତୁରେ ଗୋଟେ ଜରି ଅଖାର ବୋଝ ଦେଇ କହିଲା– ଯା’କମେଇ ଆଣ । ସେତେବେଳକୁ ତା ପ୍ୟାଣ୍ଟ ପିନ୍ଧିପାରୁନଥିଲା ସେ । ଖସି ପଡୁଥିଲା । ସେ ଡୋରତେ ବାନ୍ଧି ଯା’ଆସ କରୁଥିଲା । ହା...ହା...

ଈଶ୍ୱର ମନେ ମନେ ହସିଲା ।

ଅନେକ କଥା ତା’ମନକୁ ଆସେ । ସେ ସାତ କ୍ଲାସ ପଢୁଛି । ଭାବ, ବିଚାର ତା’ର ଅଛି । ସେ ଭଲ ମନ୍ଦ ବୁଝେ । ସାର ଅସାର ଜାଣେ । ତା ମା’ ପାଠ ନ ପଢିବି ଅନେକ କଥା ଜାଣେ । ତାକୁ ଶିଖାଏ । ଛୋଟ ଛୋଟ ଆଶା ଦିଏ । ସପନ ଦିଏ । କହେ-- “ଆମେ ଦିହେଁ ବହୁତ କାମ କରିବା । ସବୁଦିନ ବସ୍ତିଜୀବନ ଜିଇଁବା ନାଇଁ । ଆମର ଗୋଟେ ପକ୍କା ଘର ହେବ । ପାଇଖାନା ହେବ । ବିଜୁଳି ଆସିବ । ବିପିଏଲ୍‌ କାର୍ଡ ଆମର ନାଇଁ, ତଥାପି ଆମେ କେବେ ଭୋକରେ ଶୋଇବା ନାଇଁ ।”

ପବନ ଜୋରରେ ବହୁଛି ।

ଧାନକେଣ୍ଡାମାନ ହଲୁଚନ୍ତି । ଝୁଲୁଚନ୍ତି । ଏବେ ପାହାଡରାଣୀର ମୁହଁ ନେଲିଆ ଦିଶୁଚି । ଆକାଶରଜା ହସହସ ଲାଗୁଚି । ଯେମିତି ତା ମୁହଁ ଲାଗୁଚି ହସ ହସ । ଏବେ ଏବେ ଈଶ୍ୱର ତା ସାଙ୍ଗ ଘରୁ ଫେରୁଚି । ସାଙ୍ଗକୁ ଦେଖ୍‌ଦେଲେ ତା’ଭୋକ,

ଶୋଷ ମରିଯାଏ । ପେଟ୍ ପୁରିଯାଏ । କାମ ଯୋଗୁଁ ସାଙ୍ଗ ଘରକୁ ସେ ନିତିନିତି ଯାଇପାରେନା । ଶନିବାର ଓପରଓଲି ଗ୍ୟାରେଜ୍ ବନ୍ଦ । ବାବୁ ଛୁଟୀ ଦିଏ । କହେ— ଯା ମସ୍ତି କର । ସେ ସାଇକେଲରେ ଛୁଟିଯାଏ ତା' ଝିଅସାଙ୍ଗ ପାର୍ବତୀ ଘରକୁ । ଆଜି ବି ଯାଇଥିଲା, ସେ ଫେରୁଚି । ଏଠି ଘଡ଼ିଏ ବଇଚି । ମା'କଉ ଆସିବାକୁ ଦଉଥିଲା । କାନ୍ତୁରେ ମାଟି ଲିପୁଥିଲା । କହୁଥିଲା, "ମୋ ସାଙ୍ଗେ ଚାଲ୍ । ସାଇକେଲରେ କୋଇଲା ବସ୍ତା ବୋହି ଆଣିବୁ ।" ସେ ଟିକେ ବଡ଼ ପାଟିରେ କହିଲା, "ବାବୁ ଛୁଟି ଦେଇଚି ଗୋଟେ ବେଳ । ତୁ ବି ଦେ', ପାର ଘରକୁ ଯିବି ।" ତ ମା' କହିଲା, "ହଉ ହଉ ଯା ।"

କଣ କରିବ ବିଚରା ଈଶ୍ବର ! ତା'ସାଙ୍ଗଝିଅ ପାର୍ବତୀଟା ତାର ଭାରି ମନେ ପଡ଼େ । ଗ୍ୟାରେଜ କାମବେଳେ ବି । ସ୍କୁଟି କି କଉ ଗାଡ଼ିର ପାର୍ଟସ ସଫା କରିବାକୁ କଡ଼େଇରେ କିରାସିନି ଢାଲେ, ସେଠରେ ଆଗ ତାର ମୁହଁ ଝଲ୍ଝଲ୍ ଦିଶେ । କଥା ହେବାକୁ ମନ ଡାକେ । ତା'ର ମୋବାଇଲ ଅଛି, ପାରର ନାଁ । ତା କମାଇରୁ ସେ ଗୋଟେ ପୁରୁଣା ମୋବାଇଲ ପାର ପାଇଁ କିଣିପାରନ୍ତା କିନ୍ତୁ ମା'ର ପାଇ ପାଇ ହିସାବ । ଦି'ବଖରା ପକ୍କା ଘର କରିବାର ଅଛି...ହଁ ପାର୍ବତୀ ତା ସାଙ୍ଗ । ଆଉ 'ସାହିବ୍' ତାର ଜିଗିରି ଦୋସ୍ତ । ଏ ଦି'ଜଣକ ସାଙ୍ଗରେ ତାର ଯାରି ଦୋସ୍ତି । କିନ୍ତୁ କିଚ୍ଛି ବର୍ଷ ତଲେ ? ସେ ଦିହେଁ ଥିଲେ ତା ଦୁସ୍ମନ୍ । ତାଙ୍କୁ ଦେଖିଲେ ସେ ଖୁବ୍ ରାଗୁଥିଲା । ତିନିହେଁ ପରସ୍ପରକୁ ଦେଖିଲେ ରାଗୁଥିଲେ । କଲିକଜିଆ ତ ରୋଜ୍ ହେଉଥିଲା । ଏବେ ସେ ପୁରୁଣା କଥା ମନେ ପଡ଼ିଲେ ଈଶ୍ବର ଭାରି ହସେ । କେମିତି ଥିଲା ସେ ଦିନ...

ମା'ତା ପିଠିରେ ଅଖାର ବୋଝ ଦେଇ ନଥିଲା ଯେ ଦେଇଥିଲା ଦାୟିତ୍ବର ବୋଝ । ସେ ବୁଝିଥିଲା–ପିଠିରେ ଜରିଅଖା ଦେବା ମାନେ କ'ଣ । ଅଳିଆ ଗଦାରେ ପଶିବ । ଯିବ ଛକରୁ ଛକ । ରାସ୍ତାର ଦି'କଡ଼ ବୁଲିବ । ଖୋଜିବ ଛିଣ୍ଡା ପ୍ଲାଷ୍ଟିକ, ମଦ ବୋତଲ, ପଲିଥୁନ, କୁରକୁରେ ଜରି, ଲୁହା, ଟିଣ, ଛିଣ୍ଡା ଚପଲ, ପାଇଲେ ଗୋଟେଇବ । ଅଖାରେ ପୁରେଇବ । କବାଡ଼ିଖାନା ଯାଇ ବିକିବ । ପଇସା ଆଣିଦେବ ମା'କୁ । ମାନେ– ଜୀବନ କ'ଣ ଜାଣିବା ଆଗରୁ 'ଜରିବେଟୁ'ର ଅସହାୟ ଜୀବନ ।

ଇସ୍କୁଲରେ ନାଁ ଲେଖାଥିଲା ସେ। ଇସ୍କୁଲ ପିଲା କିଏ ଦେଖିଦେଲେ ତାକୁ ଭାରି ସରମ ଲାଗୁଥିଲା। ତେଣୁ ଖୁବ୍ ଜଗିଜଗି, ଚମ୍କି ଚମ୍କି ଜିନିଷଗୁଡ଼ା ଖୋଜୁଥିଲା। କବାଡ଼ି ଦୋକାନରେ ଲାଇନ୍ ଦଉଥିଲା। ତା'ପରେ ଦେହରୁ ମଇଳା ସଫା କରି ଇସ୍କୁଲ ଯାଉଥିଲା। ଟିକେ ବଡ଼ ହେଲାରୁ ମା ପୁଣି ତାକୁ ମଣୀଷିପଦା ପଠେଇଲା। କେହି ଜଣେ ମରିଗଲେ, କେହି ଜଣେ ବଞ୍ଚିଯାଉଥିଲା। କେବେ ଖଟିଆ, କେବେ ମାଟିହାଣ୍ଡି, କେବେ ଧୋତି, ଶାଢ଼ି ଆଣୁଥିଲା ସେ। ଭିକାରୀ ବସ୍ତି ଯାଇ ମା' ବିକି ଆସୁଥିଲା। ବିନା କଷ୍ଟରେ ବିନା ବାଧାରେ କିଛି ବି କାମ ହଉନଥିଲା। ଶୁଖୁଥିଲା ତର୍ଷ। ବହୁଥିଲା ଥପ୍‌ଥପ୍ ଝାଳ। ଏମିତି ବିତିଥିଲା ଦିନଦିନ, ମାସ, ବରଷ। ଜରି ଅଖାରେ ବନ୍ଦା ପଡ଼ିଥିଲା ଜୀବନ। ଗୋଟେ ଅଖା ଚିରିଲା ତ ଆଉ ଗୋଟେ ଅଖା ଆସିଲା ତା କାନ୍ଧ ଉପରକୁ। ଅଥଚ ଇସ୍କୁଲକୁ ଗଲେ ପାଠ ବହିରେ ପଢୁଥିଲା– "ଶିଶୁମାନେ ହେଲେ ଦେଶର ଭବିଷ୍ୟତ।" ସେ କିଛି ବୁଝି ପାରୁନଥିଲା।

ନାକତଳେ ଟିକିଟିକି ନିଶ ଗଜୁରି ଆସୁଥିବା ବେଳେ, ଦିନେ ସେ ଦେଖିଲା, ତା'ଏରିଆରେ, ତା ବୟସର କଳା ଡେଙ୍ଗା ପିଲାଟେ ଆସି ଅଳିଆ ଭିତରୁ ଜିନିଷ ଖୋଜୁଛି। ସେ ରାଗିଯାଇ ରଡ଼ିଲା। ତାକୁ ତଡ଼ିଲା ଫାଇଟିଂ କଲା। ହେଲେ ସେ ଗଲା ନାଇଁ। ତା'ର ଭାରି ତାକତ୍। ସେ ହାରିଗଲା ତା ପାଖରେ, ଜିନିଷ ଭାଗ ହେବାରେ ଲାଗିଲା। ଅବଶ୍ୟ ତାର ଲସ୍ ହେଲାନାହିଁ। ଟାଉନର ମଇଳା ବି ବଢୁଥିଲା। ମ୍ୟୁନିସିପାଲଟିର ନଜର ନଥିଲା ସେ ମଇଳା ଆଡ଼େ। ସେଥିରେ ତାଙ୍କ ଭଳି ଜରି ଗୋଟାଳିଙ୍କ ହିଁ ଫାଏଦା। ଫାଏଦା ପାଉଥିଲେ ବି ସେ ଡେଙ୍ଗୁ ପିଲା ତୁଚ୍ଛାତାରେ ଝଗଡ଼ା କରୁଥିଲା। ତାକୁ ଝଗଡ଼ାଝାଟି ଭଲ ନ ଲାଗିଲେ ବି ନିଜର ଇଜ୍ଜତ ପାଇଁ ସେ ବି ପାଟି କରୁଥିଲା। ତା'ପରେ କେମିତି ଜାଣିଲା ଯେ ସେ ମଣୀଷିପଦାରେ ହାଜର ହେଲା। ଭାଗ ମାରିନେଲା। ଫେର 'ତୁ ତୁ ମେ ମେ'। ଓ... ପିଲାଟା କଉଠୁ ଆସିଲା ? ସବୁଥରେ ଭାଗ ମାରିନେଲା। ସେ ତା ଏରିଆର ରଜା ଥିଲା। ତା ମନଇଚ୍ଛା ଆସୁଥିଲା। ହେଲେ–ତାକୁ ଜଲଦି ଆସିବାକୁ ପଡ଼ିଲା।

ଦିନେ, ସେ ଜାଣିଲା ତା ନାଁ ସାହିବ୍। ଠଟ୍ଟା କରି ପଚାରିଲା–କିଏରେ ତୋ ନାଁ ସାହିବ୍ ରଖିଛି ? ସାହିବ୍ ମାନେ ତ ଗୋରା ଧନୀ ଲୋକ। ସାହିବ୍‌ମାନେ

ଜରିବେଟୁ ନୁହଁନ୍ତି । ସେ କଉ ଛାଡ଼ିବା ପିଲା ? ସେ ବି କହିଲା–ତୋ ନାଁ ବି କିଏ ଦେଲାରେ ଈଶ୍ୱର ? ଈଶ୍ୱରମାନେ ତ ମହାପ୍ରଭୁ । ମହାପ୍ରଭୁମାନେ କ’ଣ ଜରି ଗୋଟାରି ? ହା...ହା... । ଚାଲିଲା ଏମିତି ପ୍ରତି କଥାରେ ହୋ ହୋ । ହା...ହା... । ଠଟ୍ଟା, ପରିହାସ । ଅଥଚ ଦିହେଁ ଖୋଜୁଥିଲେ ଜୀବନ ଓ ଜୀବିକା ସହରର କୁଢ଼କୁଢ଼ ମଇଳା ଭିତରେ । ରାସ୍ତାକଡ଼େ କଡ଼େ, ଡ୍ରେନ୍‌ରେ, ମାଶାଣିପଦାରେ । ଖାଲି ସେ ଦିହେଁ ନୁହେଁ । ଆହୁରି ଅନେକ । ଦାରିଦ୍ର୍ୟର ତାଡ଼ନାରେ, କ୍ଷୁଧାର ଜ୍ୱାଲାରେ, ହସିଲା, ଖେଳିଲା ବୟସରେ ।

ଦିନେ–

ସୂର୍ଯ୍ୟ ରଙ୍ଗ ମୁରୁଜ ପକେଇବା ବେଳେ, ଚଢ଼େଇର ନିଦ ଭାଙ୍ଗିବା ବେଳେ, ସେ ଆସି ପହଞ୍ଚିଲା ତା ଜାଗାରେ, ଦେଖେ କ’ଣ ? ସେଠି ପୁଣି ଜଣେ । ପୁଣି ଗୋଟେ ଅଖା, ମାନେ ଆଉ ଗୋଟେ ଭାଗ । କେତେ ସହିବ ? ଏଇମିତି ଚାଲିଲେ ତ ବୁଡ଼ିଲା ତା କମାଣିଧମାଣି । ତେବେ ଖାଲି ଅଳିଆ ଗଦାରେ ନୁହେଁ ତା ଏରିଆର ରାସ୍ତାକଡ଼ରେ ଛକ ଜାଗାରେ ବି ସେ ବୁଲିଲା । ଅଧିକାର ଜମେଇଲା । ଖାଲି ମାଶାଣି ଗଲା ନାଇଁ । ଡରୁଥିଲା କି କ’ଣ । ସେ ତାକୁ ତଡ଼ିଲା । ସେ ଗଲା ନାଇଁ । ଦେହ ମଜଭୁତ୍ ନଥିଲା ତାର । କଥା ଥିଲା ଭାରି ଟାଣ । ସବୁ ଅସନା ଗାଳି ତା’ ମୁହେଁମୁହେଁ । ତାଙ୍କ ପରି ସେ ନୁହେଁ । ସାବେନୀ, ପାତେଲୋ, ଅଣ୍ଡ଼ାୟାକେ ବେଣୀ ପଡ଼ୁଥିବା ଝିଅଟିଏ ସେ । ଚିଲପକ୍ଷୀ ପରି ସବୁଆଡ଼େ ତା ନଜର, ନିଘା । ସେ ଟକ୍କର ଦେଲା ତାକୁ ଓ ସାହିବ୍‌କୁ । ଏରିଆରେ କୁକୁରମାନେ ଟକ୍କର ଦେଲେ ସେ ଝିଅକୁ । କିନ୍ତୁ ସେ ପାଟିକରି ଏମିତି କମ୍ପେଇଲା ଯେ କୁକୁର ଭୁକିବା ବନ୍ଦ କରି ପଳେଇଲେ କୁଆଡ଼େ ।

ସେ ତା’ପରେ ଝିଅଠୁ ଜିନିଷ ଫେଟିଲା ବେଳକୁ ମୁନିଆଁ ନଖରେ ଝିଅଟି ତାକୁ ଆଙ୍ଗୁଡ଼ିଲା । ସାହିବ୍ ପେଟରେ କହୁଣୀ ମାରିଲା । ଆଉ କ’ଣ କରାଯାଏ ? ତିନିହେଁ ଶେଷକୁ ରହିଲେ ମଇଦାନରେ । କଳିକିଜିଆର ଖେଳ ଜାରି ରହିଲା । କେହି କାହାକୁ ଉଣା ନୁହେଁ । ହାର୍ ଜିତ୍ ଫଇସଲା ହେଇପାରିନଥିଲା । କଳିହୁଡ଼ି’ ଟୁକେଲର କଳି ଫେଡ଼ା ନିଜ ଦେହକୁ ଆଉ ସେ ନେଲା ନାଇଁ । ମଇଳାଗଦାରୁ ତିନି ହେଁ ଆଗପଛ ହୋଇ ବାହାରିଲେ । ରାସ୍ତାକଡ଼େ କଡ଼େ ଚାଲିଲେ । ଜିନିଷ

କିଛି ଦେଖିଲେ ଝପଟା ଝପଟି ହେଲେ। ଜଣେ ଆର ଜଣକର ବସ୍ତ୍ରର ନଜର ରଖିଲେ। ହୋଇଗଲେ ଦୁସମନ୍। ଅଥଚ ସେଠିକି ଆସୁଥିଲେ ତିନିହେଁ। କାମଦାମ ଥିଲା ଠିକ୍‌ଠିକ୍। ଝିଅଟି କେବେ ଲମ୍ବାବେଣୀ କରୁଥିଲା ତ କେବେ ଝାଙ୍କୁରିମୁଣ୍ଡ ହୋଇ ଆସୁଥିଲା। କେବେ ମଇଲା କୁର୍ତାଟେ ପିନ୍ଧୁଥିଲା ତ କେବେ ସାଲ୍‌ୱାର କମିଜ୍। ସେ ତାକୁ ଚାହିଁଥିଲା କଣେଇ କଣେଇ। ହେଲେ ସାହିବ୍ ପାଖରେ ଧରାପଡ଼ି ଯାଉଥିଲା। ସେ ପିଲାଟା ଭାରି ଚଲାକ୍ ଦିଶୁଥିଲା।

ଦିନେ କ'ଣ ହେଲା ନା, ସେ ଝିଅଟା ଆସିଲାନି। ଖୁସି ହେବା କଥା ସେ, ନ ଆସିଲେ ତାଙ୍କର ଫାଏଦା। ହେଲେ ସେମିତି ଭାବିଲାନି ସେ। କାଇଁ ଆସିନି, କ'ଣ ଅସୁବିଧା ହେଲା କି ଭାବିଲା। ତା' ଆରଦିନ ବି ଆସିଲାନି ତ ତାକୁ କେମିତି କେମିତି ଲାଗିଲା। କଲିକଜିଆ ହଉଥିଲା। ଝଗଡ଼ା ଲାଗୁଥିଲେ। ସେଥରେ ବି ବୋଧେ ଗୋଟେ ଜୋସ୍ ଥିଲା। ଏବେ ମାନ୍ଦା ଲାଗୁଛି। ସାହିବ୍ ରୂପ। ତା'ଝଗଡ଼ା ସବୁ ମନେ ପଡ଼ିଲା। ତା'ହେଲେ ତା ଟାଣ କଥାରେ କଲିକଢ଼ିଆରେ କିଛି ଗୋଟେ ଥିଲା, ଯେଉଁଥିରେ କାମରେ ଆଗ୍ରହ ଆସୁଥିଲା। ସେ ଜିନିଷଟା କ'ଣ? ଦି'ଦିନ ଗଲା। ତା'ଆରଦିନ ବି ଦେଖାନାଇଁ। ସେ କ'ଣ ଅନ୍ୟ ଏରିଆକୁ ଚାଲିଗଲା? କାଇଁକି? ଭାବିଲା କି ଦିଟା ପିଲାଙ୍କ ସାଙ୍ଗରେ ରୋଜ୍ ରୋଜ୍ ଗାଳିଗୁଲଜ କିଏ ପାରେ? ସେ ମନେ ମନେ ତାକୁ ଡାକିଲା, କହିଲା 'ତୁ ଯଦି ଫେରିଆସୁ-ତୋ ସାଙ୍ଗରେ ଆଉ ଝଗଡ଼ା ନାଇଁ', ଆଚ୍ଛା ସେ କଉଠି ରହେ, ସାହିର ନାଁ କ'ଣ, କାହାଠୁ ବୁଝିବ ବି? ଖୋଜିବାକୁ ଯିବ? ଆରେ... ସେ ତା ନାଁଟି ଜାଣିନି ଖୋଜିବ କ'ଣ? ତା ମୁହଁ ଶୁଖିଗଲା।

ଆରଦିନ ସୂରୁଜ ଉଇଁଲା।

ସେ ଆସି ଠିଆ ହେଲା ତା ସାମ୍ନାରେ। ଟିକେ ହସିଦେଲା। ଯେମିତି କହିଲା, 'ଏଇ... ମୁଁ ଆସିଗଲି' କାମରେ ଲାଗିଲା। ସେ ତାକୁ ଦେଖିଲା। ଦେହ ବେଶୀ ଲୁଚିବା ଭଲି ଫ୍ରକ୍ ପିନ୍ଧିଛି। ତେଲ ମାରି ବେଣୀ କରିଛି। ମୁହଁରେ କି କ୍ରିମ୍ ଲଗେଇଛି ଯେ ହଲଦିଆ ଦିଶୁଛି। ଚଷ୍ଠୀ ଚଷ୍ଠୀ ଦିଶୁଥିବା ତା ମୁହଁ ହସହସ ଦିଶୁଛି। ତାକୁ ଭାରି ଭଲ ଲାଗିଲା। ସେହିଦିନ ତା ମୁହଁ, ତା ହସରୁ ସେ ଟିକେ ସାହସ ପାଇଲା। ପଚାରିଲା-କାଇଁ ଆସୁନଥିଲୁ? ବେଣୀଟାକୁ ଛାଟିଦେଲା ଆଉ ଆଖି ନଟେଇ ସେ କହିଲା-

: ତୁ କ'ଣ ବୁଝିବୁ ? ସେ ତ ଝିଅମାନଙ୍କ କଥା । ତେବେ ଜାଣ, ମୋ ଦିହ ଅସୁଖ ଥିଲା ।

: ସେମିତି ତ ତୁ ଜଣାପଡୁନୁ । ଭଲ ଫ୍ରକ୍ ପିନ୍ଧିଛୁ । ହଳଦିଆ କ୍ରିମ ଲଗେଇଛୁ... । ଜରି ଅଖା ତଳେ ରଖି ସେ କହିଲା: କ୍ରିମ୍ ନୁହେଁ ବୁଢୁ । ହଳଦୀ ଲଗେଇଚି । ସେଇ ଦିହ ଖରାପରେ ଝିଅମାନେ ହଳଦୀ ଲଗାନ୍ତି । ଯା' ଜିନିଷ ଗୋଟା... । ଏ, ଆର ପିଲାଟା ଆସୁଛି... ସେ ଆଜି କ'ଣ ପାଇବ... ହି...ହି...

ସାହିବ୍ ଆସିଲା । ସେଦିନ ସେ ଗୋଟେ ଗୋଲ ବେକର ଗଞ୍ଜି ପିନ୍ଧିଥିଲା । ଭାରି ସୁଧାର ଦିଶୁଥିଲା । ସେ ଭାବିଲା, ତିନି ଜଣଙ୍କର ଏକା କାମ । ଏକାଠି କାମ । କପାଳରେ ଅଛି ଏକା କଥା । ଖଟିବ ଖାଇବ । ତେବେ କଳି ଝଗଡ଼ାରେ କ'ଣ ଅଛି ? ସାଙ୍ଗ ହେଲେ ? ଦୁସ୍ମନି ଭୁଲିଯାଇ ଦୋସ୍ତି କରିନେଲେ ? ବୁଝିବ ସେ କଥା ମୁଖରୀ, ଖରଖରି ଝିଅ ? ସାହିବ୍ ତାର ୟାର ହବ ? ଟିକେକୁ ତାର ଫାଇଟିଂ... ହେଲେ ମିଶୁ ମିଶୁ ମିଶିଲେ ତିନିଜଣ । ଦୋସ୍ତି ହେଲା । ଆଉ କେହି ଛାଡ଼ ଛୁଡ଼ ହେଲେ ନାହିଁ । ଝିଅଟି ତା ନାଁ କହିଲା– ପାର..., ପାର୍ବତୀ । ଦି' ସାଙ୍ଗର ନାଁ ଜାଣିଲା । ଯେଉଁଠିକି ଗଲେ ସାଙ୍ଗ ହୋଇ ଗଲେ । ଗୋଟେ ପ୍ୟାକେଟ୍ କୁରୁକୁରି କିଣି ତିନି ଜଣ ଖାଇଲେ । ସାହିବ୍ ଓ ସେ ନଳକୂଅରେ ଗାଧୋଇଲେ, ପାର ପାଣି ମାରିଦେଲା, କେବେ ଫ୍ରକ୍ ମୁଣାରେ 'ବୁରୋ' 'ମାୟା' ଆଣି ତାକୁ ଦେଲା । କାମ ଭିତରେ ଦୋସ୍ତି ଆଉ ଛୋଟଛୋଟ ଦୁଃଖ କଷ୍ଟ ଭିତରେ ସମୟ ବିତିଲା ।

ବୟସ ବଢ଼ିଲା । ବଦଳିଲା ମୁହଁ ଚେହେରା ଗଢ଼ଣ । ସେମାନେ ଆଉ 'ଜରିବେଟୁ' ହୋଇ ରହିବାକୁ ପସନ୍ଦ କଲେ ନାଇଁ । ସେ ପଢ଼ା ଛାଡ଼ିଲା । କାମ ଖୋଜିଲା । ବହୁ କଷ୍ଟରେ ଗୋଟେ ଗ୍ୟାରେଜ୍‌ରେ ମେକାନିକ୍ କାମ ଶିଖିଲା । ମାସକୁ ପାଁଚ ଟଙ୍କା ଦରମାରେ । ସାହିବ୍ ହେଲା ମଜଦୂର । ପିଠିରେ ବୋଝ ବୋହିଲା, ଓହ୍ଲାଇଲା । ରୋଜ୍ କମାଇ । ପାର, ଘରେ ରନ୍ଧାବଢ଼ା କଲା । ତା ମା ଗୋଟେ ଇସ୍କୁଲରେ ମଧାହ୍ନ ଭୋଜନ କାମରେ ଲାଗିଲା ।

ବୁଲାବୁଲି ହୋଇ ପାରିଲାନି ଆଉ ।

ତେବେ, ତିନି ଜଣକର ଘର ସଳଖିଲା । ଜୀବନକୁ ଛୋଟଛୋଟ ରାହା ମିଳିଲା । ସେ ଗୋଟେ ସାଇକେଲ କିଣିଲା । ଜଣଙ୍କଠୁ ଅଧା ଦାମରେ । ପରେ

ଗୋଟିଏ ନୋକିଆ ମୋବାଇଲ । ଶନିବାର ଉପରଓଳି ତା' ଗ୍ୟାରେଜ ବନ୍ଦ । ସାହିବ୍‌ର ବି ଛୁଟି । ପାର ଆସେ । ଦିହିଙ୍କ ମଟିରେ ବସେ । କେବେ ତା ଦେହକୁ ଆଉଜି ତ କେବେ ସାହିବ୍‌ ଦେହକୁ ଆଉଜିଯାଏ । ସେ ତା ମୋବାଇଲର ଗୀତ ଶୁଣାଏ । ଫଟୋ ଦେଖାଏ ।

ସେଇ ତ ଖୁସି । ମଉଜ ମସ୍ତି । ତାଙ୍କ ପାଇଁ ଆଉ ବଡ଼ ଖୁସି କ'ଣ ? ଧାରେ ଧାରେ ଦୋସ୍ତିର ଡୋର ବଦଳିଗଲା ପୀରତି ଡୋରରେ । ଜୀବନ ଜୀବନ ଭିତରେ ଦେହଟିଏ, ମନଟିଏ ତିନିହେଁ ଜାଣିଲେ । ସେ ଓ ସାହିବ୍‌ ଦୁହେଁ ନିଜ ନିଜ ମନ ଦେଲେ ପାରକୁ । ପାର ମନ ଦେଲା ଦିହିଙ୍କି । କହିଲା, ମୁଁ ତୁମ ଦିହିଙ୍କର । ଦିନେ କିନ୍ତୁ ଗୋପନରେ ସେ ପାରର ହାତ ଧରି କହିଲା–

: ଈଶ୍ଵର-ପାର୍ବତୀ ଯୋଡ଼ି ତ ରହିଆସିଛି । ତୋର ମୋର ହିଁ ଯୋଡ଼ି ହେବ । ଯୋଉଦିନ ତତେ ଅଠର ବର୍ଷ ପୁରିବ ସେଇଦିନ ହିଁ ଆମ ବାହାଘର ହେବ ।

ସାହିବ୍‌ ବି କୁଆଡ଼େ କହିଲା–ଚାଲ, ଆମେ ଏବେ ବିଭା ହୋଇଯିବା । ମୁଁ ସେ ବୟସ ଫଅସ ନିୟମ ମାନେନା ।

ପାର କିଛି ଫଇସଲା କରିନି । ତେବେ ବୟସ, ନିୟମ ମାନିଛି । ଜାଣିଛି ଅଠର ପୁରିବାକୁ ଆହୁରି ବରଷେ ଆଉ ଦି'ମାସ ବାକି ଅଛି । ତା'ପରେ ଜଣାପଡ଼ିବ କିଏ ? ସେ କି ସାହିବ୍‌ ଇଶ୍ଵ କିନ୍ତୁ ଈଶ୍ଵର ପାର୍ବତୀ ଯୋଡ଼ିର ସପନ ଦେଖୁଛି । ସପନଟିକୁ ଯନ୍‌ରେ ହୃଦ ସିନ୍ଧୁକରେ ସାଇତିଛି । ଗ୍ୟାରେଜ କାମରେ ବି ସେ ମନ ଦେଇପାରେନି । ଗାଡ଼ି ସଜ କରୁ କରୁ ଆକାଶକୁ ମିଟିମିଟି ଚାହେଁ । ବାବୁ କ'ଣ କହିଲେ ସେ ଚମକିପଡ଼େ ।

...ସଂଜ ସମୟ ସରିଗଲା ।

ସଂସାରର ଭାର ରାତି ହାତରେ ଦେଇ ସେ ଚାଲିଗଲା । ଈଶ୍ଵର ଭାବନା ଭିତରୁ ବାହାରିଲା । ବସିଥିବା ପୋଲରୁ ଉଠି ଫେରିଲା ଘରକୁ । ଆକାଶରେ ଚାନ୍ଦ ଦିଶିଲା । ଚାନ୍ଦରେ ଦିଶିଲା ତା ଚାନ୍ଦମୁହଁ ପାରର ମୁହଁ ।

ସାହିବ୍‌ ନା ଈଶ୍ଵର ?

କାହାକୁ ବାଛିବ ସେଇ ଚାନ୍ଦମୁହାଁ ? ପରଖିବ କି ପାର୍ବତୀ ନିଷ୍ଠା ? ମାଝିରେ ରହିଛି ବର୍ଷେ ଦି'ମାସର ଧୈର୍ଯ୍ୟ । ଅପେକ୍ଷା । କିନ୍ତୁ ଏତକ ସମୟ ଖୁବ୍ ବେଶୀ ନୁହେଁ କି ? ଗୋଟିଏ ମୁହୂର୍ତ୍ତରେ ଦୃଶ୍ୟଟି ବଦଳେ । ବଦଳିଯାଏ ଜୀବନ । ଅଛି ଅନେକ ଉଦାହରଣ ଏମିତି ବଦଳିଯିବାର ।

ଦିନେ—

ପାର୍ବତୀ ରହୁଥିବା ସାହିରେ ଗହନ କଥାଟେ ଉଡ଼ିବୁଲିଲା । ଉଡ଼ିଉଡ଼ି ଆସି ଈଶ୍ୱର କାନରେ ପହିଲା 'ପାର କା ସାଙ୍ଗରେ ଗୋଟେ ଭାସିଗଲା !' ସେ ଚମକି ପଡ଼ିଲା । ମୁହୂର୍ତ୍ତେ ପାଇଁ ଭାବିଲା ସାହିବ୍ ସାଙ୍ଗରେ କି ? ପର ମୁହୂର୍ତ୍ତରେ ଭାବିଲା ନା ପାର ଏମିତି କରି ନଥିବ । ଯଦି ଇଚ୍ଛା ଥିଲା, ବିଭା କରିପାରିଥାନ୍ତା । ତେଣୁ ଇଏ ଗୋଟେ ଭୁଲ ଖବର । ସତ ଜାଣିବା ପାଇଁ ସେ ସାଇକେଲରେ, ଅନ୍ଧାର ଭିତରେ ଛୁଟିଗଲା ପାର ଘରକୁ । ସେପଟେ ବସ୍ତା ଅନ୍‌ଲୋଡ କଲାବେଳେ କଥାଟା ଶୁଣିଲା ସାହିବ୍ । ସିଏ ବି ସେମିତି ଭାବିଲା । ଈଶ୍ୱର ସାଙ୍ଗରେ କି ? ଦିହେଁ ତାକୁ ଭକୁଆ ବନେଇଲେ ? ଭାବିଲା । ତା'କାମ ସାରିଲା । ହଠାତ୍ ଗଲା ନାହିଁ ।

କିନ୍ତୁ ଏକା ନିଶ୍ୱାସରେ ପାର ଘରେ ପହଞ୍ଚିଲା ଈଶ୍ୱର । ତା'ମାଠୁ ଯାହା ଶୁଣିଲା ତା ହିଁ ଠିକ୍ କଥା । କଥାଟା ଶୁଣି ତା ସପନ ଆକାଶର ଜହ୍ନ ଡୁବିଗଲା । ଚାରିଦିଗ ଦିଶିଲା ଅନ୍ଧାର । କ'ଣ କରିବ ବୁଦ୍ଧି ଦିଶିଲାନି । ତା ମା'କହିଥିଲା— "ସଂଜ ବେଳକୁ ସବୁଦିନ ପାଣିଗଡ଼ୁଟିଏ ଧରି ସେ ଝାଡ଼ା ଯାଏ ବାହାରକୁ । ଆଜି ବି ଗଲା । ହେଲେ ଆଉ ଫେରିଲାନି । ସବୁଆଡ଼େ ନିଘା କରି ଖୋଜିଲିଣି । ସେ କଉଠି ନାହାଁରେ ଇଶ୍ୱ । ତାକୁ ଖୋଜିଆଣେ ।" ସେ ବେଳକୁ ସାହିବ୍ ଆସିଲା । ଈଶ୍ୱରକୁ ଭେଟିଲା । ଅସଲ କଥାଟି ଶୁଣିଲା । ଦିହେଁ ଜାଣିଲେ-ବିପଦ ଆସିଛି । ପାରକୁ କେହି ଜଣେ ଉଠେଇ ନେଇଛି । ସେ ସଇତାନ ଆଖିର ଶିକାର ହୋଇଛି ।

ସଙ୍ଗେ ସଙ୍ଗେ ଦିହେଁ ବାହାରିଲେ । ଟର୍ଚ୍ଚ ଓ ଲାଲଟିନ୍ ନେଇ । ସେ ଆଲୁଅ କିନ୍ତୁ ଗହନ ଅନ୍ଧାର ସାଙ୍ଗରେ ଲଢ଼ିପାରିଲା ନାହିଁ । ରାତି ବଢ଼ିଲା । ଆହୁରି ଅନ୍ଧାର... ଗାଢ଼ ଅନ୍ଧାର । କରୁଣ । ନିର୍ମମ । ବିଫଳ ହେଲେ ଦିହେଁ । ଫେରି ଆସିଲେ । ସେତେବେଳକୁ ଧୂସରିଆ ମଇଲା ଜହ୍ନଟା ଗଛ ଉହାଡ଼ରେ ମୁହଁ ଲୁଚେଇଥିଲା ।

ଥାନା ।

ପାରର ମା' । ସେ ଦିହେଁ ।

: କେତେ ବର୍ଷ ତୋ ଝିଅକୁ ? ଥାନା ବାବୁର ପ୍ରଶ୍ନ ।

: ବର୍ଷେ ମାସେ ପରେ ଅଠର ହେବ । ଦିହିଁକ ଚଟାପଟ୍ ଉତ୍ତର ।

: ତମେ ଦିହେଁ କିଏ ? ଏମିତି ହିସାବ ରଖିବ ।

: ଆମେ ତାକୁ ଲଭ୍ କରୁ... । ଖୋଲାମେଲା ସିଧା ଓ ସରଳ ଉତ୍ତର ।

ହୋ ହୋ ହସି ଥାନାବାବୁ କହିଲେ– ଲଭ୍ ତୁମ ସାଙ୍ଗରେ, ମସ୍ତି ଆଉ କା
ସାଙ୍ଗରେ ?

: ସେ ସିମିତି ଝିଅ ନୁହେଁ ଆଜ୍ଞା । ଗରିବ ଘରର ଝିଅ ବୋଲି ଥଟ୍ଟା
କରନ୍ତୁ ନାଇଁ । ରିପୋର୍ଟ ଲେଖନ୍ତୁ ।

ଈଶ୍ୱର ରାଗ ତମତମ ସ୍ୱରରେ କହିଲା । ସାହିବ୍ ଦୂରକୁ ଘୁଞ୍ଚିଗଲା ।
ପାରର ମା'କୁ ଛାଡ଼ିଦେଇ ଈଶୁ ଫେରିଲା । ଖାଇଲା ନାହିଁ । ଶୋଇପାରିଲା ନାଇଁ ।
ମା'କହିଲା– ଶୋଉନୁ କାଇଁକି ! ଶୋଇପଡ଼... ।

ସେ କହିଲା–ଏ ସହରର ଝିଅଟିଏ ହଜିଯାଇଛି ଗୋ ମା' ! ଖାଲି ମୁଁ କାହିଁକି
ତୁ କି ଗୋଟାକ ଯାକ ସହର ବି ଶୋଇବା ଠିକ୍ ହବ ନାଇଁ ।

ସାପର ଆଁ ଭିତରେ ଥିଲା କି କ'ଣ ବେଙ୍ଗଟିଏ ରାତିସାରା ରଡୁଥିଲା । ସେ
ରଡ଼ି ଶୁଣି ଈଶ୍ୱରକୁ ଭାରି ଛଟପଟ ଲାଗିଲା । ରାତି ପାହିବା ଆଗରୁ ସେ ଉଠି
ପଡ଼ିଲା । ଖୋଜିଲା ପାରକୁ, ଯାହାକୁ ସେ ନିଜ ଜୀବନ ମାନିଥିଲା ।

ସକାଳ ହେଲା ।

ଅନ୍ଧାର ହଟିଲା ।

ସେବେଳକୁ ପାଗଳ ପରି ଖୋଜୁଥାଏ ଈଶ୍ୱର । ଆକାଶକୁ ଉଡ଼ିଗଲା କି
ପାର ନା ପାତାଳରେ ପଶିଗଲା ? କାହାକୁ ପଚାରିବ ? କହିବେ ବନଗିରି ?
ଲତାଗିରି ?

କହିବ କି ସେ ସୁନାଧାରର ଖେତ, ଯାକୁ ସେଦିନ ସେ ପୋଲ ଉପରେ ବସି ଦେଖୁଥିଲା ? ନାଇଁ, କହିଲେ ନାଇଁ କେହି । ସେ ପୁଣି ଖୋଜିଲା । ରାମ ମହାପ୍ର ସୀତାମାତାଙ୍କୁ ଖୋଜିବା ପରି ଖୋଜିଲା । ଆହା...କଉଠି ତା'ପାର !

ଦିନ ନ'ଟା । ହଠାତ ଟାଉନ୍ ଏରିଆ ଚଳଚଞ୍ଚଳ । ଏକ ଚାଞ୍ଚଲ୍ୟକର ଖବର । ରେଲଷ୍ଟେସନଠୁ ଟିକେ ଦୂରରେ ବାଁ ହାତିଆ ଯାଉ ବାଉଁଶ ଓ ଅମରୀବୁଦା ତା ଉହାଡ଼ରେ ଜଣେ ଯୁବତୀ ପଡ଼ିଥିଲା ଲଙ୍ଗଳା ହୋଇ । ଖବର ପାଇ ପୁଲିସ ତାକୁ ଆଣି ଡାକ୍ତରଖାନାରେ ଭର୍ତି କରିଛି । ଚେତା ନାଇଁ, କିନ୍ତୁ ସେ ବଞ୍ଚିଛି ।

ଆଉ ଏକ ଦୁଷ୍କର୍ମ । ସହରବାସୀ ତା'ର ମଜା ନେଲେ । ଯୁବତୀକୁ ଦେଖିବେ– ବଞ୍ଚିଛି ସେ । ଡାକ୍ତରଖାନା ଆଡ଼େ ଯୁବକମାନଙ୍କ ସୁଅ ଛୁଟିଲା । ଶୁଣିଲା ଈଶ୍ୱର । ନା ସେ ଅନ୍ୟ କେହି । ପାର ନୁହେଁ । ତଥାପି ଧାଇଁଗଲା ଡାକ୍ତରଖାନା । ଫିମେଲ ୱାର୍ଡ । ବେଡ୍ ନମ୍ବର ତେର । ପୁଲିସ ଛାଡ଼ୁ ନଥିଲା କିନ୍ତୁ ପାରର ମା କହିଲାରୁ ଛାଡ଼ିଲା । ଇଏ କିଏ ? ନା ଇଏ ତା ପାର ନୁହେଁ । ପାର ମୁଣ୍ଡରେ ବହୁତ ବାଲ, ଲମ୍ବା ବେଣୀ । ଯାର ତ ଗୋଟେ ବି ବାଲ ନାହିଁ ମୁଣ୍ଡରେ । ମୁହଁରେ ମଲା ରକ୍ତ ଦାଗ । ଦେହରେ ଖଣ୍ଡେ ଚାଦର । ଈଶ୍ୱରର ମନ ଭାଟିରେ ହୁ ହୁ ହୋଇ ନିଆଁ ଜଲିଲା । ସେତେବେଲେ ସାହିବ୍ ଆସିଲା । ଆଖି ବୁଜି ଦେଲା । ଟିକେ ପରେ ସେଠି ଆଉ ସେ ନଥିଲା ।

ନିଆଁ ଝାସରେ ପୋଡ଼ି ଯାଉଥାଏ ଈଶ୍ୱର । ହେଲେ ସେ ବଜାର ଗଲା । ଫ୍ରକ୍, ପ୍ୟାଣ୍ଟ ହଲେ ନେଇଆସି ପାର ମା'କୁ ଦେଲା । କହିଲା ତାକୁ ପିନ୍ଧେଇ ଦେ... । ସେଠି ସେଟିକି ବେଲେ ପୁଲିସ, ପ୍ରଶାସନ, ସାମ୍ୟଦିକ ଓ ଗଣମାଧ୍ୟମ ପ୍ରତିନିଧି । ପାରର ଫଟୋ ଉଠା, ତା ମା'ର ସାକ୍ଷାତକାର, ପ୍ରତିକ୍ରିୟା । ସର୍କାରୀ ଖର୍ଚରେ ଚିକିସ୍ତା ଓ କ୍ଷତିପୂରଣ ଘୋଷଣା । ସଭିଙ୍କ ଅପେକ୍ଷା ଚେତା ଫେରିବାକୁ ନେଇ । ଟି.ଭି ଚ୍ୟାନେଲ ପ୍ରତିନିଧି କିନ୍ତୁ ଚାଲିଗଲେ । ବ୍ରେକିଂ ନ୍ୟୁଜର ତତ୍ପରତା । ଦେଖଣାହାରୀ ଥିଲେ । ଏମିତି ଦେଖୁଥିଲେ ଯେମିତି ଏକ ଆମୋଦଦାୟକ ଦୃଶ୍ୟ । ଦୁଷ୍କର୍ମ ଯେ ସମାଜର ଏକ ଲଜ୍ଜା । ସେ ଲଜ୍ଜା ପାଇଁ କାହାରି ମୁଣ୍ଡ ତଲକୁ ହେଉ ନଥିଲା । ହୁଏତ ପ୍ରତ୍ୟେକ ଭାବୁଥିଲେ–ଇଏ ତାଙ୍କ ଝିଅ ନୁହେଁ କଉ ଗରିବ ଘରର ଝିଅଟେ । ତା ପାଇଁ କାହିଁକି ଦୁଃଖ ? କେମିତି ଲଜ୍ଜା ?

ଚେତା ଫେରୁ ନଥାଏ । ତା ମା' ବାହୁନୁଥାଏ । ଈଶ୍ୱର ମନେ ମନେ କହୁଥାଏ– "ଉଠ୍ ପାର, ଆଖି ଖୋଲ । କେତେ ଶୋଇବୁ ?'' ସେ ତା ପାଖକୁ ଆସି କପାଳ ଆଉଁସି ଆଣିଲା । କାଲେ ଆଖି ଖୋଲିବ ? ନା-ହଲଚଲ । ନାଇଁ । ଆହା ! କେତେ ରଡ଼ିଥିବ । କେତେ ପାଟି କରିଥିବ । ତାକୁ କେମିତି ଶୁଭିଲା ନାଇଁ ? ଧିକ୍ ଧିକ୍ ତାକୁ । ସେ ନିଜକୁ ଧିକ୍ କରିଲା । ଚିତ୍କାର କରି ପୁଲିସ ପ୍ରଶାସନକୁ ଓ ସମାଜ ବ୍ୟବସ୍ଥାକୁ ପଚାରିବାକୁ ଇଚ୍ଛା କଲା ।

: ଭଲ ଦିନ ଆସିବ କହୁଥିଲ ଯେ ଏଇ ଝିଅକୁ ଦେଖ, ଏଇ ତୁମ ଭଲ ଦିନ ? ? ? ଟି.ଭିରେ ଦିନରାତି କହୁଚି ପରା 'ବେଟୀ ବଚାଅ' । ଇଏ ବି ଦେଶର ଜଣେ ବେଟୀ । ମାନ-ଇଜ୍ଜତ ହାରିଦେଲା । କିଏ ତାକୁ ରକ୍ଷା କରିପାରିଲା ?

ଯାହା କହୁଛ, କର । ନ ହେଲେ କହୁଚ କାଇଁକି ? ଆଃ...

ପୁଣି ଭାବିଲା– ଚେତା ଫେରିଲେ କେମିତି ଲାଗିବ ପାରକୁ ? କ'ଣ କହି ତାକୁ ବୁଝାଇବ । ଈଶ୍ୱର ନିଜେ ଅବୁଝା ହୋଇପଡ଼ୁଥାଏ । ରାତିରେ ଯାଇ ତାର ହୋସ୍ ଆସିଲା । ପୁଲିସ ଜେରା । ପ୍ରଶ୍ନ ପରେ ପ୍ରଶ୍ନ । କଟା ଘାରେ ଚୂନ । ବହୁ କଷ୍ଟରେ କଥା କହୁଥିଲା ପାର । ତା ମା'ପୁଲିସ ଉପରେ ରଗରଗ ହେଉଥାଏ । କହିଲା-ଆଉ କ'ଣ ବାକି ଅଛି ଜାଣିବାକୁ । ତୁମେ ସେ ଦି'ପଶୁଙ୍କୁ ଧର । ଜେଲରେ ଭର । ଭରିପାରିବ ? ନ ପାରୁଛ ଯଦି ଖୋଲା ଛାଡ଼ିଦିଅ । ସେମାନେ ବୁଲନ୍ତୁ ଆହୁରି ଝିଅ-ଶିକାର ହୁଅ, ତୁମେ ସବୁ ମଜାଦେଖ... ।

ପାର ମା'ର ଦମ୍ଭ ଦେଖି ଈଶ୍ୱର ଚାଳୁବ୍ । ପାଖାପାଖି ମାସେ ରହିଲା ପାର ଡାକ୍ତରଖାନାରେ । ଫେରିଲା ପାର ହୋଇ ନୁହେଁ ପାରର କଙ୍କାଳ ହୋଇ । ବସ୍ତି ବାସିନ୍ଦା ତାକୁ ଦେଖିବାକୁ ଆସିଲେ ଯେମିତି ସେ ଗୋଟେ ଦର୍ଶନୀୟ ବସ୍ତୁ । ତା'ପରେ ଚୁପଚାପ । ଫୁସଫାସ୍ । ସାହିବ୍ ଆସି ନଥିଲା । ଈଶ୍ୱର, ଗ୍ୟାରେଜ କାମ ସାରି ନିତି ଆସୁଥିଲା । ଦମ୍ଭ ଦଉଥିଲା । ସାହସ ଦବାକୁ ବାରବାର କହୁଥିଲା– "ଏଥିରେ ତୋର କଣ ଦୋଷ ? ତୁ କାଇଁ ଘରେ ଲୁଚି ବସିବୁ ? ମୁଣ୍ଡ ଉଠେଇ ଚାଲ ।"

କିନ୍ତୁ ଯାହା ସେ ହାରିଥିଲା, ଯେଉ ଅପମାନ ସେ ପାଇଥିଲା ସେଥିରେ ସେ ନିର୍ବାକ ନିସ୍ତବ୍ଧ ହୋଇଯାଇଥିଲା । ଆଖି ଉଠେଇ ଚାହିଁବା ମୁସ୍କିଲ ଥିଲା । ମୁଣ୍ଡ

ଉଠେଇ ଚାଲିବ କ'ଣ ? 'କହିବା ସହଜରେ ଈଶୁ', କରି ଦେଖେଇବା ଭାରି କଷ୍ଟ' ସେ କହିଲା । ଲୁହ ଚାପି ରଖିଲା । ଯଉଥରେ ନିରବ ପ୍ରତିବାଦ ହିଁ ଥିଲା ।

ଦିନେ କ୍ଷତିପୂରଣ ବାବଦରେ ଘୋଷଣା କରାଯାଇଥିବା ଟଙ୍କା ଆସି ପହଞ୍ଚିଲା । – ଠିକ୍ ସେଇଦିନ ସାହିବ୍ ଆସିଲା । ଦୁଆର ଠକ୍ ଠକ୍ କଲା । ପାର ତାକୁ ଭେଟିଲା ନାଇଁ କି ପ୍ରଶାସନ ଆଣିଥିବା ଟଙ୍କା ବି ଗ୍ରହଣ କଲା ନାଇଁ । ଫେରେଇ ଦେଲା ସେ ପ୍ରଶାସନକୁ ଓ ତାର ମିଛ ବନ୍ଧୁକୁ । ଈଶ୍ୱର ପାଇଁ ସେ ତା ଦୁଆର ଖୋଲା ରଖିଲା । କିନ୍ତୁ ଦୁଇଦିନ ଧରି ଆସିଲା ନାଇଁ ସେ ବି ।

କିନ୍ତୁ ସେ ଆସିଲା ସେଇଦିନ– ଯଉଦିନ ପାର୍ବତୀକୁ ଅଠର ବର୍ଷ ହେଲା । ସାଙ୍ଗରେ ଆଣିଥିଲା ଗୋଟେ ପ୍ୟାକେଟ୍ । ସେଥିରେ ଥିଲା ନୂଆ ଶାଢ଼ି, ବ୍ଲାଉଜ, ସାୟା, ଚୂଡ଼ି ଓ ସିନ୍ଦୂର । ପାରର ମା'କୁ କହିଲା– "ମୁଁ ପାରକୁ ବିଭା ହବାକୁ ଚାହେଁ... ।"

ତା'ଛାତି ଦୁଲୁକି ଗଲା । ସେ ତଳେ ଲଥ୍ କରି ବସି ପଡ଼ିଲା । କହିଲା–

: ଈଶୁ ! ତୋ ମୁଣ୍ଡ ଠିକ୍ ଅଛି ତ ? ତତେ କଉ କଥା ଅଛପା ଅଛି ? ଜାଣିଶୁଣି ବି ଏ କଥା କହୁଛୁ ?

: ହଁ ମୁଁ ଜାଣିଶୁଣି ଏ କଥା କହୁଛି । ପଶୁମାନେ ତାକୁ ରାମ୍ପି, ବିଦାରି ପକେଇଛନ୍ତି । ଦିହଟାକୁ ଖିନ୍‌ଭିନ୍ କରିଛନ୍ତି । କିନ୍ତୁ ତା ମନଟା ତ ସେଇମିତି ସଫା ଅଛି । ସେଇଥରେ ଟିକେ ବି ଆଙ୍ଗୁଠା ଦାଗ ନାଇଁ । ସେଇ ମନଟିକୁ ତ ମୁଁ ଭଲ ପାଇଛି...ଦେଖିବୁ.. ତାର ସବୁ ଭରଣା କରିଦେବି...ତାକୁ ଭଲରେ ରଖିବି ।

ତୋ ମା' ?

: ମୋ ମା' ମନଟା ଖୁବ୍ ବଡ଼ । ଖୁବ୍ ସଫା । ଟିକେ ବି ମଇଳା ନାଇଁ । ଆମ ପକ୍କା ଘରେ ସିଏ ତା ବୋହୂପାଇଁ ପାଇଖାନାଟେ ବନେଇଚି । କହୁଚି..ମୋ ବୋହୂ ବାହାରକୁ ଝାଡ଼ା ଯିବ ନାଇଁ... ।

ସେ କଥାରେ କ'ଣ ଥିଲା କେଜାଣି ପାର ମା' ଝରେଝର କାନ୍ଦିଲା । ପାରକୁ ପାଖକୁ ଡାକିଲା । ନାଇଁ ନାଇଁ ଭିତରେ ସେ କହିଲା–ଈଶୁ, ମୋ ଦିହରେ କଳାଦାଗ, ସହିପାରିବୁ ତୁ ?

: ଚାନ୍ଦ ଦେଖୁଛୁ ? ତାର ବି କଳାଦାଗ ଅଛି । ହେଲେ ସଭିଏ ତାକୁ ଭଲ ପାଆନ୍ତି କି ନାଇଁ କହ… । ଈଶ୍ୱର ବୁଝେଇଲା ଅତି ଦରଦୀ ବନ୍ଧୁଟିଏ ପରି । ପାର ବହୁତ ବେଶୀ ବୁଲିଲା । ଈଶ୍ୱରକୁ ଜାବୁଡ଼ି ଧରିଲା । କାନ୍ଦିଲା କାଇଁ କାଇଁ ହୋଇ । ଫେର ନିଜ ଲୁହ ପୋଛିଲା । ନୂଆ ଶାଢ଼ି ଚୂଡ଼ି ପିନ୍ଧିଲା । ମୁଣ୍ଡରେ ଓଢ଼ଣୀ ଦେଲା । ଈଶ୍ୱର ପାଖରେ ଆସି ଠିଆ ହେଲା । ପାର ମା' କହିଲା ରିକ୍ସାଟେ ଡାକୁଛି… । ଈଶ୍ୱର ମନାକଲା, କହିଲା–

"ମୁଁ ତା'ର ହାତ ଧରି ନେବି ।"

ଈଶ୍ୱର ଧରିଲା ପାର୍ବତୀର ହାତ ।

ଦିହେଁ ଚାଲିଲେ ।

ଜନତା ଦେଖିଲେ । ଦେଖିଲା ସହର । ଦେଖିଲା ବଜାର । ମାଟି, ଆକାଶ, ଫୁଲ, ପକ୍ଷୀ, ପବନ । ସେ ତାକୁ ନେଇଗଲା । ଗୋଟେ ଦେବୀ ମନ୍ଦିର । ପୂଜାରୀ ପାରକୁ ଚିହ୍ନିଲେ । କହିଲେ, "ଏଇ ଝିଅକୁ ବିଭାଦେବୁ ? ଈଏ ତ ମନ୍ଦିର ଭିତରକୁ ଯାଇପାରିବନି ।"

ଈଶ୍ୱର ହାତ ମୁଠାରେ ପାର୍ବତୀର ହାତ । ସାମାନ୍ୟ ଥରି ଉଠିଲା । ହେଲେ ହାତମୁଠା ଜୋର କରି ଈଶ୍ୱର କହିଲା ପୂଜାରୀଙ୍କୁ – ଠିକ୍ କହିଛନ୍ତି, ଯିଏ ଜଣକ ହୃଦ ଭିତରେ ଜାଗା ପାଉଥାଏ, ମନ୍ଦିର ଯିବା ତା'ର କ'ଣ ଦରକାର ।

ତା'ପରେ ସେ ଆସିଲା ବନ୍ଧଆଡ଼ିରେ ଥିବା ଗୋଟେ ପୁରୁଖା ବରଗଛ ପାଖକୁ । ସେଠି ଥିଲା ଦି'ଚାରିଟା ସିନ୍ଦୂରବୋଲା ବିଶ୍ୱାସର ପଥର । କେହି ପୂଜାରୀ ନଥିଲେ । ଆଙ୍ଗୁଠି ଟିପରେ ଟିକେ ସିନ୍ଦୂର ଆଣି ସେ ପାର ମଥାରେ ସଜେଇଲା । କହିଲା–

: ଏବେଠୁ ତୁ ମୋର ସ୍ତ୍ରୀ । ଚାଲ୍ ଘରକୁ ଯିବା ।

ବରଗଛ ଡାହିରୁ କେତେଟା ପତ୍ର ଝଡ଼ିପଡ଼ିଲା । ଚଢ଼େଇମାନେ ଚିଁ ଚାଁ ଚିଁ ଚାଁ ସୁର ମେଲିଲେ ।

ଈଶ୍ୱର, ପାର୍ବତୀର ହାତ ଧରି ଚାଲିଲା ଆଗକୁ ।

ଦିହେଁ ଜାଣିଥିଲେ, ଆଗରେ ନୂଆ ନୂଆ ଦୁଃଖ, ଲଢ଼େଇ ।

ତଥାପି ଦିହେଁ ଦିଶୁଥିଲେ ଜୀବନମୟ ।

❑❑

# କୃଷବିନ୍ଧ ମୁହୂର୍ତ୍ତିଏ

: କ'ଣ କରୁଛ ? ସମୟ ହେଲାଣି ଯେ...

: ଦୁଇ ମିନିଟ୍ ବାକି ଅଛି, ଯାଉଛି ମେଡ଼ମ୍ ।

ଆକାଶମନସ୍କ ଥିଲେ ଆଶୁତୋଷ । ବୋଧେ ସମୁଦ୍ରମନସ୍କ ବି । ଭାବୁଥିଲେ ନିଜ କଥା ଆଉ କାହିଁ କେତେ କ'ଣ । ଏଇ ଆଶୁତୋଷ ଜଣେ ପ୍ରସିଦ୍ଧ ତବଲାବାଦକ । କେବଳ ପ୍ରସିଦ୍ଧ ନୁହନ୍ତି, ବହୁତ ବହୁତ ପ୍ରସିଦ୍ଧ । ସେଇ ନୃତ୍ୟକେନ୍ଦ୍ରର ଅନ୍ୟତମ ବ୍ୟବସ୍ଥାପକ । ପଛରୁ ଶୁଭିଥିବା ସେଇ କଅଁଳ ଡାକରେ ସେ ପ୍ରକୃତିସ୍ଥ ହେଲେ । ଯିଏ ଡାକୁଥିଲେ ସେ ହେଲେ ନୃତ୍ୟକେନ୍ଦ୍ର ମୁଖ୍ୟ ପରିଚାଳିକା ନିବେଦିତା । ବିଶ୍ୱର ପ୍ରାୟ ସବୁ ଦେଶରେ ନୃତ୍ୟ ପରିବେଷଣ କରି ଅସୁମାରି ଦର୍ଶକଙ୍କ ପ୍ରଶଂସା ଲାଭ କରିଥିବା ଜଣେ ମହିୟସୀ । ଦୁହେଁ ମିଶି ଗଢ଼ିଥିଲେ ସମୁଦ୍ର କୂଳରେଥିବା ସେଇ ନୃତ୍ୟକେନ୍ଦ୍ର, ପନ୍ଦର ବର୍ଷ ଆଗରୁ । ସେଠି ନିରବତା ଥାଏ । ଆମ୍ଳୟ ଭାବ ଥାଏ । ଥାଏ ଶିଖିବାର ମନୋଭାବ । କଳା ସେଠି ଆନନ୍ଦର ମାଧ୍ୟମ ନୁହେଁ – ଜୀବନ । ଧୂଳିହୀନ ଅଗଣା, ଚଟାଣ, ମଳିହୀନ ହୃଦୟ, ଜୀବନ, ସବୁ ସେଠି ସଫା ।।

ଖ୍ୟାତିର ଶିଖରରେ ଏବେ ନିବେଦିତା । ହେଲେ ନୃତ୍ୟାଭ୍ୟାସ କରନ୍ତି ପ୍ରତିଦିନ ସେଇ ସମୟରେ । ସେଦିନ ବି । ନୃତ୍ୟକେନ୍ଦ୍ର ଅଭ୍ୟାସ ପ୍ରକୋଷ୍ଟି ଶିଳ୍ପୀ ଓ କଳାକାରମାନଙ୍କ ପୁଣ୍ୟଭୂଇଁ । ସେ ଦୁଇ ମହାନ ଶିଳ୍ପୀ ଆସି ସେ ପୁଣ୍ୟ ଭୂଇଁଙ୍କୁ ପ୍ରଣାମ କଲେ । ପ୍ରଣାମ କଲେ, ନିଜ ନିଜର ଗୁରୁଙ୍କୁ । ମାଗିନେଲେ କଳାସାଧନା

ଗାୟତ୍ରୀ ସରାଫ୍

ପାଈଁ ଆଶିଷ । କେହି ଯଦି ନିବେଦିତାଙ୍କ ନୃତ୍ୟକଳାର ପ୍ରଶଂସା କରେ ସେ ତଥାପି କହନ୍ତି 'ବେଳାଭୂଇଁରେ ଉପଳଖଣ୍ଡ ସଂଗ୍ରହ କରିବା' ଭଳି କଥା । ସେତେବେଳେ । "ଅହମିକାର ଅନ୍ଧାର ଚିରି ପାରିଲେ ହଁ ଆଲୋକିତ ହୁଏ ଶିଳ୍ପୀ" ଏଇ ଭାବଟି ମନ ଭିତରେ ପହଁରିଯାଏ ।

ସେଇ ପ୍ରକୋଷ୍ଠଟି ଏବେ ସଙ୍କୁଚିତ । ଝଲମଲ ।

ନୃତ୍ୟଶାଳା ବିଭୋର ।

ଆଶୁତୋଷଙ୍କ ତବଲା ଝଙ୍କାର । ନିବେଦିତାଙ୍କ ପାଦର ନୂପୁରର ଓଁକାର । ଅତୁଲ ଐଶ୍ୱର୍ଯ୍ୟ । ଏକ ତନ୍ମୟ ଭାବ-ରାଗ । ବନ୍ଧା ପଡ଼ିଲେ ବାଦ୍ୟ-ବାଦ୍ୟକାର । କଳା-କଳାକାର । ମନେହେଲା ସେ ନୃତ୍ୟାଲୟ ନୁହେଁ, ଶିବାଳୟ । ତବଲା ନୁହେଁ ବାଜୁଛି ଡମ୍ବରୁ । ଶୁଭୁଛି ତା'ର ଅପୂର୍ବ ଧ୍ୱନି । ଅସୁମାରୀ ସୁଖ ଝରିପଡୁଛି ନୀଳ ଆକାଶରୁ, ପାହାଡ଼ି ଝରଣାରୁ, ସବୁଜ ପତ୍ରରୁ, ମାଟି ବାସ୍ନାରୁ, ଶୀତଳ ସମୀରଣରୁ । ସୁଖ ଆହରଣ ପାଈଁ ସେଠିକି ବୀଣା ନେଇ ଆସିଛନ୍ତି ସରସ୍ୱତୀ, ମୃଦଙ୍ଗ ନେଇ ଆସିଛନ୍ତି ବିଷ୍ଣୁ, କରତାଳ ନେଇ ବ୍ରହ୍ମା, ସେଇଠୁ କା'ର ପାଦ ଫେରି ଆସିବ ?

ଚାଲିଲା ଦୁଇଘଣ୍ଟାର ନିରନ୍ତର ଅଭ୍ୟାସ । ସାଧନା । ଜ୍ୟୋତି ଫୁଟୁଥିଲା ତଥାପି ଛଦମୟୀ ନିବେଦିତାଙ୍କ ଚେହେରାରେ, ଅଗ୍ନି ସାଧନା ପରର ସୁନା ପରି ହେଲେ ଆଶୁତୋଷ ଦିଶୁଥିଲେ ଲିଭି ଆସୁଥିବା ଶିଖା ପରି । ବାତାନୁକୁଳିତ ପ୍ରକୋଷ୍ଠରେ ବି ଝାଲବିନ୍ଦୁ ସର୍ବାଙ୍ଗରେ । ଏମିତି କେବେ ହୁଏନା । ହେବା କଥା ନୁହେଁ । କିଛି ଦିନ ହେଲା କିନ୍ତୁ ଏମିତି ହଁ ହେଉଛି । କ'ଣ ସେ ଦୁଃଖ ? କେଉଁଠୁ ଆସିଲା ? ଯାହା ପୋଛି ନେଇଛି ଆଶୁତୋଷଙ୍କ ଭଳି ଜଣେ ସାଧକଙ୍କ ମୁହଁର ଶୁଭ୍ରତା ? ଅବଶ୍ୟ, ଦୁଃଖ ମାନେ ହଁ ଏମିତି । ସେ ତ ଆଉ ଲୋକ ବାଛି ବାଛି ଆସେନା । ସମସ୍ତଙ୍କ ଜୀବନରେ ତା'ର ଅବାଧ ପ୍ରବେଶ । ସେ ଆସେ । ତାକୁ ଭଲପାଇବାକୁ ହୁଏ । ତାକୁ ବସେଇ ଗୀତ ଗାଇବାକୁ ହୁଏ ।

ନିବେଦିତା ଭାବୁଥିଲେ ଆଶୁତୋଷଙ୍କ ଦୁଃଖକୁ ନେଇ ।

ଜଣେ ପରିଚାରିକା ଖୋଲୁଥିଲା ଘୁଙ୍ଗୁର ତାଙ୍କ ବିରଳ ଗଢ଼ଣାର ପାଦରୁ । ଆଉ ଜଣେ ଖୋସାରୁ କାଢୁଥିଲା ଗୋଜିକାଟି ଓ ମୁଣ୍ଡକଣ୍ଠା, ଅତି ଯତ୍ନରେ । ତାଙ୍କୁ

ଅପେକ୍ଷା କରି ରହିଥିବା ଫାଇଲ୍‌ରେ ଦସ୍ତଖତ କରି କର୍ମଚାରୀଙ୍କ ଗହଣକୁ ଚାଲିଗଲେ ଆଶୁତୋଷ । ହେଲେ ତାଙ୍କ ତେଜହୀନ ଚେହେରା ନିବେଦିତାଙ୍କୁ ଭଲ ଲାଗିଲା ନାହିଁ । ସେ ପାଣି ପିଇଲେ । ପଣତରେ ମୁହଁ ପୋଛିଲେ । ମନେ ମନେ କହିଥିଲେ — ଜଣେ ଶିଳ୍ପୀ ପାଇଁ ଲୋଡ଼ା ଗୋଟେ ମୁକ୍ତ ମନ ଓ ଖୋଲା ହୃଦୟ । ତା' ନହେଲେ କଳାର ମୋହିନୀ ରୂପ ଫୁଟି ପାରିବ କେମିତି ? ସେ ଚାହିଁଲେ - ଆଶୁତୋଷ ରୁହନ୍ତୁ ସବୁବେଳେ ଏକ ସବୁଜ ପୃଥିବୀରେ । ତାଙ୍କ ତବଲାର ନାଦବିନ୍ଦୁକୁ ନେଇ ତ ତାଙ୍କ ନୃତ୍ୟର ଘୋଷଯାତ୍ରା । ସେ ଯଦି ଏମିତି ରହିବେ, ତା'ର କଳାଛାଇ ପଡ଼ିପାରେ ତାଙ୍କ ଆଗାମୀ ନୃତ୍ୟ-ନାଟିକା ଉପରେ । ହେଲେ ତାଙ୍କୁ କଥାଟି କେମିତି କହିବେ ? ସେ ନିଜେ କ'ଣ ଜାଣନ୍ତି ନାହିଁ ? ତାଙ୍କ ପାଖରେ ଥିବା ଷୋହଳ ବର୍ଷର ସାଧନା କ'ଣ ତାଙ୍କୁ ସେ କଥା କହେ ନାହିଁ ?

ପ୍ରକୋଷ୍ଠରୁ ଆସି ନୃତ୍ୟପୋଷାକ ବଦଳେଇଲେ ନିବେଦିତା । କଫି ପିଇଲେ । ଆସିଲେ ବାଲ୍‌କୋନିକୁ । ସମୁଦ୍ରକୁ ମୁହଁ କରିଥିବା କ୍ୟାନ୍‌ ଚେୟାରରେ ବସିଲେ । ଆଗାମୀ ଦେଢ଼ ଘଣ୍ଟାର ସମୟ ଏବେ ତାଙ୍କ ନିଜର । ପରେ, ଜଣେ ବିଦେଶୀ ନୃତ୍ୟ ଗବେଷିକାଙ୍କ ସହ ସାକ୍ଷାତ ଓ ଆଲାପପର୍ବ । ଏତେ ଲମ୍ବା ସମୟର ଅବକାଶ ପ୍ରାୟ ତାଙ୍କ ପାଇଁ ଆସେ ନାହିଁ । ନିରନ୍ତର ବ୍ୟସ୍ତତାକୁ ନେଇ ସେ କିନ୍ତୁ ବିଚଲିତ ହୁଅନ୍ତି ନାହିଁ । ଭାବନ୍ତି ସେ, ବ୍ୟସ୍ତ ମୁହୂର୍ତ୍ତମାନେ ହିଁ ଜୀବନକୁ ସଜେଇ ରଖନ୍ତି । ସୁନ୍ଦର କରନ୍ତି । ଅନ୍ତରଙ୍ଗ ବନ୍ଧୁ ପରି ସେମାନେ । ଆଉ ଏଭଳି ଅବକାଶ ମୁହୂର୍ତ୍ତ — ଯିଏ ଅତିଥି ଭଳି କେବେ କେବେ ଆସେ, ସେ ବି ଲାଗେ ପ୍ରିୟ । ଆପଣାର । ତା' ହାତ ଧରି ସେ ନୀଳ ସମୁଦ୍ର ଆଗରେ ଠିଆ ହୁଅନ୍ତି । ତା'ର ମହନୀୟ ରୂପ ଦେଖନ୍ତି । ତାଙ୍କୁ ଲାଗେ, ଏ ସମୁଦ୍ର ହିଁ ପ୍ରକୃତିର ଶ୍ରେଷ୍ଠ ନୃତ୍ୟଶାଳା । କେତେ ରାଗ ରାଗିଣୀ, କେତେ ଛନ୍ଦ ତାଲକୁ ନେଇ ଏଠି ପରିବେଷିତ ହେଉଥାଏ ନୃତ୍ୟକଳା – ଶୁଭୁଥାଏ ଅହରହ ବୀଣା, ବେଣୁ ମୃଦଙ୍ଗ ଓ ମଞ୍ଜୀରାର ଦିବ୍ୟ ଝଙ୍କାର । ସେଇ ନୃତ୍ୟଛନ୍ଦରେ ତ ଏ ବିଶ୍ୱ ବ୍ରହ୍ମାଣ୍ଡର ସୃଷ୍ଟି, ସ୍ଥିତି ଓ ବିନାଶ ।

କେବେ କେମିତି ଇଚ୍ଛା ହୁଏ ତାଙ୍କର, ବେଳା ଭୂଇଁର ଇନ୍ଦ୍ର ସଭାରେ ସେ ନୃତ୍ୟ କରିବେ । ଚାରିପାଶେ ଥିବେ ଦେବଦେବୀ, ଗନ୍ଧର୍ବ, ଯକ୍ଷ, ଉରଗ, ସିଦ୍ଧ, ଓ ସାଧ୍ୟ ଆଉ ତିନିପୁରର ପ୍ରାଣୀ । ସେ ଖୋଜନ୍ତି ଗୋଟେ ତଥାସ୍ତୁର ହାତ । ହେଲେ

ସେ ତ ରମ୍ଭା, ମେନକା, ମିଶ୍ରକୋଷୀ କି ତିଲୋଉମା ଭଳି ନୁହନ୍ତି । ତେବେ ତାଙ୍କ ଜୀବନରେ ସେଭଳି କିଛି ଆଶିଷ ମୁଦ୍ରାକୁ କ'ଣ ଅସ୍ୱୀକାର କରିବେ ? ଅବଶ୍ୟ ଯେଉଁଠି ଜଳୁଥାଏ ଅଖଣ୍ଡ ଦୀପ ନିଷ୍ଠା, ସାଧନା ଓ ଏକାଗ୍ରତାର, ସେଠିକି ଲମ୍ଭି ଆସେନି କି ତଥାସ୍ତୁର ହାତଟିଏ ? ତା'ରି ପାଇଁ ତ ଜୀବନ ଭିଜିଛି ଖ୍ୟାତି ଓ ସୁନାମର ମହମହ ବାସ୍ନାରେ । ହେଲେ କାହିଁ ସେ ପୂର୍ଣ୍ଣମିଦଁ ପୂର୍ଣ୍ଣମିଦଁର ମୂର୍ଚ୍ଛନା ? ନିୟମିତ ଯୋଗାସନ ଓ ପ୍ରାଣାୟାମ ପରେ ବି ତାଙ୍କୁ କାହିଁକି ଲାଗେ ସେ ଅସ୍ଥିର ? ଅଶାନ୍ତ ? ଜୀବନ ତାଙ୍କଠୁ ଆଉ କ'ଣ ଚାହେଁ ? କେଉଁ ମହାର୍ଘ ମୋତି-ମାଣିକ ? କେଉଁ ଉପଲଭ୍ଧର ମୋହନ ବଁଶୀ ଶୁଣିଲେ ଯାଇ ଶୁଭିବ ସେ ମୂର୍ଚ୍ଛନା ? ପାଞ୍ଚ ବର୍ଷରୁ ପଇଁତିରିଶ ବର୍ଷ ଯାଏଁ, ପବିତ୍ର ଅଙ୍ଗୀକାରର ବେଦୀ ଉପରେ, ସେ ଯେ ଦୀପଶିଖା ପରି ଜଳିଛନ୍ତି । ସେ କ'ଣ ଯଥେଷ୍ଟ ନୁହେଁ ଏକ ପୂର୍ଣ୍ଣତମ ଅନୁଭବ ପାଇଁ ? ନୁହେଁ, ନୁହେଁ ବୋଧେ । ନହେଲେ କାହିଁକି ଲାଗେ ସବୁ ଅଧା...ଅଧୁରା ?

ଆଗରେ ସମୁଦ୍ର ତା' ବିଶାଳ ରୂପ ନେଇ ।

ନିବେଦିତାଙ୍କ ଭିତରେ ବି ଏକ ସମୁଦ୍ର । ସ୍ମୃତିର । ସଂଘର୍ଷର । ସାଧନାର । ସେଠି ଦେଖିଲେ ସେ, ଏକ ଚପଲଚ୍ଛନ୍ଦା ଝିଅ । ଅନେକ ପାହାଚ ଚଢ଼ୁଛି । କେତେବେଳେ ଓହ୍ଲେଇ ଆସୁଛି ତ କେବେ ସେମିତି ଠିଆ ହୋଇଛି । ପୁଣି ଚଢ଼ୁଛି । କେବେ ସେ ହାରୁଛି, କେବେ ଜିତୁଛି । କାହିଁ କେତେ ଦୂରରୁ - କେଉଁ ଅତଳବିତଳ ଶୁଭୁଥିଲା ସ୍ୱରଟିଏ । ଡାକଟିଏ..."ନୀତୁ...ନୀତୁରେ...କେଉଁଠି ତୁ ?"

ଜଣେ ମା'ର ଛାତିତଳର ସ୍ୱର ସେ । ଲୁଚି ଲୁଚି ବାଡ଼ିପଟ ଆମ୍ବଗଛ ତଳେ ନାଚୁଥିବା ତାଙ୍କ କୁନିଝିଅ ପାଇଁ । ମା' ତ ପ୍ରଥମେ ଚକିତ ହୋଇଗଲେ ତା'ର ନାଚ ଦେଖି - କିନ୍ତୁ ତାକୁ କୁଣ୍ଠେଇ ଧରି କହିଥିଲେ -

: ମା'ରେ ଏମିତି ଆଉ ନାଚିବୁ ନାଇଁ । କେବେ ଗୀତ ଗାଇବୁ ନାଇଁ । ତୁ ଏସବୁ କେଉଁଠୁ, କେତେବେଳେ ଶିଖିଲୁ ?

କାହିଁକି ମା' ?

'ତୋ ବାପା ଚାହାନ୍ତି ନାଇଁ । ପସନ୍ଦ କରନ୍ତି ନାଇଁ । ଝିଅମାନଙ୍କୁ ଏ ଘରେ ହସିବା ମନା । ଗୀତ ଗାଇବା, ନାଚିବା, ଖେଳିବା ସବୁ ମନା । କାହିଁକି ପଚାରିବା ବି ମନା...'

ମା' ଛାତି ଭିତରୁ ମୁକୁଳି ଆସି ସେ କହିଲା –

'ତ' ମୁଁ କ'ଣ କରିବି ମା'। ମୋର ଭାରି ଇଚ୍ଛା ହୁଏ ନାଚିବାକୁ। ଗୀତ ଗାଇବାକୁ। ନହେଲେ କେମିତି ଗୋଟେ ଲାଗେ ଖାଲି କାନ୍ଦିବାକୁ ମନ ହୁଏ...'

ମା' କାବା ହୋଇ ଶୁଣୁଥିଲେ – ଗୀତ ଗାଇ ନପାରିଲେ ତାଙ୍କୁ ବି ଠିକ୍ ଏମିତି ଲାଗୁଥିଲା। ହେଲେ ବିବାହ ପରେ, ତାଙ୍କ ସ୍ୱର ବେସୁରା ହୋଇଗଲା। ଏବେ ଝିଅ ଦେହରେ ସେଇ ପ୍ରତିଭାର ବାସ୍ନା। କେଉଁଠି ଲୁଚେଇବେ? ନିଜ ପଣତକାନିରେ କେତେଦିନ କେତେକାଳ ବାନ୍ଧି ରଖିବେ ସେ ସୁଗନ୍ଧ? ସେ କ'ଣ କିଛି ମାନେ? ପବନ ସାଙ୍ଗରେ ସେ ଭାସିବୁଲେ – ଦଶ ଦିଗ ମହକେଇ ଦିଏ। ସେ ଦମ୍ଭ ଦେଲେ। ଅଭୟ ମୁଦ୍ରା ତଳେ ରଖିଲେ ଝିଅକୁ। ଆମ୍ବଗଛ ତଳୁ ସେ ଦୁଇ ପାଦ ପ୍ରସରିଗଲା ତା' ସ୍କୁଲ ଉତ୍ସବକୁ। ସହରର ରଙ୍ଗମଞ୍ଚକୁ। ସେଇଥିପାଇଁ ସାମ୍‌ନା କରିବାକୁ ହେଲା ବାପାଙ୍କ କ୍ରୋଧ ଆଉ କଟକଣା। ହେଲେ ସେ ବୁଝେଇବାକୁ ଚାହିଁଥିଲା ବାପାଙ୍କୁ – ବାପାଙ୍କ ମା' ଭଳି, "ଏଇ ନୃତ୍ୟଭାବରୁ ହିଁ ଏଇ ଜଗତର ସୃଷ୍ଟି ବାପା! କୁଳୁକୁଳୁ ତାନରେ ଝରଣା ବି ନାଚେ...ଭଗବାନଙ୍କ ବରଦାନ ଏଇ ନୃତ୍ୟକଳା..."

ନିଷ୍ଠୁର ପିତୃତ୍ୱ କିନ୍ତୁ ବୁଝି ନଥିଲା। ସେ ପାଇଥିବା ସାର୍ଟିଫିକେଟ୍‌ସ୍ ସେ ଜାଳିଦେଇଥିଲେ। ଗରମ ଚିମୁଟାରେ ତା' ପାଦରେ ଚେଙ୍କ ଦେଇଥିଲେ। ମା' କାନ୍ଦିଲେ। ଝିଅ କିନ୍ତୁ ଜ୍ୱଳନର ଦାଗ ନେଇ, ଆଘାତ ନେଇ, ଆହୁରି ଆହୁରି ତେଜମୟୀ ହେଲା। ତା'ର ଆହୁରି ପାଖକୁ ଆସିଲା ନୃତ୍ୟ ଜଗତ। ଆସିଲା ସେ ଚର୍ଚ୍ଚାର ଚୌହଦୀକୁ। ତା' ପ୍ରତିଭାର ସୁଗନ୍ଧରେ ବିସ୍ମିତ ହୋଇ ଆସିଥିଲେ ଜଣେ ନୃତ୍ୟଗୁରୁ। ମା' ଝିଅଙ୍କଠୁ ସବୁ ଶୁଣି କହିଥିଲେ ସେ – "ଯିଏ ନୂଆ କିଛି ଗଢ଼େ, ନୂଆ କିଛି ଫୁଟାଏ, ଏକ ସତ୍ୟ ଖୋଜେ ତା' ପାଇଁ ସକଳ ବାଧାର ପାହାଡ଼ ଆସି ଠିଆ ହୁଏ, ତାକୁ ଚୂନା କରି ରାସ୍ତା ତିଆରି ଯିଏ ଆଗକୁ ଆସେ ସଫଳତା ତା'ର ପାଦ ଧୋଇଦିଏ। 'କଳା'ର ରାସ୍ତା ସବୁବେଲେ କଣ୍ଟକିଳ ଏ କଥା କୁହାଯାଇଛି ଆଗରୁ। ଶୁଣିନୁ? ଏବେ ବିରୋଧ ଆସୁଛି ତୋ ବାପାଙ୍କଠୁ। କାଲି ଆସିବ ସମାଜଠୁ। ଏମିତି ହିଁ ହୁଏ। ତେବେ ନୃତ୍ୟ ସୌନ୍ଦର୍ଯ୍ୟର ଦ୍ୱାର ଖୋଲା ଅଛି ଏବେ ତୋ ପାଇଁ। ଚାହିଁଲେ ତୁ ଆସିବୁ। ନିଜକୁ ଗଢ଼ିବା ଦାୟିତ୍ୱ ନିଜର ନୁହେଁ କି?"

– 'ହଁ ହଁ...'

ଆଉ ସେଇ 'ହଁ' ତାକୁ ବଞ୍ଚିତ କରିଦେଲା ପିତୃ ସ୍ନେହରୁ। ଝିଅର ଅଧିକାରରୁ। ମା' ତା ମୁଣ୍ଡ ଉପରେ ହାତ ରଖିଲେ। ଖରା-ବର୍ଷା-ଶୀତ ସହିଲା ସେ। ଗୁରୁଙ୍କ ଆଶିଷ ଆଉ ଏକ ଗଭୀର ବିଶ୍ୱାସ ନେଇ ନୃତ୍ୟକଳାକୁ ଜୀବନର କଳା କରିନେଲା। ନୃତ୍ୟ ଜଗତରେ ସେ ନିଶ୍ୱାସ ନେଲା। ନୃତ୍ୟଦେବ ନଟରାଜଙ୍କୁ ନିରାଜନା କଲା। କିନ୍ତୁ ସୁରୁଖୁରୁ ଜୀବନଟେ ସାଇତା ହୋଇନଥାଏ କେଉଁଠି। ସେ ଚାଲିଲା। ଖୋଜିଲା। ଢୁଣ୍ଢିଲା। ଆହତ ହେଲା ପୁଣି ଚାଲିଲା। ମାଇଲ୍ ମାଇଲ୍ ଚାଲିଲା ବିଶ୍ରାମହୀନ ଭାବରେ। ତାରୁଣ୍ୟର ଡାଲରେ ଫୁଟିଥିବା ଲାଲଫୁଲମାନଙ୍କ ଆଡ଼େ ଟିକେ ବି ନଚାହିଁ ଚାଲିଲା। ଭେଟିଲା ମରୁବାଲିକୁ। ଜଳୁଥିବା ପାହାଡ଼କୁ। ଝଡ଼ର ସମୁଦ୍ରକୁ। ନୃତ୍ୟ କରିବାକୁ ହେଲା ତାକୁ ଲୁହର ଲୟରେ। ସ୍ୱେଦର ତାଲରେ। ରକ୍ତର ଛନ୍ଦରେ।

ତା'ପରେ ଯାଇ ବଢ଼ି ଆସିଲା ତଥାସ୍ତୁର ହାତ। 'ନୃତ୍ୟାଙ୍ଗନା ନିବେଦିତା' ପରିଚିତିକୁ ଖ୍ୟାତିର ଭରା ଶ୍ରାବଣ ଛୁଇଁଗଲା। ବସନ୍ତ, ବିଭୋର ହୋଇ ଚାହିଁଲା ସେ ପାଦର ଛନ୍ଦକୁ। ଯେମିତି କ୍ରାନ୍ତି ଆସିଲା ତାଙ୍କ ଜୀବନରେ ଆଉ ନୃତ୍ୟ ଜଗତରେ। ତାଙ୍କ ନୃତ୍ୟ ଝଙ୍କାର ଛୁଇଁଗଲା ସହର ଓ ମହାନଗରମାନଙ୍କର ହୃଦୟ। ଭାରତୀୟ ଶାସ୍ତ୍ରୀୟ ନୃତ୍ୟକୁ ବିଶ୍ୱର ଅନେକ ଦେଶ ଚିହ୍ନିଲେ – ବୁଝିଲେ, ଭଲପାଇଲେ। ନୃତ୍ୟାଙ୍ଗନା ନିବେଦିତାଙ୍କ ନାମ ନିଆଗଲା ପରମ ଶ୍ରଦ୍ଧାରେ। ଦେଶରେ। ବିଦେଶରେ। ତାଙ୍କ ଶିରଭେଦ, ଦୃଷ୍ଟିଭେଦ, ଲଳିତ ଅଙ୍ଗକ୍ରିୟା, ହସ୍ତମୁଦ୍ରାରେ ଅଙ୍ଗୁଳିର ବିଭିନ୍ନ ବିନ୍ୟାସ ମୁଗ୍ଧ ଚକିତ କଲା ହଜାର ନୃତ୍ୟପ୍ରେମୀଙ୍କୁ। ପାଖକୁ ଆସିଲା ନାହିଁ ନଥିବା ଖ୍ୟାତି। ପ୍ରାପ୍ତି। ପ୍ରାଚୁର୍ଯ୍ୟ। ଅଭିନନ୍ଦନ।

ପ୍ରସାରିତ ପଣତ କାନିରେ ସବୁକୁ ବାନ୍ଧିଦେଇ ଦିନେ ବାପାଙ୍କୁ ଭେଟିଲେ ସେ। ପାଦତଳେ ସବୁକୁ ଅର୍ପଣ କରି କ୍ଷମା ଚାହିଁଲେ। ବାପାଙ୍କ ପାଖରେ ବି ସବୁ ଖବର ଥିଲା। ନିଜ ଭୁଲ୍ ବିଚାରଧାରା ପାଇଁ ସେ ଥିଲେ ଅନୁତପ୍ତ। ଝିଅ ମୁଣ୍ଡରେ ସ୍ନେହର ହାତ ରଖି କହିଥିଲେ – "ତୁ ମୋ ସୁନାକନ୍ୟାରେ ମାଆ। ତୁ ମତେ କ୍ଷମା କର।" ପବନରେ ସେତେବେଳେ ଝିରିଝିରି ଶୀତଳତା। ପୁଣି, 'ବାପା-ମା-ଝିଅ'ର ଏକ ଛଳଛଳ ପୃଥିବୀ। ହେଲେ ସେଇ କାର ଦୁର୍ଘଟଣା ପରେ ନିବେଦିତା

ଏକା ପୁରା ଏକା । ନୃତ୍ୟଦେବତା କିନ୍ତୁ ତାଙ୍କ ରାସ୍ତା ସାରା ଯଶ, ଖ୍ୟାତିର ଫୁଲ ବିଛି ଦେଇଗଲେ । ମହକ ବିଛେଇ, ତାଙ୍କ ସ୍ନେହର ଛାଇ ତଳେ ରଖିଲେ । ସେ ଗାଉଥିଲେ 'ଜୀବନ ପାତ୍ର ମୋ ଭରିଛି କେତେମତେ...' କିନ୍ତୁ ତାଙ୍କ ପାତ୍ର ସତେ କ'ଣ ଭରପୂର ? କେବେ କେମିତି କାହିଁକି ତେବେ ଭାଙ୍ଗିଯାଏ ନିଦ ? ହଜିଯାଏ ପାଦ ଛନ୍ଦ ? ସେ ଆଉ କ'ଣ ଖୋଜନ୍ତି ?

ଟିକକ ଆଗରୁ ସେ ଆଶୁତୋଷଙ୍କୁ କହୁଥିଲେ । ଏବେ ନିଜକୁ ସେ କ'ଣ କହିବେ ? ସବୁ ହୃଦୟ ତଳେ ଥାଏ କିଛି ଶୂନ୍ୟସ୍ଥାନ – ଏଇଆ ନା ? ସାମ୍ନାର ସମୁଦ୍ର ଡାକି ଆଣିଲା ନିବେଦିତାଙ୍କୁ ସ୍ମୃତିର ସମୁଦ୍ର କୂଳରୁ । ଥିରି ପବନରେ ବିଛିଦେଲା । କହିଲା – 'ଯିବାକୁ ଅଛି ନା ଅତିଥ୍ୟ କକ୍ଷକୁ ଜଣେ ନୃତ୍ୟ ଗବେଷିକାଙ୍କୁ ଭେଟିବାକୁ ?" ହଁ କଲାବେଲକୁ ପଛରୁ ଶୁଭିଲା । ସେଇ ଧୀର ସ୍ୱରର ମ୍ୟାଡାମ୍ ଡାକ । ସେ ଜାଣିଲେ – ସେଇ ଆଶୁତୋଷ । କହିବେ ଗୋଟିଏ ଶବ୍ଦ 'ଆସୁଛି' କିମ୍ଵ । ଆଗକୁ ଥିବା ଷ୍ଟେଜ୍ ସୋ' ପାଇଁ ମାପଚୁପ କିଛି କଥା । ସେ କିଛି କହିବା ଆଗରୁ ସେ ପଚାରିବେ କି କ'ଣ ହୋଇଛି ତୁମର ? ତୁମେ ଏତେ ଅବସନ୍ନ କାହିଁକି ? ଏମିତିରେ କ'ଣ ଷ୍ଟେଜ୍ ସୋ' କରିହୁଏ ? କିନ୍ତୁ ସେ ନିରବ ରହିଲେ । ଶାଳୀନତାର ସୀମାରେଖା ଭିତରେ ରହି ସେ ଭାବିଲେ – ତାଙ୍କର ଚରମ ସଫଳତା ପଛରେ ଏଇ ବ୍ୟକ୍ତିର ଅବଦାନ କ'ଣ କମ୍ ତାଙ୍କ ତବ୍ଲା ବାଜିଲେ ହିଁ ତାଙ୍କ ପାଦ ନାଚେ । ଉଚ୍ଚାରିତ ହୁଏ ହୃଦୟ । ଥମ୍ ମାରିଯାଏ ସମୟ । କେତେଥର ସେ କହିଛନ୍ତି ଏ ଶିଷ୍ୟାଙ୍କୁ ନିଜର ଗୋଟେ ଅନୁଷ୍ଠାନ ଖୋଲିନିଅ । ଅଲଗା ସୋ' କର । ଖ୍ୟାତିର ସିଂହାସନରେ ବସି ବାଦ୍ୟ ଜଗତରେ ରାଜ୍ କର । ହେଲେ ଆଉ ପାଞ୍ଚ ଜଣକ ପରି ଖ୍ୟାତି ସୁନାମ ପାଇଁ ମୋଟେ ମୋହ ନାଇଁ ତାଙ୍କର । ସେ ସମର୍ପିତ କଲା ପାଇଁ । 'ଆସୁଛି' କହିବାକୁ ହିଁ ସେ ଆସିଥିଲେ ।

ନିବେଦିତା ଆସିଲେ ପ୍ରସାଧନ ଓ ପୋଷାକ ବଦଲେଇବା ପାଇଁ । ଆଉ ଭେଟିବାକୁ ଗଲେ ସେଦିନର ଅତିଥିଙ୍କୁ । ସେଇଠୁ ଫେରିଥିଲେ ସେ ନିଜେ ଏକ ଅବସନ୍ନ ପାଦ ଓ ଅବସନ୍ନ ମନ ନେଇ । ଗବେଷିକା କ'ଣ କହିଲେ କେଜାଣି । ସେ କିଛି ହାରି ଆସିଛନ୍ତି ଭଳି ଦିଶୁଥିଲେ, ସେଦିନର ବାକି କାର୍ଯ୍ୟକ୍ରମ ବାତିଲ୍ କଲାବେଲେ । ବ୍ୟକ୍ତିଗତ ସହାୟିକା ଆଶ୍ଚର୍ଯ୍ୟ । ଅନ୍ୟମାନେ ବି କେହି କିଛି

ବୁଝିପାରିଲେନି। କେବଳ ନିରବ ପ୍ରଶ୍ନ – କ'ଣ ହେଲା ଏମିତି ଯେ? ସେଇ ପୋଷାକରେ ହିଁ ସେ ଆସିଲେ ସେତିକି। ଦୁଆର ଟପିଲେ ଯେଉଁଠି ଏକ ମହମହ ବାସ୍ନା। ଏକ ମିଠା ମୂହଁନା। ସେ ଘର ତାଙ୍କ କବିତା ଘର। ସେଠି ବହୁ ଓଡ଼ିଆ କବିଙ୍କ ବହି ସମ୍ଭାର। ହଁ, କବିତା ବି ପଢ଼ନ୍ତି ସେ। ମନଭରି ଏମିତି ପଢ଼ନ୍ତି ଯେ ଲାଗେ ସେ ଜଣେ ନୁହନ୍ତି। ଦୁଇଜଣ। ଗୋଟିଏ ସଭା ନୃତ୍ୟ ପାଇଁ, ଆରଟି କବିତା ପାଇଁ। ପ୍ରଥମ ଜଣକୁ ସାରା ଜଗତ ଜାଣେ, ଅନ୍ୟ ଜଣକୁ କିଛି ଲୋକ। କହନ୍ତି ସେମାନେ – 'ଖାଲି ଆକାଶ ଯାତ୍ରାରେ ନୁହେଁ ନିଜ ଭ୍ୟାନରେ ଗଲାବେଲେ ବି ତୁମେ ରହିଥାଅ, କିଛି ସାମୟିକ, ଫଟୋଗ୍ରାଫର କିମ୍ବା ମୁଖ ଅତିଥ୍ୟ ଘେରରେ। ସେମିତିରେ କବିତା ପାଇଁ ବେଳ? ଆଶ୍ଚର୍ଯ୍ୟ ନୁହଁ କି?'

ନିବେଦିତାଙ୍କ ଓଠରେ ସୂର୍ଯ୍ୟମୁଖୀ ଫୁଟିଯାଏ। ସେ କହନ୍ତି – "ଯାହା ଖୁବ୍ ଭଲଲାଗେ ତା' ପାଇଁ ସମୟଠୁ କିଛି ସମୟ ମାଗିବାକୁ ହୁଏ।" ପ୍ରଥମେ ସେ କବିତା ଖାଲି ପଢ଼ୁଥିଲେ। ତା'ପରେ ବୁଝିଥିଲେ ଆଉ ଧାରେ ଧାରେ ସେଠି ସେ ସନ୍ଧାନ ପାଇଥିଲେ ଏକ ନୂଆ ଭୂଖଣ୍ଡର, ଯେଉଁଠି ରହିଥାଏ, ମନ ଭିତରେ ମନଟିଏ। ହୃଦୟ ତଳେ ହୃଦୟଟିଏ ଆଉ ଗଞ୍ଛିତ ଥାଏ ପ୍ରୀତି ପ୍ରଣୟର ଏକ ବିରଳ ରତ୍ନଖଣି। ତରୁଣୀ ଦିନରେ ତ ତାଙ୍କର ଥିଲା ସେଇ ଗୋଟିଏ ସ୍ୱପ୍ନ। ଗୋଟିଏ ଲକ୍ଷ୍ୟ। ନୃତ୍ୟକଳା ସମୁଦ୍ରର କେବଳ ମନ୍ଥନ। ଅବଶ୍ୟ ସେଇ ସୁଠିବା, ମନ୍ଥିବା ତ ମରିଚିକା ନଥିଲା। ନଥିଲା ଖାଲି ଶୂନ୍ୟତା କି ବିଫଳତା। ତାଙ୍କ ଜୀବନପାତ୍ରକୁ ଭରିଦେଇଥିଲା ସେ ଅମୃତର ବିନ୍ଦୁରେ। ପ୍ରାପ୍ତି ଓ ସଫଳତାରେ। ସେ ନୂଆ କିଛି କଲେ। ଭାରତୀୟ ଶାସ୍ତ୍ରୀୟ ନୃତ୍ୟକୁ ଏକ ନୂଆ ଦିଶା ଦେଲେ। ଆଣିଲେ ଏକ କ୍ରାନ୍ତି। ଯା'ର ସୁଗନ୍ଧ ମିଶିଲା, ଏଇ ମାଟିରେ ଆଉ ତା'ର ଝଙ୍କାର ଶୁଭିଲା ଅନେକ ଦେଶର ମାଟିରେ, ହୃଦୟ ଭିତରେ।

ତେଣୁ ନିଜ ପାଇଁ ନିଜ ମନ, ହୃଦୟ ଅପଢ଼ା ରହିଲା। ଅଖୋଜା ରହିଲା ପ୍ରୀତିର ସେଇ ଅମୂଲ୍ୟ ରତ୍ନଖଣି। ହେଲେ ସ୍ନେହରେ ବାନ୍ଧିହେଲା ପରେ – ଗପସପ ଭିତରେ କବିତା କହିଲା ତାଙ୍କ ଦେହ ବଗିଚା କଥା। ମନ ଭିଆଁର ଓ ହୃଦ-ପ୍ରଜାପତି କଥା। ଆଉ ପଚାରିଲା

"ହଜାର, ଲକ୍ଷ, ପ୍ରଶଂସକ ତୁମର। ହେଲେ ଏମିତି ଅଛି କିଏ ଯିଏ ଡାକିଦେଲେ ଭୁଲିଯାଅ ତୁମେ ଛନ୍ଦ-ଲୟ--ତାଳ? ଅଛି କିଏ ଅହରହ, ତୁମ

ଭାବ, ଅଭାବ ଭିତରେ ? ଖରା-ବର୍ଷା-କାକରରେ ? କୁହ ତ ଦେଖ ? କ'ଣ କହିବେ ? କ'ଣ ? ହେଲେ ମନ ଭିତରେ ଶୁଣିଲେ କେତେ ବର୍ଷ ତଳର ସ୍ୱର — ଯାହା ତାଙ୍କୁ କିଛି କହିବାକୁ ଆସିଥିଲା। ଡାକିଲା ଯେ ଡାକିଲା ଫେରିଗଲା। ସେ କ'ଣ ଜାଣିନଥିଲେ ସେଇ ଭଳି ସ୍ୱର କେବେ କେବେ ହିଁ ଶୁଭେ ଆଉ ନ ଶୁଣିଲେ ଚାଲିଯାଏ ? ଯୁବ ସାଂସଦ ଅଜୟ ପୁରୀ କ'ଣ ତାଙ୍କୁ କହିନଥିଲେ ଭାରତ ଉତ୍ସବ ପାଇଁ ପ୍ୟାରିସ୍ ଗଲାବେଲେ — "ବିଶ୍ୱ ପ୍ରସିଦ୍ଧ ନୃତ୍ୟାଙ୍ଗନା ରୂପରେ ତୁମକୁ ମୁଁ ଦେଖିବାକୁ ଚାହେଁ। ପ୍ରତିଟି ଦେଶରେ ତୁମର ଷ୍ଟେଜ୍ ସୋ' ଆୟୋଜିତ ହେବ। ସେ ଦାୟିତ୍ୱ ନେବାକୁ ମତେ ଅଧିକାର ଦେଇପାରିବ ?" 'ହଁ' ଶୁଣିବାକୁ ସାତ ଦିନର ରହଣିରେ, ପ୍ୟାରିସ୍‌ରେ ଫୁଟୁଥିବା ସାତଟି ଫୁଲ ସହ ସାତଟି ମହକର ପରଫ୍ୟୁମ୍, ସେ ଉପହାର ରଖି ଯାଇଥିଲେ। "ସେଥିପାଇଁ ମୋର ନିଜର ଦମ୍ଭ ଅଛି। ରାଜନୀତିର ସିଡ଼ି କ'ଣ ଦରକାର ? " ଅଜୟ ପୁରୀଙ୍କୁ ସେ ଫେରେଇଦେଲେ ତାଙ୍କ ଉପହାର। ସେ ଫେରିଗଲେ ଶୂନ୍ୟମନରେ।

ଆଉ — ମି. ଦେଶାଇ, ଗୋଟେ ଜାହାଜ କମ୍ପାନୀର ମାଲିକ। ପ୍ରଚଣ୍ଡ ବ୍ୟକ୍ତିତ୍ୱର ଅଧିକାରୀ। ଭାରତୀୟ ଶାସ୍ତ୍ରୀୟ ନୃତ୍ୟକୁ ସେ ଖୁବ୍ ବୁଝନ୍ତି। ତାଙ୍କ ପ୍ରତିଟି ସୋ'ର ମୁଗ୍ଧ ପ୍ରଶଂସକ। ସେଠି ପହଞ୍ଚିଯିବେ ଫୁଲ ଉପହାର ସହ। ହୃଦୟ ଖୋଲି ଥରେ ସେ କହିଥିଲେ : "ସମୁଦ୍ରର ରାଣୀ କରି ରଖିବି ତୁମକୁ। ପୃଥିବୀର ସବୁ ସୁଖ ଢାଲିଦେବି ତୁମ ଏଇ ସୁନ୍ଦର ପାଦ ତଳେ — ମୋ ଜୀବନସାଥୀ ହେବାକୁ ତୁମେ ପସନ୍ଦ କରିବ ? ହଁ, ମୋ ନୂଆ ଜାହାଜର ନାଁ ମୁଁ ରଖିଛି 'ନିବେଦିତା'। ଦୁଇଦିନ ପରେ ସେ ତା'ର ଯାତ୍ରା ଆରମ୍ଭ କରିବ ତୁମରି ହାତର ସ୍ପର୍ଶରେ। ତୁମେ ଆସିଲେ ଜାଣିବି ମୋ ପ୍ରସ୍ତାବରେ ରଙ୍ଗ ଭରିଛ ତୁମେ।"

କିନ୍ତୁ ସେ କ'ଣ ଯାଇଥିଲେ ? ତାଙ୍କୁ ବି ସେ ନିରାଶ କରିଥିଲେ। ଅନାଦର କରିଥିଲେ ତାଙ୍କ ଆବେଗର।

"ମୋର ଗଜଲ୍ ଆଉ ତୁମ ନୃତ୍ୟର ଯୁଗଳବନ୍ଦୀରେ ସ୍ୱର୍ଗକୁ ଆମେ କ'ଣ ଓହ୍ଲେଇ ଆଣିପାରିବାନି ପୃଥିବାକୁ ?"

ପ୍ରସିଦ୍ଧ ଗଜଲ ଗାୟକ ଯଶଙ୍କ ଏ କଥାଟି କେବେ କ'ଣ ତାଙ୍କୁ ମୁଗ୍ଧ କରିଥିଲା ? କାହିଁକି ନୁହେଁ ? ଚାହୁଁଥିଲେ କ'ଣ ସେ ? ମହାକାଶରୁ ଆଙ୍ଗୁଲାଏ ତାରା ? ରଖିବାକୁ ଅଲପଦ୍ମ ହସ୍ତମୁଦ୍ରା ଭିତରେ ସମଗ୍ର ଧରା ?

ଗାୟତ୍ରୀ ସରାଫ

କାହିଁକି ସେ ସ୍ୱୀକାର କରିନଥିଲେ କାହାର ଆବେଗ ? କାହାର ପ୍ରେମ, ପ୍ରଣୟ ?

ତେବେ କେତେଜଣଙ୍କ ଏମିତି କେତୋଟି ପ୍ରଶ୍ନରେ ସେ କାହିଁକି ଅସହଜ ଲାଗୁଥିଲେ ?

: ନୃତ୍ୟ ଖାଲି ଆପଣଙ୍କ ସାଥୀ ?

: କେମିତି କଟିବ ଆଗାମୀ ଜୀବନ ?

: କା' ହାତରେ ଦେବେ ନୃତ୍ୟକେନ୍ଦ୍ର ?

: ଅମାପ ସମ୍ପତ୍ତି ଟ୍ରଷ୍ଟକୁ ଦେଇଯିବେ ?

ସେ କିଛି ଉତ୍ତର ଦେଇପାରୁନଥିଲେ । ହଠାତ୍ ତାଙ୍କ ସୁସଜ୍ଜିତ ଲନ୍ ତାଙ୍କୁ ଧୂସର ଦିଶୁଥିଲା । ଭରପୂର ବଗିଚା ଲାଗୁଥିଲା ଅତୃପ୍ତ ଏକ ଭୂଇଁ । ଥିଲା ସବୁକିଛି । ନଥିଲା ପରି ଲାଗୁଥିଲା । ସେଇ ଅନୁଭବରେ ସେ ଆକ୍ରାନ୍ତ । ପାରଦର୍ଶୀ ଘୁଙ୍ଗୁରର ଛନ୍ଦ ହଜିଯାଉଥିଲା ନିମିଷକ ପାଇଁ । ଧନ୍ୟବାଦ, ଆଶୁତୋଷଙ୍କୁ । ସେ ଫେରେଇ ଆଣୁଥିଲେ ହଜି ଯାଉଥିବା ଛନ୍ଦକୁ ।

ସେଦିନ ଆଲାପ ପର୍ବରେ ତାଙ୍କୁ ଭେଟିଥିବା ଗବେଷିକାଙ୍କ ପୁଣି ସେଇଭଳି କିଛି ପ୍ରଶ୍ନ । ତେବେ ସମୟ କ'ଣ ସରିଯାଇଛି ତାଙ୍କ ପାଇଁ ? ସେ ତ ଜୀବନକୁ ନେଇ ତଥାପି କିଛି ନିଷ୍ପତ୍ତି ନେଇନାହାନ୍ତି । ତେବେ କାହିଁକି କୁହାଯାଉଛି — "ଏଇ ଦେଖ ଘନଘୋର ଘନଘଟା ମାଡ଼ିଆସୁଛି ତୁମ ପାଖକୁ ।" ଜଣେ ସାଥୀ ବିନା ଜୀବନ କ'ଣ ଅନ୍ଧାର ?

କବିତାଘରର ସବୁଜ ଉପତ୍ୟକାରେ ବସିବସି ସେ ଭାବୁଥିଲେ । ଘୁଙ୍ଗୁରର ଛନ୍ଦ — କବିତାର ବାସ୍ନା । ସେ ଭିତରେ ଜୀବନର ନିଷ୍ପତ୍ତି ଆଉ କ'ଣ ? ହାତରେ ଥିବା କବିତା ଯେମିତି ବୁଝାଉଥିଲା—

"କେହି ତ ଜଣେ ଥିବା କଥା

ପୋଛିଦେବା ପାଇଁ ଆନନ୍ଦାଶ୍ରୁ

କେହି ତ ଜଣେ ଥିବା କଥା

ସଂଖୋଲିବାକୁ ସମୟ ।"

ଅନ୍ୟ ଏକ କବିତାରେ—

"ଯେଉଁ ଫୁଲ ଯାଇପାରୁନାହିଁ

ଶ୍ରେଷ୍ଠ ସ୍ଥାନକୁ ଅମାପ ବାସନା ସତ୍ତ୍ୱେ

କ'ଣ ଅଛି ତା'ର ଜିଇଁବା ପଣରେ।"

ସେଇଭଳି ଆଉ କିଛି ଧାଡ଼ି। ସବୁରେ ଯେମିତି ତାଙ୍କ କଥା। ତାଙ୍କ ଜୀବନ କଥା। ମନ ରହିଗଲା, ସେଇ କବିତାମାନଙ୍କ ପାଖରେ। କବିତା ରହିଗଲା, ତାଙ୍କ ମନ ଭିତରେ। ଆହୁରି କିଛି କବିତାରେ, କବି କେତେ ସହଜରେ ବୁଝେଇଥିଲେ ନାରୀର ଗହନ ମନସ୍ତତ୍ତ୍ୱର ଅବୁଝ। ଦିଗଗୁଡ଼ିକୁ। କେତେ ଉତ୍‍ପୀଡ଼ିତ ଆମ୍ଭର କରୁଣ ବିଗଲିତ କ୍ଷୋଭମାନଙ୍କ ପାପହୀନ ଦଂଶନ - ନିଦାରୁଣ ଇଚ୍ଛାମାନଙ୍କ ମାଙ୍କଡ଼ ଖେଳ - କେଉଁଠୁ ବୁଝିଲେ ସେ ? କେତେବେଳେ ବୁଝିଲେ ?

କବି ସମୀର ସେ।

ଥରେ ନୁହେଁ। ବାରମ୍ବାର ପଢ଼ିଲେ ନିବେଦିତା ତାଙ୍କ କବିତା। ସେ କବିତା ସବୁ ତାଙ୍କୁ ଲାଗୁଥିଲା ଶୁଭ ସକାଳର ଶୀତ ପରି। ସୀତାରର ଧୁନ୍ ପରି। ତବଲାର ଝଙ୍କାର ପରି। ସେ ପଢ଼ିଲେ ସେଇ ସବୁ ନିର୍ଦିଷ୍ଟ କବିଙ୍କୁ ବିଭୋର ହୋଇ। କବିତାର କୋମଳ ସୁଗନ୍ଧ ଫେଣ୍ଟି ହେଲା ନୃତ୍ୟ କଳା ସହ। କାବ୍ୟମୟୀ ହେଲା ତାଙ୍କ ଅଙ୍ଗଶୁଦ୍ଧି। ଦୃଷ୍ଟିଭେଦ। ଭାବ ଓ ରସ।

ପ୍ରଥମେ କବିତା।

କବିତାରୁ କବି। କବି ସମୀର।

ସେଲ ରନ୍‍ଧଣୀର ଦ୍ୱାର ପାଖକୁ ସେ କେମିତି ଯେ ଟାଣି ହେଇଯାଉଥିଲେ। ଦ୍ୱାର ଖୋଲୁଥିଲା ଆସ୍ତେ ଆଉ ତା' ପରର ନିବେଦିତା ଜହ୍ନରାତିଟେ ପରି। ତା' ପରର ନୃତ୍ୟ ଲାଗେ, ଦର୍ଶକଙ୍କ ଅଲିନ୍ଦ-ନିଳୟ ଛେଦାୟିତ କଳାପରି ଠାଣୀ, ଭଙ୍ଗୀ, ମୁଦ୍ରା, ଜଣେ ଉଦ୍ଧତା ଅପ୍ସରୀକୁ ଭୁଲୁଣିତ କଳାପରି।

ଭାବ ଭାବନାରେ କବି।

ହୃଦୟ ଭିତରେ କବି।

ନୃତ୍ୟକଳାରେ କବି ।

କବି ସମୀର ।

ଅଥଚ ଜାଣିନଥିଲେ ସେ । କବି ଶୀତ କି ବସନ୍ତ – ମେଘ କି ମଲ୍ଲାର । ପତ୍ରପତ୍ରିକାରେ କବି ଲେଖକଙ୍କ ଠିକଣା ଫୋନ୍ ନମ୍ବର ଓ ଫଟୋ ଛପା ହେବା ଟ୍ରେଣ୍ଡ ଚାଲିଛି କିନ୍ତୁ ସମୀରଙ୍କ ଠିକଣା ନଥାଏ କି ଫଟୋ ନଥାଏ । ତେବେ ସଂପାଦକ କିମ୍ବା ପ୍ରକାଶକଙ୍କଠୁ ଅଣାଯାଇପାରେ ଠିକଣା ।

କିନ୍ତୁ ତାଙ୍କ ଭିତରର ନୃତ୍ୟାଙ୍ଗନା ସେ କବିତାମୟୀର ହାତ ଧରି ଟାଣିଲା । ସାରା ପୃଥିବୀ ତାଙ୍କ ଠିକଣା ଖୋଜିବାବେଲେ ସେ କେମିତି ଗୋଟିଏ ଠିକଣା ଆଗରେ ଅଟକିଯିବେ ? ତାଙ୍କ ଦାୟିତ୍ୱରେ ସୁନ୍ଦର ପରଂପରାର ଏକ ଦ୍ରୁମ । ତାକୁ ସେ ସବୁଜ ରଖିବେ । ମହାଦ୍ରୁମ ରୂପ ଦେବେ । ପ୍ରିୟ ଜନ୍ମମାଟି ସେ ଦାୟିତ୍ୱଟି ଦେଇଛି ତାଙ୍କୁ । ତେଣୁ ସେ ସାଧନା କରିବେ କି କବିମନା ହେବେ ?

ଯୋଡ଼ାଏ ସଭା ମୁହାଁମୁହିଁ ତାଙ୍କ ଭିତରେ ।

ଜଣେ ଜିତିବ । ଜଣେ ହାରିବ । ହେଲେ ସେମିତି କ'ଣ ମାନେ ଅଛି ? ବୁଝାମଣା ବି ହୁଏ । ହୋଇପାରେ । ହେଲା । ଦୁହେଁ ରହିବେ ସାଥୀ ହୋଇ । ପାଶେ ପାଶେ ।

ତାଙ୍କ ନିର୍ଦ୍ଦେଶରେ, ଠିକଣା ସଂଗ୍ରହ କରି ବ୍ୟକ୍ତିଗତ ସହାୟିକା ଚିଠି ଲେଖିଥିଲେ ସେଇ କବିଙ୍କୁ, ତାରିଖ ଓ ସମୟ ଦେଇ, କଫି ପାଇଁ ନିମନ୍ତ୍ରଣ ରଖିଲେ । ତାଙ୍କ ବହି, ପତ୍ରିକାରେ ଥିବା କବିତା ଓ କିଛି ମୁଗ୍ଧ ପୁଲକ ନେଇ ନିବେଦିତାଙ୍କ ପ୍ରତୀକ୍ଷା । କିନ୍ତୁ ସେ ଆସିନଥିଲେ । କାରଣ ଜଣେଇ ଦୁଃଖ ବି କରିନଥିଲେ । ଆଶ୍ଚର୍ଯ୍ୟ ସହାୟିକା । ନୃତ୍ୟାଙ୍ଗନା ନିବେଦିତା ଯାହାକୁ ଡାକିବେ — ସେ ଆସିବେ ନାଇଁ ? ଅନ୍ୟ ଏକ ସୂକ୍ଷ୍ମ ଭାବନା ପ୍ରତି ସଚେତନ ହୋଇ ନିବେଦିତା ତା'ପରେ ନିଜେ ଚିଠି ଲେଖିଲେ । ଇଚ୍ଛାର ଫୁଲ ପାଖୁଡ଼ା ଖୋଲି ତାଙ୍କୁ ଭେଟିବାକୁ ଚାହିଁଲେ ।

ସେ ଥର ଉତ୍ତର ଫେରିଥିଲା । ସେ ଯଶସ୍ୱିନୀ ହେବାର କାମନା କରିଥିଲେ ସେ କିନ୍ତୁ ତାଙ୍କୁ ଭେଟିବାର ପ୍ରତିଶ୍ରୁତି ଦେଇନଥିଲେ । ପର ଚିଠିରେ ନିବେଦିତା ନିଜ ମୋବାଇଲ୍ ନମ୍ବର ଦେଇ ଲେଖିଥିଲେ ।

"ଆପଣଙ୍କ କବିତାର ସ୍ୱର ଶୁଣିଛି । ଏଥର ଶୁଣିବି ଆପଣଙ୍କୁ । ମୋର ବି କିଛି କଥା କହିବାର ଅଛି । ଆଛା କୁହନ୍ତୁ ତ ନୃତ୍ୟକଳାରେ ରୁଚି ରଖନ୍ତ ଆପଣ ? ଯଦି ହଁ, ମୋର ଆଗାମୀ ଷ୍ଟେଜ୍ ସୋ' ଚଣ୍ଡିଗଡ଼ର ଟାଗୋର ଥ୍ୱଏଟରରେ । ନିମନ୍ତ୍ରଣ ରହିଲା ଆସିବେ ନିଶ୍ଚୟ ।" ସେଥରର ତାଙ୍କ ଏକକ ନୃତ୍ୟ ଚଣ୍ଡିଗଡ଼ର ନୃତ୍ୟପ୍ରେମୀଙ୍କୁ ଖାଲି ନୁହେଁ ରକ୍ ଗାର୍ଡେନ୍ର ପଥରଖଣ୍ଡମାନଙ୍କୁ ବି ଝଙ୍କୃତ କରିଥିଲା । ନିବେଦିତାଙ୍କ ସର୍ବାଙ୍ଗରେ ଯେ ନୃତ୍ୟରଙ୍ଗ ସହ ପ୍ରତୀକ୍ଷାର ଏକ ନୂଆ ରଙ୍ଗ ମିଶିଥିଲା । ମୋବାଇଲ୍ ଝଙ୍କାର ଶୁଭିଲେ ଲାଗୁଥିଲା କବିଙ୍କର ଫୋନ୍ କି ? କିନ୍ତୁ କାହିଁ ? କାହିଁ ସେ ବଂଶୀସ୍ୱର ? ହେଲେ କେଉଁ ଏକ ଅନାମିକା ରାଗର ଆଲାପ ପାଶେ ପାଶେ ରହୁଥିଲା । ସେ ଯୁଆଡ଼େ ଗଲେ ଯାଉଥିଲା । ହୃଦୟର ଯମୁନାକୂଲକୁ ଉଚ୍ଛନ୍ନ କରୁଥିଲା । ସେ କେଉଁ ରାଗର ଆଲାପ ? କ'ଣ ତା'ର ନାଁ ? କିଛି ନୃତ୍ୟ ଓ ସଙ୍ଗୀତ ଶାସ୍ତ୍ର ପଢ଼ିଥିଲେ ବି ଜାଣିପାରୁନଥିଲେ ନିବେଦିତା । ହୁଏତ ସେ ରାଗ ଆଲାପ କରୁଥିଲେ ପ୍ରେମମୟୀ ମୀରା । ରିଆଜ୍ କରୁଥିଲେ ମାନମୟୀ ରାଧା । ତଥାପି କବି ଚୁପ୍ । କାହିଁକି ?

ନିବେଦିତାଙ୍କ ଭିତରେ ନିରବ ପୀଡ଼ା । ଅନ୍ୟର ପୀଡ଼ାରେ ପୀଡ଼ିତ ନହେଲେ କ'ଣ କବି ହୋଇହୁଏ ? ଆଉଜଣଙ୍କର ବେଦନା ନ ବୁଝିଲେ କ'ଣ ଲେଖିହୁଏ ଧାଡ଼ିଏ ବି କବିତା ? ସେ ହଁ ତ ଲେଖିଛନ୍ତି ଏ ବିଷୟରେ ଅନେକ କବିତା । ତେବେ ଅସଲ ପୀଡ଼ା ବୁଝିପାରନ୍ତିନି ସେ କାହିଁକି ? କାହିଁକି ରହନ୍ତି ସେ ଆଡ଼େଇହେଇ ?

ତା' ହେଲେ କବି ଓ କବିତାର ହୃଦୟ କ'ଣ ଅଲଗା ଅଲଗା ? ଯାହା ଝରିଯାଏ କେଉଁଠୁ ତେବେ ଝରେ ? ଯଦି ତା'ର କବିତାରେ ନୁହେଁ କେଉଁଠ ଖୋଜି ପାଇହୁଏ କବିକୁ ? କଥା ଥିଲା ନା ଦୁଇଟିଯାକ ସଭା ହୋଇ ସାଥୀ ହୋଇ ରହିବେ । କହିଥିଲେ — ହେଲେ ତା' ଭିତରେ ବି ଥରେଥରେ କଥା କଟାକଟି — ରାଗରୁଷା, ମୁହଁ ଫୁଲାଫୁଲି ହୋଇଯାଏନି କି ? ହୁଏ ।

କବିଙ୍କୁ ଭେଟି ନଥଲେ ନିବେଦିତା, ନିଜ ଭିତରେ ଆଙ୍କି ରଖଥିଲେ । ସେଇ ଅରୂପ, ରୂପ ଭିତରେ କବିତାମୟୀ ସଭାଟି ନିଜର ତେଜ ଦେଖାଉଥିଲା, ନୃତ୍ୟସଭାର ପ୍ରତିଟି କଥା କାଟୁଥିଲା, ନହେଲେ ରୁଷୁଥିଲା । ତେଣୁ ବାତିଲ୍ ହେଉଥିଲା

ତାଙ୍କ କାର୍ଯ୍ୟସୂଚୀ। ସଭିଏଁ ବିସ୍ମିତ। ସମୁଦ୍ର ଦେଖିବା, ରାତିରେ ତାରା ଗଣିବା, କେବେ ବି ନଥିଲା ତାଙ୍କ କାର୍ଯ୍ୟସୂଚୀରେ। ଜୀବନ ପରିଚର୍ଯ୍ୟା ଭିତରେ। ଗୋଟେ ସୂକ୍ଷ୍ମ କଥା ଯାହା କେହି ଦେଖିନଥିଲେ କେବଳ ଆଶୁତୋଷ ଲକ୍ଷ୍ୟ କରିଥିଲେ, ସେ ହେଲା ମେଡମ୍ ଆଉ ଏକା ନୁହନ୍ତି, ସାଙ୍ଗରେ ରହୁଛି ସବୁବେଳେ କବିତା ବହି, ପତ୍ରପତ୍ରିକା। ସେ ପୁଣି ନିର୍ଦ୍ଦିଷ୍ଟ ଜଣେ କବିର କବିତା। ସେ ଯେମିତି ବାଧ୍ୟ ହେଲେ ଆଶ୍ଚର୍ଯ୍ୟ ହେବାକୁ। ତାଙ୍କ ଭଳି ଜଣେ ନୃତ୍ୟାଙ୍ଗନା ଅଟକି ରହିବେ କିଛି କବିତା ପାଖରେ ? ପ୍ରତିଭା ସଂପନ୍ନାମାନଙ୍କ ଜୀବନରେ ବି ସେମିତି ଏକ ମୋଡ଼ ଆସିପାରେ ? ହଁ, ସେ ଯେ ଜଣେ ନାରୀ। ସେ ତାଙ୍କୁ କ'ଣ କହିବେ ? ଅଥଚ କିଛି କହିବେ କହିବେ ହେଲା। ସାଥୀ ଶିଳ୍ପୀ କଳାକାର ମାନେ ବି। ରିଆଜ୍, ସେମିନାର୍, ସାକ୍ଷାତକାର, ଷ୍ଟେଜ୍ ସୋ ସବୁ ଏମିତି ବନ୍ଦ ହେଲେ ନୃତ୍ୟଜଗତ ଶ୍ୱାସ ପ୍ରଶ୍ୱାସ ନେବ କେମିତି ? ସେ ନେଇ ଅନେକ ପ୍ରଶ୍ନ ଆସିଲା। ଫୋନ୍। ଫ୍ୟାନ୍‌ମେଲ୍। ଏସ୍‌.ଏମ୍‌.ଏସ୍, ଇ–ମେଲ୍ ବି। ସେ କ'ଣ ଅସୁସ୍ଥ ? ଗୁରୁତର ବ୍ୟାଧରେ ପୀଡ଼ିତ ? ନୃତ୍ୟ ଅନୁରାଗୀ, ମିଡ଼ିଆ, ବ୍ୟସ୍ତ କଲେ କର୍ମକର୍ତ୍ତାଙ୍କୁ, ଶିଳ୍ପୀ କଳାକାର — ବ୍ୟକ୍ତିଗତ ସହାୟିକା ଓ ଆଶୁତୋଷଙ୍କୁ। କିଏ ବୁଝେଇବ ତାଙ୍କୁ, ଯିଏ ସବୁ ବୁଝିଥାଏ ? ଯିଏ ପୁଣି ଏକ ବିଶାଲ ପ୍ରସାରିତ ପୃଥିବୀରେ ବସବାସ କରୁଥାଏ ? ସେ ତ ସାରା ନୃତ୍ୟଜଗତର। ନିଜସ୍ୱ ପୀଡ଼ା ବେଦନାର ସେଠି ପରିଚିତି ନଥାଏ, କିଏ କହିବ ତାଙ୍କୁ, ଯିଏ ଅନେକ, ଅନେକ ଭାବ କଥାର, ସାମ୍ରାଜ୍ଞୀ ? ହେଲେ ଏକ ଈମ୍ଫ ନିରବତା ପରେ ନିବେଦିତା ନିଜେ ହିଁ ଶୁଣିଲେ ପୁନର୍ବାର ନୃତ୍ୟର ଓଁକାର। ହଜାର ନୃତ୍ୟ ଅନୁରାଗୀଙ୍କ ଫ୍ୟାନ୍‌ମେଲରେ, ସାମ୍ୟାଦିକଙ୍କ ପ୍ରଶ୍ନସବୁରେ, ଫେଣ୍ଟ ହୋଇଥିବା ସ୍ନେହର ସୁଗନ୍ଧ ଆଡ଼େଇଯିବା କ'ଣ ଏତେ ସହଜ ? ତା'ଛଡ଼ା ଏ ଚଞ୍ଚଳ ଶତାବ୍ଦୀରେ, ଶାସ୍ତ୍ରୀୟ ନୃତ୍ୟ ପାଇଁ ଯେଉଁ ଭାବଲହରୀ ଉଠିଲା ସେ କ'ଣ ଏକ ଆଶ୍ୱାସନା ନୁହେଁ ? ଶୁଭ ସୂଚନା ନୁହେଁ ଏକ ସୁନ୍ଦର ସମୟ ଫେରି ଆସୁଥିବାର ? ନୃତ୍ୟକଳାରେ ମିଶିଗଲା, ସମୁଦ୍ର ଲହରୀର ଛନ୍ଦ ଓ କବିତାର ଉଲ୍ଲାସ। ଏକ ନୂଆ ଦିଶା। ନୂଆ ରଙ୍ଗ। ପ୍ରସ୍ତୁତ କଲେ ସେ ଦେଶ, ବିଦେଶର ଅନୁଗାମୀମାନଙ୍କୁ। ଶାସ୍ତ୍ରୀୟ ରୀତିରେ ତାଙ୍କ ପରେ ବି ବଞ୍ଚି ରହିବ ଏ ମହାନ୍ କଳା। ବୋହି ଚାଲିଥବ ଏକ ପ୍ରାଚୀନ ପରଂପରାର ମହାସ୍ରୋତ। ଖୋଜି ଚାଲିଥିବ ମଣିଷ ଯା'ରି ଭିତରେ ଜୀବନର ସୂକ୍ଷ୍ମ

ଆନନ୍ଦ ଉପଲବ୍ଧିର ପଥ । ଶାସ୍ତ୍ରୀୟ ନୃତ୍ୟକଳାରେ ବିଶେଷ ଅବଦାନ ପାଇଁ ସେଥର ସେ ବିଭୂଷିତ ହେଲେ 'ପଦ୍ମ' ସମ୍ମାନରେ । ପଦ୍ମର ସୁଗନ୍ଧ ନେଇ ଯେଉଁ ଓଁକାର ଉଠିଲା, ମାଟିରୁ ଯାଇ ଆକାଶ ଛୁଇଁଲା । ଅନ୍ତରୀକ୍ଷରେ ଶୁଭିଲା । ସେତେବେଳେ ଆଉ କ'ଣ କହିବାର ଥିଲା ? ଖ୍ୟାତି, ପ୍ରସିଦ୍ଧିକୁ ସେ ବିଷ୍ଣୁ ପ୍ରତିମା ରୂପରେ ସଜେଇଲେ ଆଉ ବିନୟରେ ମୁଣ୍ଡ ନୁଆଁଇ ଦେଇଥିଲେ କେବଳ ।

ଏମିତିରେ ବିତିଗଲା ସମୟ । କିଛି ବର୍ଷର ସମୟ ।

ତାଙ୍କ ଷାଠିଏତମ ଜନ୍ମଦିନରେ ନିବେଦିତା ଆୟୋଜନ କରିଥିଲେ ଏକ ବିଶେଷ ନୃତ୍ୟ ଆସର । ନିମନ୍ତ୍ରିତ ଅତିଥ୍ୟ ଗହଣରେ ଥିଲେ, ପୁରୁଣାଦିନର ସେଇ ମି. ଦେଶାଇ । ସାଂସଦ ଅଜୟ ପୁରୀ ଓ ଯଶ୍ । ତଥାପି ଆସି ନଥିଲେ କବି ସମୀର । ସେ ଥିଲା ଏକ ଅପୂର୍ବ ନୃତ୍ୟ ଆସର । ସଭିଏଁ ଥିଲେ ବିମୁଗ୍ଧ । ଚକିତ । ହୁଏତ ସେ ହିଁ ଥିଲା ଅନ୍ୟ ଏକ ଇନ୍ଦ୍ରସଭା । ସେ ହିଁ ଚିତ୍ରଲେଖା, ସ୍ୱୟଂପ୍ରଭା, ମଧୁରସ୍ୱରା, ରମ୍ଭା, ମେନକା, ଉର୍ବଶୀ । ଚାରିପାଶେ ଥିଲେ ଦେବଦେବୀ, ଗନ୍ଧର୍ବ, ଯକ୍ଷ, ସିଦ୍ଧ, ସାଧ । ପ୍ରିୟ ଦେବତାଙ୍କ ପାଇଁ ସେଥିରେ ଥିଲା ତାଙ୍କ ନିରବ ଅଭିମାନର ପୁଷ୍ପାଞ୍ଜଲି । ନୃତ୍ୟ ପରେ ସେ ଘୋଷଣା କଲେ ତାହା ହିଁ ଥିଲା ତାଙ୍କ ଜୀବନର ଶେଷ ନୃତ୍ୟ । ବିଦାୟ ଏଥର ବିଦାୟ । ନିରବ ଦୁଃଖ ଭିତରେ, ତାଙ୍କ ବାକି ଜୀବନ ପାଇଁ, ଝରିଗଲା ଚାରିଆଡୁ ଶୁଭକାମନା । ନିରାମୟ ଜୀବନ ପାଇଁ ଶୁଭେଚ୍ଛା ।

ତା' ପରର ପୃଥିବୀ ଖୁବ୍ ସୀମିତ ।

କେବଳ ସେ । ସମୁଦ୍ର ଆଉ ସେଇ କିଛି କବିତା । ନୃତ୍ୟକେନ୍ଦ୍ରର ମୁଖ୍ୟ ପରିଚାଳିକା ଦାୟିତ୍ୱରୁ ବି ଅବ୍ୟାହତି । ନୃତ୍ୟ ପରିବାର ଚାହିଁଲେ ଆଶୁତୋଷ ନିଅନ୍ତୁ ସେ ଦାୟିତ୍ୱ । ହେଲେ ସେ ବି ଚାହିଁଲେ ନାଇଁ । ନିଜର ଅକ୍ଷମତା ପ୍ରକାଶ କରି ସେ ଅନ୍ୟତ୍ର ଚାଲିଗଲେ । ଏମିତି ଗଲେ ଯେ ଥରୁଟିଏ ବି ଚାହିଁଲେନି ପଛକୁ । ଯେମିତି ତୁଟିଗଲା ବନ୍ଧନ । ହେଲେ ତୁଟିଲା ଆଉ କେବେ ? ଧାଇଁ ଆସିଲେ ସେ ସେଦିନ ନିବେଦିତାଙ୍କ ଅସୁସ୍ଥତାର ଖବର ଦୂରଦର୍ଶନ ସମାଚାରରୁ ଶୁଣି !

ବୟସ ବଢ଼ିଥିଲା । ରୋଗ ବି ବଢ଼ିଥିଲା । ଶୋଇଥିଲେ ନିବେଦିତା ଏକ ଶୂନ୍ୟ ହାହାକାରର ବିଛଣାରେ । ତାଙ୍କର ଅସହାୟ ଅବସ୍ଥା ଦେଖ୍ ଆଶୁତୋଷଙ୍କୁ

ଲାଗିଲା ସତେ ଯେମିତି ଆକାଶରୁ ତାରା ସବୁ ଲିଭିଯାଇଛି । ସମୁଦ୍ରରୁ ପାଣି ସବୁ ଶୁଖିଯାଇଛି । ଆ...ଜୀବନ ଏମିତି ! ପୁଣି ନୃତ୍ୟାଗନା ନିବେଦିତାଙ୍କ ଜୀବନ !

ହେଲେ... ଇଏ ପୁଣି କି ଭାବାବେଗର ଦୃଶ୍ୟ ! ତକିଆ ପାଖରେ – ବିଛଣାରେ ସାଇଡ୍ ଟେବୁଲରେ, ସେଇ କେତୋଟି କବିତା ବହି – ବିଭିନ୍ନ ପତ୍ରିକାରେ ପ୍ରକାଶିତ କବିଙ୍କ କବିତାର ଫାଇଲ୍ – କି ପ୍ରକାର ବନ୍ଧନ ଇଏ ? ତାଙ୍କୁ ଥରଟିଏ ବି ନଦେଖ୍ । ଓ... ଏକ ଗଭୀର ବେଦନାରେ ଭିଜିଗଲେ ଆଶୁତୋଷ । ତାଙ୍କୁ ଦେଖି ନିବେଦିତା ଟିକେ ହସିଲେ । ସେ ହସରୁ କିନ୍ତୁ ଝରିପଡ଼ିଲା ବୁହାଇ ପାରିନଥିବା କିଛି ଲୁହ । କହିଲେ ଅତି ଦୁଃଖରେ –

: ଆସ, କେତେ ବର୍ଷ ପରେ ଆସୁଛନା ? କେମିତି ଅଛ ? କେଉଁଠି ଏବେ ? କ'ଣ କରୁଛ ? ବସ...କଥାଟେ କହିବି ? ଚଷମା ଦେଲେ ବି ଆଉ କିଛି ପଢ଼ିପାରୁନାଁ – ହେଲେ କିଛି ପଢ଼ିବାର ଅଛି । ପଢ଼ିଦେବ ଟିକେ ? ନିଅ ଏ ଫାଇଲ୍... ଏଇ କବିତା ବହି ସବୁ ଏଥୁରୁ କିଛି ପଢ଼ । ଶୁଣିବି । ହୁଏତ ଶୁଣିବା ମୋହରେ ଚାଲିଛି ଶ୍ୱାସପ୍ରଶ୍ୱାସ । ତୁମେ ଆସିଲ ଭଲ ହେଲା । ସମସ୍ତଙ୍କୁ ସବୁ କଥା କହିହୁଏନା । ମତେ ଟିକେ ସାହାଯ୍ୟ କର :

ଆଶୁତୋଷ ପଢ଼ିଲେ । କିଛି ଦେଖ୍, କିଛି ନଦେଖ୍ । ସେ ଲକ୍ଷ୍ୟ କରିଥିଲେ ଶୁଣିବା ବେଳକୁ ନିବେଦିତାଙ୍କ ହାତ, ପାଦରେ ଖେଳିଯାଉଛି ସ୍ପନ୍ଦନ । ଆଖିଡୋଲାରେ ଆଙ୍କି ହୋଇଯାଉଛି କେତେ ମୁଦ୍ରା । ସେ ଯେମିତି ଉଠି ବସିବେ, ନାଚିପାରିବେ ଆଉ ଯେମିତି ସେଇ ହାହାକାରର ବିଛଣା ଉପରେ ଏକ ନିରବ ଝଂକାର ଶୁଭୁଥିଲା । ଆଶୁତୋଷ ଆଶ୍ଚର୍ଯ୍ୟ ! ଏମିତି ବି ହୁଏ ? ହୋଇପାରେ ? ଜଣକୁ ମନର ମଣିଷ ମାନିନେଲେ ଏମିତି ନିଜକୁ ନିଃଶେଷ କରିଦେଇ ହୁଏ ? ପ୍ରେମ ଏବେ ଆଉ ନାହିଁ – ଅଛି ଯଦି ତା'ର ପୂର୍ବ ସୌନ୍ଦର୍ଯ୍ୟ ଆଉ ନାଁ – ଏକଥା କେମିତି ସ୍ୱୀକାର କରିବେ ସେ ? ସେ ଯେ ଦେଖୁଛନ୍ତି ନିବେଦିତାଙ୍କୁ । ନିବେଦିତ ଯିଏ ନିରବ ପ୍ରେମ ପାଖରେ ।

ସେ ଫେରି ଆସିଲେ । ନିବେଦିତାଙ୍କୁ ନେଇ ଛଟପଟ ହେଲେ । ତାଙ୍କ ଶଯ୍ୟାଶାୟୀ ରୂପ ତାଙ୍କୁ ଅଧୀର କଲା । ଅସ୍ଥିର କଲା । ଧ୍କ୍କାରିଲା । ନିଜକୁ ସେ ପଚାରିଲେ – ସେ କ'ଣ କଲେ ? ନିଃଶେଷ କରିଦେଲେ ଜଣେ ଖ୍ୟାତିସଂପନ୍ନ

ନାରୀକୁ ଯିଏ ସବୁକିଛି ଭୁଲି ପ୍ରେମର ନୈବେଦ୍ୟ ବାଢ଼ିଥିଲା ? ସେ କାଢ଼ିଲେ ତାଙ୍କ ପୁରୁଣା ଚିଠି । କଫି ପାଇଁ ତାଙ୍କ ନିମନ୍ତ୍ରଣ । ଶେଷ ନୃତ୍ୟ ଆସରର ନିମନ୍ତ୍ରଣ ପତ୍ର, ସବୁ ଅଛି ସେମିତି ସାଇତା ହୋଇ । ଯେମିତି ମହମହ କସ୍ତୁରୀ । ସୁଗନ୍ଧିତ ପବନ । ହେଲେ ?? କାହିଁକି ସେ କହିପାରିଲେନି— ଯିଏ ସଦା ତୁମ ପାଶେ ପାଶେ ରହେ ସେ ହିଁ ତୁମର କବି । ତୁମ ମନର କବିତା । ତୁମ ଜୀବନର ସମୁଦ୍ର । କବି ସମୀର ଅଛି ମୋ ଭିତରେ । ଯିଏ, ତୁମ ଆଗରୁ ତୁମକୁ ଭଲପାଏ, କିନ୍ତୁ କହିପାରେନା – କେମିତି କହିଥାନ୍ତା ? ସେ ଜାଣେ ତୁମର ବ୍ୟାପ୍ତି । ତୁମେ ଫେରେଇଦେଇଛ କେତେ ସୁନ୍ଦର, ସୁଠାମ, ଧନଶାଳୀ ପୁରୁଷଙ୍କୁ । ସେ ଯେ ଜଣେ ଅର୍ବାଚୀନ ତବଲାବାଦକ ! ତଥାପି ସେ କ'ଣ କୁଆଡ଼େ ଯାଇପାରିଥିଲେ ତାଙ୍କୁ ଛାଡ଼ି ? ବସେଇ ପାରିଲେ ଅଲଗା ଏକ ସଂସାର ? ଖୋଜିପାରିଲେ ଅଲଗା ଏକ ପରିଚିତି ? ସୁର-ତାଳ-ରାଗ-ରାଗିଣୀ ପୃଥିବୀରେ ବଞ୍ଚିଲେ ବି ଜଣ ଜଣକର ଜୀବନ ଏମିତି କେମିତି ବେସୁରା ହୋଇଯାଏ ?

ଆରଦିନ, ଆଶୁତୋଷ ପୁଣି ସେଇଠି । ସେମିତି କବିତା ଆବୃତ୍ତି ତାଙ୍କ ପାଖରେ ବସି । ନିବେଦିତା...ଡାକିବେ କି ଥରେ ନାଁ ଧରି ? ହାତ ମୁଠେଇ କହିବେ କି ଯାହା କହିପାରିଲେନି ଏତେ ବର୍ଷ ? କିନ୍ତୁ...ତା'ପରେ ? କ'ଣ ହେବ ତାଙ୍କ ମାନସିକ ଅବସ୍ଥା ? ସେ ଉଠିଗଲେ ୫ର୍କା ପାଖକୁ । ଯେଉଁଠି ଦିଶେ ସମୁଦ୍ର । ଇଚ୍ଛା କଲେ ଛାତିତଳର ସତ୍ୟଟିକୁ ସମୁଦ୍ର ଛାତି ଭିତରେ ସାଇତି ରଖିବାକୁ । ନିବେଦିତା ଜଳିଲେ । ସେ ବି ଜଳିବେ କହିନପାରିବା ଅସହାୟତାର ଅଗ୍ନିରେ ।

ନିବେଦିତା ତାଙ୍କୁ ଡାକିଲେ – ପଚାରିଲେ ଏକ କଷ୍ଟ ପ୍ରଶ୍ନ ।

"ଆଚ୍ଛା ! ତୁମେ ଏ କବିଙ୍କୁ ଜାଣ ଆଶୁତୋଷ ?"

୫ଲକାଏ ପବନ ପିଟି ହେଲା ତାଙ୍କ ମୁହଁରେ । ତଣ୍ଟି ଶୁଖିଗଲା ପରି ଲାଗିଲା । ସେ ୫ର୍କା ପାଖରୁ ଉଠିଆସି ପୁଣି ବସିଲେ ନିବେଦିତାଙ୍କ ପାଖରେ । ତାଙ୍କ ଆଡ଼େ ନ ଚାହିଁ ସେ ଚାହିଁଲେ କାନ୍ତରେ ଥିବା ତାଙ୍କ ପୁରୁଣା ଫଟୋଚିତ୍ର ଆଡ଼େ – କହିଲେ ଧୀରେ...

"ହଁ...ହଁ...ଜାଣେ । ତାଙ୍କ ସହ ମୋର ବ୍ୟକ୍ତିଗତ ପରିଚୟ ବି ଥିଲା ।"

ଗାୟତ୍ରୀ ସରାଫ୍

: ଥିଲା ମାନେ ? କ'ଣ କହିବାକୁ ଚାହଁ ?

: ଆଜି ଏକ ନିଷ୍ଠୁର ସତ୍ୟ କହିବି... ସେ କବି, ମାନେ କବି ସମୀରଙ୍କ ମୃତ୍ୟୁ ହୋଇଯାଇଛି ଏକ ଦୁର୍ଘଟଣାରେ। କଥାଟି କହିଲା ବେଳକୁ ଆଶୁତୋଷଙ୍କ ଭିତରର କବିପଣ ମରିଯାଉଥିଲା। ଶବ୍ଦ ସବୁ ଛାତି ଭିତରୁ ଉଡ଼ିଯାଉଥିଲେ। ମିଶି ଯାଉଥିଲେ ପବନରେ। ଶୂନ୍ୟରେ। ମହାଶୂନ୍ୟରେ। ଭାଙ୍ଗିଯାଉଥିଲା ସହସ୍ର କଲମ। ଅନୁଭବ। ଅଭିଜ୍ଞତାଶୂନ୍ୟ ହୋଇଯାଉଥିଲା ମନ-ହୃଦୟ-ଛାତିତଳ।

ଆଖରୁ ବୋହୁଥିବା ଅଜସ୍ର ଲୁହ ସହ ସେ ପୁଣି କହିଲେ : ସେ ବି ତୁମକୁ ଭଲପାଉଥିଲେ ନିବେଦିତା। ତୁମ କପାଳରେ ଏକ ସୁନା ରଙ୍ଗର ଅଦୃଶ୍ୟ ଚୁମ୍ବନ ବି ସେ ଛାଡ଼ି ଯାଇଛନ୍ତି, ଯାହା ଘୂରିବୁଲୁଛି ପବନରେ। ମତେ ଏକଥା କବି ନିଜେ ହିଁ କହିଛନ୍ତି, ବିଶ୍ୱାସ କର।

କାନ୍ଦୁଥିଲେ ଆଶୁତୋଷ।

କାନ୍ଦୁଥିଲେ ନିବେଦିତା। କାନ୍ଦୁଥିଲା ସାରା ପୃଥିବୀ। ବିକଳରେ ଥରୁଥିଲେ ପତ୍ରମାନେ। ପ୍ରେମମୟତାରେ ବିରହ ଦଶା ଭୋଗୁଥିଲେ ଦୁଇଟି ହୃଦୟ। ପଥରମାନେ ତରଳିବା ଆରମ୍ଭ କରୁଥିଲେ। କୃଶବିନ୍ଧ ହେଉଥିଲେ ମୁହୂର୍ତ୍ତମାନେ।

❏❏

# ସମ୍ପର୍କ ସେପାଖେ

ଲକ୍ଷ୍ମୀ...

ଊଁ...

ଟିକେ ସଲଖ ବସିଲା ଚଇତନ । ଆଶ୍ରମ ପଛପଟେ ଥିବା ସୁନାରୀ ଗଛ ତଳେ ବସିଥିଲେ ସେ ଦିହେଁ । ପବନ ବହୁଥିଲା କିନ୍ତୁ ଗରମ ଲାଗୁଥିଲା । ଦେହ, ମୁଣ୍ଡରୁ ଝାଳ ବାହାରୁଥିଲା କାନ୍ଧରେ ପକେଇଥିବା ଗାମୁଛାରେ ମୁହଁର ଝାଳ ପୋଛି ନେଇ ଚଇତନ କହିଲା–

ସଭିଏଁ ମିଶି ଏଠି ଆମେ ପନ୍ଦର ଜଣ ବୁଢ଼ାବୁଢ଼ୀ ଅଛୁ । ବସା–ଉଠା, ଖାଆପିଆ, ଗପଟପ, ଭଜନ, କୀର୍ତ୍ତନ ଚାଲିଛି ଏକାଠି । ହେଲେ, ସାଙ୍ଗ ନଥିଲେ କେହି । ସୁଖ–ଦୁଃଖ ନଥିଲା । କିଛି ବି ଭଲ ଲାଗୁ ନଥିଲା ।

ତୁ ଆସିଲୁ

କଥାବାର୍ତ୍ତା କଲି,

ମନଟା ଭାରି ଭଲ ଲାଗିଲା । ପହିଲୁ ତ ତୁ ମୁହଁ ଫୁଲେଇ ବସୁଥିଲୁ । କଥାବାର୍ତ୍ତା କିଛି ନାଇଁ । ଏଇ ଗଛ ତଳକୁ ଚୁପଚାପ୍ ଚାଲି ଆସୁଥିଲୁ । ବସି କାନ୍ଦୁଥିଲୁ ଦିନେ ଦେଖିଲି । ପାଖକୁ ଆସିଲି, ପଚାରିଲି...

ନିନିର ମା କାଇଁ କାନ୍ଦୁଛ ?

ରାଗିଗଲୁ ତୁ । କହିଲୁ–

ଗାୟତ୍ରୀ ସରାଫ୍

କିଏ ? କିଏ ନିନିର ମା ? ମୁଁ ନିନି ଫିନିର ମା ନୁହେଁ... ମତେ ସେମିତି ଡାକିବୁନି: ତୋ ରାଗ ଦେଖ୍ ଦବିଗଲି ମୁଁ। ଦୂରକୁ ଘୁଞ୍ଜିଯାଇ ଫେର ପଚାରିଲି–

ହଉ... ବାବୁର ମା କହିବି କି ?

ନାଇଁ– ମୋର ବାବୁ– ନିନି କେହି ନାହାନ୍ତି। ମୁଁ ପୁରା ଏକ୍ଲା...

ଟିକେ ହସିଦେଇ ମୁଁ କହିଲି–

: ମୁଁ ବି ଏକ୍ଲା। ଏଇ 'ବୁଢ଼ାବୁଢ଼ୀ ଘର'କୁ ଯଉମାନେ ଆସନ୍ତି ସଭିଏଁ ଏକ୍ଲା। ଆଗକୁ, ପଛକୁ, ସାହା, ଭରସା ଥିଲେ କିଏ ଏଠିକି କାହିଁକି ଆସନ୍ତା ? ସଉକିରେ କେହି ଏମିତି ଜାଗାକୁ ଆସେ ନାଇଁ... ସେସବୁ କଥା ତୋର ମନେ ଅଛି ଲକ୍ଷ୍ମୀ ?

ମୁଣ୍ଡ ହଲେଇ ହୁଁ ମାରିଲା ଲକ୍ଷ୍ମୀ। ତଲେ ପଡ଼ିଥିବା ଦି ଚାରିଟାସୁନାରୀ ଫୁଲ ଗୋଟେଇଲା। ହାତମୁଠାରେ ରଖ୍ଲା। ଆକାଶର ଗୋଟେ କୋଣକୁ ଦେଖି ଭାବିଲା। କିଛି ମନେ ପକେଇଲା। କହିଲା–

ତା'ପରେ ଚିହ୍ନାଚିହ୍ନି। ତୋ ନାଁ ଜାଣିଲି– ତୁ ଜାଣିଲୁ ମୋର ନାଁ। ସେଦିନଠୁ ଏଠିକି ଆମେ ଆସିଲେ। ଗପଚପ ହେଲା। ତା'ରି ଭିତରେ ଆମେ ଜାଣିଲେ ଯେ ଦୁହେଁ ଦିହିଁକି ମିଛ କହିଛୁ। ତୁ ସତ କହିଲୁ। ମୁଁ ବି କହିଲି ମୋ ସତ। ଦିହେଁ ଚମ୍କିଥିଲେ। ମୁଁ କହିଥିଲି– "ପୁଅ, ଝିଅ, ନାତି, ନାତୁଣୀ ଥାଇ ବି କେତେ ଲୋକ ବୃଦ୍ଧାଶ୍ରମରେ ଆଶ୍ରା ନିଅନ୍ତି"। ତୁ ହୁଁ ମାରିଲୁ। ତୋ ମୁହଁ କାନ୍ଦକାନ୍ଦ ଦିଶିଲା।

ତୋ ଜୀବନର ସତ କଥାଟି ଜାଣି ମୁଁ ଆବାକାବା ହୋଇଗଲି। ଏମିତି କାହିଁକି ହଉଛି ଭାବି ଭାବି ଦୁଃଖୀ ହୋଇଗଲି। ବେଶୀ ପାଠ ପଢ଼ିନାଇଁ ହେଲେ ମୁଁ ଭାରି ଗହୀରିଆ କଥା ସବୁ ଭାବେ। ତୁ ସେଦିନ କହିଥିଲୁ...

ତୋ ସ୍ତ୍ରୀ ଥିଲାବେଳେ ତୁମ ଖେତ ଘରେ ତୁମେ ଦୁଇ ପ୍ରାଣୀ ଚଳିଯାଉଥିଲ। ଦିନେ ତୋ ସ୍ତ୍ରୀ ମରିଗଲା। ତୋ ଦୁଇପୁଅ କହିଲେ, "ଏଥର ଖେତଘର ବିକିଦେବା" ତୁ ରହିବୁ କଉଠି ? ପୁଅଙ୍କର ଭାଲେଣି ପଡ଼ିଲା। ଘର ବିକ୍ରି ହେଲା। ଟଙ୍କା ଦୁଇ ଭାଗ ହେଲା। ତା' ସାଙ୍ଗରେ ତୁ ବି। ଦି' ପୁଅ ଘରେ ମାସେ ମାସେ। ତୁ ରହିଲୁ

ମନମାରି । ପୁଅ-ବୋହୂମାନଙ୍କର ମରମଜ୍ୱାଳା କଥା ଶୁଣିଲୁ । ସହିଲୁ । ଥରେ ବଡପୁଅ, ସାନକୁ କହିଲା—

ମୋ ସ୍ତ୍ରୀର ଡେଲିଭରି ହବ । ସେ ଆଉ କାମ ପାରୁନାଇଁ । ବୁଢ଼ାକୁ ତୋ ପାଖରେ ଆଉ ଦୁଇ ମାସ ରଖ । ସାନ ରାଗିଯାଇ କହିଲା: ମୋ ସ୍ତ୍ରୀର ବି ଭଲ ମନ୍ଦ ଅଛି । ବୁଢ଼ାକୁ ଅଧିକ ଦି ମାସ କାଇଁ ରଖିବି ? କେତେ ଖର୍ଚ୍ଚ ବଢ଼ିଯାଏ କାମ ବଢ଼ିଯାଏ ତୁ ଜାଣିନୁ ? ସେଥିରୁ ଯୁକ୍ତିତର୍କ, କଳି, ପାଟିତୁଣ୍ଡ, ଅଥଚ ତୁ ବସି ଖାଉ ନଥିଲୁ । ଖେତଖଳା କାମ କରୁଥିଲୁ । ଚାଷ ବାସ ଦେଖୁଥିଲୁ । ହେଲେ ଖର୍ଚ୍ଚର ହିସାବ ହେଲା । ତୋ କାମର ହିସାବ କାହାରି ପାଖରେ ନଥିଲା । ତୁ ମନେ ମନେ ରାଗିଲୁ । ରୁଷିଲୁ । ଆଉ ଦିନେ ରାତିରେ— ତୋ ରଫା, ଶାବଳ, ଟାଙ୍ଗିଆ ଆଉ ତୋ ଗିନି ହଳକ ଧରି ତୁ ଘରୁ ବାହାରି ଆସିଲୁ । ମୁଣ୍ଡ ଉପରର ଚନ୍ଦ୍ର, ତାରାକୁ ଦେଖୁ ଦେଖୁ ଆଗକୁ ଚାଲିଲୁ । ବାଟ ଖୋଜିଲୁ । ବାଟ ଚାଲୁଚାଲୁ ଦେଖା ହେଇଗଲାତୁମ ଗାଁର ଜଣେ ସମାଜକର୍ମୀ ସାଙ୍ଗରେ । ରାତି ଅଧରେ ତୋର ଅବସ୍ଥା ଆଉ ତୋର ବାଟଚଲା ଦେଖୁ ସେ ଠଉରେଇ ନେଲେ ସବୁ । ତୋ କାନ୍ଧରେ ହାତ ପକେଇ କହିଲେ—

ଏ ସବୁ ଖାଲି ବିଦେଶରେ ହଉଥିଲା । ହେଲେ ଏବେ ଆମ ଦେଶରେ ହଉଛି । ହବା କଥା ନୁହେଁ । ଆମ ଦେଶରେ ତ ବାପା-ମାଙ୍କୁ ଈଶ୍ୱର ବୋଲି କୁହାଯାଏ । ପୁଅକୁ କୁହାଯାଏ ଶ୍ରବଣ କୁମାର: କହିଲେ ସେ ଖୁବ୍ ଦୁଃଖରେ ତତେ ନେଇ ଆସିଥିଲେ ଏଇ ଆଶ୍ରମକୁ । ତା'ପରେ... ତୁ ଏଠିକାର ଅନ୍ତେବାସୀ । ତତେ ଆଉ କେହି ଖୋଜି ନଥିଲେ... ରଖି ନଥିଲେ ତୋ ଖବର...।

ଚୈତନ ଜୀବନର ସତ କଥାଟି କହୁ କହୁ କାନ୍ଦିଥିଲା ଲକ୍ଷ୍ମୀ । କିନ୍ତୁ ଚୈତନ, ତା' ଛାତିତଳେ ଲୁଚେଇ ରଖିଲା । ଆଉ ଉଦାସ ସ୍ୱରରେ କହିଲା—

ତତେ ବି ତ କେହି ଖୋଜି ନଥିଲେ... କିଏ ଖୋଜିବରେ... ଜନମ କଲା ଝିଅ ଯଦି ହତାଦର କରେ, ଠକି ଦିଏ ତେବେ ଆଉ କିଏ ଖୋଜିବ ? ପୁଅ କ'ଣ ଝିଅ କ'ଣ ସଭିଏଁ ଏକା ପରି... ବୁଢ଼ା ବାପ- ମା ପାଇଁ କାହାର ଦରଦ ଥାଏ କହିଲୁ ? ତୋ ବର ମରିଗଲା ପରେ ତୋ ଘର ଉପରେ ଆଖି ରଖିଲେ ତୋ ଝିଅ ଜ୍ୱାଇଁ । ତୋ ଅନ୍ତେ ଝିଅ ହିଁ ଭୋଗିଥାନ୍ତା ତୋ ଘର । ହେଲେ ତର ସହିଲାନି ।

ତତେ ଠକିଦେଇ ଝିଅ ତା ନାଁରେ ଘର ଲେଖେଇନେଲା । ଦୁଇ ମାସ ରଖିଲେ ପାଖରେ । ଖୁବ୍ ଖଟେଇଲେ ତତେ । ଦିନେ ତୋ ଜ୍ୱାଇଁ କହିଲା "ଆମର ସଂସାର ଓ ଜଞ୍ଜାଲ ବଢ଼ିଛି । ଏଥର ତୁମେ ତୁମର ବାଟ ଦେଖ" । ତୁ ଚମ୍କି ପଡ଼ିଲୁ । କଉ ବାଟ ଅଛି ଯେ ଦେଖିବୁ ? ଝିଅ ବି ଆଡେଇ ହେଲା । ଜୀବନର ବାଟ କିନ୍ତୁ ତତେ ଦିନେ ଏଇଠି ଆଣି ଛାଡ଼ିଦେଲା । ଝିଅ-ଜ୍ୱାଇଁ ମୁରଛି ଦେଲେ ବୁଢ଼ୀମା କୁ... ପୁଅ, ଝିଅ ଥାଇ ବି ଆମେ ଏକଲା । ସବୁ ବୁଢ଼ାବୁଢ଼ୀ ଏକଲା । କିଏ କାହାକୁ କହିବ ? କା' ଆଗରେ କିଏ କାନ୍ଦିବ ? ଅଥଚ ମନ ଭିତରେ ସଭିଏଁ କାନ୍ଦୁଥାନ୍ତି ଅହରହ କାହାକୁ ଶୁଭେନା ସେ କାନ୍ଦଣା । ଦିଶେନା ସେ ଝରଝର ଲୁହ ।

ଚୈତନ ଲମ୍ବା ନିଃଶ୍ୱାସଟେ ନେଲା । ଲକ୍ଷ୍ମୀ ବି । ଯାହା ମିଶିଗଲା ଚାରିପାଖର ପବନରେ । ମାଟିରେ, ପବନରେ ଏମିତି କେତେ ଲମ୍ବାଲମ୍ବା ନିଃଶ୍ୱାସ ମିଶିଯାଏ । ଏଠି ତ ଆଉ ଜଣେ ଲକ୍ଷ୍ମୀ କି ଜଣେ ଚୈତନ ନାହାନ୍ତି । କେତେ ଲକ୍ଷ୍ମୀ । କେତେ ଚୈତନ । ଆକାଶରେ ଭାସୁଥାନ୍ତି ମେଘମାନେ । ବଢ଼ିଗଲେ ପବନର ଓଜନ । ଉଡ଼ୁଥାନ୍ତି ଦଳ ଦଳ ବଗପକ୍ଷୀ । ଚୈତନ ଦେଖେ ସେମାନଙ୍କୁ । କେତେ କଥା ଭାବେ । ଚିନ୍ତାର କେତେ ପକ୍ଷୀ ମନ ଭିତରେ ଡେଣା ମେଲି ଉଡ଼ି ବୁଲନ୍ତି । ଏମିତି କ'ଣ କଟିବ ଜୀବନ ? ଏମିତି ବିତିବ ଦିନ ? ସେ ଚାଷୀ । ଖୋଜୁଥିଲା ସେ ଖେତ, ଚାରା, ବିହନ । ତା'ର ରଫା, ଶାବଳ, ଟାଙ୍ଗିଆ ତା' ଉପରେ ରୁଷି ଗୋଟେ କୋଣରେ ପଡ଼ିଥିଲେ । ଥରେ ଥରେ ସେ ସେମାନଙ୍କୁ ଛୁଇଁ ଦେଇ ଆସେ । ଆହା ! କେତେ ଅସହାୟ ସେ ତା'ର ସେଇ ସାଥୀମାନେ ! ଆଶ୍ରମରେ ହାତପାତି ଭାତ ମୁଠେ ଖାଏ ସେ । ବିବେକ ବାଧା ଦିଏ । ଅନ୍ୟ ଅନ୍ତେବାସୀ ମାନଙ୍କ ଭଳି ଟିକେ କଥାରେ ପାଟିତୁଣ୍ଡ, କଳିଝଗଡ଼ା ଭଲ ଲାଗେନା । ସେ ଗଛ, ପତ୍ର ଯତ୍ନ ନିଏ । ଆଶ୍ରମ ପରିବେଶ ସଫାସୁତୁରା କରେ । ଖରା ଗଲେ ସୁନାରୀ ଗଛ ତଳକୁ ଯାଇ ବସେ । ଲକ୍ଷ୍ମୀ ଆସେ । ସାଙ୍ଗଭଳି ଦିହେଁ ଦୁଃଖ ସୁଖ ହୁଅନ୍ତି । ଲକ୍ଷ୍ମୀଟି ଭାରି ଭଲ । ଧୀରେ କଥା କହେ । ଭଜନ ଗାଏ । ସେ ବଜାଏ ଗିନି । ଗୀତ ପଦେ ପଦେ ଫାଙ୍ଖେ । ଦୁହିଁଙ୍କର କିଛି ଖରାପ ଅଭ୍ୟାସ ନାଇଁ ।

ସମୟ ଲମ୍ବା ଲାଗିଲେ ବି ସରିଯାଏ ।

ଦିନେ– ସେଇ ଗଛତଳେ, ସାଙ୍ଗ ହୋଇ ବସିବା ବେଳେ ଚୈତନ କହିଲା ଲକ୍ଷ୍ମୀକୁ ।

ଗାୟତ୍ରୀ ସରାଫଙ୍କ ପ୍ରେମଗଛ

କେତେ ଦିନୁ କଥାଟେ ଭାବିଥିଲି ଯେ... କାଲି ପୁରା ନିଷ୍ଠୁରି ନେଇଗଲି...

ତୋ ମୁହଁ କହୁଛି ଭଲ କଥା ହେଇଥିବ;

ଆମ ଭଲି ଲୋକଙ୍କ ପାଇଁ ଭଲ-ମନ୍ଦ କ'ଣ । ତେବେ ଶୁଣ... ମୁଁ ଆଉ ଏଠି ରହିବି ନାହିଁ । ମାନ, ମହତ ବଡ଼ କଥା ବୁଝିଲୁ? କି ମାନ-ମହତ ଅଛି ଏଠି ? ବାବୁମାନଙ୍କ ଖାଲି ହୀନିମାନିଆ କଥା... ତା' ଛଡ଼ା କର୍ମକୁଣ୍ଠ ହେଇ ବସିଲେ ଦିହପା ଅସୁଖ ହେଇଯାଏ ସେଥିପାଇଁ ଠିକ୍ କାଲି- ପଲେଇବି ଏଠୁ... ଆଉ ରହିବିନି...

ସୁଲୁସୁଲୁ ପବନ ବହୁଥିଲା । କିନ୍ତୁ ଲକ୍ଷ୍ମୀକୁ ରୁନ୍ଧି ହେବା ପରି ଲାଗିଲା । ସେ ଖୋଜିଲା ଅଧିକା ଟିକେ ପବନ । ଚଇତନ ଚାଲିଯିବ— କଥାଟି ଶୁଣି ତାକୁ ଏମିତି କାଇଁ ଲାଗିଲା ? ହଁ– ସେ ଭଲ ଲୋକ । ସାଙ୍ଗ ହେଇ ଏଠି ବସନ୍ତି... ସେଥିପାଇଁ ? ସେ କିଛି ବୁଝିପାରିଲା ନାହିଁ । ଭାବିଲା– ଘର ଗଲା । ଝିଅ-ଜ୍ୱାଁ ପର ହେଲେ: ଏଠି ଚଇତନ ତା' ଦୁଃଖ ବୁଝିଲା । ଏବେ ସେ ବି ଯିବ । ଯାଉ... । ସେ ତ ଫଟାକପାଳୀ । ମୁଣ୍ଡ ଟେକି ସେ ଉପରକୁ ଚାହିଁଲା । ଅନ୍ଧାର । ବ୍ରହ୍ମ ତ ଦୂରର କଥା । ତରାଟେ ବି ନଥିଲା । ହତାଶିଆ ହୋଇ ସେ କହିଲା–

ମୁଁ ଯାଉଛିରେ ଚଇତନ... ଅଣ୍ଟା ସଲଖିବି ।

ମୋ କଥା ମୁଁ ଅଧା କହିଛି... ବସ୍‌ ।

କାଲି କହିବୁ ଆଉ ଅଧା...

କାଲି ତ ମୋ ଯିବା ଦିନ । ଆଛା ଲକ୍ଷ୍ମୀ କହ ତ ନିଜର ଘରଟେ ତୁ କ'ଣ ଚାହୁଁନା ?

କିଏ ନ ଚାହିଁବ ? ହେଲେ ଚାହିଁଦେଲେ ମିଳିଯିବ ସବୁ ?

ସବୁ ଜିନିଷ ଚାହିଁଲେ ଯାଇ ମିଳେ । ପାହାଟେ ବଢ଼େଇଲେ ସିନା ରାହାଟେ ଦିଶେ । ଦେଖ୍ । ସିଧା ସିଧା ପଚାରୁଛି... ମୋ ସାଙ୍ଗରେ ଯିବୁ ? ଆମେ ଗୋଟେ ଘର ବନେଇବା । ସାଙ୍ଗ ହୋଇ ରହିବା । ଆମ ଦେହରେ ତାକତ୍ ଅଛି । ଖଟିବା ଖାଇବା: ଲକ୍ଷ୍ମୀ କାବା ........ ସେ କଥା ଶୁଣି । ଭାବିଲା–

ଏ ଚଇତନର ମୁଣ୍ଡ ଖରାପ ହେଇଗଲା କି ? ସେ ଏ ସବୁ କ'ଣ କହୁଛି ? ବୁଝିବିଚାରି କହୁଛି ? ଘର ବନେଇବା, ସାଙ୍ଗ ହୋଇ ରହିବା ମାନେ କ'ଣ ସେ

ଗାୟତ୍ରୀ ସରାଫ୍

ଜାଣେ ? ଇଏ କ'ଣ ଘର କରିବା ବୟସ ? ଚଇତନକୁ ଷାଠିଏ ପୁରିଲା । ତାକୁ ପୁରିବ, ଏବେ ଭଜନ, କୀର୍ତ୍ତନ ବୟସ । ନାଇଁ... କିଛି ଭଲ କଥା କହୁନାଇଁ, ସେ, ତା' ମନରେ ଏତେ ଅଲୋଡ଼ୁକ କଥା ଥିଲା ?

ୟା'ଡେ ସିଆଡେ ହେଇଥିବା ଧୋତି କୁଞ୍ଚକୁ ସଜେଇ କହିଲା ଚଇତନ–

ତୁ ମତେ ଅଲଗା ଭାବୁଛୁ ଜାଣିଛି । ହେଲେ ବିଚାର କରି ଦେଖ, ମଣିଷ, ପଶୁ, ପକ୍ଷୀ କେହିବି ଏକଲା ରହିବାକୁ ଭଲ ପାଉନି । ସଭିଏଁ ଖୋଜନ୍ତି ସାଥୀ । ଜାତି, ବୟସ, ଲୋକବାକ କ'ଣ କହିବେ ତା' ବି ଭାବୁଥିବୁ । ସେସବୁ ଭାବିଲେ କଷ୍ଟ ପାଇବୁ ସାରା ଜୀବନ ଜାଣିଥା: କିଏ କା'ର ? କିଏ ସେ ପିଠିରେ ପଡ଼ିବ ? ତୁ ତ ସବୁ ଜାଣୁ:

ଛୋଟିଆ 'ହୁଁ'... ଟେ କହି କେମିତି ଏକ ଆଖିରେ ସେ ଚାହିଁଲା । ଉଠିଗଲା । ଆଗକୁ ଗଲା । ଅନ୍ତେବାସୀ ଗହଣରେ ମିଶିଗଲା । ଚଇତନକୁ ମିଳିଗଲା ତା'ର ଜବାବ୍ । ତା' କୋଠରୀକୁ ଯାଇ ସେ ତା' ସାମାନ ବାନ୍ଧିଥିଲା । ଆଶ୍ରମର ବାଲ୍ଟି, ଝାଡ଼ୁ, ଚାଦର ଆଦି ଫେରେଇଲା । ପରିଚାଳକଙ୍କୁ କହିଲା ଜୁହାର ହେଲା । ସକାଳେ ସେ ଭେଟି ଆସିଲା ସଭିଙ୍କୁ । ସାମାନ୍ୟପତ୍ର ଧରି ପାହେ ପାହେ କରି ଆଶ୍ରମ ଫାଟକ ଆଡକୁ ମୁହାଁଇଲା । ପଛରେ ରହିଲେ ଆଶ୍ରମ । ଅନ୍ତେବାସୀ । ସୁନାରୀ ଫୁଲର ଗଛ ଆଉ ଲକ୍ଷ୍ମୀ । ଫାଟକ ପାଖରେ ପହଞ୍ଚି ଠିଆ ହେଲା ଘଡ଼ିଏ । କିଛି ଭାବିଲା ।

ସେବେଳକୁ ଶୁଭିଲା ଚଇତନ... ଏ ଚଇତନ..କିଏ ଡାକୁଚି ? ସେ ଅଟକିଲା । ଇଏ ଯେ ଲକ୍ଷ୍ମୀର ଡାକ । ସତରେ ସେ ଡାକୁଚି ନା ତାକୁ ସେମ୍ତି ଶୁଭୁଚି ? ସତ, ସତ, ଲକ୍ଷ୍ମୀ ଆସୁଛି... ତା' ସାମାନ ଧରି, ମାନେ..ଚଇତନ ମନ ଭରିଗଲା ଆନନ୍ଦରେ । ପାଖକୁ ଆସି ସେ କହିଲା ଚାଲ... କୁଆଡେ ଯିବା ?

ପଛରେ ଅନ୍ତେବାସୀ । ତାଙ୍କ ଥଟ୍ଟା ପରିହାସ । ଆଉ କେହି ଜଣେ ହୁଲହୁଲି ବି ପକେଇଲା ।

ଆ.. ଲକ୍ଷ୍ମୀ... ପଛକୁ କାଇଁ ଦେଖୁଛୁ ? ଦିହେଁ ଚାଲିଲେ ଆଗକୁ । ବାଟ ପଡ଼ିଥିଲା । ଦିଶୁଥିଲା ନୂଆ ଗାଁଟିଏ । ତାକୁ ପାରି ହେଲେ ସରୁ ରାସ୍ତା... ତା'

ପରେ ଜଙ୍ଗଲ । ବିଞ୍ଝାର ପାହାଡ । ତା ନାଁରେ ବିଞ୍ଝାର୍‌ପାଲି । ପାହାଡ ତଲି ଗାଁ । ଗାଁକୁ ଘେରିଛି ଶାଳ । ସାଗୁଆନ୍‌ । ମହୁଲ । ଜାମୁନ୍‌ । ଶେଷ ମୁଣ୍ଡରେ ଦିଶୁଥିଲା ସଭ୍ୟାହୀନ ଗୋଟେ ଘର । ଛେକା ହେଇଚି ତାଟିଟିଏ । ଚଇତନ ଆସି ସେଠି ଅଟକିଲା । ଲକ୍ଷ୍ମୀ ସାମାନ୍‌ ରଖିଲା । ଭଙ୍ଗାରୁଜା ହେଲେ ବି ଘରଟେ ଦେଖ୍ ଆଶା ପାଇଲା ଭଲି ତାକୁ ଲାଗିଲା । ପଣତରେ ମୁହଁର ଚିନ୍ତାକୁ ପୋଛି ପକେଇଲା ।

: ଏ ଘର ମୋ ମାମୁଁର । ସେ ମରିବା ଆଗରୁ ଘରଟିକୁ ମୋ ଜିମାରେ ଦେଇଥିଲା । ଜାଣି ନାହାଁତି ପୁଅମାନେ । ଯାକୁ ଠିକ୍‌ କରିବା । ଏଠି ରହିଯିବା : ଗଦ୍‌ଗଦ୍‌ ଦିଶୁଥିଲା ଚଇତନ କହିବା ବେଲକୁ ଘର । ସାଥୀ । ଗଛର ଛାଇ । ମନର ମେଳ ।

ତ–ଆଉ କ'ଣ ? ସବୁ ଅଭାବରେ ଭାବ ମିଶିଯାଏ । ଆପଣାପଣର ମଜ୍‌ବୁତ୍‌ ବନ୍ଧନଟିଏ ତିଆରି ହୋଇଯାଏ । ଷାଠିଏ ପରର ଜୀବନରେ ବି ଝରିପଡେ ସ୍ନେହ । ସୋହାଗ । ଘର ହେଲା । ଥିଲା ବାର୍ଦ୍ଧକ୍ୟ ଭତ୍ତା । ଲକ୍ଷ୍ମୀର ଚାଉଳ କାର୍ଡ । କାମ ଖୋଜି ଟଙ୍କା କମେଇ ଆଣିଲା ଚଇତନ । ଆରମ୍ଭ ହେଲା ଗୋଟେ ଗହଗହ, ମାହମାହ ସଂସାର । ଜୀବନ କିଛି ନେଇଯାଏ ।

ଦେଇଯାଏ ପୁଣି କେତେ କ'ଣ ।

ଲକ୍ଷ୍ମୀକୁ, ଜୀବନ ପୁଣି ଫେରେଇଲା, କାଚଚୂଡ଼ି । ଶାଗୁଆ, ହଳଦିଆ ଶାଢ଼ି । ଚଇତନ ପାଇଲା ଜଣେ ସ୍ନେହମୟୀ ସଙ୍ଗିନୀ । ଲକ୍ଷ୍ମୀବନ୍ତୀ ଘରଣୀ । ରହିଲେ ଦିହେଁ ଶୁଆ– ଶାରୀ ପରି ।

ବିଞ୍ଝାର୍‌ପାଲି ଲୋକବାକ ତାଙ୍କୁ ଦେଖିଲେ । ଏ ବୁଢ଼ାବୁଢ଼ୀ ହଳକ କିଏ ? କଉଠୁ ଆସିଲେ ? ଗାଁ ପାଇଁ ଦିହେଁ ଶୁଭ କି ଅଶୁଭ ? ମାଓବାଦୀ ହେଇଥିବେ କି ? ଏମିତି କେତେ ପ୍ରଶ୍ନର ଉତ୍ତର ଖୋଜିବାକୁ ଗାଁର ଦୁଇଜଣ ବଡବୁଢ଼ା ଆସିଲେ ଦିନେ ତାଙ୍କ ଘରକୁ । ଲକ୍ଷ୍ମୀ ପାଣିଗଣ୍ଡୁ ଦେଲା ଗୋଡ ଧୋଇବାକୁ । ବସିବାକୁ ପାରିଦେଲା ମସିଣା । ସରାଗରେ କହିଲେ କଥା । ନିଜ ବିଷୟରେ ସତ ଲୁଚେଇ ଚଇତନ କହିଲା– "ଏ ଘରେ ରହୁଥିବା ସହଦେବ ବୁଢ଼ାର ଭଣଜା ସେ । ପୁଅ– ବୋହୂଠୁ ଅଲଗା ହୋଇ ଏଠିକି ଆସି ରହିଛନ୍ତି ।" ଗାଁ ଚଲଣି ଅନୁସାରେ ଲୋକବାକ

ତାଙ୍କ ଘରକୁ ତା'ପରେ ବୁଲି ଆସିଲେ । ଦୁଃଖ-ସୁଖ ହେଲେ ଆପଣାପଣ ଦେଲେ । ସେମିତି ଏକ ସୁନ୍ଦର ସାମାଜିକ ଜୀବନ ଚାହିଁଥିଲେ ସେ ଦି ପ୍ରାଣୀ । କିନ୍ତୁ...? କେତେଦିନ ଭୋଗ କରିପାରିଲେ ଜୀବନର ସେଇ ସୁନ୍ଦରତା ? ବେଶୀ ଦିନ ନୁହେଁ । ଲୁଚେଇଥିବା ସତଟି ଦିନେ ଉଡ଼ି ଆସିଲା । ଗାଁ ମାଟି ଛୁଇଁଲା । ବାସ୍- ସବୁ ଅଦଳବଦଳ । ହଜିଗଲା ସେଇ ସୁନ୍ଦରପଣ । ସତ ଜଣାପଡ଼ିବା ପରେ –

ହାରିଦେଲେ ସେମାନେ ଗାଁ ଲୋକଠୁ ପାଇଥବା ଆପଣାପଣ । ତା' ବଦଳରେ ପାଇଲେ ଛି-ଛାକର । ହତାଦର । ହାସ- ପରିହାସ । ଅଜାତିଆ । ବିଭା ନହୋଇ କେଡ଼େ ସାହସରେ ଏକାଠି ବସବାସ । ପାପ । ଘୋର ପାପ । ଏଭଳି ଲୋକ ଗାଁ ପାଇଁ ଅମଙ୍ଗଳ । ତାଙ୍କୁ ନେଇ ଶୁଭିଲା ଏମିତି କେତେ କଥା । ଅକଥା । ନୂଆନୂଆ ଗପ । ଖେଳି ବୁଲିଲା ଗାଁରେ । ପାଖ-ଆଖ ଗାଁ ବି ଗଲା । ସରପଞ୍ଚ ଖବର ଦେଲେ–

ତୁମର ଜାତି, ଗୋତ୍ର ଠିକ୍ ନାଇଁ । ଚରିତ୍ର ବି ଠିକ୍ ନାଇଁ, ଏ ଗାଁ ଛାଡ଼ି ତୁମେ ଚାଲିଯାଅ: ସରପଞ୍ଚ ପାଖକୁ ଯାଇ ଚୈତନ ଜବାବ୍ ରଖୁଲା–

ଜାତି କଥା ଉଠେଇବା ଠିକ୍ ନୁହେଁ ଆଜ୍ଞା । ମୁଁ ନାଲିସ୍ କରିପାରିବି । ଚରିତ୍ର କଥା କହିଲେ ଯେ- ଆମର ମନମିଶିଲା ଆମେ ଏକାଠି ରହିଲୁ । ଏଥରେ ଚରିତ୍ର ଖାରାପ ହୁଏନି । ଗାଁ ଲୋକଙ୍କୁ ବୁଝେଇ ଦିଅନ୍ତୁ ଏବେ ଜମାନା ବଦଲିଛି । ସମିଆ ବଦଲିଛି । ଜାତି-ଫାତି, ବିଭାଘର, ଚରିତ୍ରକୁ ଧରିବସିବା ସମିଆ ଆଉ ନାଇଁ । ଭୁଲିଯାନ୍ତୁ ସେସବୁ । ଗାଁର ଉନ୍ନତି ପାଇଁ ମତେ ଆପଣ ଯଉ କାମ ଦେବେ କରିବି– ଏ ଜାଗା ମୋର ଏ ଜାଗା ଛାଡ଼ି ମୁଁ ଯିବି ନାଇଁ...

ତା' କଥାରେ ଦମ୍ଭ ଥିବାର ଦେଖିଲେ ସରପଞ୍ଚ । ହଠାତ୍ ସେ କିଛି କହିଲେ ନାଇଁ, କିନ୍ତୁ ସେ ଦବିଯିବେ କେମିତି ? ଗାଁ ଲୋକଙ୍କୁ ନିଜର ପ୍ରଭୁପଣ ଦେଖେଇବା ଥିଲା- ଦେଖେଇଲେ । ଡେଙ୍ଗୁରା ନପିଟିଲେ ବି, ଆଇନ୍ର ଖିଆଲ୍ କରି ପରୋକ୍ଷ ଭାବେ ଲୋକଙ୍କୁ କହିଲେ ଯେ ତୁମେମାନେ ତା' ସାଙ୍ଗରେ ମିଳାମିଶା କରନା ମାନେ...... ସେ କଥା ଶେଷ ନ କଲେ ବି ଲୋକେ ବୁଝିଗଲେ । ଲକ୍ଷ୍ମୀ ଓ ଚୈତନକୁ ସେମାନେ ଏକ ଘରକିଆ କରିଦେଲେ । ଲକ୍ଷ୍ମୀ କାନ୍ଦି ପକେଇଲା ।

ଚାରିକୋଶ ବାଟ ଯାଇ ଚଇତନ ଥାନାରେ ରିପୋର୍ଟ କଲା । ଥାନାବାବୁ ବିଂଝାରପାଲି ଆସିଲେ ଫେରିଲା ପରେ କହିଲେ– ମିଛ ରିପୋର୍ଟ ଲେଖେଇବା ବି ଗୋଟେ ଅପରାଧ । ତେବେ ଦତେ ମାଫ୍ କରିଦେଲି ଯା: ଚଇତନ ବୁଢ଼ିଲା । ଲକ୍ଷ୍ମୀ ମନମାରି ବସିଲା । "ସରପଞ୍ଚ ତ ଆମଠୁ ପବନ, ସୁରୁଜ, ଜଙ୍ଗଲ ଆଉ ଝର୍କାକୁ ଛଡ଼େଇବନି । ସର୍କାରୀ ଚାଉଳ । ଅନ୍ୟ ଗାଁ ହାଟରୁ ଜିନିଷପତ୍ର କିଣି ଆମେ କ'ଣ ଚଳିଯିବାନି ? କଷ୍ଟହବ । ହଉ । ଆମେ କ'ଣ ଡରିଯିବା ? ଛାଡ଼ଭୁତ୍ ହେଇଯିବା ଆଇଁ...?

ଚଇତନ କଥାରେ ଲକ୍ଷ୍ମୀ ମୁହଁରେ ଫୁଲ ଫୁଟିଗଲା । କଷ୍ଟର ଜୀବନକୁ ଆଦରିନେଇ ସେ ଦିହେ ଚଳିଲେ । ଚଇତନର ଗିନି ବାଜିଲା । ଚାରିପାଖର ଶାଳ, ମହୁଲ, କେନ୍ଦୁ ଗଛର ଡାଳ ଆନନ୍ଦରେ ଝୁମିଉଠିଲେ । ଏମିତି ଚଳିବା ଭିତରେ ଦିନେ ହଠାତ୍– ଜଣେ ଆସିଲା ତାଙ୍କ ଘରକୁ ।

ସେ ଦିହିଁଙ୍କ ମଝିରେ ଠିଆ ହୋଇଗଲା ।

ଚଇତନ ଗିନି ସଫା କରୁଥିଲା । ଲକ୍ଷ୍ମୀ ହାତରେ ପାନିଆଁ । ଚମ୍‌କି ପଡ଼ିଲା ସେ । ସାମ୍ନାରେ କିଏ ? କିଏ ଇଏ ? ହଁ– ସେ ଭୁଲିଯାଇଥିବା ତା' ସେଇ ଝିଅ । ରାଗ ତମତମ ମୁହଁ । ଦେଖିଲା ସେ ତା ମା'କୁ । ହାତର କାଚଚୁଡ଼ିକୁ । ଶାଗୁଆ ଧଡ଼ିର ଶାଢ଼ୀକୁ । କହିଲା– : ଗାଁରେ ଯଉ ଢିବିଢିବି ବାଜୁଛି– ସତ ତା'ହେଲେ । ଏ ବୟସରେ ତୁଇ ଏଇ କାମ କଲୁ ? କୃଥ, ପୋଖରୀ ନଥିଲା ? ଧିକ୍... ଧିକ୍ ତତେ, ତୋର ସଉକିକୁ । କାହା ଆଗରେ ମୁହଁ ଦେଖେଇ ପାରୁନୁ ଆମେ । ହଉ.. ଏବେ ଚାଲ.. ଏ ଅଜାଟିଆକୁ ଛାଡ଼ିଦେ– ଏ ଚୂଡ଼ି, ଶାଢ଼ି ଖୋଲିଦେ... ଘରକୁ ଯାଇ ଜାତି ଭୋଜିତେ ଦେଇଦେଲେ ତୁଟିଯିବ ଅଡ଼ୁଆ...

ଦୁଲୁକିଗଲା ପାଦତଳର ମାଟି ଲକ୍ଷ୍ମୀ ପାଇଁ । ଧପ୍‌ଧପ୍ ହେଲା ଛାତି । ଆଖିଡୋଲା ଘୁରେଇ ଦେଖିଲା ସେ ଚଇତନକୁ । ଏବେ ସେ କ'ଣ କରିବ ? ଝିଅ କହୁଛି । ଏଇ ଲୋକକୁ ଛାଡ଼ିଦେ । ସତରେ ଏଇ ଲୋକଟି ତା'ର କେହି ନୁହେଁ । କିନ୍ତୁ, ତାକୁ ସେ ଘର ଦେଲା । ଛାଇରେ ରଖିଲା । ଶାଗୁଆ, ଲାଲ ରଙ୍ଗର ଶାଢ଼ି, ଚୂଡ଼ି ଦେଲା । କୋଶେ ବାଟରୁ ପାଣି ଆଣିଲା । କଥା କହିଲା ସରାଗରେ ।

ଗାୟତ୍ରୀ ସରାଫ୍

ଚଇତନ ଆଡ଼ୁ ନଜର ଫେରେଇ ଦେଖିଲା ସେ, ତା' ଝିଅକୁ । ଇଏ ତା' ଜନମ କଲା ଝିଅ । ଛଡ଼େଇନେଲା ତା'ଠୁ ତା' ଘରଦ୍ୱାର । ଭାତ ମୁଠାଏ ଦେଲା ସେ କେତେ କଟୁକଥା କହିଲା । ଶେଷରେ ଜ୍ୱାଁ ତାକୁ ତଡ଼ିଲାବେଲେ ପଦେ କିଛି କହିଲାନି, ତ– ନିଜର କିଏ ? ପର କିଏ ?

'ପର' ହୋଇ ବି ନିଜଠୁ ବଳି ନିଜର ଏଇ ଚଇତନ । ସେ ତା'ର ସାଥୀ । ବାକି ଦିନର ସାହା ଭରସା । ତାକୁ ଛାଡ଼ି ସେ ଯିବ କୁଆଡ଼େ ?

ସାମାନ୍ ବାନ୍ଧ । ମୋର ଡେରି ହେଉଛି: ତାଗିଦ୍ କଲା ସେ ।

ଖୋଲାବାଲରେ ଗଣ୍ଠିଟିଏ ପକେଇ ଲକ୍ଷ୍ମୀ, ଚଇତନ ପାଖକୁ ଘୁଞ୍ଚିଗଲା । କହିଲା ଭାରି ଦମ୍ଭରେ: ଇଏ ମୋ ଘର । ମୁଁ ଆଉ କୁଆଡ଼େ ଯିବି ? ରଙ୍ଗିଆ ଶାଢ଼ି ଓ ଚୂଡ଼ି ଆଉ ଖୋଲିବି ନାଇଁ । ତୁ ଯା– ତୋର ଡେରି ହେଉଚି ଯଦି...

ଓ... ଯିବୁନାଇଁ ? ଏ ଅଜାତିଆ, ରସିକ ବୁଢ଼ା ମନ୍ତର କରି ରଖିଛି ତତେ ତା'ହେଲେ ? ମନେ ରଖ, ତୁ ଆଜିଠୁ ମୋର କେହି ନୁହଁ । ତୋ ନାଁରେ ଶୁଦ୍ଧି ଘର କରିବି । ଗାଁ ଲୋକଙ୍କୁ ଭୋଜି ଖୁଆଇବି ।

ଗଲା ଫଟେଇ ସେ କହିଲା । ଚାଲିଗଲା ।

"ତା' ହେଲେ ଦୁନିଆଁ ପାଇଁ ମରିଗଲି ମୁଁ । ଏଥର ଖାଲି ତୋ ପାଇଁ ବଞ୍ଚିବିରେ ଚଇତନ" ଲକ୍ଷ୍ମୀ କହିଲା ।

କାନ୍ଦି କାନ୍ଦି ଭିତରକୁ ଗଲା ଆଉ ମୁଠେ ମୁଠେ ଚୂଡ଼ି ପିନ୍ଧି ପକେଇଲା । ଚୂଡ଼ିରେ ଚୁମା ଦେଲା । ବର୍ଷ ବିତିଲା ଏମିତି ଭାବରେ ।

ଶାଳ ଜଙ୍ଗଲର ରଙ୍ଗ ବଦଲିଲା । ଦୁଃଖର ମହଣେ ବୋଝେ ବୋହି ବି ଲକ୍ଷ୍ମୀ ଚଇତନ ଜୀବନର ଗୀତ ଗାଉଥିଲେ । କିନ୍ତୁ ସମୟ, ଥରେ ଥରେ ଜୀବନର ଗୀତକୁ ବେସୁରା କରିଦିଏ । ଆଉ ସେ ବେଳକୁ ନୂଆଗୀତ ଗାଇବାକୁ କଣ୍ଠରେ ସୁର ହିଁ ନଥାଏ ।

କଉଠି କିଛି ନାଇଁ । ହଠାତ୍ ଦିନେ ଲକ୍ଷ୍ମୀକୁ ଝାଡ଼ାବାନ୍ତି ଧରିଲା । ଥରେ ଥରେ ହୁଏ ଏମିତି । ଛାଡ଼ିଯାଏ । କିନ୍ତୁ ସେଥର କମିବାର ନାଁ ବି ଧରିଲାନି । ଗୋଡ଼, ହାତ ବସିଗଲା । ଚଇତନ ଭାରି ଯତନ କଲା । ଥରକୁ ଥର ଚିନି– ଲୁଣ

ଗୋଲି ପିଇବାକୁ ଦେଲା । ସାଗୁ ଦେଲେ ଟିକେ ବଳ ପାଇବ ଭାବି ଧାଇଁ ଧାଇଁ ଗଲା ଗାଁ ଦୋକାନ । ଦୋକାନୀ ତାକୁ ଦେଖି କହିଲା–

ଅଜାତିଆକୁ ଜିନିଷ ବିକିଲେ ମୋ ଜାତି ଯିବ... ଜିନିଷ ମାରା ହୋଇଯିବ । ତୁ ଯା ଏଠୁ:

"ସମିଆ କେତେ ବଦଲିଗଲାଣି । ଗାଁ ଲୋକ ଏଇ ଛୋଟ ଛୋଟ କଥା ପାଖରେ ଅଟକି ରହିଛନ୍ତି ସେ ଭାବିଲା । ଆସିଲା ଅଙ୍ଗନବାଡି କେନ୍ଦ୍ରକୁ । ଗାଁ ଲୋକ ସେଠି ତାକୁ ଛେକି ହେଲେ । ଔଷଧ ଆଣିବାକୁ ଦେଲେନି । ସେ ପ୍ରତିବାଦ କଲା । ପୁଣି ଧଇଁସଇଁ ହୋଇ ଆସିଲା ସରପଞ୍ଚ ଘରକୁ । ୧୦୮ ଗାଡି ପାଇଁ ଫୋନ୍ କରିବାକୁ ନେହୁରା ହେଲା । ହେଲେ ସେଠି ସେ କହିଲେ–

ଜାତି, କୂଳ ବୁଡେଇଛୁ । ବିଭା ନହେଇ ବୁଢ଼ୀକୁ ଆଣି ରଖୁଛୁ । ଅଧର୍ମୀ ଏଇନେ ସାହାଯ୍ୟ ମାଗୁଛୁ? ଯାହା ଏଠୁ । ଠିକା ନେଇଛି ମୁଁ ସଭିଙ୍କ ଜୀବନ ରକ୍ଷା ପାଇଁ... ଯା'... ପଲା:

ମୁଁ ନୁହେଁ ଆପଣ ଅଧର୍ମୀ ଆଜ୍ଞା... ସରପଞ୍ଚର କର୍ମ ଧର୍ମ ଆପଣ ଭୁଲିଛନ୍ତି... ଗାଁକୁ ଗୋଟେ ଭୁଲ୍ ବାଟରେ ନେଉଛନ୍ତି... ସୁଧୁରେଇ ନିଅନ୍ତୁ ନିଜକୁ ଆଜ୍ଞା... କହି କହି ସେ ଫେରିଆସିଲା ଖାଲି ହାତରେ ।

ଲକ୍ଷ୍ମୀ ପାଖରେ ବସିଲା । ପାଣି ପିଆଇଲା । ଶାଢ଼ି ବଦଲି କଲା । କେମିତି ଲାଗୁଛିରେ ଲକ୍ଷ୍ମୀ... ଆଖ୍ ଖୋଲ୍ । ଦେଖ୍ ମତେ । ୧୦୮ ଗାଡି ନଆସିଲା ନାଇଁ... ତତେ କ'ଣ ବୋହି ନେଇପାରିବିନି ଦୁଇ ମାଇଲ୍ ଦୂରର ଡାକ୍ତରଖାନା ? ଚାଲ୍ ଯିବା... ଉଠ୍... ଲକ୍ଷ୍ମୀ... ଉଁ... ସେ ଆଖ୍ ଖୋଲିଲା ଧୀରେ ।

ଚଇତନ ହାତରେ ଦେଲା ତା' ହାତ । ହିକ୍କା ଉଠିଲା । ପାଣି... ପାଣି ପି... ଲକ୍ଷ୍ମୀ । ସେ ପିଇଲା । କୋଳେଇ ନେଲା ତାକୁ ଚଇତନ । ଭଲ ହେଇଯିବୁ... ଆ.... ଯିବା...: ହିକ୍କା... ଗୋଡ଼ହାତ ଥଣ୍ଡା । ଶୀତଳ...

ଲକ୍ଷ୍ମୀ... ଏ ଲକ୍ଷ୍ମୀ...। ଉଁ ଚୁଁ ନାଇଁ ଆଉ । କଣ ହେଲା ?

ଛାତି ଚଲ୍ କଲା ଚଇତନର । ସେ ହାତ ରଖିଲା ତା' ନାକ୍ ପୁଟା ପାଖରେ । ପବନ ଯା-ଆସ ନାଇଁ । ଛାତିରେ ହାତ ମାରିଲା । ଧୁକ୍ ଧୁକ୍ ବି ନାଇଁ । ସେ

ଝୁଣ୍ଟେଇ ହେଲା । ପାଣିଗଡ଼ୁ ଢ଼ୁଲିଗଲା ତଳେ । ଦୂରରୁ ଶୁଭିଲା ଅଜଣା ଚଢ଼େଇର କାନ୍ଦଣା । ଡେଣା ଫଡ଼ଫଡ଼୍ । ଶୁଆ– ଶାରୀ ଯୋଡ଼ି ଭାଙ୍ଗିଗଲା । ଉଡ଼ିଗଲା ଶାରୀ କାହିଁ କେତେ ଦୂରକୁ ଶୁଆ ରହିଗଲା ଏକୁଟିଆ ।

ତଳେ ରଖିଲା ଲକ୍ଷ୍ମୀର ପ୍ରାଣହୀନ ଶରୀରକୁ ସେ । ଅତି ଯତନରେ । ଲକ୍ଷ୍ମୀ… ଲକ୍ଷ୍ମୀରେ… ଭାରି କରୁଣ ଶୁଭୁଥିଲା ସେ ଡାକ ଓ ତା' ପରର ଛାତିପିଟା କାନ୍ଦଣା । ଶାଳ, ସାଗୁଆନ, ମହୁଲ ଗଛରୁ ପତ୍ର, ଫୁଲ ଝଡ଼ିଗଲା କିନ୍ତୁ ଚୈତନ ଘର ଆଗରେ ଠିଆ ହେଇଥିବା ଲୋକଙ୍କ ମୁହଁରୁ 'ଆହା' ପଦଟେ ବାହାରିଲାନି । ସେଇ କାନ୍ଦ ଭିତରେ ଚୈତନ ସଫା ଧୋତିଟେ ଆଣି ଘୋଡ଼େଇ ଦେଲା ଲକ୍ଷ୍ମୀର ପ୍ରାଣହୀନ ଶରୀର ଉପରେ ।

ଓହୋ ! ମୁହଁ ଘୋଡ଼େଇ ମୁଁ କ'ଣ ଶୋଇପାରେ ? ଉକୁବୁକୁ ଲାଗେ । ଜାଣିନୁ ? ଉଠିବ କି ଲକ୍ଷ୍ମୀ କହିବ ? ନା… ସେ ନୀରବ । କେବେ କିଛି କହିବ ନାଇଁ ଆଉ….

ଏଥର ତାକୁ ମଶାଣିପଦା ନବାକୁ ହବ । କରିବାକୁ ପଡ଼ିବ କ୍ରିୟାକର୍ମ । ସେ ଅଛି । ଆଉ ତିନିଟା କାନ୍ଧ ଦର୍କାର । ଲୋକଙ୍କ ପାଖକୁ ସେ ଆସିଲା । କହିଲା–

ଭାଇମାନେ ! ଆସ, ତାକୁ ଏଥର ମଶାଣି ନେଇଯିବା: ପାଦମାନେ ଘୁଞ୍ଚିଗଲେ ପଛକୁ । ଆଉ ଚାଲିଗଲେ ଗାଁ ଭିତରକୁ । ବଦଳିଗଲା ପବନର ଗତି । ବଦଳିଲା ନାଇଁ ଲୋକଙ୍କ ମତି । ଚୈତନ ହତାଶ ହୋଇପଡ଼ିଲା । ମଡ଼ା କ'ଣ ପଡ଼ିରହିବ ? ଚୈତନ ତାଙ୍କ ପଛେ ପଛେ ଗଲା । ହାତ ଯୋଡ଼ି କହିଲା: ଏ ଅସମୟରେ ମତେ ଗାଁ ଭାଇ ସାହାଯ୍ୟ ନ କରିବେ ତ ଆଉ କିଏ କରିବ ?

ସମୟ ପାଦରେ କଣ୍ଟା ଫୁଟିଗଲା ।

ସେ ଗାଁ ଭିତରକୁ ଗଲା । ଘରକୁ ଘର । ତିନିଟା କାନ୍ଧ । ତିନିଜଣ ଲୋକ ପାଇଁ ନେହୁରା ହେଲା । କାକୁତିମିନତି କଲା । ଡାକିଲା କେତେ ଗୁଲ୍‌ଗୁଲା ହୋଇ । କିନ୍ତୁ କା'ର ହୃଦୟ ନଥିଲା । କୁଆଡେ ହଜିଯାଏ ହୃଦୟ ? ମଣିଷ ପଣିଆ । ହୃଦୟଟିଏ ଜରୁରୀ । ମଣିଷ ପଣିଆ ଅତି ଜରୁରୀ । ପାଖରେ ରଖିବାକୁ ହୁଏ ସେ ଦି'ଟା ଜିନିଷ । କିଏ ଚେତେଇବ ଲୋକଙ୍କୁ ? କିଏ ଦୂର କରିବ ସେମାନେ ପାଲିଥିବା ଅନ୍ଧଭାବନାକୁ ?

ସମୟ ଆଖ୍ଖରେ ଲୁହ ଟୋପା ଟୋପା ।

କାନ୍ଦ ମିଳିଲାନି । ମଣିଷପଣିଆ ମିଳିଲାନି ବୁଝିଲୁ ଲ...ଖ...ମୀ । ତୁ କ'ଣ ଏମିତି ପଡ଼ିଥିବୁ ? ନାଇଁ... ତୋ ପାଇଁ ମୁଁ ଅଛି । ଅଛି... ମୁଁ... ବୁଢ଼ା ହେଲିଣି... ତୁ କହିବୁ "ମତେ ମଶାଣିଯାଏ ବୋହି ନେଇପାରିବୁ" – ପାରିବିନି ? ପାରିବି । ଅଛି ତାକତ୍ । ମନକୁ ମନ କହିଲା ଚୈତନ । ରଶିଟେ ଖୋଜି ଆଣିଲା । ବାନ୍ଧିଲା ବେଳକୁ କାନ୍ଦିଲା । ହାତ ଅଟକିଗଲା । କେମିତି ବାନ୍ଧିବ... ଲକ୍ଷ୍ମୀକୁ ଏଇ ହାତରେ !

ଠିକ୍ ସେବେଳକୁ ଅଟକିଲା ତା' ଘର ଆଗରେ ମଟର ସାଇକଲ । କିଏ ? ସେ ଭାବିଲା । ମଜା ଦେଖିବାକୁ ଆସିଥିବା ଲୋକ ଭାବିଲେ । କିଏ ଜଣେ କହିଲା– ବୁଢ଼ାର ପୁଅ ହେଇଥିବ, ଆଉ କିଏ କହିଲା ବୁଢ଼ୀର ଜ୍ୱାଁ କି...

କିନ୍ତୁ ସେମିତି କେହି ସେ ନଥିଲା । ଥିଲା ଜଣେ ହୃଦୟବାନ ଯୁବକ । ସାରା ସଂସାର ତ ଆଉ ହୃଦୟଶୂନ୍ୟ ନୁହେଁ । ନିଷ୍ଠୁର କି ବିବେକହୀନ ନୁହେଁ । ଖବରଟି ଶୁଣିଲା ସେ । ଖଣ୍ଡେ ନୂଆ ଧୋତି ଆଉ ରଶିଟିଏ ନେଇ ଆସିଥିଲା । ଭିତରକୁ ଗଲାବେଳେ ଗାଁ ଲୋକ କହିଲେ: ତୁମେ କିଛି ବୋଧେ ଜାଣିନ ବାବୁ । ସେମାନେ ଅଜାତିଆ ବିଭା ନ ହୋଇ ଗୋଟେ ଘରେ ରହୁଥିଲେ... ବୁଢ଼ୀର ଲାସ୍ ଛୁଇଁଲେ ତୁମେ ଖାଲି ପାପ ଅର୍ଜିବ ।

ଓ ହୋ... ପାପ ଅର୍ଜିବି ତା'ହେଲେ... ?

ହଁ...ହଁ...ଯାଅନି ବାବୁ...

ଯିବି... ମୁଁ ପାପ ଅର୍ଜିବାକୁ ଚାହେଁ... ହେଲା ? ସେଇ କଥାରେ ବଳପାଇଲା ଚୈତନ । ଯୁବକ ଭିତରକୁ ଗଲା । ଲାସ୍‌କୁ ବାନ୍ଧିଲା ରଶିରେ । ଆଣି ପୁଣି ବାନ୍ଧିଲା ତାକୁ ତା' ମଟରସାଇକେଲ୍ କ୍ୟାରିଅରରେ । କଉଠୁ କେଜାଣି ଦୁଇଜଣ ସାମ୍ୟାଦିକ ଆସି ପହଞ୍ଚିଲେ । ଆଗରୁ, ପଛରୁ ଫଟୋ ନେଲେ । ଚାଲିଗଲେ । ମଟରସାଇକଲ ଚାଲୁ କରି ଯୁବକ ଚୈତନକୁ କହିଲା: ତୁମେ ମଶାଣିକୁ ଆସ: କାନ୍ଦ ନାଇଁ ।

ହଁ କାନ୍ଦଣାର ଲହର ନାଇଁ ।

ଲିଆ ନାଇଁ, 'ରାମନାମ ସତ୍ୟ ହେ' ନାଇଁ। ଲକ୍ଷ୍ମୀର ଲାସ୍ ଯାଉଥିଲା ମଟରସାଇକଲ ପଛରେ ବନ୍ଧା ହୋଇ। ହୃଦୟହୀନ, ବିବେକଶୂନ୍ୟ କିଛି ଲୋକ ଦେଖୁଥିଲେ ସେ ଦୃଶ୍ୟ ହୁଏତ ଉପଭୋଗ କରୁଥିଲେ।

ଚଇତନ ତା' ଧୋତି କୁଞ୍ଚରେ ପୋଛି ଦେଲା ଲୁହ। ରଫା, ଶାବଳ ଧରି ଗଲା ମଶାଣିପଦା। ସେଇ ଯୁବକ ସହ ମିଶି ଗାତଟେ ଖୋଳିଲା। ଦିହେଁ ତା' ଭିତରେ ମଡ଼ା ରଖିଲେ। ଘୋଡ଼ାଇ ଦେଲେ ମାଟି।

ଫେରିବାବେଳକୁ ଯୁବକର ହାତ ଧରି ଭୋଭୋ କାନ୍ଦିଲା ଚଇତନ। କହିଲା—

'ତୁମ ରଣ କେବେ ଶୁଝିପାରିବିନି ବାବୁ...'

ଯୁବକ ତା' ଗାମୁଛାରେ ତା' ଲୁହ ପୋଛିଲା। ଚାଲିଗଲା। ଥଣ୍ଡା ପବନ ଝଲକାଏ ବହିଗଲା। ପଛକୁ ଚାହିଁ ଚାହିଁ ଚଇତନ ଘରକୁ ଫେରିଲା।

ଆରଦିନ। ସକାଳ ପ୍ରାୟ ଦଶଟା ହେବ। ପୁଣି ଆସି ଗୋଟେ ମଟରସାଇକଲ ଅଟକିଲା ତା' ଘର ଆଗରେ। ସେଇ ବାବୁ ହେଇଥିବେ... ସେ ଭାବିଲା କିନ୍ତୁ ବାହାରକୁ ଆସି ଦେଖିଲା ସେ ନୁହଁନ୍ତି। ହାତରେ ଖଣ୍ଡେ ଖବରକାଗଜ ଧରି ସାମ୍ନାରେ ତା' ସାନପୁଅ।

ଚଇତନ ପାଖକୁ ସେ ଆସିଲା—

: ବାପା! ଖବରକାଗଜରୁ ସବୁ ପଢ଼ି ଆସିଲି। ଚାଲ ଏଥର ଘରକୁ ଯିବା:

: ହଁରେ ବାବୁ... ତୁ ଯେ ମୋ ପୁଅ, ଯାଇଥାନ୍ତି ତୋ ସାଙ୍ଗରେ, ତୁ ଯଦି ଆମ୍ବୁଲାନ୍ସ ଆଣି ମୋ ଲକ୍ଷ୍ମୀକୁ ଡାକ୍ତରଖାନା ନେଇଥାନ୍ତୁ—

: ଫେରିଥାନ୍ତିରେ ବାବୁ... ତୁ ଯଦି ଆସି କାନ୍ଧଟେ ଦେଇଥାନ୍ତୁ... ଏବେ ତୁ ଯା'... ସେ ତ ଚାଲିଯାଇଛି... ସେ କିନ୍ତୁ ଯିବାକୁ ଚାହିଁ ନଥିଲା– ମୋ ସହ ଆଉ କିଛି ବର୍ଷ ବଞ୍ଚିବାକୁ ଚାହିଁ ଥିଲାରେ...

: ଆଚ୍ଛା! ତୁମେ କ'ଣ ଏକା ଏଠି ଶୁଦ୍ଧିଘର କରିବ? ଗାଁ ଲୋକଙ୍କୁ ଭୋଜିଭାତ ଦବ?

: ନାଇଁ ସେସବୁକୁ ମୁଁ ମାନେ ନାଇଁ, କରିବି ନାଇଁ କିଛି । ଖାଲି ତାକୁ ମନେ ପକେଇବି

: ତ ଏଠି ରହି କରିବ କ'ଣ ? ପୁଅ ବିରକ୍ତ ହୋଇ ପଚାରିଲା ।

ଅତି ସହଜ ଭାବେ ଚଇତନ କହିଲା –

ସମିଆ ବଦଳିଛିରେ ବାବୁ । ଏ ଗାଁ ବଦଳିବ । ବଦଳିବେ ଲୋକବାକ । ବୁଢ଼ା ହେଲିଣି ମୁଁ ଜାଣେ, କିନ୍ତୁ ତାଙ୍କୁ ବୁଝେଇବି । ତାଙ୍କ ପଛରେ ଲାଗିବି । ଦିନେ ନା ଦିନେ ତ ସେମାନେ ଚେତିବେ । ଗାଁର ଅନ୍ଧାର ହଟିବ । ଆଉ କଉ ଲକ୍ଷ୍ମୀ କି ଚଇତନ ଏଠି ହଇରାଣ ହରକତ ହେବେ ନାଇଁ ବୁଝିଲୁ ?

ପୁଅ ଚାଲିଗଲା । ଭାବିଲା– 'ବୁଢ଼ା ପାଗଳ ହୋଇଗଲା' । ସେ ଗଲାପରେ, ଖିଆନାଇଁ ପିଆନାଇଁ ହଠାତ୍ ଗିନିହଲକ ଆଣି ଚଇତନ ବଜେଇବା ଆରମ୍ଭ କଲା । ଏମିତି ବଜେଇଲା ଯେ କମ୍ପିଉଠିଲା ମାଟି– ପାହାଡ଼ ମହୁଲ ଓ ଶାଳଜଙ୍ଗଲ ଓ ସାରା ବିଂଝାରପାଲି । ପକ୍ଷୀମାନେ ଫୁରର୍-ଫାର୍ ହୋଇ କୁଆଡେ ଉଡ଼ିଗଲେ । କିନ୍ତୁ ଆକାଶ ଦିଶୁଥିଲା ଟିକେ ଅଧିକ ନୀଳ ଓ ଉଜ୍ଜଳ ।

□□

# ଧାୟସାପଣରୁ ଏକ ମୂର୍ତ୍ତିଚିତ୍ର ଯାଏଁ

ଆଗରେ ବେଲଜିୟମ୍ ଗ୍ଲାସ୍ ଦର୍ପଣ । ରୂପଚର୍ଯ୍ୟା ପାଇଁ ଦାମୀ କମ୍ପାନୀର କସ୍‌ମେଟିକ୍ । ନୀଳ ସମୁଦ୍ର ଆଖିରେ ଆଇ ଲାଇନର । ଫୁଲର ଓଠରେ ଗୋଲାପୀ ଆଭା । କପାଳରେ ପଥରବସା ଲମ୍ବ ବିନ୍ଦି । ବେକରୁ ଲମ୍ବି ଆସିଛି ମୁକ୍ତାହାର । ମୁଦିରେ ବି ଧଳାମୁକ୍ତା । କାନରେ ମ୍ୟାଟିଂ ଇଅରଟପ୍ । ଦେହରେ ରୟାଲ୍ ବ୍ଲୁ'ର ଶିଫନ୍ ଜାମେୱାର କାମର ଶାଢ଼ି । ହାତରେ ବ୍ରେସ୍‌ଲେଟ୍ ।

ସନ୍ଧ୍ୟା ତଥାପି ଥିବ । ରାତି ଆସିବ ଆସିବ ହେଉଥିବ । ସେତିକିବେଳେ 'ଆସିୟାନା'ର ପ୍ରସାଧନ କକ୍ଷ ଆଲୋକିତ ହେବ । ରୂପାଲି ଆସିବେ । ଶିଙ୍ଗାର ପରେ ପରିଧାନ ବଦଳିବ । ଗହଣା ବି । ବଦଳିବ କେଶ ସଜ୍ଜା । ଠାଣୀ । ଚାହାଣୀ । ଶାଢ଼ିରେ ଯେଉଁ ଭଙ୍ଗୀମା ସାଲୱାର ସୁଟ୍‌ରେ ବଦଲିଯାଏ । ମୋତି ଗହଣାରେ ଯେଉଁ ମାଧୁରୀ, ସୁନାଗହଣାରେ ତା' ଅଲଗା ଲାଗେ । ଅଲଗା ଆଭା । ଶୋଭା । ସବୁରେ କିନ୍ତୁ ସେ ମନଲୋଭା । ଗୋଟେ ଦେହ କାଶ । ଆଉ ଏତେ ରଙ୍ଗ ! ଗୋଟେ ଚେହେରାର ସମୁଦ୍ର, ଏତେ ବର୍ଣ୍ଣର ତରଙ୍ଗ ଓ ଶୁଣିଲେ ମିଛ । ଦେଖିଲେ ସତ । ଆକାଶ ଓ ସମୁଦ୍ର କାଲେକାଲେ ଚହଲେଇ ଆସିଛି ହଜାରେ ପରିପକ୍ୱ ମନ । ଭରିଛି ତରୁଣ ଆଖିରେ ଅୟୁତ ସ୍ୱପ୍ନ ।

ଏଇ ଆକାଶ ଓ ସମୁଦ୍ର ବି ସେମିତି । ଚହଲେଇ ଦିଏ । ଦୋହଲାଇ ଦିଏ । ଭରିଦିଏ ସ୍ୱପ୍ନ । ଯିଏ ଦେଖେ, ଅବାକ୍ ହୁଏ । ଥରେ ଦେଖିଲେ ଆଉ ଥରେ ଦେଖିବାକୁ ଚାହେଁ । ସେ, ରାସ୍ତାରେ ଗଲେ, ତାଙ୍କ ଦେହ ବଲ୍ଲରୀର ବାସ୍ନାକୁ ପ୍ରଶ୍ୱାସରେ ଭରିନିଏ ପଥଚାରୀ । ବିମୋହିତ ହୁଏ ।

ଗାୟତ୍ରୀ ସରାଫଙ୍କ ପ୍ରେମଗଞ୍ଜ

'ଆସିୟାନା' ଛକରେ ରାତିମତ ଚର୍ଚ୍ଚା ।

ଏମିତିରେ ତ ସେ ସୁନ୍ଦରୀ । ହେଲେ ଗହଣା ପିନ୍ଧିଲେ ତାଙ୍କ ଦୁଧ-ଅଲତା ରଙ୍ଗ ଦେହ ଆହୁରି ଝଲସି ଯାଏନି ? ନୀଲ ସମୁଦ୍ର ଆଖିରେ ମସ୍କାରା ଦେଲେ ଆଖି ଦୁଇଟିରେ କେମିତି ଲକ୍ଷେ ଜୁଆର ଭରିଯାଏ, ଦେଖନ ? ପ୍ରସାଧନ ପରେ ସ୍ତନଯୁଗଳ କେତେ ସୁଢଳ, ଉନ୍ନତ ତ୍ୟ... । ସୁନ୍ଦରୀ ନାରୀର ସବୁଠୁ ମୂଲ୍ୟବାନ ସମ୍ପତି ଉପରେ ଆଖି ପଡ଼ିଲେ କିଏ ଆଖି ବୁଜିଦେବ କୁହ ତ ?

ସହରର ସବୁ ଶିକ୍ଷିତା ଓ ବୁଦ୍ଧିମତୀ ନାରୀମାନଙ୍କ ଈର୍ଷାର ଦେବୀ ହୋଇଛନ୍ତି ଏଇ ରୂପାଲି ରୂପେଲିକା । ସବୁ ପୁରୁଷଙ୍କ ପାଇଁ ସେ ରୂପେଲି ଜନ୍ମ । ପୁଣି ଏକ ସକାରାତ୍ମକ ବିଦ୍ୟୁତ ଛଟା, ଯାହା ଖେଳେଇଦିଏ ସବୁରି ପ୍ରାଣରେ ଉନ୍ମାଦନା ।

ସେଇ ରୂପାଲି ଓରଫ ରୂପେଲିଗଙ୍ଗା ଓରଫ୍ କୌଣସି ସଂଜ୍ଞା ନଥିବା କେବଳ ରୂପା, ପ୍ରସାଧନ ପରେ ଆସି ବସିଛନ୍ତି ସେଇ ପ୍ରକୋଷ୍ଠରେ, ଯେଉଁଠି ସେ ଅତିଥିମାନଙ୍କୁ ଭେଟନ୍ତି । ସାମ୍ୟାଦିକମାନଙ୍କୁ ସାକ୍ଷାତକାର ଦିଅନ୍ତି । ବିଦେଶୀ ଗବେଷକଙ୍କ ସାଙ୍ଗରେ ପରାମର୍ଶ କରନ୍ତି । ଘରର ଗୋଟିଏ କୋଣରୁ ଭାସିଆସୁଛି ତରାସିଆଙ୍କ ବଂଶୀବାଦନର ମିଠା ଧ୍ୱନ୍ । ଯାହା ଜଣକୁ ଡାକି ନେଇପାରେ ଯମୁନା କୂଳ । କଦମ୍ବମୂଳ । ରୂପାଲି ତ ସହଜେ ତେଜମୟୀ । ଆଖି ବୁଜିଦେଲେ କେତେବାଟ ସେ କୃଷ୍ଣମନା ଯମୁନା ?

ଏ ସହର ହାଇମାରି ଯେତେବେଲେ ନିସ୍ତେଜ, ରୂପାଲି ଦିଶନ୍ତି ଫୁଟିଲା ଫୁଲ ପରି ସତେଜ । ଆସି ଠିଆ ହେବେ ସେ ବାଲ୍ କୋନିରେ । କିୟା ତାଙ୍କ ରୁଫ୍ ଗାର୍ଡେନ୍‌ରେ । ଦେଖିବେ ଜନ୍ମ-ତାରାର ଆକାଶ । ମହାକାଶ ବିଜ୍ଞାନରେ ଗବେଷଣା କରିଥିବା ରୂପାଲିଙ୍କ ଆଖିରେ କିନ୍ତୁ ବୈଜ୍ଞାନିକା ଆଖିର ଜିଜ୍ଞାସା ନଥବ । ଅବ ଏକ ବିହ୍ୱଲ ଭାବ । ଭଲଲାଗେ ତାଙ୍କୁ ଜନ୍ମତାରାକୁ ନେଇ ଆକାଶରେ ବସିଥିବା ମେହେଫିଲ୍ । ମେହଫିଲକୁ ଶୁଣାଉଥିବା ଥୁରି ପବନର ଗଜଲ । ହେଲେ ସୁନ୍ଦରକୁ ଅସୁନ୍ଦର କରିବା ପାଇଁ ଥାଏ କିଛି ସ୍ୱର । ବିହ୍ୱଲ ଭାବ ବି କିଛି ଲୋକଙ୍କୁ ଦିଶେ କୁସ୍ରିତ, କଦାକାର । ରୂପାଲିଙ୍କ ସେଇ ବିହ୍ୱଲ ଭାବ କିଛି ଲୋକଙ୍କୁ ଭଲ ଦିଶେ ନାଇଁ । କଥା ସାଙ୍ଗରେ ଅପକଥା । ଚର୍ଚ୍ଚା ସାଙ୍ଗରେ ଅପଚର୍ଚ୍ଚା ଉଡ଼ିବୁଲେ । 'ସୁନ୍ଦରୀ ଜଣକ ଏକା ରହନ୍ତି । ରାତିରେ ସଜେଇ ହୁଅନ୍ତି । ବାଲ୍‌କୋନିରେ ବୁଲନ୍ତି । କେତେ

ଲୋକଙ୍କ ଯିବା ଆସିବା ତାଙ୍କ ଘରକୁ । ସେ ବି ତ କୁଆଡ଼େ କୁଆଡ଼େ ଯାଆନ୍ତି । ଫେରନ୍ତି ଗଦାଗଦା ଫୁଲ ନେଇ ଦାମୀ ଗାଡ଼ିରେ । ଆସିୟାନାରେ ଆଗରୁ ଯିଏ ରହୁଥିଲା, କୁହାଯାଉଥିଲା ତାକୁ ବେଶ୍ୟା । ଏ ସୁନ୍ଦରୀ ବି ତାହା ହିଁ ହେଇଥିବେ । ନିଶ୍ଚିତ ସେ ବହୁପୁରୁଷ ଭୋଗ୍ୟା । ନିଆଁ ହେଇ ଡାକି ଆଣୁଥିବେ ପତଙ୍ଗମାନଙ୍କୁ । ଜାଳୁଥିବେ ମତୁଆଲା କରିଦେଇ । ଆସିୟାନା ଭିତରେ କୁଆଡ଼େ ରହିଆସିଛି ଦେହଖେଳର ଏକ ମଖମଲି ପଡ଼ିଆ ।' ଆହୁରି ଏମିତି କେତେ କେତେ କଥା ।

ତାଙ୍କ ଭିତରୁ ଜଣକୁ ଯଦି ପଚରାଯିବ : ତୁମେ ଯା' କହୁଛି ତା' କ'ଣ ସତ ? ନିଜେ ଦେଖିଛ ସେ କୁକର୍ମ ? ଅଛି କି ପ୍ରମାଣ ପୋଲିସ୍ ଓ ପ୍ରଶାସନ ପାଖରେ ?

ସେ ଜଣକ ଇତଃସ୍ତତଃ ହୋଇଯାଏ । ହଁ କରେନା ଦମ୍ଭର ସହ ।

ସେତେବେଳେ ସେ ଲୋକଙ୍କୁ ବଡ଼ପାଟିରେ କହିବାକୁ ଇଚ୍ଛା ହୁଏ : ତୁମେ କ'ଣ ଜାଣିବ ସେ କିଏ ? କେତେ ଉଚ୍ଚତାର ନାରୀ ? ଯାଅ, ଅନ୍ଧ, ମୂକ, ବଧିର ସ୍କୁଲ୍ର ସେଇ ବତିଶ୍ ଜଣ ପୁଅଝିଅଙ୍କୁ ପଚାରି ଆସ ସେମାନେ କହିବେ, ସେ କିଏ । ବୃଦ୍ଧାଶ୍ରମର ପରିତ୍ୟକ୍ତ ବାପା–ମା'ଙ୍କଠୁ ବୁଝିଆସ, ସେ କିଏ । ଜଣେ ଦୁର୍ନୀତିଗ୍ରସ୍ତ ଅଫିସର, ହୃଦୟ ହଜେଇଥିବା ଜଣେ ପୋଲିସ୍ ଅଫିସର କହିବେ ରୂପାଲି ମ୍ୟାଡାମ୍ କିଭଳି ତାଙ୍କ ପାଇଁ ଏକ ଚେତାବନୀ, ଦିଗଭ୍ରାନ୍ତ ଯୁବକଟିଏ କହିବ କା'ଠୁ ଦିଗ ପାଇ ସଲଖିଛି ସେ ।

ପାଠକେ ଏତେ ସମୟ ଧରି ଭାବୁଥିବେ ରୂପାଲି ଏତେ ରୂପବତୀ, ଗୁଣବତୀ, ହୃଦୟବତୀ, ବିଦେଶରେ ଗବେଷଣା କରିଥିବା ଯୁବତୀ ତ ଏଇ ଅଖ୍ୟାତ ସହରରେ ଖାଲି କ'ଣ ସମାଜସେବା ପାଇଁ ରହନ୍ତି ସେ ପୁଣି ଆସିୟାନା ନାମକ ଏକ କୋଠିରେ ?

କହିଦିଏ ।

ସତ କହିବି । ବିଶ୍ୱାସ କରନ୍ତୁ । ରୂପାଲିଙ୍କ ଭିତରେ ମୁଁ ସତ ହିଁ ଖୋଜିଛି । ସତ୍ୟରେ ଯେଉଁ ଆଲୁଅ, ଯେଉଁ ତେଜ ଟିକକ ଥାଏ, ତାହା ମୁଁ ତାଙ୍କଠି ଦେଖିଛି ।

କଥାଟି ଏମିତି –

ଖୁବ୍ କମ୍ରେ କହୁଛି ।

କିଶୋରୀ ଦିନରୁ ଏକ ସଡ଼କ ଦୁର୍ଘଟଣାରେ ବାପା-ମା'ଙ୍କୁ ହରେଇଥିଲେ ଏଇ ରୂପାଲି । ଝିଅର ବୋଝ କିଏ ବୋହିବ ? ବନ୍ଧୁ, ଆମ୍ୟାୟସ୍ୱଜନ ଦୂରକୁ ଘୁଞ୍ଚିଗଲେ । ଆହା କହି କେହି ମୁଣ୍ଡ ଉପରେ ହାତ ରଖ ନଥିଲେ । ହେଲେ କେହି ନା କେହି ତ ଥାଏ । ଆହା ପଦ କହି ମୁଣ୍ଡରେ ହାତ ରଖେ । ଆଉଁସି ପକାଏ । ପିତା-ମାତା ଶୂନ୍ୟ କିଶୋରୀକୁ କୋଳେଇ ନେବାକୁ ଆସିଥିଲେ ଜଣେ କୁମାରୀ ନାରୀ । ପ୍ରଚୁର ସ୍ନେହ ଓ ସଂସ୍କାର ଦେଇ ତାଙ୍କୁ ପାଳିଲେ । ସ୍ୱଚ୍ଛ ରୋଜଗାର ଭିତରେ ବି ସୁଖ-ସୁବିଧା ଦେଲେ । ସେ ପଢ଼ିଲେ । କୃତିତ୍ୱର ପାହାଚ ଚଢ଼ି ଉପରକୁ ଉଠିଲେ । ତାଙ୍କ ପ୍ରତିଟି ସଫଳତାବେଳେ ପାଲିତା ମା' ଭୁଲି ଯାଉଥିଲେ ଯେ ସେ କୁମାରୀ । ସେ ତାଙ୍କୁ ଜନ୍ମ ଦେଇନାହାନ୍ତି । ପଚାରୁଥିଲେ : 'କହ ମା' ଆଉ କ'ଣ ପଢ଼ିବୁ ?' ସେତେବେଳକୁ ତାଙ୍କ ସ୍ୱାସ୍ଥ୍ୟ ଭାଙ୍ଗିବା ଆରମ୍ଭ କରିଥିଲା । ତାଙ୍କ ନିଃଶ୍ୱାସ ରୁନ୍ଧି ହୋଇ ପଡ଼ୁଥିଲା । ବେଳେବେଳେ ସେ ଅଚେତ ହୋଇ ପଡ଼ୁଥିଲେ । ଚେକ୍‌ଅପ୍‌ ପରେ ଜଣାପଡ଼ିଲା ଦୁଇ କିଡ୍‌ନି ତାଙ୍କର ଅଚଳ । ଚିକିସା ଚାଲିଲା । ହେଲେ ନିୟମିତ ଡାଇଲିସିସ୍‌ ପାଇଁ ସମ୍ବଳ ନଥିଲା । ତେଣୁ ଖାଲି ଯନ୍ତ୍ରଣା ଓ ଥିଲା ମୃତ୍ୟୁ ପାଇଁ ଅପେକ୍ଷା । ରୂପାଲି ଡାକ୍ତରଙ୍କୁ କହିଥିଲେ : ମୋର ଗୋଟିଏ କିଡ୍‌ନି ନେଇ ମା'କୁ ବଞ୍ଚେଇ ଦିଅନ୍ତୁ । ତାଙ୍କ ଛଡ଼ା ମୋର ଆଉ କେହି ନାହାନ୍ତି ।

ସେ ଆଦୌ ରାଜି ହେଲେ ନାଇଁ । ତାଙ୍କ ହାତରେ ରୁମାଟିଏ ଦେଇ କହିଲେ : ମୋ ସମୟ ସରିଯାଇଛି ଧନ । ବ୍ୟସ୍ତ ହ'ନା ମୋ ପାଇଁ ।

ସେ ମା'ର କପାଳ ଆଉଁସିଦେଲେ । ଗୋଡ଼, ହାତ ସାଉଁଲି ପକେଇଲେ । ଛାତି ଉପରେ ଆସ୍ତେ ମୁଣ୍ଡ ରଖି କାଁ କାଁ କାନ୍ଦିଲେ ।

: ଏକା ଏକା ବଞ୍ଚୁ ଶିଖିନାଇଁ ମା' । କେମିତି ବଞ୍ଚିବି କହ ତ ?

ଦୂରରେ ଅଜଣା ପକ୍ଷୀଟିଏ ଗୁମୁରୁଥିଲା । ମା' କହିଲେ — ତୋ ପାଠ ତତେ ସବୁ ଶିଖେଇବ । ଉଠ୍‌ । ମୋ ପାଖରେ ଏ ଚଉକିରେ ବ' । ଶେଷ କଥାଟିଏ । କହିଦେଇ ଯିବି ।

ଶେଷ କଥା ! ରୂପାଲି ଛାତିରୁ ମୁଣ୍ଡ ଉଠେଇ ଚଉକି ଟାଣି ବସିଲେ । ଆଶ୍ଚର୍ଯ୍ୟ ହୋଇ ସେଇ ମମତାମୟୀଙ୍କୁ ଚାହିଁଲେ, ଯିଏ ତାଙ୍କର କେହି ନୁହନ୍ତି

ଅଥଚ ସବୁକିଛି । ରୂପାଲିଙ୍କ ଅଲିଅଲ ମୁହଁ ଚାହିଁ ସେ କହିଲେ ଧୀରେ... ରହି ରହି ।

: ତୁ ତ କେତେ ପାଠ ପଢ଼ିଛୁ ମା' । ବିଚାର କରିବୁ । ତା'ପରେ ଯାହା କରିବୁ... ଜୋର ନାହିଁ...ତୋ ଇଚ୍ଛା...

କାଶ ଉଠିଲା । ସେ ଅଟକିଲେ । ରୂପାଲି ପାଣି ପିଆଇଲେ । ପଚାରିଲେ : କଷ୍ଟ ହେଉଛି ମା' ? ଥାଉ...ପରେ କହିବ ।

: ଆଉ ପରେ କେତେବେଳେ ? କହି ନପାରିଲେ ଅବସୋସ ନେଇ ଯିବି ଯେ...ମା'ରେ ଯେଉଁ ପରିବାରରେ ମୋର ଜନ୍ମ ସେଠି ଗୋଟେ ଚଳଣି ରହିଛି । ଝିଅ ଥିଲେ, ବେଶ୍ୟାବୃତ୍ତି କରିବ । ମୁଁ ଦୁଇବର୍ଷ ସେ ବୃତ୍ତିରେ ଥିଲି । ତୁ ମୋ ଝିଅ । ନିୟମ କହୁଛି ତୁ ସେ ବୃତ୍ତି କରିବା କଥା । ହେଲେ ବହୁତ ପାଠ ପଢ଼ିବୁ ତୁ । ମୁଁ ଚାହେଁ ସମାଜରେ ତୋର ନାଁ ହେଉ । ଯଶ ହେଉ । ତୋ ସମ୍ମାନ ରହୁ...

କହୁ କହୁ ସେ ଧଇଁସଇଁ ହେଲେ । ରୂପାଲି ଔଷଧ ଦେଲେ । ଛାତି ଆଉଁସି ଦେଲେ । ସେ ପୁଣି କହିଲେ କଷ୍ଟରେ –

: କିନ୍ତୁ ଏପଟେ ଆମ ପ୍ରଥା । ବୃତ୍ତି ନକଲେ ବି ଖାଲି ଧର୍ମ ପାଳିଲେ ହେଲା । ଏଠୁ ପ୍ରାୟ ଦୁଇଶ' କିଲୋମିଟର ଦୂରରେ ଗୋଟେ ଛୋଟ ସହର– 'ଧରମପୁର' । ' ଆସିୟାନା' ନାଁ ରେ ସେଠି ଅଛି ଗୋଟେ ବେଶ୍ୟାଳୟ । ଯାହା ଅନାଥ, ଅସହାୟ, ବେସାହାରା ଝିଅମାନଙ୍କ ଆଶ୍ରୟସ୍ଥଳୀ । ସେଠି କେହି ଦଲାଲ୍ ନଥିଲେ । କାହାର ଆଦେଶ କି କଟକଣା ନଥିଲା । ଯିଏ ଚାହିଁଲା ସେ ବୃତ୍ତିରେ ରହିଲା, ନହେଲେ ଖାଲି ଧର୍ମ ପାଳନ କଲା । ମାନେ କୁମାରୀ ରହିବ, ରାତିରେ ଶୃଙ୍ଗାର କରିବ... ଏବେ କର୍ପୂର ଉଡ଼ିଯାଇ କନା ଖଣ୍ଡକ ପଡ଼ିରହିଲା ଭଳି ଆସିୟାନାର ଅବସ୍ଥା । ଯଦି ଚାହିଁବୁ ମା' ସେଠିକି ଯିବୁ । ମୋର ବୃଦ୍ଧା ମାଉସୀ ଆଉ ସକ୍ଷମ ନୁହେଁ ତା' ଦାୟିତ୍ୱ ନବାକୁ...

ପାଲିତା ମା'ଙ୍କ ଶେଷ ଇଚ୍ଛା ।

ଠିକ୍ ଦୁଇଦିନ ପରେ ତାଙ୍କ ଶେଷ ନିଃଶ୍ୱାସ ।

ଭାରି ଏକଲା ହୋଇଗଲେ ରୂପାଲି ଶୁଦ୍ଧିକ୍ରିୟା ସାରି । ପଢ଼ାପଢ଼ି, କାମଦାମ, ନେଟ୍ କାହିଁରେ ଲାଗିଲାନି ମନ । ମା'... ମା'... ମା'ଗୋ । ସବୁଠି ସେ ।

ସବୁରେ ତାଙ୍କ ସ୍ୱର । ତାଙ୍କ ସ୍ମୃତି । ତାଙ୍କ ଶେଷ କଥା । ସେ କ'ଣ କରିବେ ? ସେ କିଛି କରି ନପାରି ଅସ୍ଥିର, ଅଶାନ୍ତ, ଅମନଯୋଗୀ ଜଣା ପଡ଼ିଲେ ।

ପ୍ରାୟ ମାସେ ପରେ ଉଚ୍ଚତର ଗବେଷଣା ପାଇଁ ଫେଲୋସିପ୍ ପାଇ ସେ ଆମେରିକା ଗଲେ ପଡ଼ୋଶୀ ମାଉସୀଙ୍କୁ ଘର-ଦ୍ୱାର ଜିମା ଦେଇ । ଫେରିବା ପରେ ଆସିଲା କିଛି ଜବ୍ ଅଫର୍ । ମେଟ୍ରୋ ଲାଇଫ୍ । ଆକର୍ଷଣୀୟ ସ୍ୟାଲେରୀ । କିନ୍ତୁ ତାଙ୍କ ଉପରେ ଯେଉଁ ମାତୃ ଋଣ ରହିଛି ଶୁଝି ହେବ ସେଇ ସ୍ୟାଲେରୀରେ ? ସେ ଭାବିଲେ । ଦିନରାତି ଭାବିଲେ । ଅନ୍ତରାମ୍ମାକୁ ପଚାରିଲେ । ମା' ଡାକୁଥିବା ସେ ମହିଲାଙ୍କ ସହ କ'ଣ ତାଙ୍କ ସଂପର୍କ ? ଅଥଚ ସାରା ଜୀବନ ସେ ମାନନୀୟା ଯୁଝିଲେ ତାଙ୍କୁ ଶୁଭ୍ର, ସମ୍ଭ୍ରାନ୍ତ ଓ ଉଚ୍ଚଶିକ୍ଷିତା କରିବା ପାଇଁ । କିନ୍ତୁ ସେ କ'ଣ କଲେ ତାଙ୍କ ପାଇଁ ? କିଛି କରିବା ଆଗରୁ ସେ ଚାଲିଗଲେ । ଶେଷ ଇଚ୍ଛା କହିଲେ କିନ୍ତୁ ଜୋର କଲେ ନାଇଁ । ସେ ଇଚ୍ଛା କ'ଣ ସେ ପୂରା କରି ପାରିବେ ? 'ଆସିୟାନା'ର ଜୀବନ ବଞ୍ଚି ପାରିବେ ?

ଛାତିରେ ପଥର ପକେଇ ସେ ନିଷ୍ପଭି ନେଲେ, ସେ 'ଆସିୟାନା'ରେ ହିଁ ରହିବେ । ବ୍ରାହ୍ମଣୀର ଝିଅ ବ୍ରାହ୍ମଣୀ, ମାଲୁଣୀର ଝିଅ ମାଲୁଣୀ । ବେଶ୍ୟାର ଝିଅ ବେଶ୍ୟା । ହେଲେ ସେଇ କର୍ମଟି ସେ କରିବେନି । ଧର୍ମଟି ଖାଲି ପାଳିବେ । ବିଶ୍ୱରେ ପ୍ରଚାର କରିବେ ମହିଲାମାନଙ୍କ ଦୁଃସ୍ଥିତି ବିଷୟରେ । ଜଗତକୁ ଦେବେ ନୂତନ ଆଲୋକର ଧାରା ।

ବନ୍ଧୁ, ଶୁଭେଚ୍ଛୁ, ପ୍ରଫେସର, ଗବେଷକ ସମସ୍ତେ ଆଶ୍ଚର୍ଯ୍ୟ । କି ପ୍ରକାର ନିଷ୍ପଭି ? ଜବ୍ ଛାଡ଼ି, କ୍ୟାରିଅର୍ ଛାଡ଼ି ତୁଚ୍ଛ ଆବେଗ ପଛରେ କିଏ ଧାଏଁ ?

ହେଲେ ସେ ଅଟଳ । ମା' ଓ ତାଙ୍କ ଇଚ୍ଛାଠୁଁ ଆଉ କ'ଣ ବଡ଼ ? ସେ ଠିକ୍ କଲେ ଦେଶ ବିଦେଶ, ମହାଦେଶ ଘୁରିବେ ଭ୍ରମଣକାରୀ ଅଧ୍ୟାପିକା ହୋଇ ହେଲେ କେଉଁଠି ଅଟକିବେ ନାଇଁ । ସେ ଫେରିବେ । ଆସିୟାନାରେ ରହିବେ । ଘର ଝାମେଲା ତୁଟେଇ, ନିଜ ନାଁରେ ଥିବା ପ୍ରପର୍ଟିର ଅଧିକାର ନେଇ ସେ ଆସିଲେ ଧରମ୍‌ପୁର । ଆସିୟାନାର ସହର । ଖୋଜିନେଲେ ତାଙ୍କ ନୂଆ ଠିକଣା । ନୂଆ ଘର । ସେଠି ରହିଥିବା ସଂପର୍କୀୟ ଆସି କବାଟ ଖୋଲିଲେ । ଦେଖିଲେ ସାମ୍ନାରେ ଜଣେ ଯୁବତୀ । ଦାଉଦାଉ ଜଲୁଥିବା ରୂପ । ସେ ଆଶ୍ଚର୍ଯ୍ୟ । ଏଠି ତାଙ୍କ ପାଖରେ

କ'ଣ ତା'ର କାମ ? ତାଙ୍କୁ ସେ କହିଲେ ମା'ଙ୍କ କଥା । ତାଙ୍କ ଶେଷ ଇଚ୍ଛାର କଥା ଆଉ ଦମ୍ଭିଲା ସ୍ୱରରେ କହିଲେ-

: ଏଠିକି ରହିବା ପାଇଁ ଆସିଛି । ରହିବି ଏଠି ମୁଁ ସାରା ଜୀବନ:

ଜିନିଷ ପତ୍ର ନେଇ ସେ ଭିତରକୁ ଆସିଲେ । ବନ୍ଦ ପଡ଼ିଥିବା ଝରକା କବାଟ ଖୋଲିଲେ । ପବନ ବହିଲା । ଆଲୁଅ ଆସିଲା । ଚଢ଼େଇ କଥା ଶୁଭିଲା । ଆସିୟାନା ପୁଣି ଚାଲିବ ଭାବି ସଂପର୍କୀୟା ଆଈ ଭାରି ଖୁସିହେଲେ । ଖୁସିର ସେ ଭାଷା ପଢ଼ିନେଇ ରୂପାଲି

କହିଲେ-

: ଚାଲିବ ଆସିୟାନା କିନ୍ତୁ ଭିନ୍ନ ରୂପରେ । ଲୋକେ ଏ ଘରର ନାଁ ନେବେ ପରମ ଶ୍ରଦ୍ଧାରେ । ଆସିବେ ଏଠିକି ନୂଆ ଦିଶାର ଆଶାରେ । ବେସାହାରାର ସାହାରା, ନିରାଶାର ଆଶା ହେବ ଏଇ ଆସିୟାନା । ହେଲା ବି । ଯୋଜନା ମତେ ସବୁ ଠିକ୍‌ଠିକ୍‌ ହେଇଆସିଲା । ଧୀରେ ବହିଲା ପବନ, ଧୀରେ ଫେରିଆସିଲା ଅନ୍ଧାର । ଫର୍ଷା ଲାଗି ଆସିଲା ଆକାଶ । ବୁଦ୍ଧିଜୀବୀ, ଶିକ୍ଷିତ ଯୁବଗୋଷ୍ଠୀ ସଚେତନ ମହିଲା ତାଙ୍କୁ ଚିହ୍ନିଲେ । ପାଖକୁ ଆସିଲେ । ସେ ଗଲେ ସେମାନଙ୍କ ପାଖକୁ । ସଭା ସମିତିକୁ । ଆୟୋଜନ କଲେ ସେ ଆଲୋଚନା ଆସର । ପ୍ରଶାସନ ପାଖରେ ପହଞ୍ଚେଇଲେ ଲୋକଙ୍କ ସ୍ୱର ।

ହେଲେ — ସମୟ ତ ବଦଲିଯାଏ ନାଇଁ ହଠାତ୍ ।

ସମାଜ ସହଜେ ସୁଧୁରି ଯାଏ ନାଁ । ମୁହୂର୍ତ ମୁହୂର୍ତକୁ ନେଇ ସେ କଲେ ସାଧନା । ତଥାପି ଚାଲେ ତାଙ୍କୁ ନେଇ ନିନ୍ଦା-ଅପବାଦ, ଚର୍ଚ୍ଚା– ଅପଚର୍ଚ୍ଚା । ସେ ବାହାରକୁ ବାହାରିଲେ, ବାଲକୋନିରେ ଠିଆହେଲେ କେବେକେବେ ଚଗଲା ପିଲା ହ୍ୱିସିଲ୍ ମାରନ୍ତି । ଦେବୀପୂଜା ବେଳକୁ ଘଣ୍ଟ ଶଙ୍ଖ ବଜେଇ ଲୋକେ ତାଙ୍କ ଘର ଆଗରୁ ମାଟି ନିଅନ୍ତି । ବେଶ୍ୟାଳୟରେ ଯିଏ ରହେ ସେ ବେଶ୍ୟା । କହନ୍ତି କେତେ ଲୋକ ।

ଏହା ହିଁ ଥିଲା ସେ ସତ୍ୟ । ଯା' ପାଇଁ ସେ ରହିଲେ ଏ ସହର 'ଆସିୟାନା'ରେ । ତନୁମନରେ ରୂପସୀ । ଆସିୟାନାର ସ୍ୱରୂପ ବଦଲେଇଥବା

ରୂପସୀ ରୂପାଲି ସତରେ ଏକ ଅସମାପ୍ତ ଆଲୋଡ଼ନ । ଉତ୍ସବ ମାନଙ୍କର ମୁଖ୍ୟ ଆକର୍ଷଣ । ତାଙ୍କ ଆସିବାରେ ଟିକେ ଡେରିହେଲେ, ସବୁରି ମନରେ ଅନୁଚ୍ଚାରିତ ପ୍ରଶ୍ନ ଉଠେ—

: ରୂପାଲି ମ୍ୟାଡ଼ାମ୍ ଆସୁଛନ୍ତି ତ ?

ବହୁ ବିଶ୍ୱବିଦ୍ୟାଳୟର ଭ୍ରମଣକାରୀ ଅଧ୍ୟାପିକା ହିସାବରେ ସେ ଯେତେବେଳେ ବିଦେଶ ଯାତ୍ରା କରନ୍ତି, ସାମ୍ୟାଦିକମାନେ ତାଙ୍କୁ ଶୁଭେଚ୍ଛା ଜଣେଇ ସେ ସଂକ୍ରାନ୍ତୀୟ ବହୁ ପ୍ରଶ୍ନ ପଚାରନ୍ତି । ତାଙ୍କ ବକ୍ତବ୍ୟ ଛାପିବା ପାଇଁ ତତ୍ପର ହୁଅନ୍ତି । ଏମିତି ସେ । ସେଇ ରୂପେଲି ଗଙ୍ଗା ।

ଯିଏ ଜହ୍ନରାତିର ତମାମ ନିରୀହପଣର ଏକ କୋମଳ ମୃଦୁ ଆଲାପ ।

ଅନେକ ସମୟରେ ସେଇ ମହିୟସୀଙ୍କୁ ସେ ମନେ ପକେଇ ଭାବନ୍ତି । ସେ ପାଲିତ ନୁହନ୍ତି, ତାଙ୍କ ପ୍ରକୃତ ମା' । କାରଣ ତାଙ୍କ ଭିତରେ ସେ ହିଁ ଭରିଛନ୍ତି ଯେତେସବୁ ସଂସ୍କାର, ଯାହା ଜୀବନକୁ ଶୁଭ୍ର, ସୁନ୍ଦର କରେ । ମଣିଷକୁ ମଣିଷ ପଣିଆ ଶିଖାଏ । ରାତିରେ, ତାରାମାନେ ହ‌ଜିହ‌ଜି ଗଲାବେଳେ, ସେ ବେଶୀ ସୂକ୍ଷ୍ମ ଲାଗନ୍ତି ଆକାଶରେ । ସେ ତାଙ୍କୁ ମନେମନେ କହନ୍ତି—

ଦେଖ ମା' ତୁମ କଥା ରଖୁଛି । ମୋ କଥା ବି ରଖୁଛି । ତୁମ କଥା ମାନି ଏଠିକୁ ଆସିଛି ମୋ କଥା ମାନି ମୁଁ ସେଇ କର୍ମ କରି ନାଇଁ । ଧର୍ମ ଖାଲି ମାନିଛି । ହେଲେ ମା' ସବୁ ବ୍ୟସ୍ତତା ଭିତରେ ବି ମୋତେ ରାତିରେ ଭାରି ଏକ୍‌ଲା ଲାଗେ । ଦିନେଦିନେ ମୁଁ ଶୋଇଥିବା ବେଳେ ଆଇ ଆସି ଆଉଁସି ଦିଅନ୍ତି, ମୋତେ ଲାଗେ ତୁମେ କି ? ନିଦ ଭାଙ୍ଗିଯାଏ: ଗୋଟେ ତାରା ଭିତରେ ସେ ତାଙ୍କୁ ଦେଖ‌ବାକୁ ଚେଷ୍ଟା କରନ୍ତି । ମା'ମା' ଡାକନ୍ତି । ମହାକାଶ ବିଜ୍ଞାନର ସବୁ ତଥ୍ୟ ପାଶୋର ହୋଇଯାଏ । ସେତେବେଳେ ସେ ବୈଜ୍ଞାନିକା ନୁହନ୍ତି, ଅଲିଅଲି ଝିଅଟିଏ । ଏକଲା ନାରୀଟିଏ । ଆଉ ଥରେଥରେ ସେ ଏକଲା ନାରୀ ରାତ୍ରୀର ଉତ୍ତର ପ୍ରହରରେ, ନିଜ ଭିତରେ ଘନଘୋର ବର୍ଷଣ ରାତିର ତୀବ୍ରତା ଅନୁଭବ କରନ୍ତି । ଦେହ, ମନ, ତପ୍ତ ଅଗ୍ନିଖଣ୍ଡରେ ତାଙ୍କ ସସାଗରା ଧରାକୁ ବିଦଗ୍ଧ କରନ୍ତି । ସେ କାଙ୍କାଙ୍ଗ କାନ୍ଦନ୍ତି । କୁହୁଲନ୍ତି କିଛିକ୍ଷଣ । ଜଳନ୍ତି ଫେର ସମ୍ଭାଲି ନିଅନ୍ତି । ମନସ୍ତାପ କରନ୍ତି ନାଇଁ, ଭାବନ୍ତି ଜ୍ୱଳନରେ ବି ରହିଛି ଗୋଟେ ସ୍ୱାଦ ।

ଏବେଏବେ ସରିଛି ରୂପାଲି ଶୁଣୁଥିବା ବଂଶୀଧ୍ୱନ୍ । ଶ୍ରୀରାଧାରୁ ସେ ପୁଣି ରୂପାଲି । ଯମୁନାରୁ ପୁଣି ଆସିଯାନା । ସେ ଏବେ ପ୍ରକୃତିସ୍ଥା । ପାଖରେ ଚିତ୍ରକଳା ଉପରେ ଗୋଟେ ବହି । ସେ ବହିଟି ନେଇ ସେ ଖୋଲିଲେ । ପୃଷ୍ଠା ଖେଲେଇଲେ । ଚିତ୍ର ଦେଖିଲେ । ଚିତ୍ରକଳା ଉପରେ ତାଙ୍କର ବିଶେଷ ଧାରଣା ନାହିଁ ତେଣୁ ସେଇ ଦୁନିଆଁରେ ସେ ହଜି ପାରିଲେ ନାହିଁ । ହଜି ପାରିଲେ ସିନା ସାଉଁଟି ହୁଏ ସୁଖ ଆନନ୍ଦ । ବହିଟି ରଖିଦେଲେ ସେ ସାଇଡ୍ ଟେବୁଲ୍‌ରେ ।

ଆସିବେ ଜଣେ ଚିତ୍ରଶିଳ୍ପୀ ଆଜି । ତାଙ୍କୁ ଭେଟିବେ । ଫୋନ୍‌ରେ ସମୟ ମାଗିଥିଲେ । ସେ ଦେଇଛନ୍ତି । ଗତମାସ ଶିଳ୍ପୀ ଜଣକ ଆମେରିକା ରାଷ୍ଟ୍ରପତିଙ୍କ ଆତିଥ୍ୟ ଗ୍ରହଣ କରି ଫେରିଛନ୍ତି । ସେଭଳି ଜଣେ ଶିଳ୍ପୀଙ୍କ ସାଙ୍ଗରେ କ’ଣ ଆଲୋଚନା କରାଯାଇପାରେ ? ସେଥିପାଇଁ ସେ ବହିଟି ଦେଖୁଥିଲେ । କିନ୍ତୁ ସବୁକଥା କ’ଣ ବୁଝିହୁଏ ?

କଲିଂବେଲ୍ ବାଜିଲା । ମୋବାଇଲ୍‌ରେ ସମୟ ଦେଖିଲେ ସେ । ବୋଧେ ସେଇ ଶିଳ୍ପୀ । ପରିଚାରିକା କବାଟ ଖୋଲି ନିର୍ଦ୍ଦେଶ ଅନୁସାରେ ତାଙ୍କୁ ସେଠକୁ ନେଇ ଆସିଲା । ଗୋଲାପୀ ସିଲ୍ ପର୍ଦ୍ଦା ଆଡ଼େଇ ସେ ଭିତରକୁ ଆସିଲେ । ଟିକେ ଅଟକି ଗଲେ । ଦୁଇହାତ ଯୋଡ଼ି କହିଲେ—

: ଆପଣ ନିଶ୍ଚୟ ରୂପାଲି ମ୍ୟାଡ଼ାମ୍ :

ସେ ବି ହାତଯୋଡ଼ି ଅତି ସମ୍ଭ୍ରମତାର ସହ କହିଲେ

: ଆଉ ଆପଣ ସେଇ ବିଶିଷ୍ଟ ଚିତ୍ରଶିଳ୍ପୀ...

: ହଁ, ଅବିନାଶ । କିଛିକିଛି ଚିତ୍ର ବୁଝେ, ଆଙ୍କେ । ଦେଶ ବିଦେଶ ବୁଲେ । କେବେ ଅମୀର୍ ଭଲି ତ କେବେ ଫକୀର ଭଲି : କହୁକହୁ ହସିଲେ । ହସରେ ଯେମିତି ମିଶିଥିଲା ମୁଠାଏ ରଙ୍ଗ ଜୀବନର ଯାହା ଛୁଇଁଲା ରୂପାଲିକୁ । ‘ବସନ୍ତ’ ଶୁଣିବା ଆଗରୁ ସେ ବସିଲେ । କାନ୍ଧରୁ ଓହ୍ଲାଇଲେ ତାଙ୍କ ରଙ୍ଗୀନ ଝୁଲା ପୃଥିବୀ । ଆରାମ ମୁଦ୍ରାରେ ରହି କହିଲେ—

: ଅନେକ ଶୁଣିଥିଲି । ପତ୍ର ପତ୍ରିକାରେ ମଧ୍ୟ ପଢ଼ିଥିଲି । ତେଣୁ ଆପଣଙ୍କୁ ଭେଟିବାକୁ ଇଚ୍ଛାଥିଲା । କିନ୍ତୁ ଆମେରିକା ଚାଲିଗଲି । ସେଇଟି ଗୋଟେ ମାଇନର

ଆସିଦେଶ । ଦେଖନ୍ତୁ, ଡାହାଣ ଗୋଇଠ ଜଖମ୍ ଚାଲିପାରିଲିନି । ପୁଣି କିଛିଦିନ ରହିଗଲି । ଫେରିବା ପରେ ଭେଟିବା ପାଇଁ ଚାଲିଆସିଲି । ଆପଣଙ୍କୁ ଭେଟିବା ମୋର ପରମ ସୌଭାଗ୍ୟ...

: ସେମିତି କୁହନ୍ତୁନି । ସେ ଯେ ଆପଣଙ୍କ ଉଦାରତା । ଶିଳ୍ପୀ କଳାକାର ମାନେ ଭାରି ଉଦାର ମୁଁ ଶୁଣିଛି:

ଅବିନାଶ ସେ କଥା ଶୁଣିଲେ କି ନାଇଁ କେଜାଣି । ସେ ଥିଲେ ଅନ୍ୟଏକ ଜଗତରେ ସବୁ ସୌଜନ୍ୟର ସୀମା ପାରିହୋଇ । ଚାହିଁଥିଲେ ସେ ରୂପାଲିଙ୍କୁ ଅପଲକ ନୟନରେ । କିଛି କହୁନଥିଲେ । କିଛି ଶୁଣୁ ନଥିଲେ । କେତୋଟି ମୌନ ମୁହୂର୍ତ୍ତ । କିଛି ସ୍ୱର୍ଗୀୟ ଅନୁଭବ । ବିରଳ ଭାବାବେଗ । ହୃଦୟ ଜାଣେ, ଆଖ ଦି'ଟା ଭାରି ଚଞ୍ଚଳ । ତରତରରେ ସେଇ ଅନୁଭବ ଓ ଆବେଗର ଅମାନତକୁ ସେ ସାଉଁଟି ନେଲା । ଶିଳ୍ପୀ ପ୍ରକୃତିସ୍ଥ ହେଲେ । କହିଲେ-

: ପୃଥିବୀରେ ସୁନ୍ଦରୀମାନଙ୍କ ସଂଖ୍ୟା ଅନେକ । ହେଲେ ଆପଣଙ୍କ ଭଳି ହାତଗଣତି କିଛି ଥିବେ, ଯିଏ ଖୁବ୍ ପ୍ରତିଭାମୟୀ ହୋଇଥିବେ । କର୍ମରେ ବେଶ୍ୟା ନହୋଇ ଖାଲି ଧର୍ମ ପାଳୁଥିବେ – ଏମିତି ହୁଏତ କେହି ନଥିବେ । ମ୍ୟାଡ଼ାମ୍ ! ଗୋଟେ ପତ୍ରିକାରେ ପଢ଼ିଥିଲି ଆପଣ ବହୁ ବିଦ୍ୟାଳୟର ଭ୍ରମଣକାରୀ ଅଧ୍ୟାପିକା । ଗ୍ରହଣ କରି ନାହାନ୍ତି କୌଣସି ପଦ– ପଦବୀ । ପସନ୍ଦ କରିନାହାନ୍ତି ବିଦେଶୀ କିମ୍ବା ମେଟ୍ରୋ ସହରର ଜୀବନ । ତା' କ'ଣ ସତ ? ଯଦି ସତ କୁହନ୍ତୁ ତ କାହିଁକି ?

ରୂପାଲି ନିଜ ବସିବା ଭଙ୍ଗୀଟି ବଦଲେଇଲେ । ଚେନାଏ ହସ ଝଲସି ଗଲା ମୁହଁରେ । ସେ କହିଲେ- ହଁ, ସତ:

: ମୋ ମା'ଙ୍କୁ ମୁଁ ବହୁତ ଭଲପାଏ । ସେ ନାହାନ୍ତି । ଯିବା ଆଗରୁ ତାଙ୍କ ଇଚ୍ଛା କହିଯାଇଥିଲେ । ସେଇ ଶେଷ ଇଚ୍ଛା ପାଇଁ ମୁଁ ଆଉ କୁଆଡ଼େ ଗଲି ନାଇଁ– ଏଇଠି ରହିଲି । ଏବେ ଆପଣ କୁହନ୍ତୁ କ'ଣ ନେବାକୁ ପସନ୍ଦ କରିବେ ? ଚା', କଫି ନା ସଫ୍ଟ ଡ୍ରିଙ୍କ୍ ?

ଷ୍ଟ୍ରଙ୍ଗ୍ କଫି ମୋର ପସନ୍ଦ:

ରୂପାଲି ପରିଚାରିକାକୁ କଫି ସାଙ୍ଗରେ କିଛି ଭଜା କାଜୁ ଆଣିବାକୁ ନିର୍ଦ୍ଦେଶ ଦେଲେ । ସେ ଯିବାପରେ ଅବିନାଶ ତାଙ୍କୁ ପୁଣି ଚାହିଁଲେ, ଚାହିଁଲେ ତାଙ୍କ ନାଲ

ଗାୟତ୍ରୀ ସରାଫ୍

ରଙ୍ଗର ଶାଢ଼ିକୁ 'ସୁନ୍ଦର ତୃପ୍ତିର ଅବସାଦ ନାହିଁ' ରାତିରେ । କହିଲେ, ସହଜ ଓ ନିରାସକ୍ତ ଭାବରେ ।

: ନୀଳ ରଙ୍ଗର ଶାଢ଼ିରେ ଆପଣ ନୀଳକଣ୍ଠୁ ବି ସୁନ୍ଦର ଦିଶୁଛନ୍ତି ମ୍ୟାଡ଼ାମ :

ଦୃଷ୍ଟି ତଳକୁ କଲେ ସେ । ସାଇଡ୍ ଟେବୁଲରୁ ବହିଟି ଆଣି କହିଲେ–

: ଚିତ୍ରକଳା ଉପରେ ଏ ବହିଟି ଦେଖୁଥିଲି ହେଲେ ସେ ସମୁଦ୍ରର ବେଲାଭୂଇଁରୁ ଉପଲ ଖଣ୍ଡଟିଏ ବି ସାଉଁଟି ପାରିଲିନି । ଆଛା । ଆପଣ କହିବେକି ଯେଉଁ ଚିତ୍ର ଆପଣ ଆଙ୍କନ୍ତି ତା'ର ଧାରଣା ବା କନ୍‌ସେପ୍‌ଟ୍ କେଉଁଠୁ ପାଆନ୍ତି ?

ଅବିନାଶ ଯେମିତି ବିସ୍ତାରିତ ହୋଇଗଲେ । ଭାବମୟ ହୋଇଗଲେ । କହିଲେ–

: ରୂପାଲି ଦେବୀ । ସାରା ଜଗତଟା ତ କଳା ଓ ସୌନ୍ଦର୍ଯ୍ୟରେ ଭରପୁର । ପ୍ରକୃତିରେ ପରିବେଶରେ, ମଣିଷର ଜୀବନରେ କେଉଁଠି କଳା ନାହିଁ ସୌନ୍ଦର୍ଯ୍ୟ ନାହିଁ କହିଲେ ? ସୂକ୍ଷ୍ମ ମନରେ, ତୀକ୍ଷ୍ଣ ଆଖିରେ ଦେଖିଲେ ହେଲା । ମନନ ଓ ଚିନ୍ତନ କଲେ ହେଲା । ତା' ପରର ସବୁ ଚିତ୍ରମୟ । ରଙ୍ଗମୟ । ତାକୁ ନେଇ କବି, କବିତା ଲେଖେ । ଶିଳ୍ପୀ ଚିତ୍ରକରେ । ତୂଳୀରେ ରଙ୍ଗଭରେ ।

କଫି ଆସିଲା । ପ୍ଲେଟରେ କିଛି କାଜୁ ବି ।

ରୂପାଲି କଫି ବଢ଼ାଇଲେ । ନିଜେ ନେଲେ ।

ପ୍ଲେଟରୁ ଗୋଟେ କାଜୁ ଖାଇ ଅବିନାଶ କହିଲେ

: ଆପଣଙ୍କୁ ନେଇ ସଜେଇହବ ଏକ ଚିତ୍ରଶାଳା :

କଫି ପିଇସାରି ସେ ତାଙ୍କ ରଙ୍ଗୀନ୍ ପୃଥିବୀକୁ ପୁଣି କାନ୍ଧରେ ଝୁଲାଇଲେ, କହିଲେ –

: ଆଜି ବିଦାୟ ଦିଅନ୍ତୁ । କାଲି ପୁଣି ଆସିବି । ଆପଣଙ୍କର ଗୋଟେ ପୋଟ୍ରେଟ୍ କରିବି । କିଛି ଆପତ୍ତି ନାଇଁ ତ ? ବିଶ୍ୱାସ କରନ୍ତୁ, ପଇସା ପାଇଁ ନୁହେଁ– ଆପଣଙ୍କ ସୁକୁମାରୀ ସୌନ୍ଦର୍ଯ୍ୟର ଗରିମା ଓ ଐଶ୍ୱର୍ଯ୍ୟକୁ ସାରା ପୃଥିବୀ ଦେଖୁ ଅନୁଭବ କରୁ, ସେଥିପାଇଁ ଆଙ୍କିବି ସେ ଚିତ୍ର । :

ଶିଳ୍ପୀଙ୍କ କଥା ଚାତୁରୀରେ ରୂପାଲିଙ୍କ ମୁହଁରୁ ଆଲୁଅ ଛିଟିକି ପଡ଼ିଲା । ତାଙ୍କୁ
ବାଟେଇ ଦେଲାବେଲେ ଆଡ଼୍ୟରୀ ତାରାମାନଙ୍କ ମୁହଁରୁ ବି ଛିଟିକୁଥିଲା ଆଲୁଅ ।
ଆରଦିନ ସଂଧ୍ୟା ।

ରୂପାଲି ଅପେକ୍ଷାରେ ଥିଲେ । ପିନ୍ଧିଥିଲେ ସବୁଜରଙ୍ଗର ଶାଢ଼ି । ଶିଳ୍ପୀ
ଆସିଲେ । ଗୋଛାଏ ଫୁଲର ହସ ନେଇ ରୂପାଲି ତାଙ୍କୁ ସ୍ୱାଗତ କଲେ । ଶିଳ୍ପୀ
ସଜେଇଲେ ତାଙ୍କ ରଙ୍ଗ, ତୂଲୀର ପୃଥିବୀ । ରୂପାଲି ବସିଲେ ଏକ ଶାଳୀନ
ଭଙ୍ଗୀରେ । ସେ ଘୁରିଛନ୍ତି ଅନେକ ଆର୍ଟ ଗ୍ୟାଲେରୀ, ଦେଖିଛନ୍ତି ଅନେକ ଚିତ୍ର ।
ହେଲେ ସେ କେବେ ଚିତ୍ରର ଚରିତ୍ର ହୋଇନଥିଲେ । ଏକ ନୂଆମେଘରୁ ଝରି
ପଡ଼ିଲା ଟପ୍‌ଟପ୍‌ ବର୍ଷା । ଏକ ନୂଆ ଫୁଲର ସୁରଭରେ ମହକିଗଲା ଚାରିପାଶ ।
ରଙ୍ଗଶାଲାରେ ଅବିନାଶ । ମଗ୍ନଭୂଇଁରେ ଅବିନାଶ ।

କିନ୍ତୁ ଅଟକି ଯାଉଛି ହାତ, ତୂଲୀ । ଫିକାଫିକା ଲାଗୁଛି ରଙ୍ଗ । ସେ କିଛି
ଭାବିଲେ କହିଲେ–

: ଅସଲି ସୌନ୍ଦର୍ଯ୍ୟର ଚିତ୍ରଟିଏ ଚାହୁଁଛି । ଯାହା ଲୁଚିଯାଉଛି ଆପଣଙ୍କ
ଆଭୂଷଣ ଭିତରେ । ଖୋଲିଦେଇ ପାରିବେ ସେ ସବୁ ଅଙ୍ଗ ପ୍ରସାଧନର ସାମଗ୍ରୀ ?

ସେତିକିବେଲେ ହୁ ହୁ ପବନ ପଶିଆସିଲା ଭିତରକୁ । ଶିଳ୍ପୀଙ୍କ କଥା ଶୁଣି
ସେ ସେମିତି ସହଚରୀ ପରି ଆସିଲା ଖୋଲିଦେବାକୁ ରୂପାଲିଙ୍କ ପଦ୍ମ ପାଖୁଡ଼ା,
ହାତପାଦର ଅଳଙ୍କାର, ଗଲାର ହୀରା-ରନ୍‌ ଚେନ୍‌ । ଲମ୍ବା କାନଫୁଲ, କଟୀ
ଗହଣା ଓ କେଶରୁ ରଜନୀଗନ୍ଧା ମାଲ ।

ରୂପାଲି ଟିକେ ଆଶ୍ଚର୍ଯ୍ୟ ହେଲେ ଭାବିଲେ– ବିନା ଗହଣାରେ ନାରୀର
ସୌନ୍ଦର୍ଯ୍ୟ ଅପୂର୍ବ ବୋଲି କୁହାଯାଏ । ଗହଣା ସହ ନାରୀର ଆବେଗିକ ସଂପର୍କ ବି
ରହିଛି । ଆଉ ସେ ଯେଉଁ ଧର୍ମ ପାଳୁଛନ୍ତି ସେଥିରେ ତ ତା'ର ଭୂମିକା ବେଶୀ ।
ତେବେ– ଜଣେ ଶିଳ୍ପୀର ଭାବନା ଅଲଗା । ସୌନ୍ଦର୍ଯ୍ୟଖୋଜା ଭାରି ଅଲଗା ।

ସେ କିଛି କହିଲେ ନାଇଁ । ନୀରବରେ ଖୋଲିଲେ ଗୋଟିଏ ପରେ ଗୋଟିଏ
ଆଭୂଷଣ । ପୋଜ୍‌ ଦେଲେ । ଶିଳ୍ପୀ ଦେଖିଲେ । ସେମିତି ବସି ରହିଲେ । ରେଖାଟିଏ
ବି ଟାଣିଲେ ନାଇଁ ।

ଗାୟତ୍ରୀ ସରାଫ୍‌

: କ'ଣ ହେଲା ? କିଛି ତ ଆଙ୍କୁ ନାହାନ୍ତି । କେତେ ସମୟ ଏମିତି ଗୋଟେ ପୋଜରେ ସେ ବସିପାରିବେ ? ରୂପାଲି ଅଥୟ ହେଇକି ବସିବା ଭଙ୍ଗୀଟି ବଦଲେଇଲେ । ଆରାମ ମୁଦ୍ରାରେ ବସିଲେ ।

କିଛିକ୍ଷଣ ପରେ ଅବିନାଶ ସହଜ ଭାବ ନେଇ କହିଲେ-

: ଯଦି ହାଁ କରିବେ ଆଙ୍କିବି ମୋ ଶିଳ୍ପୀ ଜୀବନର ଏକ ସ୍ମରଣୀୟ ଛବି । ବି ହୋଇପାରେ ମୋ ଜୀବନର ଶ୍ରେଷ୍ଠକୃତି ।

ଆପଣଙ୍କ କୃତିକୁ ଶ୍ରେଷ୍ଠ କରିବାରେ ମୋର 'ହାଁ' ଟିଏ ଦରକାର ! କେମିତି ?

: ପ୍ରକୃତ ଶିଳ୍ପୀ ପାଇଁ ଆପଣ ଖାଲି ନାରୀ ନୁହନ୍ତି । ଜଣେ ଦେବୀ । କଳା ଓ ସୌନ୍ଦର୍ଯ୍ୟର ଦେବୀ । ସେଠି କେଉଁ ଏକ ଊର୍ଦ୍ଧ୍ୱମୁଖୀ, ଉଦ୍ଦୀରିତ ଚେତନାରେ ରୂପାନ୍ତରିତ ହୋଇଯାଏ ଭାବ-ଭାବନା ସବୁ । ଟିକେ ଆଗରୁ ଖୋଲିଛନ୍ତି ଆଭୂଷଣ । ଏବେ ଖୋଲି ଦିଅନ୍ତୁ ଦେହର ସମସ୍ତ ଆବରଣ କୌଣସି ବାଧା ନରହୁ । ଅବରୋଧ ନରହୁ । ଥାଉ ଖାଲି ମୁକ୍ତ ମୁକୁଳା ସୌନ୍ଦର୍ଯ୍ୟ । ଭରିବାକୁ ଚାହେଁ ସେଇ ନୈସର୍ଗିକ ଶୋଭାକୁ ମୁଁ ମୋର ତୂଳୀରେ, ମୋ ରଙ୍ଗରେ ।

ରୂପାଲି ଚକିତ ଶିଳ୍ପୀଙ୍କ ବକ୍ତବ୍ୟରେ । ବକ୍ତବ୍ୟଟି ପୁଣି ଅନୁରୋଧ ଭଳି ଲାଗିଲାନି । ଲାଗିଲା ଏକ ସ୍ନେହମିଶ୍ରିତ ଆଦେଶ ଭଳି । ସେ ମାନିନେବେ ସେଇ ଆଦେଶ ନା ମାଗିନେବେ କ୍ଷମା ? ହଠାତ୍ କୌଣସି ନିଷ୍ପତି ନେବା ସହଜ ଲାଗିଲାନି । ସେ ନୀରବ ରହିଲେ ।

: କିଛି ସମୟ ନେବେ ଯଦି ନିଅନ୍ତୁ । ଏବେ ଯାଉଛି । ପୁଣି ଆସିବି:

ଅବିନାଶ ବିଦାୟ ନେଲେ । ଦୁଇଦିନ ପରେ ଆସିଲେ । ରୂପାଲି ଯେମିତି ବାଟ ଚାହିଁଥିଲେ ଶୁଣିବାକୁ ସେଇ ପାଦଶବ୍ଦ । ଶୁଣିଲେ । କେଜାଣି କେମିତି ଭାରି ମଧୁର ଲାଗିଲା ସେ ଶବ୍ଦ । ସେ ଆସିଲେ । ସଙ୍ଗରେ ଆଣିଥିଲେ କବି ଗଙ୍ଗାଧରଙ୍କ ଏକ ଅମର କୃତି "ତପସ୍ୱିନୀ" ତାଙ୍କୁ ଦେଲେ- କହିଲେ : ପଢ଼ିବେ ! ଖୁବ୍ ଭଲ ଲାଗିବ ।

ଅତି ସମ୍ଭ୍ରମ ସ୍ୱରରେ ରୂପାଲି ଧନ୍ୟବାଦ ଦେଲେ । ସେଦିନ ବି ସେ ହାଁ କି ନାଇଁ କିଛି କହିଲେ ନାଇଁ – ହେଲେ ନିଜେ ଯାଇ କଫି ବନେଇଲେ । ତାଙ୍କୁ

ଦେଲେ । ନିଜେ ପିଇଲେ । ଗପସପ ଆଲାପ ଆଲୋଚନା । ଦୁହେଁ ଚିହ୍ନୁଥିଲେ ଦୁହିଁଙ୍କୁ । ଅବିନାଶ ଆସିଲେ ତା' ପରେ ବି । ପୋଟ୍ରେଟ୍ ଆଙ୍କିବା ସୁଗିତ ଥିଲା ଅଥଚ ସେ ରଙ୍ଗତୂଳୀର ସଂସାର ନେଇ ଆସୁଥିଲେ । ବେଳେବେଳେ ମୋବାଇଲ୍ ଛାତିରେ ଚିଟାଉ ପଠେଉଥିଲେ । ପାଉଥିଲେ ବି ।

ଏକାକୀପଣର ବୈଶାଖକୁ ପରାଜିତ କରି ରୂପାଲିଙ୍କ ମନର ଗହନକାନନରେ ବର୍ଷା ଝରୁଥିଲା । ଶ୍ରାବଣର ବର୍ଷା । ଫଗୁଣର ବର୍ଷା । ରଙ୍ଗର ବର୍ଷା । ହେଲେ ସେ ଯେ ଗୋଟେ ନିଷ୍ଫଳ ପାଖରେ ବନ୍ଧା । କିଛିଦିନ ପରେ ଶିଳ୍ପୀ ଅବିନାଶ ପୁଣି ଆସିଲେ ।

ରୂପାଲି ତାଙ୍କୁ ଅନ୍ୟ ଏକ ପ୍ରକୋଷ୍ଠକୁ ଡାକିନେଲେ । ଯାହା ତାଙ୍କ ନିହାତି ବ୍ୟକ୍ତିଗତ । ପରିଚାରିକାର ବି ସେଠିକି ପ୍ରବେଶ ନିଷେଧ । ସେଠି ଖାଲି ପଡ଼ା ଟେବୁଲ, ବହି, ପତ୍ରପତ୍ରିକା, କୃତିଧ୍ବର କିଛି ଫଟୋ । ଭେସ୍‌ରେ ଲାଲ୍ ଗୋଲାପ । ବେଶ୍ । ବସିବାକୁ କହି ରୂପାଲି ପଚାରିଲେ

: ପୋଟ୍ରେଟ୍ ଆଙ୍କିବା ପାଇଁ ଆଜି ଆପଣଙ୍କ ମାନସିକ ପ୍ରସ୍ତୁତି ଅଛି ତ ? ଶିଳ୍ପୀ ଅଧିକ ଶୁଭ୍ର ଦିଶିଲେ । କହିଲେ –

ସେଥିପାଇଁ ମୋର ମୁହୂର୍ତ ମୁହୂର୍ତର ବ୍ୟାକୁଳ ପ୍ରତୀକ୍ଷା:

: ତା'ହେଲେ ମୁଁ ଆସୁଛି: କହି ସେ ଭିତରକୁ ଗଲେ । କିଛି ସମୟ ପରେ ସେଇଠୁ ଏକ କ୍ଷୀଣ କଣ୍ଠ ସ୍ବର ଶୁଭିଲା:

ଆସନ୍ତୁ ।

ପର୍ଦ୍ଦା ଆଡ଼େଇ ଶିଳ୍ପୀ ଆସିଲେ ।

ଶ୍ବାସପ୍ରଶ୍ବାସରେ ସୁଲଲିତ ଛନ୍ଦ ଭରି, ତନୁମନରେ ଏକ ଅପୂର୍ବ ରାଗିଣୀ ନେଇ, ରୂପାଲି ବସିଥିଲେ ମୁକୁଲା ହୋଇ ।

ଶିଳ୍ପୀ ଚାହିଁଲେ ଶ୍ରଦ୍ଧାରେ । ବିସ୍ମୟରେ । ବିଭୋରପଣରେ । ସବୁଭାବକୁ ନିୟନ୍ତ୍ରିତ କରି ସେ ବସିଲେ ତାଙ୍କ ସାମ୍ନାରେ । କାନ୍ଧରୁ ଓହ୍ଲାଇଲେ ତାଙ୍କ ସୁକୁମାର ସଂସାର । ତୁଳୀ ଯେମିତି ଅଧୀର । କାନ୍ସ୍ ଚଞ୍ଚଳ, ତୋଲି ଉଖୁବାକୁ ସେ ନୈସର୍ଗିକ ରୂପଶୋଭା । ହଁ ନୈସର୍ଗିକ ନହେଲେ ସମ୍ଭବ ନୁହେଁ ଏ ରୂପ–

ହେଲେ ଇ୍ଏ କ'ଣ ? ଶିଳ୍ପୀ ଯେ ବିମୂଢ଼ । ସେ ଚିତ୍ର ଆଙ୍କିବେ କେମିତି ? ଲାଗିଲା, କୋଠରିଟିରେ ସହସ୍ର ସହସ୍ର ଆଲୋକ । ରୂପାଲିଙ୍କ ଦେହରେ ହଜାରେ ଚନ୍ଦ୍ର ବାଦିନୀ । ମୁହଁରେ, ଆଖିରେ, ଓଠରେ, ବେକରେ, କଟୀରେ ବିଜୁଲିର ତୀବ୍ରଚ୍ଛଟା । ସାରା ଶରୀରରେ ଲକ୍ଷେ ଗାଢ଼ ରଙ୍ଗର ଚମକ । ଓ ଏ ଆଲୁଅ ! ଏ ତେଜ ! ବୁଝି ହୋଇଯାଉଛି ଆଖିପତା । ସେ କ'ଣ କରିବେ ? ରଖିଦେବେ ସବୁ ତୁଲୀ, ସବୁରଙ୍ଗ ? କହିବେ କି –

: ମୋତେ କ୍ଷମା କରନ୍ତୁ । ମୋର ଆସ୍ପର୍ଦ୍ଧାକୁ କ୍ଷମା କରନ୍ତୁ, ହାରିଗଲା ମୋର ଶିଳ୍ପୀ ଜୀବନ, ଏ ଛଟା, ଏ ଶୋଭା ଆଲୁଅ ପାଖରେ ।

କିନ୍ତୁ ଭିତରେ ଏକ ଆମୃସଜ୍ଞାନୀ ମନ । ପାଖରେ ଦୀର୍ଘବର୍ଷର ଅମାପ ଅନୁଭୂତି । ହାର ମାନିନବ ? ସେ କିଛି ଭାବିଲେ । କହିଲେ

: ଗୋଟେ ପରନ୍ତ ଲୁଗା ଦେହରେ ପକେଇ ନିଅନ୍ତୁ ତ !

ରୂପାଲି ଶାଡ଼ିଟିଏ ଟାଣି ଆଣିଲେ । ପରନ୍ତେ ଶାଡ଼ିରେ ଖୋଲା ଦେହ ଢାଙ୍କି ଦେଇ ବସିଲେ । ଆକାଶ ତା'ପରେ ହସୁଥିଲା ତା'ର ମେଘମାଳା ଭିତରେ । ଫୁଲ ତା'ର ପାଖୁଡ଼ା ସାଥରେ । ଦୂରର ସମୁଦ୍ର ତା'ର ଲହରୀମାଳା ଗହଣରେ ।

ଏବେ ଶିଳ୍ପୀ ହାତରେ ଦୁନିଆର ସବୁ ରଙ୍ଗ । । ମୁହଁରେ ବି ସେଇ ଝଲକ । କୋଠରି ଭିତରେ ଏକ ଦିବ୍ୟ ସୁଗନ୍ଧ । ସେ ଯେମିତି ହକିଯାଇଥିଲେ ଏକ ବିଭୋର ଦୁନିଆଁରେ । ରୂପାଲି ବସିଥିଲେ ସେମିତି ଅପୂର୍ବ ଭଙ୍ଗୀରେ । ଦୀର୍ଘ ସମୟ ପରେ ବି ସେ ଦିଶୁଥିଲେ ଫୁଟନ୍ତା ଫୁଲଠୁ ବି ସତେଜ । ରୂପା ଜହ୍ନଠୁ ବି ସୁନ୍ଦର ।

ସରି ଆସୁଥାଏ ରାତି...ଥମି ଆସୁଥାଏ ତୂଲାର ଗତି ।

ସକାଳ ହେଲା । ସୂର୍ଯ୍ୟ ଉଇଁଲା । ଫୁଲ ଫୁଟିଲା । ଚଢ଼େଇ ଗୀତ ଗାଇଲା । ବସିବା ଜାଗାରୁ ଶିଳ୍ପୀ ଉଠିଲେ । ପୋଟ୍ରେଟ୍ଟି ନେଇ ବାହାର ପ୍ରକୋଷ୍ଠରେ ଆସି ବସିଲେ । ରୂପାଲି ପ୍ରସ୍ତୁତ ହୋଇ ଆସିଲେ ।

: ଦେଖିପାରେ ଚିତ୍ରଟି ?

: ଏବେ ତ ଖାଲି ସ୍କେଚ୍ କରିଛି । ବହୁତ କିଛି ବାକି ଅଛି:

କଫି ପିଇ ଚିତ୍ରଟି ନେଇ ଶିଳ୍ପୀ ଚାଲିଗଲେ ।

ଉଚ୍ଚସ୍ତରର ଜଣେ ଖ୍ୟାତିସମ୍ପନ୍ନ ଶିଳ୍ପୀ ତାଙ୍କ ପୋଟ୍ରେଟ୍ କରୁଛନ୍ତି ସେଥିପାଇଁ ଖୁସିଥିଲେ ରୂପାଲି । କେମିତି ହେବ ସେ ଚିତ୍ର ? ଦେଖିବା ପାଇଁ ସେ ଥିଲେ ବ୍ୟଗ୍ର । ମଝିରେ ମଝିରେ ଶିଳ୍ପୀଙ୍କ ଫୋନ୍ ଆସେ । କେବେ ସେ ପଚାରନ୍ତି –

: ଆପଣଙ୍କ ଗଲାର ଡାହାଣପଟେ, ଛୋଟ ତିଲ ଚିହ୍ନଟିଏ ଅଛିନା ? ମୋର ଠିକ୍ ମନେ ପଡୁନି ତ ।

ଆଉ କେବେ–

ଆପଣଙ୍କ ବାମଗୋଡ଼ର ମଝି ଆଙ୍ଗୁଳିର ଲମ୍ବ କେତେହେବ କୁହନ୍ତୁ ତ ? ସେ ଭିତରେ ଟେଲିଭିଜନ୍‌ରେ ଗୋଟେ ଚ୍ୟାନେଲରେ ତାଙ୍କର ଏକ ସାକ୍ଷାତ୍‌କାର ସେ ଦେଖୁଥିଲେ । ଜଣାଶୁଣା ସାହିତ୍ୟ ପତ୍ରିକାର ବାର୍ଷିକ ଉତ୍ସବକୁ ମୁଖ୍ୟ ଅତିଥି ହୋଇଯିବା ସମ୍ବାଦଟି ବି ପଢ଼ିଥିଲେ ।

କେମିତି ଏକ ଅନୁରକ୍ତି ଆସିଯାଇଛି ତାଙ୍କର ସେଇ ଶିଳ୍ପୀଙ୍କ ପ୍ରତି । ସେ ନଆସିଲେ ସେ ବ୍ୟସ୍ତ ହେଲେ । ଫୋନ୍ ନକଲେ, ଅପେକ୍ଷାକଲେ, ଚିତ୍ର ଦେଖିବାକୁ ଅଧୀର ହେଲେ । ଏଯାଏଁ କ'ଣ ଚିତ୍ରଟି ପୂରା ହୋଇନି ? ନା ବ୍ୟସ୍ତତା ଭିତରେ ଚିତ୍ରଅଙ୍କା ଭୁଲିଯାଇଛନ୍ତି ?

ତିନି ସପ୍ତାହ ହେଇଗଲା । ସେ ଆସି ନାହାନ୍ତି । ତା' ଭିତରେ ତାଙ୍କୁ ତିନିଶ ଏକୋଇଶି ଥର ଭାବିଥିବେ । ଚିନ୍ତିବେ । ଖୋଜିଥିବେ । ଆସୁନାହାନ୍ତି କାହିଁକି ସେ ? ହଠାତ୍ ଦିନେ ଖୁବ୍ ବ୍ୟସ୍ତ ହୋଇ ସେ ପଶି ଆସିଲେ ପୋଟ୍ରେଟ୍ ନେଇ ।

କହିଲେ–

: କ'ଣ କରିବି କୁହନ୍ତୁ ତ ଭାରି ଅଡ଼ୁଆରେ ପଡ଼ିଯାଇଛି । ସରିପାରୁନି ଚିତ୍ରଟି । କିଛି ଗୋଟେ ବାକି ରହିଛି ଭଳି ଲାଗୁଛି । ହେଲେ ମୋତେ ଜାଣିପାରୁନି କ'ଣ ବାକି ରହିଛି । ଚିତ୍ରଟି କିନ୍ତୁ ଅନେକ କଳାପ୍ରେମୀ ଦେଖୁ ସାରିଛନ୍ତି । କିଣିବାକୁ ଅଫର୍ ବି ଆସିଛି । ହେଲେ ମୁଁ ବିକ୍ରୀ କରିବାକୁ ଚାହେଁନା । ଆପଣ ଦେଖନ୍ତୁ ତ କାହିଁକି ମୋର ମନେ ହେଉଛି ଚିତ୍ରଟି ପୂର୍ଣ୍ଣାଙ୍ଗ ନୁହେଁ:

ଅଧୀର ହୋଇ ପଡ଼ିଲେ ରୂପାଲି । ପ୍ୟାକ୍ ଖୋଲିଲା ବେଲକୁ କେମିତି ଏକ ବ୍ୟାକୁଲତାରେ ଘାରିହେଲେ । ଶିଳ୍ପୀଙ୍କ ମୁହଁରେ ସତରେ ଅତୃପ୍ତ ଭାବଟିଏ । ପ୍ୟାକ୍

ଗାୟତ୍ରୀ ସରାଫ୍

ଖୋଲିଲା । ଶିଳ୍ପୀ ଦେଖେଇଲେ ତାଙ୍କୁ ତାଙ୍କ ପୁର୍ଷ୍ଟ ଅବୟବର ଚିତ୍ର । ପ୍ରଥମେ ପାଖରୁ, ତା'ପରେ ଟିକେ ଦୂରରୁ, ପରେ ବିଭିନ୍ନ ଆଙ୍ଗୁଳରୁ ଦେଖିଲେ ରୂପାଲି । ନିରେଖିଲେ । ଏକ ଚମକାର ବ୍ୟାକଗ୍ରାଉଣ୍ଡ ଭିତରେ ସେ । ଭାବିଲେ

ନିଜକୁ ସେ ଆଉ ଦର୍ପଣରେ ଦେଖୁନାହାନ୍ତି ତ ? ଏକଦମ୍ ମୁଖ୍ୟ ସେ । ସବୁ ତ ଠିକ୍ । ଶିଳ୍ପୀଙ୍କୁ କାହିଁକି ଲାଗୁଛି ଚିତ୍ରଟି ସରିନାଇଁ ? ପୋଟ୍ରେଟ୍‌ଟି ତାଙ୍କ ଜିମା ଦେଇ ତରତରରେ ଚାଲିଗଲେ, କହିଗଲେ

: ଭଲରେ ଦେଖିବେ, କହିବେ କାହିଁକି ଲାଗୁଛି ଅଧାଅଧା....

ରୂପାଲି ଦେଖିଲେ, ବାରବାର ଦେଖିଲେ । ପ୍ରାଣମୟ, ଜୀବନମୟ ସେ ଚିତ୍ର । ମୁହଁ, ଆଖି, କପାଳ, ବକ୍ଷ, କଟି, ହାତ, ପାଦ କାହିଁତ କିଛି ତ୍ରୁଟି ନାଇଁ । ଶୂନ୍ୟତାଟି କେଉଁଠି ତେବେ ? ସେ କିଛି କାରଣ ଖୋଜି ପାଇଲେ ନାଇଁ । ଶିଳ୍ପୀଙ୍କୁ କ'ଣ କହିବେ ସେ ? ସୂକ୍ଷ୍ମ ଆଖରେ ଶିଳ୍ପୀ ଯଦି ଜାଣି ନପାରିଲେ ସେ କ'ଣ ଜାଣି ପାରିବେ ?

ତଥାପି ସେ କେତେଜଣଙ୍କୁ ପଚାରିଲେ । ସେମାନେ କହିଲେ ଚିତ୍ରଟି ସଂପୂର୍ଣ୍ଣ । କେଉଁଠି ତ କିଛି ବାକି ନାଇଁ । ଶିଳ୍ପୀମାନେ ସେମିତି ସହଜେ ତୃପ୍ତ ହୁଅନ୍ତି ନାଇଁ । ରୂପାଲିଙ୍କ ମନ କାହିଁ ବୁଝିଲା ନାଇଁ । କାଲିଫର୍ଣ୍ଣିଆରେ ଥିବା ତାଙ୍କ ଅନ୍ତରଙ୍ଗ ବାନ୍ଧବୀକୁ ଫୋନରେ କଥାଟି କହିଲେ । ତାଙ୍କ ସାହାଯ୍ୟ ଚାହିଁଲେ ।

ସେ କହିଲେ

: ହଉ ଠିକ୍‍ଅଛି । ତୁ ଆଗ ଚିତ୍ରର ଫଟୋଟିଏ ପଠା । ମୁଁ ଦେଖିଲା ପରେ ଯଦି କିଛି କହିପାରେ...

ଡିଜିଟାଲ୍ କ୍ୟାମେରାରେ ପୋଟ୍ରେଟର ଫଟୋ ଉଠେଇ ତାଙ୍କ ପାଖକୁ ପଠେଇଲେ ରୂପାଲି । ଅପେକ୍ଷା କଲେ । ସେ କିଛି କହିପାରେ...

ଫଟୋ ପାଇବାର ତିନିଦିନ ପରେ ସେ ଫୋନରେ କହିଲେ

: ଚିତ୍ରଟି ସତେ ଅତୁଳନୀୟ । ଶିଳ୍ପୀଙ୍କୁ ମୋର ଅନେକ ଅଭିନନ୍ଦନ । ସେଥିରେ ମୁଁ ବି କିଛି କାରଣ ଖୋଜି ପାଇନାଇଁ । ତିନିଦିନ ଏଥପାଇଁ ନେଲି ଯେ ଏଇ ତିନିଦିନ ତିନିରାତି ମୁଁ ଖାଲି ଭାବିଛି । ଆନାଲାଇଜ୍ କରିଛି । ଆଉ ଶେଷରେ...

: ଶେଷରେ କ'ଣ ? ଶୀଘ୍ର କହ କିଛି ପାଇଛୁ ?

: ହଁ...

: ଓଃ...ପ୍ଲିଜ୍ ସୋନାଲୀ...କହ...

: ଦେଖ୍ ରୂପାଲି । ଇଏ ମୋର ମତ । ମୋର ଭାବନା । ଅନ୍ୟମାନେ ତାକୁ ଗ୍ରହଣ କରିବେ ନକରିବେ ସେ ଅଲଗା । ମୁଁ ଭାବୁଛି ଯେତେ ସୁନ୍ଦର ହେଲେବି ନାରୀର ଏକଲା ଚିତ୍ରରେ କେବେ ପୂର୍ଣ୍ଣତା ନଥାଏ । ଗୋଟାଏ ଶୂନ୍ୟପଣ ହିଁ ଥାଏ । ତେଣୁ ସଂପୂର୍ଣ୍ଣ ଭାବେ ଅଧା ହୋଇଛି, ଅଧା ବାକି ଅଛି । ତୋର ଏ ଚିତ୍ରଟି ବହୁତ, ବହୁତ ସୁନ୍ଦର ହେଲେ ତା' ଭିତରେ ବି ଦିଶିଯାଉଛି ତୋର ଏକଲାପଣ । ତୋର ନିର୍ଜରା ରୂପ । ସେଥିପାଇଁ ଚିତ୍ରଟି ଲାଗୁଛି ଅଧୁରା...ସତରେ ଅଧୁରା.....

ରୂପାଲି ଫୋନ୍ ରଖିଦେଲେ ।

ଶିଳ୍ପୀ ଆସିବାଦିନ ସେଇ କଥାଟି କହିଲେ । ଉଜ୍ଜଲ ଦିଶିଲା ଶିଳ୍ପୀଙ୍କ ମୁହଁ ଖୁସିରେ । ସେ କହିଲେ-

: ଆପଣଙ୍କ ବାନ୍ଧବୀଙ୍କୁ ମୋର କୋଟି ନମସ୍କାର । ସେ ମୋ ମନର ସଂଶୟ ଦୂର କରିଛନ୍ତି । ଯାହା ମୁଁ ଖୋଜି ପାଉ ନଥିଲି ସେ ଖୋଜି ଦେଇଛନ୍ତି ।

ସେ ପୋଟ୍ରେଟ୍ ଆଣିଲେ । ଦେଖିଲେ । ବ୍ୟାଗରୁ ଗୋଟେ ପେନ୍ସିଲ୍ କାଢ଼ିଲେ । ସେଥିରେ ସେ ଆଙ୍କିଲେ ଆଉଜଣେ ପୁରୁଷଙ୍କ ଚିତ୍ର । ମୁହଁଟି କିନ୍ତୁ ଝାପ୍‌ସା ଲାଗୁଥାଏ । ସ୍ପଷ୍ଟ ବାରି ହେଉ ନଥାଏ ।

ରୂପାଲି ବିଭୋର ଆଖିରେ ଚାହିଁଲେ ସେ ପୁରୁଷଙ୍କ ସ୍କେଚ୍‌ଟିକୁ । ଫୁଲ ଫୁଟିଗଲା ସେ ଚାହାଣିରେ । କେଉଁ ଏକ ସୁଗନ୍ଧ ଭରିଗଲା ଶ୍ୱାସପ୍ରଶ୍ୱାସରେ । ପାଖକୁ ଆସି ସେ କହିଲେ

: ମୁହଁଟିକୁ କାହିଁକି ଝାପ୍‌ସା କଲେ ? ସ୍ପଷ୍ଟ କରିଦିଅନ୍ତୁ । ସତ୍ୟ କେବେ ଝାପ୍‌ସା ନୁହେଁ, ଅସ୍ପଷ୍ଟ ନୁହେଁ, ଅନ୍ଧାର ନୁହେଁ । ମୁଁ ତାଙ୍କୁ ଚିହ୍ନି ନେଇଛି ସେ ପିନ୍ଧିଥିବା ପୋଷାକରୁ:

ଶିଳ୍ପୀ ଚାହିଁଲେ ରୂପାଲିଙ୍କୁ । ଟିକେ ହସିଲେ । ଝରିଗଲା କାହିଁ କେତେ ରଙ୍ଗ ସେ ଚେନାଏ ହସରୁ । ଚିତ୍ରରେ ଆଉ ଝାପ୍‌ସାପଣ ନଥିଲା । ସେଥୁରୁ ଏକ ମୂର୍ତ୍ତ

ଚିତ୍ର ଆଙ୍କି ହୋଇଯାଉଥିଲା ଆପେଆପେ । ଜୀବନ ଦେଇ ଚିତ୍ର ଆଙ୍କୁଥିବା ଶିଳ୍ପୀ ଜୀବନ ଦେଇ ବୋଧେ ଆପଣେଇ ନେଇଥିଲେ ରୂପାଲିଙ୍କୁ ।

ରୂପାଲି ବି ନିଜକୁ ହଜେଇ ଦେଇଥିଲେ ଆକାଶ ଭଲି ସ୍ୱଚ୍ଛ ସେଇ ଶିଳ୍ପୀଙ୍କ ଗାଢ଼ ହୃଦୟ ଭିତରେ । ଶାମୁକାରୁ ମୁକ୍ତା ପରି ଚିତ୍ରରୁ ହିଁ ଗଢ଼ି ହୋଇଯାଉଥିଲା ସଂପର୍କର ଏଇ ନୂତନ କଳରବ ।

❏❏

# ନୀରବତାର ସ୍ୱର

ଅନ୍ଧାର ବିତି ନ ଥିଲେ ବି ପୂର୍ବ ଆକାଶରେ ଧୀରେ ଧୀରେ ଆଲୁଅ ଦିଶିଲାଣି । ହାଡ଼ଭଙ୍ଗା ଶୀତର ଏକ ପାହାନ୍ତି ପ୍ରହର । ସକାଳ ପାଞ୍ଚଟା ହେବ । ଟିକେ ନିରେଖ୍ ଦେଖ୍‌ଲେ ଝାପ୍‌ସା କୁହୁଡ଼ି ଭିତରେ ବି ହଳଦିଆ ଫଳକରେ ନାଁ ଦିଶୁଥାଏ ମଣିପାଟଣା । ଷ୍ଟେସନ୍ ପୁରା ଫାଙ୍କା । ଗୋଟେ ଜାଗାରେ ଛିଣ୍ଡା କମ୍ବଳ ଘୋଡ଼େଇ ହୋଇ ନିଆଁ ପୁଇଁ ହେଉଥିବା ତିନିଜଣ ବାସହୀନ ଲୋକ ।

ଷ୍ଟେସନ୍-ମାଷ୍ଟର ଘଣ୍ଟି ବଜେଇ ଶାଗୁଆ ରଙ୍ଗର ଲାଇଟ୍ ମାରିଲେ । ହ୍ୟାଣ୍ଡଲ୍ ଘୁରେଇ ଖସେଇଲେ । ଲେଭଲ୍ କ୍ରସିଂ ବାଡ଼କୁ । ପୁଣି ଘଣ୍ଟି ବଜେଇ ନୀଳ ଟର୍ଚ୍ଚ ମାରିଲେ । ଦୂରରୁ ଘନ ଘନ ଶୁ‌ଷ୍ଟୁରି ମାରି କୁହୁଡ଼ିର ଝାପ୍‌ସା କାନ୍ଥକୁ ଚିରି ମାଡ଼ି ଆସୁଥିଲା ଟ୍ରେନ୍ । ନିଆଁ ପୁଉଁଥିବା ଲୋକଙ୍କ ଭିତରୁ ଜଣେ କହିଲା –

: ଏଟା ବୋଧେ ମାଲ୍‌ଗାଡ଼ି ।

: ନା ବେ ପେସେଞ୍ଜର୍‌ଟା – ଅନ୍ୟ ଜଣେ କହିଲା ।

ଟିକେ ଦୂରରେ ଶୋଇରହି ନିଆଁର ଧାସ ନେଉଥାଏ ଗୋଟେ ଦେଶୀ କୁକୁର । ଟ୍ରେନ୍ ଆସି ପହଞ୍ଚିଗଲା । ସାଇରନ୍ ଦେଇ ଘଡ୍ ଘଡ୍ ଶବ୍ଦ କରି ରହିଗଲା । ସମଗ୍ର ଟ୍ରେନ୍‌ରୁ ଅଛ କେଇଜଣ ଯାତ୍ରୀ ଓହ୍ଲାଇଗଲେ । ଟ୍ରେନ୍ ଛାଡ଼ିଦେଲା । ଷ୍ଟେସନ୍‌ରୁ ଦୂରକୁ ଦୂରକୁ ଚାଲିଗଲା । ଯାଇସାରିଲେଣି ଯାତ୍ରୀମାନେ ବି । ଷ୍ଟେସନ୍ ପୂର୍ବ ପରି ଶୂନ୍‌ଶାନ୍ । ଗାଡ଼ିରୁ ଓହ୍ଲେଇ ବସି ରହିଥିଲା କିନ୍ତୁ ଜଣେ ବୃଦ୍ଧ । ଆଖ୍ ପହଁରେଇ ନେଉଥିଲା ଚାରିଆଡ଼େ ଭୁଲ୍ ଜାଗାରେ ଓହ୍ଲେଇ ପଡ଼ିନି ତ ? ଜାଗାଟିକୁ ସେ ଚିହ୍ନୁଥିଲା ।

ଗାୟତ୍ରୀ ସରାଫ୍

ସେଇ ତିନିଜଣ ଲୋକ ଭିତରୁ ଜଣେ ଚାହିଁଲା ସେ ବୃଦ୍ଧା ଆଡ଼େ । ପଚାରିଲା

: ମାଉସୀ ଘରକୁ ଯିବନି କି ? କେହି ନେବାକୁ ଆସିବେ ନା କ'ଣ ?

ଆସ୍ତେ ମୁଣ୍ଡ ହଲେଇ ସେ ମନା କଲା । ପୁଣି ଚାରିଆଡ଼କୁ ଚାହିଁଲା । ନଜର ପଡ଼ିଲା ତା'ର ଟିକେ ଦୂରରେ ଲେଖାଥିବା ନାମଫଳକ ଉପରେ । ନିଶ୍ଚିନ୍ତ ହେଲା ପରି ଦିଶିଲା ।

: ମାଉସୀ ! ଏ ହାଡ଼ଭଙ୍ଗା ଶୀତରେ ସେଠି କାଇଁ ବସିଛ ? ଏଠିକି ଆ ଆମ ସାଙ୍ଗରେ ନିଆଁ ପୁଲାଁ ନେ ।

କିଛି ନ କହି ଚୁପଚାପ୍ ବସି ରହିଲା ସେ ।

ଆଉ ଜଣେ କହିଲା,

: ଆସୁନୁ ମାଉସୀ । ତୋ ଦିହରେ ଚଦର ଖଣ୍ଡେ ନାଇଁ ଥଣ୍ଡାରେ କାଠ ହୋଇଯିବୁ । ଏଠିକି ଆ ।

ଗଣ୍ଠୁଲିଟିକୁ ନେଇ ବୃଦ୍ଧା ଜଣକ ଏଥର ଯାଇ ନିଆଁ ପାଖରେ ବସିଲା । ଆଉ ଖଣ୍ଡେ କାଠ ପଡ଼ିଲା ନିଆଁରେ । ତେଜ ବଢ଼ିଗଲା । ହାତ ସେକିଲା ସେ । ପାପୁଲିକୁ ମୁହଁରେ ଥାପି ଥାପି ନିଆଁ ପୁଲାଁ ଚାଲିଲା ।

ସେଇ ଅବସରରେ ଜଣେ ପଚାରିଲା–

: ତୋ ଗାଁ କେଉଠି ? କଉଠିକି ଯିବୁ ମାଉସୀ ?

: କୁସୁମପୁର

: ବେଶୀ ଦୂର ନୁହେଁ ଦୂଇ, ତିନି ମାଇଲ୍ ହେବ ।

: କେହି ଆସିବେନି ?

ସେ କହିଲାନି କିଛି ।

: ହଉ ହଉ ଆଜି ତ ଏଠି ହାଟବାରି । ଟେସନ୍ କଡ଼ ହାଟକୁ କୁସୁମ୍ପୁରରୁ ବହୁତ ଲୋକ ଆସଛି । ଟିକେ ରହିଯା ଦେଖିବା କା' ସାଙ୍ଗରେ ଗୋଟେ ଜୁଟେଇ ଦେଲେ ଗାଁରେ ନେଇ ଛାଡ଼ିଦବ ତତେ । ତଥାପି ବି ସେ କିଛି କହିଲାନି । ଚୁପ୍ ହୋଇ ବସି ରହିଲା । ଏ ସମୟରେ ଟିକେ ଦୂରେ ନିଆଁ ପୁଇଁଥିବା କୁକୁରଟା ଆସି ତା' ପାଖରେ ଜାକିଜୁକି ହୋଇ ବସିଲା ।

ସୂର୍ଯ୍ୟ ଉଜ୍ଜ୍ୱଳ ହୋଇ ଉଠିଲାଣି ।

କୁହୁଡ଼ି କାନ୍ତୁ ମିଳେଇ ଗଲାଣି ହଳଦିଆ ଖରା ଭିତରେ । ଷ୍ଟେସନ୍ ଚାରିକଡ଼ ଚଳଚଞ୍ଚଳ ଟିକେ ଦୂରରେ ହାଟ ବେପାରୀ ହାଟ ବସେଇ ଦେଲେଣି । ଏ ଭିତରେ ସେଇ ବୃଦ୍ଧା ଯାଇ ଗୋଟେ ବେଞ୍ଚ ଉପରେ ଗଣ୍ଠୁଲି ମୁଣ୍ଡତଳେ ଦେଇ ଟିକେ ଗଡ଼ି ଯାଇଥିଲା । ତା' ମୁଣ୍ଡ ପାଖରେ ବସି ଜିଭ ହଲାଉଥାଏ ସେଇ କୁକୁରଟି । ନିଆଁ ପୁଆଁଳୀଙ୍କ ଭିତରୁ ଜଣେ ଆସି ଡାକିଲା—

: ଏ ମାଉସୀ ଉଠ୍ ଉଠ୍ ହେଇ ଦେଖ୍ ଏ ଭାଇ ଜଣକ ତୋ ଗାଁର । ଉଠିଯା, ତତେ ନେଇ ଛାଡ଼ିଦେବେ ।

ଉଠିପଡ଼ି ମଟ୍‌ମଟ୍ କରି ଦେଖିଲା ସେ ଲୋକଟାକୁ । ଲୋକଟି ପଚାରିଲା କୁସୁମପୁର କଉ ସାଇକି ଯିବୁ ?

: ପଧାନ ସାଇ ।

: ହଉ ଚାଲ୍ ଛାଡ଼ି ଦେବି ।

ଗଣ୍ଠୁଲି ଧରି ବୁଢ଼ୀ ଉଠି ପଡ଼ିଲା । ଦୁଇଜଣ ମିଶି ତାକୁ ସାଇକେଲ କ୍ୟାରିଅରରେ ବସେଇ ଦେଲେ ଗଣ୍ଠୁଲିଟିକୁ ହ୍ୟାଣ୍ଡଲରେ ଗଲେଇ ଦେଲେ । ବାସ୍, ସାଇକେଲ ମାଡ଼ି ଚାଲିଲା, କୁସୁମପୁର ଗାଁକୁ ଯାଇଥିବା ରାସ୍ତାରେ । ଲୋକଟି କିନ୍ତୁ ଖୁବ୍ ସତର୍କରେ ପ୍ୟାଡେଲ୍ ମାରି ଆଗକୁ ଯାଉଥିଲା । ଆଶ୍ଚର୍ଯ୍ୟ ! ଷ୍ଟେସନର ସେଇ କୁକୁରଟା ବି କେମିତି କେଜାଣି ସାଇକେଲ ଚକର ଗତି ସାଙ୍ଗରେ ତାଲଦେଇ ଦଉଡ଼ି ଚାଲିଥାଏ । ସିଟ୍ ତଳ ରିଙ୍କୁ ହାତମୁଠାରେ ଧରି ବୃଦ୍ଧା ଅପଲକ ଆଖିରେ ଦେଖୁଥାଏ ତା' ଆଗରେ ଅପସରି ଯାଉଥିବା ଧାନବିଲ, ନଡ଼ିଆପଠା, ତାଳବଣ, ଆମ୍ବତୋଟା, ଆଉ ଖୁବ୍ ପରିଚିତ କେତେ କ'ଣ କ'ଣ ? ଲାଗୁଥାଏ ସେମାନେ ସମୟର ତାଡ଼ନାରେ ଅବସନ୍ନ ହୋଇଯାଇଥିଲେ ବି ତିନି ଦଶନ୍ଧି ପରେ ତାକୁ ଚିହ୍ନିଛନ୍ତି ମୁର୍କି ମୁର୍କି ହସୁଛନ୍ତି ଶୀର୍ଷ ଓଠରେ ।

ଘଣ୍ଟି ବଜେଇ ଲୋକଟା ସେମିତି ପ୍ୟାଡଲ ମାରି ଚାଲିଥାଏ । ମୁହଁ ବୁଲେଇ ସେ ଏଥର କହିଲା 'ଆମ ଗାଁ ଆଉ ମାଇଲେ ବାଟ ରହିଲା ।' ହୁଁ ମାରିଲା ବୃଦ୍ଧା । କିଛି ସମୟ ପରେ ଦେଖିଲା କେଉଁ ଯୁଗରୁ ରହିଥିବା ଶିବ ମନ୍ଦିର ଅତି ପରିତ୍ୟକ୍ତ

ଅବସ୍ଥାରେ ପଡ଼ିଛି । ପାଖରେ ଥିବା ମଠ ସବୁ ଭାଙ୍ଗି ଆଣ୍ଠୁଏ ଆଣ୍ଠୁଏ ଘାସ ଉଠିଛି । ଏଠୁ ତ ଆରମ୍ଭ କୁସୁମପୁର, ତା' ଗାଁ । ଗାଁ କଡେ କଡ଼େ ବୋହିଯାଇଛି ନଈ ନଇର ଉପତ୍ୟକା କାଶତଣ୍ଡୀ ବଣରେ ଭର୍ତ୍ତି ହୋଇ ସକାଳର ସୁନେଲି କିରଣରେ ଲହଡ଼ି ପିଟୁଛି । ଏସବୁ ଦୃଶ୍ୟ ବୃଦ୍ଧା ଆଖିର ସାତତାଳ ସମୟର ଗଭୀରତାରେ ସାଇତା, ଯେତେ ସବୁ ସ୍ମୃତିକୁ ଜୀବନ୍ତ କରି ଦେଉଥିଲା । ଛୁଇଁ ଛୁଇଁ ଯାଉଥିଲା । ମରମଟଳର ବର୍ଷବିବର୍ଷର କଥା । ନଈପଠାର ଫାଙ୍କଦେଇ ବୋହି ଆସୁଥିବା ସୁଲୁସୁଲିଆ ପବନ ନାକପୁଡ଼ାରେ ପଶୁ ପଶୁ ସମଗ୍ର ସଭାରେ ସେ ଅନୁଭବ କରୁଥିଲା, ବିତି ଯାଇଥିବା ସମୟର ମାଟିଗନ୍ଧ । ଏ ଭିତରେ ସାଇକେଲ୍ ଆସି ପହଞ୍ଚିଗଲା, ଗାଁ ପୋଲ ଉପରେ । ସାଇକେଲ୍‌ବାଲା କହିଲା—

: ମାଉସୀ ଏ ପୋଲ ଟପିଗଲା ପରେ ଆମ ଗାଁ ।

ଆଖି ବୁଲେଇଲା, ସେ ଯାଉଥିଲା ଗୋଟେ କଙ୍କ୍ରିଟ୍ ପୋଲ ଉପରେ, ଟିକେ ଦୂରରେ ମୁମୂର୍ଷୁ ଅବସ୍ଥାରେ ବଲବଲ କରି ଚାହିଁଛି ତା' ଅତୀତର ସ୍ମୃତିଭରା କାଠପୋଲ ଖୁବ୍ ଭାବପ୍ରବଣ ହୋଇ ପଡ଼ୁଥିଲା ସେ । ଆକଳନ କରୁଥିଲା କାଠ ପୋଲର ଶିଉଳିଫୁଲ ଭିତରେ ସାଇତାଥିବା ତା' ଜୀବନ ଆଉ ସେ କାଠପୋଲରୁ ଏ ସିମେଣ୍ଟ ପୋଲର ସମୟ ଭିତରେ ବିତିଯାଇଥିବା ଜୀବନଯାତ୍ରା । ହଠାତ୍ ସେ ଚମକି ପଡ଼ିଲା ସାଇକେଲର ଟିଂ ଟିଂ ଘଣ୍ଟିରେ । ଗାଁ ଭିତରେ ଚାଲୁଥିଲା ସାଇକେଲ୍ ପିଲାଙ୍କର ହୋ ହା, କଳରୋଳ, ଗାଈର ହମ୍ବାରଡ଼ି, ଗାଁ ଦାଣ୍ଡର ଗୋବର ବାସ୍ନା ଭିତରେ ଦେଇ ସେ ଖାପଛଡ଼ା ଅନୁଭବ କରୁଥିଲା ।

ତାକୁ ଲାଗୁଥିଲା ସେ ଯେଉଁ ଗାଁରେ ଜିଇଥିଲା, ଜୀବନ କାହାଣୀର ତନ୍ତ ବୁଣିଥିଲା, ସ୍ମୃତିର ସୂତାଖିଅ ଧରି, ଏ ଗାଁ ଲୋକଙ୍କ ମୁହଁରେ ଅଭିମାନର ବାଲି ଉଡ଼େଇ ଗାଁ ଛାଡ଼ିଥିଲା, ଇଏ ସେଇ ଗାଁ ହୋଇ ଆଉ ନାହିଁ । ବୟସର ସଂଧ୍ୟା ଓ ଜୀବନ ଲେଉଟାଣି ପ୍ରହେଲିକା ଭିତରେ ନିଜକୁ ସେ ଖୋଜି ପାଉ ନ ଥିଲା । ସମୟର ପରିବର୍ତ୍ତନ ଆଉ ତା' ସ୍ୱାଧିକାରର ମାଟିରେ ସେ ଖୋଜି ପାଉ ନ ଥିଲା ତା' ଅଧିକାରର ପାଦଚିହ୍ନ ।

ତା' ଭାବନାକୁ ଚିରି ସାଇକେଲିଆ କହିଲା ବଡ଼ପାଟିରେ—

: ମାଉସୀ ! ଏଇ ଆସିଗଲା ତୁମ ପଧାନ ସାଇ । ଏଇଟା ପଧାନ ସାଇ ଛକ ।

ଏମିତି ଜଣେ ଅପରିଚିତ ବୃଦ୍ଧାକୁ ଦେଖି ଆଖି ଫାଡ଼ି ଚାହୁଁଥିଲେ ପିଣ୍ଡ ଚଉତରାରେ ବସିଥିବା କେଇଟା ଲୋକ । ସାଇକେଲିଆ ପାଟି କରି କହିଲା –

: ରେ ଗୋଛିଆ ! ଧଇଲୁ ଟିକେ ମାଉସୀକୁ ଧର ।

ଗୋଛିଆ ଦଉଡ଼ି ଆସି ବୃଦ୍ଧା ଜଣକୁ ଓଧ୍ଲେଇ ଦେଲା । ଗଣ୍ଠୁଲିଟିକୁ ବଢ଼େଇ ଦେଇ ଚାଲିଗଲା ବେଳକୁ ଗୋଛିଆ ପଚାରିଲା–

: କିଏ କିରେ ?

: କିଏ ମାନେ ? ସେ ପରା ତୁମ ପଧାନ ସାଇ ଲୋକ ।

: କା ଘର ?

: ତୁ ପଚାର, ମୁଁ ଚାଲିଲି କହି ସେ ଚାଲିଗଲା । ଗୋଛିଆ ଆଗ ତାକୁ ନେଇ ଚଉତରା ଉପରେ ବସେଇଲା । ପଛେ ପଛେ ଆସିଥିବା କୁକୁରଟା ବି ଦଉଡ଼ି ଆସି ବସିଲା । ସେଇ ସାହିର କେଇଟା କୁକୁର ଭୁକି ଭୁକି ତା' ଆଡ଼କୁ ଗୋଡ଼େଇ ଆସିଲେ ସାହି ପିଲା ବାଡ଼ିଧରି ସେମାନଙ୍କୁ ତଡ଼ି ଦେଲେ । ଗ୍ଲାସେ ପାଣି ଆଣି ବୁଢ଼ୀ ମାଉସୀକୁ ଦେଇ ପଚାରିଲା ଗୋଛିଆ ।

: ପ୍ରଧାନ ସାଇର ମାଉସୀ ? କା ଘର ?

: ମୋ ଘର, ମୋ ନିଜ ଘର ।

: ଦୀନ ପଧାନ...

ପିଣ୍ଡାରେ ବସିଥିବା ଜଣେ ବୁଢ଼ାକୁ ଗୋଛିଆ ପଚାରିଲା ।

: ଅଜା ଦୀନ ପ୍ରଧାନ କିଏ ଜାଣିଛ ?

: ସେ କ'ଣ ଆଉ ଅଛି ? କେବେଠୁ ମଲାଣି । ଏଇ ଯୋଉ ଆମର ଲକ୍ଷୁ ସେ ଖାଲି ଅଛି ଦୀନ ତା'ର ଜେଜେ ହେବ, କାଇଁ କ'ଣ ହେଲା କି ?

: ଏଇ ମାଉସୀ ସେଠିକି ଯିବେ ତ ? ଚାଲ୍ ମାଉସୀ ଛାଡ଼ି ଦେବି ତତେ ଆ...

: ଏଇ ତ ଆର ଗଲି...

ଗାୟତ୍ରୀ ସରାଫ୍

ସେ ଉଠିଲା ।

ସାଙ୍ଗରେ କୁକୁରଟା ବି । ସେ ଦୁହିଁଙ୍କ ପଛେ ପଛେ ଚାଲିଲା । ସେ ଗଳି ପାରିହୋଇ ଗଲା ପରେ ଗୋଛିଆ ଗୋଟେ ଘର ଆଗରେ ଠିଆ ହୋଇ ଡାକ ପକେଇଲା–

ଲଖୁ ଲଖୁରେ ଘରେ ଅଛୁ ?

ଭିତରୁ ବାହାରି ତା’ ସ୍ତ୍ରୀ କହିଲା ପାଖ ଦୋକାନକୁ ତେଲ ଆଣିବାକୁ ଯାଇଛନ୍ତି । ଗୋଛିଆ, ବୃଦ୍ଧା । ଯାଇ ପିଣ୍ଡାରେ ବସିବାକୁ କହି ଆଣ୍ଠାରୁ ଖଣ୍ଡେ ବିଡ଼ି କାଢ଼ି ଲଗେଇଲା ଟିକେ ଦୂରରେ । ବୃଦ୍ଧା ମୂକ, ଚକିତ ଆଖିରେ ମାଟିପିଣ୍ଡାକୁ ଆଉଁଶି ଆଉଁଶି ମାଟିର ଧୂଳିରେ ଅନୁଭବ କରୁଥିଲା ବିତି ଯାଇଥିବା ଯୌବନର ସ୍ପର୍ଶ । ପାଖରେ ଥିବା ତା’ ସମୟର ତେନ୍ତୁଳି ଗଛ, ଗଛ ପରେ ଆରମ୍ଭ ହୋଇଥିବା ବିଲମାଳ, ମାଇଲେ ଦୂରରେ ତୋଫା ଦିଶୁଥିବା ନଈପଠା, ଝାଡ଼ବଣ, ନୂଆ କେଇଟା ମାଟିକାନ୍ଥର ଘର ଛାଡ଼ି ପାଟିଥିଲା ସିନା, ତା’ ରହିବା ଘରଟି ଏବେ ବି ଆଂଶିକ ବଞ୍ଚିଛି । ଲଖୁର ସ୍ତ୍ରୀ ମେଞ୍ଚେ ଘାସ ନେଇ କବାଟ ଖୋଲି ଭିତରେ ପକେଇ ଆସିଲା । ମେଁ ମେଁ ରଡ଼ି ଛାଡ଼ି ମେଣ୍ଢାପଲ ଘାସ ଚୋବେଇ ଚାଲିଥିଲେ, ସେ ବୁଝିପାରୁଥିଲା ତା’ ଘର ଏବେ ମେଣ୍ଢାଶାଳ ସାଜିଛି । ଏକ ଦୀର୍ଘଶ୍ୱାସ ନେଲା ସେ । ଏତିକିବେଲେ ଗୋଛିଆ ପାଟି କରି କହିଲା ।

: ଲଖିଆ ଏ ମାଉସୀଙ୍କୁ ଚିହ୍ନି ପାରୁଛୁ ?

ଲଖୁ ଟିକେ ନିରେଖି ମୁଣ୍ଡ ହଲେଇ ମନାକଲା ।

: ଆରେ ମାଉସୀ କ’ଣ କହୁଛି ଜାଣିଛୁ ? ଏଇଟା ତା’ ଘର । ଆଚ୍ଛା ତୋ ଜେଜେ ନାଁ ଦୀନ ପଧାନଟି ?

: ହଁ ଭରିଲା ଲଖୁ ।

ତା’ହେଲେ ମାଉସୀ ଠିକ୍ କହିଛି । ତୋ ଜେଜେକୁ ସେ ଜାଣିଛି । : ମୁଁ କିଛି ବୁଝିପାରୁନି । ମାଉସୀ କେମିତି ଜାଣିଲା ମୋ ଜେଜେକୁ ? ପୁଣି କହିଛି ଏଟା ତା’ ଘର । ଆଶ୍ଚର୍ଯ୍ୟ ହୋଇ ପଚାରିଲା ଲଖୁ । ପୁଣି ପଚାରିଲା: ତୁ ଦୀନ ପଧାନଙ୍କୁ କେମିତି ଜାଣିଛୁ ?

ବୃଦ୍ଧା ଆଖିରୁ ଦି' ଟୋପା ଲୁହ ଗଡ଼ିଗଲା । ଲୁଗାକାନି ଟାଣିଆଣି ମୁଁ ମୁଁ ହୋଇ ନାକ ପୋଛିଦେଲା । ଧୀର ସ୍ୱରରେ କହିଲା ।

: ସେ ମୋର ଶ୍ୱଶୁର ମୁଁ ତାଙ୍କ ସାନବୋହୂ ।

ବିଶ୍ୱାସ କରି ପାରିଲାନି ଲକ୍ଷ୍ମୀ ! ସନ୍ଦେହ ଆଖିରେ, ଏକ ଅନୁଶୀଳନ ଭଙ୍ଗୀନେଇ ସେ ଚାହିଁଲା । କହିଲା–

ମୋ ପାଗଳା ଦାଦା ତ ମରିବାର ଗୋଟେ ଯୁଗ ହେଲାଣି । ମୋ ମା' କହିଥିଲା ସେ ମଲାବେଳକୁ ମୁଁ କୁଆଡ଼େ ବହୁତ ଛୋଟ ଥିଲି । ହଠାତ୍ ଲକ୍ଷ୍ମୀ କ'ଣ ଭାବିଲା କେଜାଣି ପଚାରିଲା ।

: ଆଚ୍ଛା ତୋ ନାଁ ଟି କ'ଣ କହିଲୁ ?

ପୁଣି ଝରିଗଲା ଲୁହ ।

ବସିଥିବା କୁକୁରଟି କୁଁ କୁଁ ହୋଇ ଟିକେ ପାଖକୁ ଘୁଞ୍ଚି ଆସିଲା । ବୃଦ୍ଧା ଆଖିଲୁହ ପୋଛି କହିଲା ଧୀରେ–

: ମୋ ନାଁ କାବେରୀ ।

ଚମକିପଡ଼ିଲା ଲକ୍ଷ୍ମୀ । ଆଉ ଥରେ ତାକୁ ନିରେଖି ଦେଖିଲା । ଅବିଶ୍ୱାସ ଓ ବିସ୍ମୟ ମିଶା ଚାପା ସ୍ୱରରେ କହିଲା,

କାବେରୀ ଖୁଡ଼ୀ ? ତୁ ମୋର ସେଇ କାବେରୀ ଖୁଡ଼ୀ ? ମୁଁ ଜାଣିବାରେ ଦାଦା ଚାଲିଯିବା ପରେ ମୋ ଖୁଡ଼ୀ କିଛି ବର୍ଷ ବହୁତ ହଇରାଣ ହେଲା । କଷ୍ଟ ପାଇଲା । ବେଶ୍ ଚୁପ୍‍ଚାପ ରହିଲା । ଆଉ ହଠାତ୍ ଦିନେ ଉଭାନ୍ ହୋଇଗଲା କୁଆଡ଼େ ଯେ ଆଉ ଫେରିଲାନି । ମୋ ମା ମତେ କହିଥିଲା । କିନ୍ତୁ ତୁ...? ଆଚ୍ଛା କହିଲୁ ମୋ ଦାଦାର ନାଁଟି କ'ଣ ?

ଏଥର ଚାରିଧାରିଆ ଲୁହରେ ଧକେଇ ଧକେଇ କାନ୍ଦିଲା ବୃଦ୍ଧା କାବେରୀ । ଅତି କଷ୍ଟରେ କହିଲା –

କନ୍ଦେଇ ପଧାନ । ସଭିଏଁ ଡାକୁଥିଲେ କାନ୍ଦୁ ।

ମୁଁ ଗାଁ ଛାଡ଼ି ଚାଲିଗଲୋ ବେଳକୁ ତତେ ପାଞ୍ଚବର୍ଷ ହେଇଥିଲା କି କ'ଣ ?

ଗାୟତ୍ରୀ ସରାଫ୍

ଚାଲିଗଲୁ ମାନେ... କୁଆଡ଼େ ଚାଲିଗଲୁ ? ଭାବବିହ୍ୱଳ ହୋଇ ପଚାରିଲା ଲଖ୍ମୁ ।

ଉତ୍ତରରେ କାବେରୀ କହିଲା ।

: କଲିକତା ।

ଏତକ କହି ସେ କାନ୍ଦୁକୁ ଆଉଜିଗଲା । ଗମ୍ଭୀର ପରିବେଶରେ ଟେକାଟିଏ ପକେଇଦେଇ ଗୋଛିଆ କହିଲା ।

: ହଉ ହେଲା, ଜାଣିଲୁ ତ ସେ ତୋ ଖୁଡ଼ୀ । ଭିତରକୁ ନେଇ ଯା' । କଲିକତା ରାଇଜରୁ ଏତେ କଷ୍ଟ କରି ଆଇଛି: ଏତକ କହି ସେ ଚାଲିଗଲା ।

ଲଖ୍ମୁ କହିଲା: ଏ କୁଣ୍ଡ ଜାହାଲା ଭିତରେ ପାଣି ଅଛି । ଧୁଆଧୋଇ ହୋଇ ଭିତରକୁ ଆ ।

ମୁଢ଼ି ମୁଠେ ଲେଖାଏ ପାଟିରେ ପକାଉ ପକାଉ କଂସାରୁ ସୁଡ଼ପେ ସୁଡ଼ପେ ନାଲି ଚା ପିଉଥାଏ କାବେରୀ । ଲଖ୍ମୁ ପଖାଳଗୁଣ୍ଠା ଖାଉ ଖାଉ ପଚାରିଲା ଏତେ ବର୍ଷ ପରେ ତୋର ଗାଁ କେମିତି ମନେ ପଡ଼ିଲା ?

ଚା' ଢୋକଟା ସାରିଦେଇ କଂସାକୁ ତଳେ ଥୋଇଲା କାବେରୀ । ଗୋଟେ ଦୀର୍ଘଶ୍ୱାସ ପକେଇ କହିଲା ।

: ଶେଷ ଜୀବନ ଏଇଠି ରହିବି । ଏଇଠି ମରିବି ।

: ଚଳିବୁ କେମିତି ? କାବେରୀ ନିରବ ରହିଲା । ଲଖ୍ମୁର ସ୍ତ୍ରୀ ମୁହଁ ମୋଡ଼ି ଭିତରକୁ ଚାଲିଗଲା ।

ଲଖ୍ମୁ କିଙ୍କର୍ତ୍ତବ୍ୟବିମୂଢ଼ତାରେ କହିଲା ।

ହଉ, ତୁ ଏଠି ଥା । ସଞ୍ଝରେ କଥା ହେବା ମୁଁ ଫେରିଲେ । ଲଖ୍ମୁ ସ୍ତ୍ରୀ ସଞ୍ଝାଦୀପ ଜଳେଇ ଚଉଁରା ପାଖରେ ମୁଣ୍ଡିଆ ମାରିବା ବେଳେ ଲଖ୍ମୁ ଆସି ପହଞ୍ଚିଲା । ମଶା ଦାଉରେ ଅତିଷ୍ଠ ହୋଇ ଦେହରେ ଠାଏ ଠାଏ ପାପୁଲିକୁ ବାଡ଼େଇ ଚାଲିଥାଏ କାବେରୀ ।

କିଛି ଖାଇଛୁ ? ଆରେ... ଏ ମଶା ଭିତରେ କାଇଁ ବସିଛୁ ? ଭିତରେ ବସିଲୁନି ? କିଛି କହିଲାନି କାବେରୀ । ଲଖ୍ମୁ ବୁଝିଗଲା । ଗାଳିଦେଇ ତା' ସ୍ତ୍ରୀକୁ କହିଲା ।

ଖୁଡ଼ୀକୁ ଭିତରକୁ ଡାକି କ'ଣ ଗଣ୍ଡେ ଖାଇବାକୁ ଦେଇ ପାରିଲୁ ନି ? ରହ୍, ତୋ ଗର୍ମି ଛଡ଼ାଉଛି ।

ତା'ପରେ କାବେରୀର ହାତଧରି ଭିତରକୁ ନେଇଗଲା ସେ । ଦିନ ସାରାର ଦେହାଧିକ ଥକାଣରେ ଅବଶ ହୋଇ ପଡ଼ୁଥିଲା କାବେରୀ । କ'ଣ ଟିକେ ପାଟିରେ ପକେଇ ଲଖୁ ବିଛେଇଥିବା କନ୍ଥାରେ, ପାରି ହୋଇ ପଡ଼ିଲା ସେ । ଆଖି ନଈଁ ଆସୁଥିଲା ନିଦରେ କିନ୍ତୁ ତା' ମନ ଭିତରର କ୍ଷତାକ୍ତ ମଣିଷ ବେଶ୍ ଉଜାଗର ଥିଲା । ନିଦରେ ଥାଇ ବି ସେ ଶୁଣିପାରୁଥିଲା ଲଖୁର ତା' ସ୍ତ୍ରୀ ପ୍ରତି କଟୁ ଭାଷାର ବର୍ଷଣ ଓ ତା' ସ୍ୱାର ହୀନସ୍ୱାର୍ଥର ବିଳାପ ସେ କହି ଚାଲିଥିଲା ।

: ଏ ବୁଢ଼ୀ ଝଡ଼ ଭଳି କୋଉଠୁ ଉଡ଼ିଆସି ମୋ ସଂସାର ଉଚ୍ଛନ୍ନ କରୁଛି । ସେ ମୋ ଘରକୁ ଆସିନି ତ କଉଠୁ ଗୋଟେ ଛଷ୍ଠାଣ ଉଡ଼ିଆସି ମୋ ଚାଳରେ ବସିଛି ।

ଲଖୁ କହୁଥିଲା–

: ସେ ମୋର ବାପ-ବୁନିଆଦର ଲୋକ ତୁ ଥରେ ବି ମୋ ବୁନିଆଦିକୁ ଗାଳିଦବୁନି ବୁଝିଲୁ ?

କର୍କଶ ଗଳାରେ ତା ସ୍ତ୍ରୀ ଉତ୍ତର ଦେଉଥିଲା–

ସେ ଯଉଠି ରହୁଛି ରହୁ । ମୋ ଘରେ ରହିଲେ ପୁଅକୁ ବିଷ ଦେଇ ମୁଁ ସିଧା ଯାଇ ତେନ୍ତୁଳି ଗଛରେ ଝୁଲି ପଡ଼ିବି । ତେଣିକି ନା ରହିବ ତୁମର ବଂଶ ନା ତୁମର ଅଦିନିଆ ବୁନିଆଦି । ତମେ ତମର ପାଗଳା ଦାଦା ଭଳି ଗାଁ ଦାଣ୍ଡରେ ବୁଲୁଥିବ !

ଫାଟି ଯାଉଥିଲା କାବେରୀର ଛାତି । ଆଖିର ନିଦ ସବୁ ଧୋଇ ହୋଇ କାନ୍ଥୁ ଭିଜି ଯାଉଥିଲା ।

ସକାଳ ।

ପାଖ କୂଅରୁ ଗାଧେଇ ସୂର୍ଯ୍ୟ ଦେବତାଙ୍କୁ ପାଣି ଟେକି ଆସି ଲୁଗା ପାଲଟି ନେଲା କାବେରୀ । ଦାଣ୍ଡ ଦୁଆରେ ପହଞ୍ଚିଲା । ପିଣ୍ଡା ଧାରରେ ବସିଥିଲା ଲଖୁ, ଦୁଆର ପାହାଚ ଚଢ଼ି ଚଢ଼ୁ ଲଖୁ କହିଲା ।

: ଗାଧୋଇ ପଡ଼ିଲୁଣି ? ଆ ଚଟେଇରେ ବ’ । ସ୍ତ୍ରୀ ଉଦ୍ଦେଶ୍ୟରେ କହିଲା, ଖୁଡ଼ୀଙ୍କୁ ଟିକେ ଚା ଆଣି ଦେ ।

ଚା ପିଉ ପିଉ କାବେରୀ କହିଲା –

: ପୁଅ ! ତତେ କିଛି କହିବାର ଅଛି :

: କ’ଣ କହୁଛୁ ?

: ତୁ ଠିକ୍ ତୋ ବାପାଭଳି । ବଡ଼ ମନୁଆ । ତୁ ମତେ ଖୁଡ଼ୀ ଡାକିଲୁ ସେତିକି ମୋ ପାଇଁ କୋଟିନିଧି । ଏବେ ମୁଁ ଫେରିଛି ଖାଲି ଟିକେ ଶାନ୍ତିରେ ମରିବି । ଏ ଦେହ ମିଶିବ ତ ଏଇ ମାଟିରେ । ମିଶିବ ତୋ ଦାଦା ସାଙ୍ଗରେ ଜିଇଥିବା ମୋ ଦୁନିଆ ଏବେ ବି ବଞ୍ଚିଛି । ଏଠି ରହିଲେ ସେ ଦୁନିଆରେ ବଞ୍ଚିବି । ତୋତୁ ମୋର କିଛି ଆଶା ନାହିଁ । ତୋ ଘରେ ରହିଲେ ମୁଁ ଶାଢ଼ି ପାଇବିନି । ତୋ ଦାଦା ସାଙ୍ଗରେ ମୁଁ ଏଇ ଘରେ ରହୁଥିଲି ଯେଉଁଠି ତୁ ମେଣ୍ଢା ରଖୁଛୁ ସେଇ ଘରେ ସଜେଇଥିଲି ମୋର ସଂସାର । ଏ ନଈ, କନକ ତୋଟା, ମହାଗିରି ପାହାଡ଼ ସବୁଟି ବିଛାଡ଼ି ହୋଇ ପଡ଼ିଛି ଆମ ସ୍ମୃତିର ଫୁଲପାଖୁଡ଼ା । କିନ୍ତୁ ନିଷ୍ଠୁର ସମୟ ଆମ ଜୀବନରେ ରକ୍ତର ଏକ ଅଲିଭା ଗାର ଟାଣିଦେଲା । ଏକ ଲମ୍ବା ଶ୍ୱାସ ନେଇ ତା’ପରେ ସେ ଗୋଟେ ଖୁଣ୍ଟକୁ ମୁଣ୍ଡ ଆଉଜେଇ ନେଇ କହିଲା,

ତୋ ବାପା, ଦାଦା ମାନେ ଭାରି ସ୍ୱାଭିମାନୀ ଥିଲେରେ ଲଖୁ । ମୁଁ ବା ବାଦ୍ ଯିବି କେମିତି ? କା’ ପାଖରେ ହାତ ପତେଇବିନି ବୋଲି ଗାଁ ଛାଡ଼ିଥିଲି । ସେଠି ବି ସ୍ୱାଭିମାନ ସହ ବଞ୍ଚିଥିଲି । ତୋ ପାଇଁ ମୋର କିଛି କର୍ତ୍ତବ୍ୟ କରିନି ତେଣୁ ତୋର ପରିଶ୍ରମ ତୋ ଗୁଜୁରାଣ ଉପରେ ମୋର ଅଧିକାର ନାଇଁ । ସବୁ ଶୁଣୁଥିଲା ଲଖୁ ଚୁପ୍‌ଚାପ୍ ଶେଷରେ କହିଲା କେତେ ଗୁଡ଼ା ଖାଇଦେବୁ ଯେ ତୁ ? ତୋର ବି ତ ଅଧିକାର ଅଛି ।

: ନାଇଁରେ ବାପା । ଯଦି ତୁ ମତେ ଆସରା ଦେବୁ ମୋର ସେଇ ଘରଟା ଟିକେ ସଜାଡ଼ି ଦେ । ତୋ ମେଣ୍ଢା ସବୁ ନେଇ ତୋଟା ଓ ପାହାଡ଼ ତଳେ ଚରେଇବି । ତା’ ବଦଳରେ ମତେ ତୁ ଲୁଣ, ତେଲ, ଚାଉଳ, ଚୁଡ଼ା ଦେବୁ, ମନା କରନି ବାବା...

: ହଉ ଯା’ ତୋର ଖୁସି ।

ସେଦିନର ନୂଆଁଶିଆ ଖରାବେଳ ।

ଲକ୍ଷ୍ମୁ, କାବେରୀ ପାଖକୁ ଆସି କହିଲା

: ଖୁଡ଼ୀ । ଯା ଦେଖ୍ ତୋ ସପନର ଘରକୁ ସଜାଡ଼ି ଦେଇଛି ।

କଥା ପଦକ ଶୁଣି କାବେରୀର ଆଖ୍ ଝଲସି ଉଠିଲା । ସାଂଗେ ସାଂଗେ ଲକ୍ଷ୍ମୁ ଘର ଭିତରକୁ ଯାଇ ତା' ଗଣ୍ଠୁଲି ଧରି ବାହାରି ଆସିଲା । ଏକା ନିଃଶ୍ୱାସକେ ଯାଇ ପହଞ୍ଚିଲା ତା' ଘର ସାମ୍ନାରେ । ହଠାତ୍ କିନ୍ତୁ ତା' ଗୋଡ଼ ଅଟକିଗଲା । ନିରବ, ନିଶ୍ଚଳ ହୋଇ ଅପଲକରେ ଚାହିଁ ରହିଲା, ତା ଠୁ ତା' ଘରର ଦୁଆର ବନ୍ଦ ଭିତରେ ଶହେ ଯୋଜନର ଦୂରତା । ଭାବନାର ଏକ ଅଥଳ ସମୁଦ୍ରକୁ ପାରି ହେଇ ତାକୁ ସେଠି ପହଞ୍ଚିବାକୁ ହେବ । ଅତୀତର ସ୍ମୃତି ସବୁ ଲହଡ଼ି ପିଟିବା ଆରମ୍ଭ କରିଥିଲା । ହେଲେ ନିଜକୁ ସମ୍ଭାଳି ନେଲା କାବେରୀ । ଧୀରେ ଧୀରେ ପାଦ ବଢ଼େଇଲା । ଯେତେ ଯେତେ ଆଗାଉଥାଏ, କେଉଁ ଏକ ସ୍ମୃତିଛାୟା, ତାକୁ ନିଜ ଆଲିଙ୍ଗନରେ ଭରି ଦେଉଥାଏ । ସେ ଭିତରେ, ଦୁଆରବନ୍ଦ ଡେଇଁ ତା' ସ୍ୱପ୍ନର ଘରକୁ ସେ ଆସିସାରିଥିଲା । ଘର ମଝିକୁ ଆସି ପୁଟୁଲି ଖୋଲି ତା' ଚଳଣି ଜିନିଷ କାଢ଼ିବା ବେଳକୁ ହାତରେ ପଡ଼ିଲା ଛୋଟ କରିକପଡ଼ା ଲଗା ଆଲୁମିନିଅମ୍ ଚିତ୍ରାଳୟ ଖଣ୍ଡା । ଏଇ ଖଣ୍ଡାଟି ତା' ପ୍ରେମ ଜୀବନର ପହିଲି ପୃଷ୍ଠା । ତାକୁ ଟିକେ ଛୁଇଁ ଦେଇ ଘରର ଚାରିକାନ୍ତୁକୁ ବି ହାତ ମାରି ଛୁଇଁ ଚାଲିଲା । ମଥାନକୁ ଚାହିଁ ଦେଖିଲା । ତାଳଗଛ ଚିରା ବଳଖୋ ସବୁ ଆଜି ବି ବଜ୍ର ପରି ତା' ଇତିହାସକୁ କାନ୍ଧେଇ ଠିଆ ହୋଇଛି । ଉପରର ପାଞ୍ଚଟା ବହାକୁ ତା' କାହୁ ନିଜ କାନ୍ଧରେ ବୋହିଆଣି ମଥାନ ବାନ୍ଧିଥିଲା । ତା' ମୁଣ୍ଡ ଉପରେ ଖଞ୍ଜି ଦେଇଥିଲା ଗୋଟେ ଛାତ । ସବୁ କାମ ସାରି ଥକିଗଲା ବେଳେ ତେନ୍ତୁଳି ଚକଟା ସାଙ୍ଗରେ କଂସାଏ ପଖାଳ ଖାଇଦେଇ ପୁଣି କାମ କରୁଥିଲା... ମନେ ଅଛି ସବୁ ।

ସଞ୍ଜ ବେଳେ ଲକ୍ଷ୍ମୁ ଆସି ଲଣ୍ଠନଟା ଥୋଇ ଦେଇଗଲା । ରାତିରେ ଘର ପଛପଟ ଅନ୍ଧାରି ବିଲ ଭିତରୁ ଝିଣ୍ଟିକାର ନିଶାଖୋର ଝିଁ । ଟିକେ ଦୂରରେ ମେଣ୍ଢାମାନଙ୍କର ସୁପ୍ତ ବୋବାଳି । ଗାଁ ମନ୍ଦିରର ପହଡ଼ ବେଳର ଘଣ୍ଟି । ଧୀରେ ଧୀରେ ଗାଁ ଶୋଉଛି । ରାତି ବଢ଼ୁଛି । ଶୂନ୍ଶାନ୍ ନିସ୍ତବ୍ଧ । ନିରବ, ନିଶ୍ଚଳ ଭାବରେ ପଡ଼ିରହିଥିଲା କାବେରୀ, ବାର୍ଦ୍ଧକ୍ୟର ମସିଣା ଉପରେ ଲଣ୍ଠନର ସ୍ନାଣ ଆଲୁଅ

ସମ୍ପୂର୍ଣ୍ଣ କୋଠରିକୁ କିନ୍ତୁ ସ୍ୱପ୍ନାବିଷ୍ଟ କରୁଥିଲା । କଡ଼ ଲେଉଟାଇ ତା' ମନ ଫେରିଯାଉଥିଲା ତା'ର ନବଯୌବନର ସମୟକୁ ।

●

ଦେଖିପାରୁଥିଲା ସେ, ଜଣେ ଗୋରାତକ୍ତକ୍ ରୂପସୀ ତରୁଣୀକୁ । ଚିରା ଚିରା ଆଖି, ସିକ୍ତ, ନମନୀୟ ଗୋଲାପୀ ଓଠ, ସବୁକିଛି ସରଳ ଓ ସମ୍ଭ୍ରାନ୍ତ । ଭରା ଭରା ଯୌବନରେ ଲହଡ଼ି ଭାଙ୍ଗୁଥିବା ତା' ବୟସ । ଆଉ ତା'ର ତରୁଣୀ ତନୟା ମନଫୁଲ ଚାରିପଟେ ଅନେକ ମହୁମାଛି ଓ ଭଅଁର ଖାଲି ତା' ଗାଁରେ ନୁହଁ ଆଖପାଖ ଦଶଖଣ୍ଡ ଗାଁରେ ତା' ରୂପର ଅନେକ ପୂଜକ ଘୂରି ବୁଲୁଥିଲେ । କୁହାଯାଉଥିଲା, କାବେରୀ ନଦୀରେ ଡଙ୍ଗାରେ ବସି ପାର ହେବାବେଳେ ନଦୀ ମଝିରେ ତା' ବୋଉର ଅତିଶୟ ପ୍ରସବ ଯନ୍ତ୍ରଣା ହୋଇ ସେଇ ଡଙ୍ଗାରେ ହିଁ ତା'ର ଜନ୍ମ । ତେଣୁ ତା' ନାଁ ରଖାଗଲା ''କାବେରୀ'' । ସାଆନ୍ତ ଆଇମାନେ କହୁଥିଲେ କାବେରୀ, ନଈ ମଣିଷ ରୂପରେ ଜନ୍ମ ହୋଇ କାବେରୀ ସାଜିଛି । ସେ ଚାଲିଲାବେଳେ ଅଣ୍ଟା ତଳଯାଏ ଲମ୍ବିଥିବା ଚୁଟି ଠିକ୍ ନଈର ସୁଅପରି ଲହଡ଼ି ଭାଙ୍ଗୁଛି ।

କୁସୁମପୁର ଗାଁର ବେଶ୍ ନାଁ, ସାଂସ୍କୃତିକ କାର୍ଯ୍ୟକଲାପରେ । ବାର ମାସରେ ତେର ପର୍ବ ତାଙ୍କର । ଆକର୍ଷଣୀୟ ସାଜସଜ୍ଜା ଓ କଳଗାଉଣାର ଗୀତ ଉତ୍ସବକୁ ଯଦି କୋଉଠି ଅନୁଭବ କରିହୁଏ ତା' ହେଲା କୁସୁମପୁର ସେତିକିବେଳେ ସେମାନେ ଦଶଖଣ୍ଡ ଗାଁର ଲୋକଙ୍କୁ ସ୍ୱାଗତ କରଛି । ଗୋଟେ ବର୍ଷ ଦୋଲପୂର୍ଣ୍ଣିମାରେ କୁସୁମପୁରର ଯୁବଗୋଷ୍ଠୀ 'ବକାସୁର ବଧ ନାଟକଟି ମଞ୍ଜସ୍ଥ କରିଥିଲେ ଗାଁର ମେଳଣ ପଡ଼ିଆରେ ଶହ ଶହ ଦର୍ଶକ । ସମ୍ଭ୍ରାନ୍ତ ଲୋକଙ୍କ ଗହଣରେ ଚୌକିରେ ବସି ବୋଉ ସାଙ୍ଗରେ କାବେରୀ ବି ଦେଖୁଥିଲା ସେଇ ନାଟକ । କଳାକାରମାନଙ୍କ ଚମତ୍କାର ଅଭିନୟରେ ସେ ବିମୋହିତ ହେଇଯାଉଥିଲା । ଅଭିନେତାଙ୍କ ଭିତରେ ବାରିହୋଇ ଦିଶୁଥିଲା ଜଣେ ହିଁ ଅଭିନେତା । ବାରିହେବାର କାରଣ, ତା'ର କୃଷ୍ଟ ଚରିତ୍ର ନୁହେଁ ବରଂ ସୁନ୍ଦର, ସୁଠାମ ଶୌର୍ଯ୍ୟ, ବୀର୍ଯ୍ୟର ରାଜକୁମାର ପ୍ରାୟ ଅଭିନେତା । ଆଖି ପଲକ ପଡୁ ନ ଥାଏ କାବେରୀର ବୀର ବାଦ୍ୟରେ ଚତୁର୍ଦିଗ ପ୍ରକମ୍ପିତ ହେଉଥିଲା । ବୀରତ୍ୱର ସହ ଯେତେବେଳେ ସେ ଅଭିନେତା ନିଜର ବଳୀୟାନ ଅଭିନୟରେ ବକାସୁରକୁ ବଧ କରୁଥିଲେ, ଅସୁର ମଲାବେଳେ, ସ୍ମିତ ହସି ହସି

ତାଙ୍କୁ କ୍ଷମା କରୁଥିଲେ, ସେଇ ଦୃଶ୍ୟରେ ଭିଜି ପ୍ରେମ ସରସର ହେଇଯାଉଥିଲା ସେ । ସେଇ ସୁନ୍ଦର ବଳୀୟାନ ଦୟାସଂପନ୍ନ ପୌରୁଷ ପାଖରେ, ମନେ ମନେ ସେ ନିଜର ମନ, ହୃଦ ଓ ଆମ୍ବାକୁ ସମର୍ପଣ କରିଦେଲା । ପଣ କଲା ସେଇଠି ସେଇ ମୁହୂର୍ତ୍ତରେ-

: ସୂର୍ଯ୍ୟ, ଚନ୍ଦ୍ର ପଛେ ନିଜର ଗତି ବଦଲାଇ ପାରଛି, ମୋ ମନର ପଣ ବଦଲିବ ନାହିଁ । ଆଜିଠୁ ତାଙ୍କୁ ହିଁ ମୋର 'ବର' ରୂପେ ବରଣ କରିନେଲି ।

ଶୀତ ସକାଳର କାକରଭିଜା ଫୁଲ ପରି, କାବେରୀ ଭିଜି ସାରିଥିଲା ପ୍ରେମର ସରସର ସରାଗର ମଦିରାରେ । ରାଧା, ସଞ୍ଜ୍ଞାହୀନ ହୋଇ କୃଷ୍ଣମୟ ହେବା ପରି, କାବେରୀ ବି ସଂଜ୍ଞା ଭୁଲି ସେଇ ଦଶମୌକା ଗାଁର ପ୍ରତିଟି ପରିପ୍ରକାଶରେ ଦେଖୁଥିଲା 'ବକାସୁର ବଧ'ର ସେଇ କୃଷ୍ଣବେଶୀ ମୁହଁକୁ । ହଜିଲା ହଜିଲା କାବେରୀ ସାଜି ସାରିଥିଲା ପାଗଳୀ ପ୍ରେୟସୀ କିଛି ଭଲ ଲାଗୁ ନ ଥିଲା ତାଙ୍କୁ ନା ଘର ନା ପାଠପଢ଼ା । ଗାଧୁଆ । ତୁଠରେ ପଦ୍ମ ରଙ୍ଗରେ ରୂପାୟିତ ହୋଇ, ଏକ ପୁଷ୍ପିତ ମନ ନେଇ, ଅପେକ୍ଷାରେ ରହୁଥିଲା ତା'ର ସେଇ ପାଗଳ ଭଣ୍ଡର ପାଇଁ, ବଉଳ ଚାରୁଲତା କିନ୍ତୁ ବେଶ୍ ବୁଝି ପାରିଥିଲା ତା' ସ୍ଥିର ମନର ଲହରୀକୁ ପଚାରି ବସିଥିଲା ଦିନେ-

: କଉ କୃଷ୍ଣର କଲା ତତେ ପାଗଳୀ କରିଛି ଲୋ ବଉଳ କହନା... ଟିକେ ଲାଜ ଟିକେ ହସର ମିଶାମିଶି ଚାହାଣିରେ ଥର ଥର ଓଠରେ ସେ କହିଲା ।

: ମୁଁ ବି ଜାଣିନି, ଏତିକି ଜାଣିଛି ବକାସୁରକୁ ବଧ କରିଥିବା ସେଇ କୃଷ୍ଣ ଚରିତ୍ର ।

ଖିଲିଖିଲି ହସି ଉଠିଲା ବଉଳ କହିଲା-

: ମାନିଗଲି ଲୋ ବଉଳ ମାନିଗଲି, ସତରେ ତୁ ଗୋପପୁରର କହ୍ନେଇ ପାଖରେ ଆଜି ତୁ ହୃଦୟ ହାରିଛୁ । କିନ୍ତୁ ଗୋଟେ କଥା ରାଧା ନୁହଁ, ରୁକ୍ମିଣୀ ହେବାକୁ ଚେଷ୍ଟା କର । ହେଲେ, ବଉଳ ତୁ ତ ଶାସନୀ ବ୍ରାହ୍ମଣୀ, ସିଏ ହେଲା ପ୍ରଧାନ ଚାଷୀ । ତୋ ଘର, ସମାଜ ସବୁ ତୋ ପାଇଁ କାଲ ହୋଇ ଠିଆ ହେବ ।

: ତୁ ତାଙ୍କୁ ଚିହ୍ନିଛୁ ?

: ମଲା, ମଲା ତାଙ୍କୁ କିଏ ଚିହ୍ନିନି ? ଦଶଖଣ୍ଡ ମୌଜା ଭିତରେ ସେ ପରା ଗୋଟେ ହୀରା, ତା' ହୃଦୟଟା ଭାରି ବଡ଼ କଉ ରୋଗୀ ଡାକ୍ତରଖାନା ଯିବ, କଉ

ଝିଅର ବର ଭାଙ୍ଗିଲା, କେଉ ଗାଁରେ ପାଣି ପଶିଲା ସବୁଠେଇ ସେ ଟୋକାକୁ ପାଇବୁ । ଦୂର ଜାଗାରେ ରହି ପାଠ ପଢ଼ୁଥିଲା । କହୁଛି ଗାଁରେ ରହିବ ଏବେ ଗାଁର ସବୁ କାମ ପାଇଁ ବାଜି ଲଗେଇ ଦେଇଥାଏ ସବୁ କିଛି ଆୟତ୍ତକୁ ଆସିବା ପାଇଁ ଅଭିନୟ ତ କରେ ଗୀତ ବି ଗାଏ । ସବୁରେ ତା'ର ନାଁ ଯେମିତି କୃଷ୍ଣଙ୍କର ଚଉଷଠି କଳା ନେଇ ସେ କାନ୍ଥୁ ।

: କ'ଣ କହିଲୁ.. କ'ଣ କହିଲୁ.. ନାଁଟା ଆଉ ଥରେ କହିଲୁ,,

ବିକଳ ହୋଇ ପଚାରିଲା କାବେରୀ ।

: ନନ୍ଦ ସୁତ କଳା କନ୍ଧେଇ... ମାନେ କାନ୍ଥୁ ।

ଭାବବିହ୍ୱଳ ହୋଇ ଉଠିଥିଲା କାବେରୀ ।

: ରାଜଯୋଟକ ଲୋ ବଉଳ ସେ 'କା' କୁ ତୁ 'କା', କାନ୍ଥୁ କାବେରୀ ।

ଲାଜରେ ତାକୁ ପେଲିଦେଇ କାବେରୀ କହିଲା ।

: ତୁ ଆଉ ଏତେ ଖଡ଼ିରନ୍ ସାଜନା ।

: ହଉ ହେଲା । ତୁ ମୋ ରାଜଜେମା ମୁଁ ତୋର ସଖୀ । ହଁ କହ ଏବେ ସେଇ ରଙ୍ଗବୋଲା ମୁହଁକୁ ନେଇ ରହିବୁ ନା ରଙ୍ଗପଛପଟର ସେ ମଣିଷକୁ ଦେଖିବୁ ?

ଭାବ ବିଭୋର ହୋଇ କାବେରୀ ପଚାରିଲା–

: ସେମିତି କ'ଣ ହୋଇପାରିବ ? ତୁ ଜାଣିଛୁ ତାଙ୍କ ଗାଁ, ସାଇ, ଠିକଣା ?

: ଏଇ ଗୋଟେ କଥା ? ଆମ ଗାଁର ସୁନିଦେଇ ସେ ଗାଁରେ ବା' ହେଇଛି ପରା ।

: କେଉ ଗାଁ ?

କୁସୁମପୁର । ମୁଁ ବେଲେବେଲେ ସେଠିକି ଯାଏ । ଗୋଟେ ଦିନ ରହିବା ଭିତରେ ଜାଣିପାରେ ଗାଁରେ କେହି ନା କେହି, ଥରେ ନାଁ ଥରେ ଦୋହରାଉଥାଏ କାନ୍ଥୁ... କାନ୍ଥୁ...

ହଠାତ୍ ବଡ଼ ପାଟିରେ ଚାରୁଲତା ଚିଲ୍ଲେଇ କହିଲା କା ନ୍...ହୁଁ...

କାବେରୀ ତା ମୁହଁରେ ହାତଦେଇ କହିଲା...'ରୂପ୍' ବେଶୀ ଫାଜିଲ୍ ହ' ନା" ।

"କେବେ ଯିବୁ କହ ।"

କେମିତି ଯିବି ? ଆମ ଘରେ ମୋ ଉପରେ, କେତେ ଯୋଡ଼ା ଆଖି, ଜାଣିନୁ ?

ତୁ କିଛି ଚିନ୍ତା କରନା । ମୁଁ ସବୁ ଆଖିରେ ପଟି ବାନ୍ଧିଦେବି ।

ଦିହେଁ ହସିଲେ ।

ବଉଳ ତା'ପରେ କହିଲା,

: ଭାବିନେ ଯେ ଆମେ କାଲି ଯାଉଛନ୍ତି କହେନ୍ଇକୁ ଭେଟିବା ପାଇଁ । : ସତରେ କାଲି ? ଭୟ, ଶଙ୍କା ଓ ଅଜଣା ଉଲ୍ଲାସରେ ପ୍ରଶ୍ନ କଲା କାବେରୀ ।

●

ରାତି ବଳା ଭାତ ଗଣ୍ଡାକ କୁକୁର ପାଖରେ ଢାଲିଦେଇ କାବେରୀ କହିଲା ।

: ଆରେ ପେଟବିକଳା ! କାଇଁ ଏ ଗରିବ ବୁଢ଼ୀଟା ପାଖରେ ପଡ଼ିଛୁ ? କୁଆଡ଼େ ଯାଉନୁ କାହିଁକି ? ବାର ଘର ବୁଲି ଖାଇଲେ ସିନା ତୋ ପେଟଟା ଭରିଯାଆନ୍ତା ଓ କିଛି ପ୍ରତିକ୍ରିୟା ନ ଦେଖେଇ ଭାତଗୁଡ଼ାକ ଚାକୁ ଚାକୁ କରି ଖାଇ ଚାଲିଥିଲା କୁକୁରଟା ।

ଏଥର କାବେରୀ ତା' ବାଡ଼ିରୁ ଦଶଟା ବିଲ ପରେ ଥିବା ପୁରୁଣାଘାଟ ପାଖକୁ ଗାଧୋଇବାକୁ ଗଲା । କୁକୁର ବି ଚାଲୁଥିଲା ତା' ପଛେ ପଛେ । ପୁରୁଣା ଘାଟରେ ଭଙ୍ଗାରୁଜା ସିମେଣ୍ଟ ତୁଠା ଟିକେ ଦୂରରେ ଓଲଟି ପଡ଼ି ଘାସ ଚରିଯାଇଥିବା ଦି' ଚାରିଟା ଡଙ୍ଗା । କାବେରୀ ଦି' ଚଲା ପାଣି ଆଣି ମୁହଁରେ ଛାଟିଲା । ଖୋଷା ଖୋଲିଦେଲା । ଶାଢ଼ି କହିଲେ ହାଡ଼ ଉପରେ କୁଣ୍ଠୁକୁଣ୍ଠିଆ ଏକ କ୍ଷୀଣ ଚାଦର । ଚାଦରକୁ ଘୋଡ଼େଇ ରଖିଥିବା ଗୋଟେ ପାଞ୍ଚହାତି କପଡ଼ା ଓ ନିତ୍ୟକର୍ମ ସାରି ଘରଆଡ଼େ ମୁହଁ ବୁଲେଇଲା ବେଳେ ହଠାତ୍ ଦୁଇଗୋଡ଼ ଅଟକିଗଲା । ନଇତୁଠ ଆଡୁ ଖିଲିଖିଲିଆ ହସ ଶୁଣି । ଏ ହସ ଯେମିତି ତା'ର ଅତି ଆପଣାର । ବୁଲିପଡ଼ି ଦେଖେ ତ କେହି ନାହିଁ । କିନ୍ତୁ ସେ ଶୁଣିପାରୁଥିଲା ହସର ପ୍ରତିଧ୍ୱନି ଲେଉଟି



ଗାୟତ୍ରୀ ସରାଫ୍

ପଡ଼ିଥିବା ଡଙ୍ଗା ଭିତରୁ! ହ୍ରଦର ଦିଗ୍‌ବଳୟ ସେପାଖେ ସେ ଖୋଜି ପାଉଥିଲା ତା'
ଅତୀତର ନାୟକ-ନାୟିକାଙ୍କୁ ।

●

ଏ-କାବି କାଇଁ କାନ୍ଦୁଛ ? ମୁଁ ପରା ଅଛି । କାହୁ ଉପରେ ତୁମର ଭରସା
ଅଛି ନା ? କାହୁକୁ ତୁମେ ହୃଦୟ ଦେଇଛ ଆଉ କାହୁ ତୁମ ପାଇଁ ଦର୍କାର ପଡ଼ିଲେ
ତା' ଜୀବନ ଦେବ । ସବୁ ପାଇଁ ସେ ଲଢ଼ିବ । ଏ ଜାତିଆଣ ଭେଦ ପାଇଁ ଲଢ଼ିବ ।
ଧନୀ, ଗରିବ ପାଇଁ ଲଢ଼ିବ । ପ୍ରେମ, ପରିଚୟ ପାଇଁ ଲଢ଼ିବ । କିନ୍ତୁ ଲଢ଼ିବ ନୀତିର
ଯୁଦ୍ଧ । ଯେଉଁ ପରିବାରର ରକ୍ତ ତୁମ ଦେହରେ ବହୁଛି.. ତୁମର ମୋର ରକ୍ତ
ମିଶିଲା ପରେ ସେମାନେ ବି ତ ମୋର ହିଁ ହେବେ ନା । ଏ ନୀତି ଯୁଦ୍ଧ, ରକ୍ତ
ବୋହିବାର ଯୁଦ୍ଧ ନୁହେଁ ବରଂ ଏଥିରୁ ଜନ୍ମ ନେବ ଏକ ଯୁଗମଣିଷ, ମାନବୀୟ
ସମତାକୁ ନେଇ । କାବି । ଆମେ ଏକ ଆତ୍ମା ହୋଇସାରିଛେ । ଈଶ୍ୱରଙ୍କୁ ସାକ୍ଷୀ
ରଖି ଖାଲି ତୁମ ମଥାରେ ସିନ୍ଦୂରର ମାନସ ବନ୍ଧନ ବାନ୍ଧିବି । ମୁଁ ହେବି ତୁମ ସ୍ୱାମୀ,
ତୁମେ ମୋର ଧର୍ମପତ୍ନୀ । ଏତିକିରେ କାହୁ, କାବେରୀକୁ ଆଉଜେଇ ନେଲା ଛାତି
ଉପରକୁ । ହଠାତ୍ କେହି ଜଣେ ଘାଟୁଆର ପାଟି ଶୁଭିଲା । ତରତରରେ ଦିହେଁ
ଡଙ୍ଗାରୁ ଓହ୍ଲେଇଯାଇ କାଶତଣ୍ଡି ବଣ ଭିତରେ ହଜିଗଲେ ।

●

ଭାତ ଦି' ଗୁଣ୍ଡା ସାଲ୍‌ରେ ହାମୁଡ଼େ ସାରୁସଜନା ଝୋଳ ଦେଲ ଯେଣ୍ଡୁତେଣୁ
ଖାଇବା ସାରି କାନିରେ ମୁହଁ ପୋଛିଲା କାବେରୀ । ଲଖ୍ ପାଟି କରି କହିଲା
''ଖୁଡ଼ୀ । ମେଣ୍ଢା ଗୁହାଳର ତାଟି ଖୋଲିଦେଇଛି । ସେ ଗର୍ଭିଣୀ ଦି'ଟାଙ୍କୁ ଛାଡ଼ି
ବାକିମାନଙ୍କୁ ନେଇ ସଅଳ ଚାଲିଯା । ପାଗ ମେଘୁଆ ଅଛି । ଉପରବେଳା ବରଷା
ହବ । ବେଗି ଚାଲିଆସିବୁ ।

ମେଁ ମେଁ ରଡ଼ି ଛାଡ଼ି ଘାସଗୁଡ଼ାକ ଚରିଯାଉଥାନ୍ତି ମେଣ୍ଢାମାନେ ବାଦଲ
ବାଦଲ ଆକାଶରେ ସୂର୍ଯ୍ୟର ଆଲୁଅ ସୃଷ୍ଟି କରୁଥାଏ ଏକ ସ୍ୱପ୍ନର ଇଲାକା । ତାକୁ
ତାଳ ଦେଇ ପରିବେଶକୁ ଗମ୍ଭୀର କରୁଥାଏ ସେଇ ପରିତ୍ୟକ୍ତ ଶିବ ମନ୍ଦିର ଆଉ
ଦୁଇ ତିନିଟା ମଠ । କାବେରୀ ଆଜି କେମିତି ଯେ ଯନ୍ତ୍ରବତ୍ ଚାଲିଆସିଥିଲା । ସେଇ
ମନ୍ଦିର ପାଖକୁ । ଏତେ ବାଟ ଚାଲି ନିଃଶ୍ୱାସ ଟିକେ ଚାଣି ହେଲାରୁ ଆସି ବସିଲା

ମନ୍ଦିରର ଚଉତରାରେ । ଲମ୍ବା ଲମ୍ବା ନିଃଶ୍ୱାସ ନେଇ ଟିକେ ନିଜକୁ ସମ୍ଭାଳି ନେଲା । କୁକୁରଟା ବି ପାଖରେ ବସି କୁଁ କୁଁ ହେଲା, ଜିଭ ହଲେଇଲା । କାବେରୀର ନଜର ପଡ଼ିଲା ଟିକେ ଦୂରରେ କେହି ଜଣେ ବୁଢ଼ାଲୋକ ବସି ଗଞ୍ଜେଇ ଚିଲମରେ ନିଆଁ ଧରେଇଛି, ମୁହଁ ବୁଲେଇ ସେ ତା' ମେଣ୍ଢାମାନଙ୍କ ଆଡ଼େ ଚାହିଁଲା । ସେମାନେ ଆରାମରେ ଚରୁଥିଲେ । ପଠାରେ ହଠାତ୍ ମନ୍ଦିର ମୁଖ୍ୟ ଦୁଆରକୁ ଦେଖିବାବେଲେ ସ୍ୱପ୍ନାୟିତ ହୋଇଗଲା ସେ । ବନ୍ଦ ଆଖିରେ କାନ୍ତୁରେ ମୁଣ୍ଠ ସଟେଇ ବସିରହିଲା ସ୍ଥିର ହୋଇ । ସୁଲୁସୁଲିଆ ପବନରେ ଆଖି ଟିକେ ଅଲସ ଭାଙ୍ଗୁଛି ତ ସେ ଦେଖି ପାରୁଥିଲା...

●

ତା' କାନ୍ତୁ ତା' ସିନ୍ଥିରେ ସିନ୍ଦୁର ନାଇ ଦେଉଛି । ମନ୍ଦିର ପୂଜାରୀ ଦି'ଟା ଫୁଲମାଲ ବଢ଼େଇ ଦେଲେ ଦି' ଜଣକୁ ଓ ଦିହେଁ ଦିହିଁକୁ ବରଣମାଲା ପିନ୍ଧେଇ ସ୍ୱାମୀ-ସ୍ତ୍ରୀ ରୂପେ ବରଣ କରି ନେଉଛନ୍ତି । ପୂଜାରୀଙ୍କୁ ମୁଣ୍ଠିଆ ମାରି ଉଠିବା ବେଲେ ହଠାତ୍ ଦଉଡ଼ି ଦଉଡ଼ି ଆସି ପହଞ୍ଚିଲା ବଉଳ । ଧଇଁ ସଇଁ ହୋଇ କହିଲା

: ଜଲଦି ଏଠୁ ପଲାଅ । ତମ ବାହାଘର ଖବର ପାଇଁ ବ୍ରାହ୍ମଣଶାସନ ଓ ଖଣ୍ଡାୟତ ପଡ଼ାରୁ ଦଲେ ଲୋକ ଠେଙ୍ଗାବାଡ଼ି, ଛୁରୀ, କଟୁରି ଧରି ଆସୁଛନ୍ତି । କାନ୍ଦି ପକେଇଲା ସେ । କାନ୍ତୁକୁ କହିଲା :

: ତୁମକୁ ମୋ ବଉଳ ଲାଗିଲା । ତା'ର ଦାୟିତ୍ ଏବେ ତୁମର: ଠାକୁରକୁ ମୁଣ୍ଠିଆ ମାରିଲେ ଦିହେଁ ଜୋର ଜୋର କରି କାନ୍ତୁ ଝୁଲୁଥିବା ଘଣ୍ଟିକୁ ପିଟିଦେଇ କାବେରୀର ହାତଧରି ସେ ଜାଗା ଛାଡ଼ିଦେଲା । ଘଣ୍ଟି ଦୋହଲି ଦୋହଲି ବାଜି ଚାଲିଥାଏ...

●

ହଠାତ୍ ଆଖି ଖୋଲିଲା କାବେରୀ ।

ମେଣ୍ଢାମାନଙ୍କୁ ଅନେଇ ଆଶ୍ୱସ୍ତ ହେଲା ।

ସେ ଦେଖିଲା ଦୂରରେ ଗଞ୍ଜେଇ ଟାଣୁଥିବା ସେ ବୁଢ଼ା ତା' ପାଖାପାଖି ବସି ତାକୁ ମଟ୍‌ମଟ୍‌ କରି ଚାହିଁଛି । କାବେରୀ ତାକୁ ନିରେଖ ଦେଖିଲା । ମୁହଁ ବୁଲେଇନେଲା । ସେ ଆଉ କେହି ନୁହେଁ ସେଇ ସନିଆଁ । ପାହାଚ ଦେଇ ଓହ୍ଲେଇ

ଆସିଲା ସେ । ମେଣ୍ଢାପଲ ଆଡ଼କୁ ଚାଲୁ ଚାଲୁ ପଛକୁ ଚାହିଁ ଦେଖିଲା । କୁକୁରଟା ଜୋର୍‌ସୋର୍ ଗର୍ଜନ କରି ଭୁକୁଛି । ବୁଢ଼ାଟା ପଥର ପରି ଠିଆ ହୋଇଛି ।

ରାତିରେ, କାବେରୀ ଆଖିରେ ପୁଣି ଖୋଲିଗଲା ଅତୀତର ପୃଷ୍ଠା ।

କଣ୍ଠକ୍ଲର୍ ପାଟି କରି କହିଲା "ଓହ୍ଲା ଓହ୍ଲା ସବୁ... ଏଟା ଲାଷ୍ଟ୍ ଷ୍ଟେଜ୍‌ ।'' ଅନ୍ୟ ଯାତ୍ରୀଙ୍କ ସାଙ୍ଗରେ ସେ ଦିହେଁ ବି ବସ୍‌ରୁ ଓହ୍ଲେଇ ଆସିଲେ । ଚାହିଁଲେ ଇଆଡ଼େ ସିଆଡ଼େ । ପାଖରେ ଥିବା ରିକ୍ସାବାଲାଟି ପଚାରିଲା–

: ବାବୁ କୁଆଡ଼େ ଯିବ କି ? ଉତ୍ତର ନ ଥିଲା ଦିହିଁଙ୍କ ମୁହଁରେ କାହ୍ନୁ ପଚାରିଲାଃ ଏଟା କୋଉ ଜାଗା ?

: ଗାଡ଼ିରେ ଆସିଲ ପରା ଜାଣିନ କେମିତି ? ରିକ୍ସାବାଲା କହିଲା ।

: ଆମେ ଟିକେ ଶୋଇ ପଡ଼ିଥିଲୁ ତ...

: ଏଇଟା ପରା ହରିରାଜପୁର ।

: ଆଚ୍ଛା ଏଠି କେଉଠି ପାନ୍ଥଶାଳା ଅଛି ?

: ଅଛି ଯେ ଟାଉନ୍ ଗଲେ ଯାଇ । ସାନ୍‌ଘାଇ ନଦୀ ବନ୍ଦେ ବନ୍ଦେ ଗଲେ ଦୁଇ ମାଇଲ୍ ବାଟ ହବ ।

: କେତେ ଟଙ୍କା ନବ ?

ତିନି ଟଙ୍କା... ମେଘ ପବନ ଆସୁଛି ତ...

ଦିହେଁ ବସିଲେ ରିକ୍ସାରେ ରିକ୍ସା ଚାଲିଥାଏ ନଈ ଧାରେ ଧାରେ । ରିକ୍ସାର କେଁ କଟ୍‌ର ଶବ୍ଦକୁ ମେଘ ବିଜୁଲି, ଘଡ଼ଘଡ଼ି । ହଠାତ୍ ଗୋଟେ ବିଜୁଲି ଶବ୍ଦରେ ଚାରିଆଡ଼ କମ୍ପିଗଲା । ସେ ଜାବୁଡ଼ି ଧରିଲା କାହ୍ନୁକୁ ।

●

ବିଜୁଲି, ଘଡ଼ଘଡ଼ି ମେଣ୍ଢାପଲଙ୍କ ମେଁ ମେଁ ।

କବାଟ ବନ୍ଦ ପାଖକୁ ଆସି କାବେରୀ ପାଟି କରି କହିଲା

: ଆରେ ବାବା ଲକ୍ଷ୍ମୀ! ଗୁହାଲେ ପାଣି ପଶିଲାଣି ଟିକେ ଦେଖି ଦେଇ ଯା ।

: ହଁ ହଁ ତୁ ଶୋଇପଡ଼ ମୁଁ ଦେଖୁଛି ।

: ଶୁଭୁଥିଲା ବେଙ୍ଗମାନଙ୍କ କେଁ କଟର୍ । କୁକୁର ଉପରେ ଅଖାଟିଏ ଘୋଡ଼େଇ ଦେଇ ନିଜେ ଗୋଟେ କନ୍ତା ଭିତରେ ମୁହଁ ଲୁଚେଇ ଦେଲା କାବେରୀ । ପହଞ୍ଚିଗଲା ଅତୀତର ସେଇ ପାନ୍ଥଶାଳା ପାଖରେ ବେଙ୍ଗମାନଙ୍କ କେଁ କଟର୍ କେଁ କଟର୍ ସେତେବେଳେ ବି...

●

ନିଦ ନ ଥାଏ ଦିହିଁଙ୍କ ଆଖିରେ । ଜୀବନରେ ଏତେ ସମସ୍ୟା ବହୁତ ପରିବର୍ତ୍ତନ ତାଙ୍କୁ ଗୋଟେ ପ୍ରକାର ଆଚ୍ଛନ୍ନ କରି ପକେଇଥିଲା । ପାନ୍ଥଶାଳାର ପରିବେଶ, କା'ର କା'ର ପାଟିଗୋଳରେ ହଜିଯାଇଥିଲା ନିଦ । କେବଳ ରାତିଟା ପାହିଯିବା ଯାଏ ନବଦମ୍ପତି ସୁରକ୍ଷିତ ସମୟ କାଟୁଥିଲେ ଓ କାହୁ କହୁଥିଲା–

କାବି ! ତମେ ଏତେ ବଡ଼ ଘର, ପରିବାର, ଆଭିଜାତ୍ୟକୁ ପଛରେ ପକେଇ ଏ ଗରିବ ଚାଷାଟା ସାଙ୍ଗରେ ପାଦ ମିଶେଇ ଏତେ ବାଟ ଚାଲି ଆସିଲ କେମିତି ? ନରମ ଗଦିରେ ଶୋଉଥିବା ଝିଅ ତୁମେ ଆଜି ଏ ଅବ୍ୟବସ୍ଥିତ ପାନ୍ଥଶାଳାରେ ଆସି ଶୋଇଛ । ଏମିତି କେମିତି ଭାଗ୍ୟରେଖା ବଦଳେଇ ଦେଲ ?

ସ୍ୱାମୀ ଛାତିରେ ମୁଣ୍ଡ ଆଉଜେଇ ସେ କହିଥିଲା ।

ମୋର ପୁଣି ଭାଗ୍ୟ କ'ଣ ? କାହାଣୀ କ'ଣ ? ଦୁଃଖ କ'ଣ ? ସବୁକିଛି ତ ମୋ କାହୁ ପାଖରେ ଆରମ୍ଭ ମୋ କାହୁ ପାଖରେ ଶେଷ । କାହୁ ହିଁ ମୋର ଦୁନିଆଁ ।

ତା'ର ସମର୍ପଣ, ତା'ର ଆଦରର ଶବ୍ଦରେ କାହୁ ଆଖିରୁ ଆନନ୍ଦାଶ୍ରୁ ଝରି ପଡ଼ିଥିଲା । ସେ ଡାକି ଚାଲିଥିଲା କାହୁ ମୋ କାହୁ....

●

କାହୁ... ମୋ କାହୁ... ବିଳବିଳେଇ ହେଉଥିଲା କାବେରୀ । ବାର୍ଦ୍ଧକ୍ୟର ମସିଣାରେ ଶୋଇ ।

: ସେଦିନ ତୁମେ ମୋ ଡାକର ଜବାବ୍ ଦେଇ ନ ଥିଲ କାହୁ । ତୁମ କ୍ଲାନ୍ତ, ଶାନ୍ତ ମୁହଁକୁ ଟିକେ ଆଉଁଶିଦେଲି ମୁଁ, ତୁମ ଦେହରୁ ଖସିଯାଉଥିବା କମ୍ବଳଟାକୁ ଘୋଡ଼େଇ ଦେଲି । ପୂର୍ବ ଆକାଶରେ ସିନ୍ଦୂର ଫଟେଇ ସକାଳ ଆସିଲା, ଜୀବନର ବେଶ୍ କିଛି ପ୍ରଶ୍ନକୁ ନେଇ ତୁମେ ଉଠିଲ ମୁଁ ପଚାରିଲି, ଏବେ କୁଆଡ଼େ ଯିବା ?



ଗାୟତ୍ରୀ ସରାଫ

ଏବେ ଆମକୁ ପାଠଶାଳା ଛାଡ଼ିବାକୁ ହବ: ତୁମେ କହିଲ

: ଏ ବାହା ବେଶରେ କୁଆଡ଼େ ବୁଲିବା ?

: କିଛି ଉପାୟ ନାହିଁ । ବାସ୍ତବତାକୁ ସାମ୍ନା କରିବାକୁ ହେବ । ଏବେ ଦୋକାନ, ବଜାର ଖୋଲି ନ ଥିବା କିଛି କରିହେବନି । ତୁମେ ଏଠି ନିତ୍ୟକର୍ମଟା ଜଲ୍‌ଦି ସାରିଦେଇ ଆସ ।

●

ମାଟି କୁଣ୍ଠରୁ ବେଲାଏ ପାଣି ଆଣି ମୁହଁରେ ଛାଟିଲା ବୃଦ୍ଧା କାବେରୀ । ଆଉ ଗୋଟେ ବେଲା ପାଣି ଆଣିବାକୁ ନଇଁଲାବେଲେ ପାଣି କୁଣ୍ଠରେ ଦେଖ୍‌ପାରିଲା ନିଜର ପ୍ରତିବିମ୍ବ ଗୌର କୁଞ୍ଚିତ ମୁହଁ ଚାରିପଟେ ଧଲା ପଡ଼ିଯାଇଥିବା ଚୁଟି ପେଣ୍ଢୁଆ ପଡ଼ିଥିବା ଆଖ୍ ଜଣାଇ ଦେଉଥିଲା ନବବିବାହିତା ସେ କାବେରୀ ଆଉ ଏ ବିଧବା, ବୃଦ୍ଧା କାବେରୀ ଭିତରେ ଦୀର୍ଘତମ କାହାଣୀର ଅକ୍ଷାଂଶ-ଦ୍ରାଘିମା । ଅଜାଣତରେ ଦି' ଟୋପା ଲୁହ କୁଣ୍ଠ ଭିତରେ ଝରିପଡ଼ିଲା । କୁଣ୍ଠରେ ସୃଷ୍ଟି ହେଇଥିବା ତରଙ୍ଗରେ ଲହଡ଼ି ଭାଙ୍ଗି ଦୋହଲି ଯାଉଥିବା ମୁହଁର ପ୍ରତିବିମ୍ବରେ ସେ ପୁଣି ହଜିଯାଉଥିଲା କିଛି ମୁହୂର୍ତ୍ତ ପାଇଁ ସବୁ ଶୁଭୁଛି ଏବେ ବି...

●

: କ'ଣ ଗୁମସୁମ୍ ହେଇ ପାଣି ଭିତରକୁ ଗୋଡ଼ିମାରି ଢେଉ ଢେଉକା ଖେଲୁଥିବ ! ନା, ସହର ଭିତରକୁ ଯାଇ କିଛି ଥଇଥାନ କରିବା ?

ଖେଲୁଥିବା ଲହରି ଆଡ଼େ ଅନେଇ କାହୁ କହିଥିଲା–

: ପାଣିରେ ସେ ଶୁଖିଲା ପତ୍ରଟା ଦେଖୁଛ ? ପାଣିର ତରଙ୍ଗ ଯୁଆଡ଼େ ଯାଉଛି ପତ୍ରଟା ବି ଭାସି ଭାସି ସିଆଡ଼େ ଯାଉଛି । ଯେଉଠି ପାଣି ସ୍ଥିର ହଉଛି ପତ୍ରଟା ଅଟକିଯାଉଛି । ଆମ ଜୀବନଟା ବି ସେମିତି । ସମୟର ଢେଉରେ ଭାସିଆସି ଏ ସହରରେ ଲାଗିଛି । ଏଠି ଆମେ ରହିବା । ଜୀବନ କାଟିବା । ସ୍ୱପ୍ନର କୋଣାର୍କ ଗଢ଼ିବା:

: ମତେ ଭାରି ଭୋକ ଲାଗିଲାଣି କିଛି ଖାଇବା ଦୋକାନ ଖୋଲିବଣି ।

କଂସାରେ ଗୁଡ଼ ଓ ଚୁଡ଼ା ଚକଟି ହାତରେ ଗୁଣ୍ଠା କରି ଖାଉଥିଲା କାବେରୀ । ମଝିରେ ମଝିରେ କୁକୁର ପାଖରେ ଥୋଇ ଦେଉଥିଲା । ଖାଇସାରିବା ବେଳକୁ ଲକ୍ଷ୍ମୁ ଆସି ମୁଣ୍ଡବିନ୍ଧା ପାଇଁ ବଟିକା ଦେଲା, କହିଲା: "'ମେଣ୍ଢାମାନଙ୍କୁ ପଠେଇଦେଇଛି ଜଗୁ ହାତରେ । ତୁ ଶୋଇପଡ଼ା" କାବେରୀ ଶୋଇଲା କିନ୍ତୁ ଅପଲକ ଚାହିଁଥିଲା ମଥାନକୁ । ମଥାନରେ ଥିବା ଗୋଟେ କଣାବାଟ ଦେଇ ଦେଖୁଥିଲା ଆକାଶକୁ ଓ ମନେ ମନେ କହୁଥିଲା ଓ

ଏଇ ଘରେ, ଏଇ ବିଛଣାରେ ସ୍ୱପ୍ନ ବାଣ୍ଟୁଥିବା ମୋ ସରାଗର ମଣିଷ ତୁମେ କାହୁ! ପିଢ଼ା ସେପଟେ ଦିଶୁଥିବା ସରଗକୁ କେମିତି ଆବୋରି ନେଲ ? କେବେ ବି ଝରିପଡ଼ିବାକୁ ଇଚ୍ଛା ହୁଏନି ? ମେଘ ସାଙ୍ଗରେ ଜଲବୁନ୍ଦା ହୋଇ ବର୍ଷିବା ବାହାନାରେ ମତେ ଟିକେ ଛୁଇଁଦେଇଯିବାକୁ ? ଏତେ ଏତେ ପ୍ରକୃତି ଭିତରେ, କେଉ ବି ରୂପରେ ଆସି ମତେ ଥରେ ଭେଟିଯିବାକୁ ? ଓ... କାବେରୀ ଏକ ଦୀର୍ଘଶ୍ୱାସ ଛାଡ଼ିଲା । ସେତିକିବେଲେ କୁକୁରଟା ଆସି ତା' ପାଖରେ କୁଣ୍ଡୁରିକାଙ୍କୁରି ହୋଇ ଶୋଇଗଲା କାବେରୀ ତାକୁ ଆଉଁଶିଦେଲା ।

ହରିରାଜପୁରଫ

ଆଉଁଶୁ ଆଉଁଶୁ କାବେରୀ କହୁଥିଲା

କାହୁ ! ଦିନସାରା ଖଟୁଛ, ଦେହ ହାତରେ ଟିକେ ତେଲ ଘଷିଦେବି ?

: ଉଁ.... ନା ତୁମ ହାତ ଆଉଁଶା ହିଁ ମୋ ପାଇଁ ଯଥେଷ୍ଟ । ତୁମ ଆଉଁଶାରେ ଖାଲି ମୋ ଦେହ ନୁହେଁ ମନର ଦରଜ ବି ମରିଯାଏ । ତୁମେ ମୋ ଅନ୍ଧାରୀ ଜୀବନର ଚାନ୍ଦ'

ହସିଦେଇ କାବେରୀ କହିଲା—

ଆଉ ତୁମେ ମୋ ପୃଥିବୀ । ତୁମେ ଅଛ ତ ମୁଁ ଅଛି । ଏଇ ଦେଖ ଏ ସହର ରାସ୍ତା–ଘାଟ, ଗଲିବଜାର କେତେ ପୁରୁଣା ହେଲାଣି । ଆମକୁ ଆପଣେଇ ନେଲାଣି । ତୁମେ ସକାଳୁ କାମକୁ ଯାଉଛ ଏଠି ମୁଁ ଆଇନା ଆଗରେ ସଜୋଉଛି ନିଜକୁ । ତା'ପରେ ସହରବୁଲା, ନାଟକ ଦେଖା ରାତିର ଆକାଶ ତଲେ ତା'ପରେ...

: ଆମର ପ୍ରେମ, ପ୍ରଣୟ : କାହ୍ନୁର ଛାତିରେ ମୁଣ୍ଡରଖି ତୃପ୍ତିରେ ହସିଲା କାବେରୀ ଖୁବ୍ ମିଠା ଗଳାରେ କହିଲା–

ଏବେ ତ ଗାଁ ଲୋକ ଭୁଲିସାରିଥିବେ। ଆମ ବିବାହ କଥା ଚାଲ ନା ଆମ ଭିଟାମାଟିକୁ ଫେରିବା ଯେଉଁଠି ଆମ ଶିବ ମନ୍ଦିର, ବିଲମାଳ, କାଉ କୋଇଲି ନଈପଠାର କାଶତଣ୍ଡୀ ବଣ, ଘାଟଡ଼ିଙ୍ଗା ଆଉ କେତେ କ'ଣ। ସେଇଠି ଆମେ ଜିଇବା ଭିଟାମାଟି ଓ ବୁନିଆଦର ଜୀବନ ନା କ'ଣ କହୁଛ ? ଫେରିବା ନା...

ଏକ ଦୀର୍ଘଶ୍ୱାସ ଶୁଭିଲା କାହ୍ନୁର। ଲଣ୍ଠନ ଆଲୁଅ ଟିକେ କମେଇଦେଇ ସେ କହିଲା: ସକାଳ ହଉ। ବାହାରର ଝିଙ୍କାର ଶବ୍ଦ ସାଙ୍ଗେ କାହ୍ନୁର ଥକିଲା ଦେହର ଘୁଙ୍ଗୁଡ଼ି ମିଳେଇ ଯାଉଥିଲା। ସକାଳେ କିନ୍ତୁ ସେ ଭାରି ଗୁମ୍ସୁମ୍ ରହିଲା। କିଛି ନ କହି କାମକୁ ଚାଲିଗଲା। ସନ୍ଧ୍ୟାରେ ଫେରି କହିଲା– "'ଚାଲ ଘେରାଏ ବୁଲିଆସିବା''। କାହ୍ନୁ ତାକୁ ନଈକୂଳକୁ ନେଇ ଆସିଲା। ପ୍ରଥମ ଦିନ ଯେଉଁଠି ବସିଥିଲେ ପାନ୍ଥଶାଳାରୁ ଆସି, ସେଇଠି ହିଁ ବସିଲେ। ସେଦିନ ପରି କାହ୍ନୁ ପାଣିକୁ ଗୋଡ଼ି ଫୋପାଡ଼ୁଥିଲା। କାବେରୀ ଯାହା କହୁଥିଲା ଶୁଣୁ ନ ଥିଲା। ଶେଷରେ ସେ କହିଲା ଏଇଠି ଆରମ୍ଭ ଏଇଠି ଶେଷ।

: ମାନେ ? ?

ସହରୀ ଜୀବନ ଏଇଠି ଆରମ୍ଭ ହୋଇଥିଲା। ଆଜି ଏଇଠି ହିଁ ଶେଷ ହେବ।

: ମୁଁ କିଛି ବୁଝିପାରୁନି କାହ୍ନୁ।

: ମୁଁ ଚାକିରି ଛାଡ଼ି ଦେଇଛି...

ଆଶ୍ଚର୍ଯ୍ୟ ହୋଇ କାବେରୀ ପଚାରିଲା–

ଚାକିରି ଛାଡ଼ିଦେଲ କିନ୍ତୁ କାହିଁକି ?

: ଆମେ ଗାଁକୁ ଯିବା ପରା।

: ସତ କହୁଛ ? କେବେ ? ଖୁସିରେ ଗଦ୍‌ଗଦ୍ ହୋଇଗଲା କାବେରୀ।

: କାଲି ସକାଳେ। କାବେରୀ ମୁଣ୍ଡକୁ ଆଉଁଶିଦେଇ କହିଲା କାହ୍ନୁ।

କୁସୁମପୁର ଫେରିଲେ କାହ୍ନୁ କାବେରୀ ।

ରିକ୍ସାରେ ଘରକୁ ଆସିବା ବେଳେ ଗାଁ ଲୋକ ହେଟା ଶିଆଳ ପରି ଅନେଇଥାନ୍ତି । ଦୁଆର ମୁହଁରେ ରିକ୍ସା ଲାଗିଲା । କାହ୍ନୁ ଆଗ ଓହ୍ଲେଇ ପଡ଼ି କାବେରୀକୁ କହିଲା–

: ଏ ଦେଖ, ଇଏ ହେଉଛି ଆମ ଘର ।

ଘର କହିଲେ ମାଟିକାନ୍ଥର ଦି' ବଖୁରିଆ ମୁଣ୍ଡଗୁଞ୍ଜା ଜାଗା ଖଣ୍ଡେ । ତାଙ୍କୁ ଦେଖି କାହ୍ନୁର ବଡ଼ଭାଇ ନ ପଚାରୁଣୁ କହିଲେ–

: ବର୍ଷେ ତଳେ ଯେଉ ଝଡ଼ବାତ୍ୟା ଆସିଲା ଗାଁ ଘର ସବୁକୁ ଭାଙ୍ଗିରୁଜି ଉଡ଼େଇ ନେଲା । ଆମର ସବୁ ଛପର ଉଡ଼େଇ ନେଇ ମାଟିକାନ୍ତୁ ପେଟେଇ ପଡ଼ିଥିଲା । ଏଇ ମାସ କେଇଟା ତଳେ ଚାରିପଟୁ ମାଟି ଗୋଟେଇ ଏ ଖଣ୍ଡିକ ଠିଆ କରିଛୁ.. ବହୁ କଷ୍ଟରେ ।

: ଭାଇ ତୁମେ ଚିନ୍ତା କରନି ଆଉ ଗୋଟେ ଘର ଜଲ୍‌ଦି ତିଆରି କରିଦେବି ।

ବଡ଼ଭାଇ ତା'ପରେ ତାଗିଦ୍‌ କରି କହିଲେ ।

: ବୋହୁକୁ ନେଇ ଭିତରକୁ ଆ ।

କାବେରୀ ଘର ପାହାଚରେ ଗୋଡ଼ ଦିଅନ୍ତେ କାହ୍ନୁର ଭାଉଜ ଦୀପ ଜାଳି ଅରୁଆ ଚାଉଳ ଉପରକୁ ଛାଟି, ହୁଳହୁଳି ପକେଇ ବୋହୁ ବନ୍ଦାଣ କରି ଘରକୁ ନେଇଗଲେ । ସେଦିନଟା– କାବେରୀ ପାଇଁ ସବୁଠାରୁ ସମ୍ମାନସ୍ବଦ ଦିନ ଥିଲା । ରାତିରେ ସେ ବୋହୁ ରାନ୍ଧଣା ରାନ୍ଧିଲା । ଦୁଇ ଭାଇ ଦୁଇ ଯା' ସାଥୀହୋଇ ଖାଇଲେ । ପରିବାର ଯୋଡ଼ି ହେଇଗଲା । ସକାଳେ କାହ୍ନୁ ତାଙ୍କ ବିଲର ତାଳ ଓ ବାଉଁଶ ବଣ ଯାଇ ଘର ତିଆରି ପାଇଁ ସବୁ ବୁହାବୁଡ଼ି କରି ଆଣିଲା । ମାଟି ଚକଟି ଘର ଆରମ୍ଭ କଲା । କାହ୍ନୁ କାବେରୀଙ୍କ ସ୍ବପ୍ନର ଘର । ଦୁଇ ମାସ ପରେ ଭାଉଜଙ୍କ ପ୍ରଥମ ସନ୍ତାନ ଜନ୍ମନେଲା ।

ବାସ୍ ତା'ପରେ କାବେରୀ ସେ ନୂଆଁ ଚଳଣିରେ ସହଜ ହୋଇଗଲା । ଭଲ ଘର ଜୀବନଠୁ ବଳି ଭଲପାଉଥିବା ସ୍ବାମୀ । ବୋହୁର ଆସ୍ଥାନରେ ସେ ବେଶ୍‌ କର୍ମଠ, ଦାୟିତ୍ବବାନ ହୋଇଗଲା । ସ୍ବାମୀ ତଥା ପାଖ ଲୋକଙ୍କ ପାଇଁ ଗାଁର ସୁନ୍ଦରତମ ବୋହୁର ପଦବାଚ୍ୟ ପାଇଲା କାବେରୀ । ଗାଁର ପୂଜା, ପର୍ବପର୍ବାଣି,

କାମ କାର୍ଯ୍ୟରେ ସେ ନିଜକୁ ସାମିଲ୍ କଲା । ଆପଣାର କଲା ଝିଅ ବୋହୂକୁ । କିନ୍ତୁ ଝିଅ ବୟସରେ କାବେରୀକୁ ଆଖେଇଥିବା କେତେକ କାମୁକ ଆଖ୍, କେତେଟା ଭେକିଲା ଜାନୁଆର ଭିନ୍ନ ଭିନ୍ନ ସମୟରେ କୋଉଠି ନା କୋଉଠି କାବେରୀ ଚାରିପଟେ ଘୂରି ବୁଲିଲେ । ମଉକା ଅପେକ୍ଷାରେ ସେମାନେ ବିକଳ ହେଉଥିଲେ । ଏମିତି ଏମିତିରେ ବିତିଯାଉଥିଲା ଦିନ ।

●

ବୃଦ୍ଧା କାବେରୀ ତା' ଭାବନାର ବିଛଣାରୁ ଉଠିପଡ଼ିଲା । ମନ୍ଦିରରେ ସନ୍ଧ୍ୟା ଆଲତୀର ଘଣ୍ଟ ବାଜିଲା । ଜୁହାର ହେଲା ଦି' ହାତ ଯୋଡ଼ି । ଆଲତିର ଘଣ୍ଟ ଶଙ୍ଖ ଧ୍ୱନିର ଗହ ଗହ ଶବ୍ଦରେ ତା' ଭିତରେ ସତେଜ ହୋଇଉଠିଲା ସେଦିନର ସେ ବିବର୍ଣ୍ଣ ସନ୍ଧ୍ୟାର ସ୍ମୃତି ।

ସନ୍ଧ୍ୟା ଆଲତି ପରେ ଫେରୁଥାଏ କାବେରୀ । ହଠାତ୍ ହାତଟିଏ ଆସି ତାକୁ ଟାଣିନେଇଗଲା ପାଖରେ ଥିବା ବରଗଛ ମୂଳକୁ । ସେ ଚିକ୍ରାର କଲା । ତା' କବଳରୁ ମୁକୁଲି ଆସିବାକୁ ଚେଷ୍ଟା କଲାବେଲକୁ ଅକସ୍ମାତ୍ ଆସି, ପହଞ୍ଚିଗଲା କାହୁ । ସନିଆଁ.. ସେ ଚିକ୍ରାର କଲା । ପିଟିଲା ତାକୁ ନିର୍ମମ ଭାବେ । ବାନ୍ଧି ଦେଲା ବରଗଛରେ । ସାରା ରାତି ସେ ରହିଲା ପୋକ, ଜୋକ ଓ ମଶାଙ୍କ ଗହଣରେ । କଥାଟା ଉଡ଼ି ବୁଲିଲା କୁସୁମପୁର ଓ ଆଖପାଖ ଗାଁରେ । ସକାଳୁ ଘେରିଗଲେ କାହୁକୁ ତା' ଚାରିପାଖରେ ଘୂରି ବୁଲୁଥିବା ଶିଆଳ କୁକୁର ମାନେ, ନିଆଁରେ ପତ୍ର ପକେଇଲେ, ନିଆଁ ଜଳିଲା ହୁ ହୁ । କାହୁକୁ ଆଉ ରାସ୍ତା ଚଲେଇ ଦେଲେନି ସେମାନେ । ପ୍ରତ୍ୟେକ ଦିନ କିଛି ନା କିଛି ଅଘଟଣ ଗୋଡ଼ା ପଡ଼ା । ମାର୍ଧର । ପାଣି ଭିତରେ ଘର କରି କୁମ୍ଭୀର ସାଙ୍ଗରେ ଶତ୍ରୁତା କରିବା ଠିକ୍ ନୁହେଁ– ଜାଣି ବି ତାର ସାଙ୍ଗମାନଙ୍କୁ ନେଇ କାହୁ ବି ଆକ୍ରମଣ କଲା । ଦୁଇପକ୍ଷ ଲହୁଲୁହାଣ ହେଲେ । ପରସ୍ପରକୁ ସବକ୍ ଶିଖେଇବା ମଉକାରେ ରହିଲେ । କାହୁକୁ ସେ ଆକଟ କଲା । ଦିନେ ହଠାତ୍ କିରୋସିନ୍ ପୁରେଇ ଲଣ୍ଠନ ଲଗାଉ ଲଗାଉ ସପରେ ନିଆଁ ଧରିନେଲା । ବୁଲି ବୁଲି କାହୁର ବର ପୋଷାକରେ ବି ନିଆଁ ଲାଗିଗଲା । କାବେରୀ ମନକୁ ଛନକା ପଶିଲା । ସେ ଆଉ କାହୁକୁ ବାହାରକୁ ଛାଡ଼ିଲାନି । କିନ୍ତୁ ଘର ଚଳିବ କେମିତି ? "'ଏଇ ଗଲି ଏଇ ଆସିଲି" କହି ଦିନେ କାହୁ ତୋଟାକୁ କାଠ କାଟିବାକୁ

ଗଲା, ତାହା ହିଁ ଥିଲା ଭୁଲ । ସନିଆଁ ଆଉ ତା' ଦଳ ଚାରିପଟୁ ଅଚାନକ ମାଡ଼ି ଆସିଲେ ଓ ଗୋଡ଼ ବାନ୍ଧି ତଳମୁଣ୍ଡ କରି ଝୁଲେଇ ପିଟିଚାଲିଲେ ତାକୁ ନିର୍ଦ୍ଧୁମ । ପିଟି ପିଟି ଥକିଗଲା ପରେ ଛାଡ଼ିଦେଇ ଚାଲିଗଲେ । କାହ୍ନୁର ଆସିବା ଡେରି ହେବା ଦେଖି ବଡ଼ଭାଇ ସାଙ୍ଗରେ ସେ କାହ୍ନୁ ସନ୍ଧାନରେ ଗଲା ଓ ଆମ୍ବତୋଟାରେ ରକ୍ତରେ ଜୁଡୁବୁଡୁ ହୋଇ ଝୁଲୁଥିଲା କାହ୍ନୁ । ତା'ର କାନ୍ଦ ଓ ଚିକ୍କାରରେ ସାରା ତୋଟା ପ୍ରତିଧ୍ୱନିତ ହୋଇ ପଡ଼ିଥିଲା ।

ହାତଗୋଡ଼ ଭାଙ୍ଗିଥିଲା । ଜୋର ଆଘାତ ଲାଗିଥିଲା ମୁଣ୍ଡରେ । କିନ୍ତୁ ଭାଗ୍ୟକୁ ନିଃଶ୍ୱାସ ପ୍ରଶ୍ୱାସ ଚାଲିଥିଲା । ଧୀରେ ଅତି ଧୀରେ ଗୋଡ଼ ହାତ ସଂପୂର୍ଣ୍ଣ ସୁସ୍ଥ ହେଲା । ସେ ଉଠାବସା କଲା । କିନ୍ତୁ ସେ ଜଣେ ଭିନ୍ନ କାହ୍ନୁ । କାହାକୁ ଚିହ୍ନ ନ ଥିଲା । ଗୋଟେ ଜାଗାରେ ଘଣ୍ଟା ଘଣ୍ଟା ବସି ଭାବୁଥିଲା କ'ଣ ସବୁ କେତେ କେତେ କ'ଣ କ'ଣ କହିଚାଲିଲା । ହସୁଥିଲା ପାଟି କରି । ଗାମୁଛା ଫୋପାଡ଼ି ଦଉଡୁଥିଲା । ପିଣ୍ଡାରେ ଝାଡ଼ା ଫେରୁଥିଲା । ଗାଁରେ ହୁରି ପଡ଼ିଗଲା । ରାସ୍ତାରେ ଗପି ଗପି ଗଲାବେଳେ ପିଲାମାନେ ତାକୁ ଡାକିଲେ କାହ୍ନୁ ପାଗଳା । ସେ ରାଗିଲା ରୁଷିଲା । ଚିକ୍କାର କଲା । ଆହୁରି ପାଗଳ ହେଲା । ସମାନ ହୋଇଗଲା ତା' ପାଇଁ ଘର, ବଣବିଲ ନଇତୋଟା । ବହୁଥର ତାକୁ ସେ ଭଙ୍ଗା ଡଙ୍ଗା ଭିତରୁ ଆଣୁଥିଲା । କାବେରୀ ବୁଝି ସାରିଥିଲା ତା' ଜୀବନ ମଞ୍ଜରୁ ଆଲୁଅ ଲିଭି ସାରିଛି । ସରିସାରିଛି ତା' ପ୍ରେମ ସରାଗର ଯେତେସବୁ ଯମୁନା ଲୀଳା । ଏବେ ଖାଲି ନିଃଶ୍ୱାସଟା ହିଁ ବଞ୍ଚିଥିବାର ବିଶ୍ୱାସ ମାତ୍ରା ନିଜ ପାଇଁ ସେ ଆଉ ବଞ୍ଚୁନାଇଁ ବଞ୍ଚିଛି ତ ତା'ର ସେଇ ଆଦରର ମଣିଷଟା ପାଇଁ ସାରା ଦୁନିଆ ପାଇଁ ସେ ଭିନ୍ନ ଦୁନିଆର ମଣିଷ ହୋଇପାରେ କିନ୍ତୁ ତା' ପାଇଁ ସେ ତା' ଦୁନିଆର ମଣିଷ । ସେ କୁଆଡ଼େ ଚାଲିଗଲେ ତାକୁ ବେଶୀ କଷ୍ଟ କରିବାକୁ ପଡୁ ନ ଥିଲା । କାହ୍ନୁ କେବଳ ସେଇ ଜାଗାରେ ବସି ରହେ ଯେଉଁଠି ତାଙ୍କ ପ୍ରେମର ସ୍ମୃତି ଅମର ହୋଇରହିଯାଇଛି । କାବେରୀ ଅନୁଭବ କରୁଥିଲା ସେ ସିନା ପ୍ରେମର ଏକ ସ୍ଥୁଳବତ୍ ଶରୀର କିନ୍ତୁ କାହ୍ନୁର ପ୍ରେମ ସ୍ଥୁଳ ଶରୀର ଭିତରେ ନ ଥିଲା । ମଣିଷ ଚେତନାର ସୀମାରେଖା ଲଙ୍ଘି, ସମୟରେ ସାଇତା, ତା' ପ୍ରେମମୟ ମୁହୂର୍ତ୍ତମାନଙ୍କୁ ସେ ଯେମିତି ସଂଯୋଗ କରିପାରୁଥିଲା । ସେ ମୁହୂର୍ତ୍ତମାନଙ୍କ ସହ ସେ ଜିଉଥିଲା, ନିଜ ଦେହରେ ବୋଲି ହେଉଥିଲା ।

ଗାୟତ୍ରୀ ସରାଫ୍

ନଈରେ ପଡ଼ିଥିବା ପଥରକୁ ଚୁମୁଥିଲା । ଶୋଇ ରହୁଥିଲା ଗ୍ରୀଷ୍ମତାପରେ ପାଚି ତତଲା ହୋଇଯାଉଥିବା ପଥର ଉପରେ । କେବେ କେବେ ପାଣିରେ ଠିଆ ହୋଇ ଅଟକାଉଥିଲା ନଈ ସୁଅକୁ । କିନ୍ତୁ ଅମାନିଆ ସମୟର ନଈ ସେମିତି ବୋହି ଚାଲିଥିଲା । ଦିନେ ସକାଳୁ ହଠାତ୍ କେହି ଜଣେ ଆସି ଖବର ଦେଲା ଘାଟରେ, ଗୋଟେ ଡଙ୍ଗା ଭିତରେ କାହୁ ମରିପଡ଼ିଛି । କାବେରୀ ଘାଟରେ ପହଞ୍ଚି ଦେଖେ ତ ଡଙ୍ଗା ଭିତରେ କାହୁ ନିରବରେ ବସିଛି । ଠିକ୍ ଯେମିତି ବସେ ପ୍ରେମରେ, ପ୍ରଣୟରେ । ଗୋପନ ମୁହୂର୍ତ୍ତରେ । ଶାନ୍ତ, ନୀରବ, ପ୍ରାଣହୀନ ମୁହଁରେ କିନ୍ତୁ ସେଇ କୃଷ୍ଣସ୍ମିତ ଧାରେ ହସ ଖେଳୁଥିଲା ।

ସ୍ୱାମୀ ଯିବା ପରେ, ସମାଜର ନଜରରେ, ସୌନ୍ଦର୍ଯ୍ୟର ଫୁଲ, ସମ୍ଭ୍ରାନ୍ତପଣର ପାଖୁଡ଼ା ଆଉ ଲାଜସରମର ଚାଦର, କୁଆଡ଼େ କାବେରୀ ପାଦ ତଳେ ଖସିପଡ଼ିଲା, କିନ୍ତୁ ଅଭିମାନ ଓ ସ୍ୱାଭିମାନର ଚେର ତା' ସମଗ୍ର ନାରୀତ୍ୱକୁ କେମିତି ମଜବୁତ ଭାବରେ ଜାବୁଡ଼ି ଧରିଥିଲା, ସମାଜ ବୁଝି ନ ଥିଲା । ଲୋକେ ବୁଝି ନ ଥିଲେ । ଶାଗୁଣା ଯେମିତି ମଶାଣିରେ ପଡ଼ିଥିବା ମଡ଼କୁ ବି ଛାଡ଼େନି ତା' ସ୍ୱାମୀକୁ ପାଗଲ କରି ମାରିଦେଇଥିବା ସେ ଦଳେ ଲୋକ କାବେରୀର ନିଃସ୍ୱ ଦେହକୁ ନେଇ ତଥାପି ଛକାପଞ୍ଝା କରୁଥିଲେ । ନିଜ ପବିତ୍ରତାର ତୁଳସୀମାଳିକୁ କେବେ କିନ୍ତୁ ସେ ମଳିନ ହେବାକୁ ଦେଇ ନ ଥିଲା । ଅଥଚ ତା' ଚରିତ୍ରକୁ ଆଙ୍ଗୁଳି ଦେଖେଇ ଉପହାସ କରୁଥିଲେ ଅନେକ ବିବର୍ଣ୍ଣ ମୁହଁ

ସେଦିନ ଦେଢ଼ଶୁର ବି ଆସି ତାକୁ ଆକ୍ଷେପ କରି କହିଲେ

: ତୋ ଭଳି ଅଲକ୍ଷ୍ମୀ, ବଦନାମ, ଚରିତ୍ରହୀନା ସ୍ତ୍ରୀ ଲୋକ ମୋ ଖଣ୍ଡାରେ ରହିବା ଦର୍କାର ନାହିଁ ।

କଥାଟି ଶୁଣି କାବେରୀର ପାଦତଳୁ ସଂପୂର୍ଣ୍ଣ ମାଟି ଖସି ଯାଇଥିଲା । ଆଶାର ଆକାଶ ଉଡ଼ିଯାଇଥିଲା ଅନନ୍ତ ଯୋଜନ ଦୂରକୁ । ଶୂନ୍ୟ ଭିତରେ ଦୋହଲୁଥିଲା ସେ ଯେମିତି ଗୋଟେ ତେଲ ନ ଥିବା ଦୀପଶିଖା ହୋଇ, ବାସ୍ । ତଥାପି ସ୍ୱାଭିମାନର ତେଲରେ ଜୋରରେ ଜଳିଉଠିଲା କାବେରୀ ନମ୍ର ଭାବରେ ଉଉର ଦେଲା–

: ମୋ ସ୍ୱାମୀର ଛାତ ମୋ ସ୍ୱାମୀ ଦେଇଥିବା ଲୁଗାପଟା ଆଉ ବିଲଭାଗର ଚାଉଳ ମୁଁ ଖାଉଛି । ଅନ୍ଧାରରେ ରହୁଛି, କିନ୍ତୁ ମୋ ଲକ୍ଷଣ ପାଇଁ ଆପଣଙ୍କୁ ତେଲ

ଥୋପେ ବି ମାଗିନି । ଆପଣଙ୍କ ଭାଇ ଗଲା ପରେ ସମାଜ ସାଙ୍ଗରେ ଏକା ଲଢ଼ିଛି । ଆପଣଙ୍କ ଘରର ବୋହୂ ମିଛରେ ନିନ୍ଦିତ ଓ ଲଜ୍ଜିତ ହୋଇଛି କିନ୍ତୁ ମୋ ଲଜ୍ଜା ଉପରେ କେବେ ଅଧିକାରର ଚାଦରଟିଏ ଢାଙ୍କି ଦେଇନାହାନ୍ତି । ତା'ହେଲେ ସଂପର୍କର ସଂଜ୍ଞା କୋଉଟି ରହିଲା ଯେ ଆଜି ଫରକ୍ ପଡ଼ୁଛି । ମୋ ପାଇଁ ଆପଣ ପରରୁ ପର ଲୋକ ସାଜିଛନ୍ତି ବରଂ ମୁଁ ଆପଣଙ୍କର ଏ ହୀନମନ୍ୟତାର ଚାଲ ଓ ପାଚେରି ଭିତରେ ନିଜକୁ ଅସୁରକ୍ଷିତ ମନେକରୁଛି ଏବେ:

କହିସାରି ସେ ଭିତରକୁ ଚାଲି ଆସିଥିଲା । ଅନ୍ଧାର ଭିତରେ ଶୋଇଲା । କିନ୍ତୁ ନିଦ ନ ଥିଲା ।

ସକାଳ ହେଲାବେଳକୁ ସେ ଆଉ ଘରେ ନ ଥିଲା । ଚୁପଚାପ୍ ଗାଁ ଛାଡ଼ି ଦେଇଥିଲା ।

ପାହାନ୍ତି ବେଳ ।

ଝିଣ୍ଟିକାର ହୁଁ ହୁଁ ।

ଆମ୍ବଗଛରୁ ଶୁଭୁଥିଲା କୋଇଲିର କୁହୁ ।

ଚାଉଁଚାଉଁକା ନିଦରୁ ନେଞ୍ଜରା ଛେଡ଼େଇ ଆଖ୍ ଖୋଲିଲା ବୃଦ୍ଧା କାବେରୀ । ଦେଖିଲା ତା' ପାଖରେ ତା' କାହୁ ବସିଛି । ତାକୁ ଆଉଁଶୁଛି । ତା' ଆଡ଼େ ଦେଖି ହସୁଛି ଆଉ କହୁଛି ଆଲୋ କାବି, ମୁଁ ପରା ତୋ ପାଖେ ପାଖେ ଅଛି । ତତେ ଛାଡ଼ି ଆଜି ଯାଏ କୁଆଡ଼େ ଯାଇନି । ହଠାତ୍ ଏକଥା ଶୁଣି କାବେରୀର ଦେହ ଶିତେଇ ଉଠିଲା ।

ଛଲ ଛଲ ଆଖିରେ ଥରଥର ହାତ ବଢ଼େଇ କାହୁର ମୁହଁ ଆଉଁଶି ଦେଉ ଦେଉ ସେ ଅନୁଭବ କଲା ଆଉଁଶୁଛି ସେ ତା ପାଖରେ ଶୋଇଥିବା କୁକୁରର ମୁହଁକୁ ତା'ର ସର୍ବାଙ୍ଗ ଶରୀରଟାକୁ ଆଉଁଶି ଦେଉ ଦେଉ ସେ କହି ପକେଇଲା–

: ତମେ କ'ଣ ସେଇଲାଗି ଷ୍ଟେସନ୍‌ରୁ ଗୋଡ଼େଇ ଗୋଡ଼େଇ ଘର ଯାଏ ଚାଲିଆସିଛ ?

□□

ଗାୟତ୍ରୀ ସରାଫ୍

# ଅପେକ୍ଷାର ଚାଳିଶ ଯୁଗ

ତା'ର ଇ-ମେଲ୍ । ସୋସିଏଲ ନେଟ୍‌ଓ୍ୱର୍କିଂର ଫେସ୍‌ବୁକ୍‌ରୁ ଠିକଣା ସଂଗ୍ରହ କରିଛି । ଚିଠି ମେଲ୍ କରିଛି । ହତଚକିତ ମୁଁ । ଲେଖିଛି– " ଭାରତ ଆସିଛି । ଓଡ଼ିଶା ଆସିଛି । ଆସିଛି ବରଗଡ଼ । ମତେ ଡାକିଛି । କ୍ଷଣକ ପାଇଁ ସବୁ ସ୍ଥିର । ମୁଁ । ମୋ ଘର । ସାରା ସଂସାର ।"

ସେ ଆସିଛି ।

ଖବରଟି ଏକ ବିସ୍ମୟ ମୋ ପାଇଁ । ଏକ ଚମକାର ମୋ ଜୀବନ ପାଇଁ । ପୁଣି ଦେଖା ହେବ ତା ସାଙ୍ଗରେ ? କେବେ ଭାବିଥିଲି ? ସେ ଆସିଛି । ଭାରତ । ଓଡ଼ିଶା, ବରଗଡ଼ ସହର । କିନ୍ତୁ ମୁଁ ଜାଣେ ସେ ଆସିଛି ମୋ ପାଖକୁ । ମୋ ଆଖି ମୋ'ହୃଦୟ ଓ ଆମର ଆହୁରି ପାଖକୁ । ସମୟ ସରି ଆସୁଛି । ଥର ଟେ ଦେଖିବି ତାକୁ । ବେଶ୍ ।

ତେଣୁ ମୁଁ ଆସିଛି ।

ବରଗଡ଼ ଆସିଛି ।

ଏବେ ଏବେ ଷ୍ଟେସନରେ ଓହ୍ଲେଇଛି । ସେ ଆସିଥବ । ଜଗିଥବ ମତେ । ଦେଖିବା କ୍ଷଣି କ'ଣ ମୁଁ କରିବି । ନମସ୍କାର ? ହ୍ୟାଣ୍ଡସ୍ୟାକ୍ । ହ୍ୟାଲୋ ? ନା ଟିକେ ଖାଲି ହସିବି ?

ହେଲେ–ଇଚ୍ଛା ହଉଛି । ଧାଇଁ ଯିବି । ଛୁଇଁଦେବି । ଆଲିଙ୍ଗିବି । ଅନୁଭବିବି । କାନ୍ଦିବି । ଛାତିରେ ବିଧାମାରି ପଚାରିବି–ଏତେ ବର୍ଷ କଉଠି ଥିଲୁ ? କହ କହ...

ସେ କାଇଁ ? କଉଠି ସେ ? କଉଠି ?

ଗୋଟେ ଜାଗାରେ ଠିଆ ହେଲି । ଚାରିଆଡ଼େ ନିଗ୍ଧା କଲି । ଜଗିଲି ତାକୁ । ହୁଏତ ଦୂରରେ ଥିବ । ମତେ ଦେଖି ନାଇଁ । ଆସୁ ଆସୁ ବାଟରେ ଅଟକି ଯାଇଥିବ । କିନ୍ତୁ ସେ ଆସିନାଇଁ । ସେ ଆସିଥିଲେ ତ ଏ ପ୍ଲାଟଫର୍ମଟି ଉଜ୍ଜ୍ୱଳ ଦିଶୁଥାନ୍ତା ତା ଦେହର ଗୋରା ରଙ୍ଗରେ । ତା'ଆଖିର ନୀଳ ଚାହାଣିରେ, ପାଦତଳର ଧୂସର, ସୁନୀଳ ଦିଶୁଥାନ୍ତା । ସେ ଆସିଥିଲେ ଏ ମେଞ୍ଚା ମେଞ୍ଚା ଅଲିଆ ଉପରେ କା'ର ନଜର ପଡ଼ନ୍ତା ନାଇଁ, ସଭିଏଁ ତ ଦେଖୁଥାନ୍ତେ ତା ସୁନ୍ଦର ଚେହେରାକୁ । ଖାଲି କ'ଣ ସୁନ୍ଦର ନାରୀ ମୁହଁରେ ନଜର ଅଟକେ ? ପୁରୁଷର ରଙ୍ଗ, ସୁଗଠିତ ଶରୀର ଓ ସୁଠାମ ଚେହେରାରେ ନଜର ଅଟକେ ନାଇଁ ? ତା'ର ତ ସେମିତି ଚେହେରା ନଜର ବାନ୍ଧି ହେଲା ଭଳି । ମୋହନ ରୂପ । ଯା ଭିତରେ ଯେ ବିତିଯାଇଛି ଅଣଚାଳିଶ ବର୍ଷ । ଦୁଇ ମାସ ଦଶଦିନ । ସେଥିରେ କ'ଣ ଅଛି । ସେ ସେମିତି ଥିବ । କିଏ ଛୁଇଁବ ତାକୁ ? ନା ସମୟ ନା କାଳଖଣ୍ଡ ।

ଆଃ...

ଚାହୁଁ ଚାହୁଁ ସେ ଭାବଟି ମିଳେଇଗଲା ।

କିନ୍ତୁ ଶୂନ୍ୟସ୍ଥାନ ତ ରହେ ନାଇଁ । ନା ମନରେ ନା ବାୟୁ ମଣ୍ଡଳରେ । ତେଣୁ ଏବେ ଯେଉଁ ଭାବ, ଆସିଲା ସେ ଭାବ ଏକ ଅଭାବର, ଅଭିମାନର । ଅପ୍ରାପ୍ତି ଓ ଅବୁଝାପଣର । ତାକୁ ଦେଖିବାକୁ ତର ସହୁନାଇଁ । ମନଟା ଭାରି ଅଧୀର । ଆତୁର । ଅଥଚ ସେ କାଇଁ ଆସିନାଇଁ ତ ।

କ'ଣ କରିବି ? ତା'ର କଣ୍ଟାକୁ ନମ୍ବର ଦେଇଛି । ଠିକଣା ଲେଖିଛି । ଫୋନ୍ କରିବି ? ଏତେ ବର୍ଷ ପରେ ତା ସ୍ୱର ଶୁଣିବି । ପ୍ରଥମେ ଶୁଣିବି ମୋବାଇଲ୍‌ରେ ? ଗୋଟେ ଯନ୍ତ୍ରରେ ? ନା-ଫୋନ୍ ନୁହେଁ । ଯାଇ ପହଞ୍ଚିବି ତା'ଠିକଣାରେ । ବରଗଡ଼ ମୋ ପାଇଁ ନୂଆ ନୁହେଁ । ଅନେକ ବର୍ଷ ପରେ କିନ୍ତୁ ଆସିଛି । ଆସିଛି ଖାଲି ତା ପାଇଁ ।

ଚାଳିଶ ବର୍ଷ ତଳେ କହିଥିଲା ସିଏ-ଯାଉଛି । ସଭିଏଁ ଜାଣିଲେ ସେ ବିଦେଶୀ, ଫେରିଗଲା ତା ଦେଶକୁ । କିନ୍ତୁ ମୁଁ ଜାଣିଲି, ବିନା ଭିସା, ପାସ୍‌ପୋର୍ଟରେ ସେ

ରହିଗଲା । ଏଠି ଜଣେ ଓଡ଼ିଆ ନାରୀର ମନ-ନିବାସରେ । ସେ ନାରୀଟି ସେ ଦିନଠୁ ବସିଛି ଯେ ବସିଛି, ଏବେ ବି ବସିଛି ନିରଂଜନା ନଦୀ ତଟରେ । ନିଆରା ଜପ ତପ ସରିନାହିଁ ତା'ର । ମନ ଭରି ନାହିଁ । ଧ୍ୟାନ ବି ଭାଙ୍ଗି ନାହିଁ । ଅଶେଷ ନିରାଜନାରେ ସେ ।

ମୋ ପାଇଁ–

ସମୟ ଆଜି ଏକ ଚଗଲା, ଚହଲା ମୁହୂର୍ତ୍ତରେ ।

ଘଡ଼ିକିଘଡ଼ି, ଚହଲି ଯାଉଛି, ଦୋହଲି ଯାଉଛି ମୋ ଭାବ-ଭାବନା, ଚିନ୍ତା-ଚେତନା । ସ୍ଥିତି-ଅସ୍ତିତ୍ୱ । ମୁଁ ପ୍ଲାଟଫର୍ମରୁ ବାହାରି ଆସିଲି ।

ହଠାତ୍ ବହିଆସିଲା ଦଲକାଏ ପବନ । ମତେ ଛୁଇଁଲା । ମୋ'ସିଲ୍କ ଶାଢ଼ିକୁ ଛୁଇଁଲା । ଉଡ଼େଇଲା । ପବନ କିଛି କହୁଛି କି ? କ'ଣ ପାଇଁ ଯେ ସଚେତନ କରୁଛି ମତେ ? ଶାଢ଼ିକାନିକୁ ଦେହରେ ଗୁଡ଼େଇ ନେଲି । ତଥାପି... ସେ କିଛି କହୁଥିଲା । ବୁଝିଲି ବୁଝିଗଲି । ଶାଢ଼ି ରଙ୍ଗକୁ ନେଇ ତା ପ୍ରଶ୍ନ । ଏମିତି ଭାରି ରଙ୍ଗ ପିନ୍ଧିବାକୁ ଆଉ ହାତ ଯାଏନି । ଘରେ ମୋ ବୋହୂ ଓ ନାତୁଣୀ । ଆଜି କେମିତି ଏ ରଙ୍ଗ ? ପଚାରୁଛି ସେ ସେଇ କଥା । ଇ-ମେଲ ପାଇବା ପରଠୁ ତ ମୋର ସବୁ ଭୁଲଭାଲ । ଆନମନା ମୁଁ ହିତାହିତ ଜ୍ଞାନ ଭୁଲିଛି...ତେଣୁ...କ'ଣ ଖାଉଛି, କ'ଣ ପିନ୍ଧୁଛି ଠିକ୍ ଠିକଣା ନାହିଁ । " ଜାଣିଜାଣି ଏ କମଳା ରଙ୍ଗ ବାଛିନୁ ତ ? ମନେ ପକା..." ପଚାରି ଦେଇ ପବନ ଫେରାର ହେଇଗଲା କୁଆଡ଼େ । ମୁଁ ଚମକିଲି । ଏଇ ରଙ୍ଗ କଥା ପବନ ବି ଜାଣେ ? ଚାଳିଶ ବର୍ଷ ତଳର ସମୟକୁ ସେ ଚିହ୍ନେ ତା ହେଲେ ? ଚିହ୍ନିଥିବ । ଚିହ୍ନିଥିବ । ବାରିରେ, ବାୟୁରେ ତ ଅଭୁତ ଶକ୍ତି । ସେମାନେ ସବୁ କାଳର । ସବୁ ସମୟର । ସବୁକୁ ଛୁଅନ୍ତି । ତାଙ୍କ ପାଇଁ ଚିହ୍ନା-ଅଚିହ୍ନା କ'ଣ ? ଦେଖା-ଅଦେଖା କ'ଣ ?

ଏଇ କମଳାରଙ୍ଗଟି ତା'ର ପ୍ରିୟ ରଙ୍ଗ ।

ସେ କହେ– " ଏ ରଙ୍ଗ ଚେତନାର ଓ ଉତ୍ତରଣର । ଏ ରଙ୍ଗ ଜୀବନକୁ ଉର୍ଦ୍ଧ୍ୱମୁଖୀ କରାଏ । ପଚିଶ ବର୍ଷ ବୟସରେ ସେ ଜୀବନକୁ ବୁଝିଥିଲା । ଦର୍ଶନର ଛାତ୍ର ଭଲି କଥା କହୁଥିଲା । ମୁଁ ତାର ଗୁରୁ । ସେ କିନ୍ତୁ ମତେ ପାଠ ପଢ଼ାଉଥିଲା ।

କହୁଥିଲି– "ତୁ ଆମେରିକାର ଯୁବକ ଭଳି ଲାଗୁନା । ତୁ କ'ଣ ସତରେ ସେଇ ଦେଶର ?"

: କାହିଁକି ?

କେବେ ତ ତୁ ବିଳାସ ଓ ପ୍ରାଚୁର୍ଯ୍ୟର କଥା କହୁନା । ଖାଲି ଜୀବନ ଓ ଚେତନାର କଥା କହୁ ।

"ସବୁବେଳେ ନୁହେଁ ।" କହି ତା'ର ପ୍ରାଣଖୋଲା ହସ । ସେ ହସର ସ୍ୱର, ସୁରଭିତ କରୁଥିଲା ମତେ । ସେଥିରେ ମୁଁ ବିଭାଜିତ । ଭାଗଭାଗ ହୋଇ ପଡୁଥିଲି ଅଭୁଲା ଅତୀତ ଓ ବର୍ତ୍ତମାନ ଭିତରେ । ଏବେ ମୁଁ ପ୍ଲାଟଫର୍ମ ବାହାରେ । ଅଟୋଷ୍ଟାଣ୍ଡରେ ।

ଗୋଟେ ଅଟୋ ରିକ୍ସା ପାଖରେ ଠିଆ ହୋଇ ସେ କହିଥିବା 'ସ୍ୱେସିଆଲ ହୋମ୍'ର ଠିକଣା ପଚାରିଲି । ଡ୍ରାଇଭର ଜାଣିଥିଲା । ଯିବା ପାଇଁ ବି ରାଜି ହେଲା । ମୁଁ ବସିଲି । ଅଟୋ ଷ୍ଟାର୍ଟ ହେଲା । ପିରୁ ରାସ୍ତାରେ ଧାଇଁଲା । ମୋ ମନର ପିରୁ ରାସ୍ତାରେ ବି ଧାଇଁଲା କିଛି ସ୍ମୃତି । କେନାଲ କୂଲେ କୂଲେ ଅଟୋ ଗଲାବେଳେ ଲାଗିଲା ଏଠି ବହୁଛି ମୋର ସେଇ ମୂଲ୍ୟବାନ୍ ସ୍ମୃତିର ଜଳଧାରା । ସିମେଣ୍ଟ କାରଖାନାର ଧୂଆଁ ଦେଖି ପୁଣି ଲାଗିଲା ଇଏ ମୋର ସ୍ମୃତି ନଗରୀର ଧୂଆଁ । ଜାଣିଥିଲି ଏଇ ବରଗଡ଼, ଶସ୍ୟ ଶ୍ୟାମଳିମାର ସହର । ଖେତରେ ତା'ର ସୁନା ରଙ୍ଗର ଫସଲ । କେଉଁଠି ସେ ଫସଲ ଦେଖିଲେ ଭାରି ଭଲ ଲାଗୁଥିଲା । ମନେ ହେଉଥିଲା । ଇଏ ସେଇ, ମୋ'ହଜି ଯାଇଥିବା ସୁନା ରଙ୍ଗର ଜୀବନ ।

ହଁ, ତ ସୁନା ରଙ୍ଗର ଜୀବନ । ଆତୁର, ଆମ୍ରୀୟ ମନ । କାହିଁ, କେଉଁ ଚାଳିଶ ବର୍ଷ ତଳର ସମୟ । ସମୟର ଆଖିରେ କିଛି କିଛି ଅଲିଭା, ଅଭୁଲା ଚିତ୍ରଲେଖା କଥା ଉପକଥାରେ ।

କଥାଟି ଆରମ୍ଭ ସେଇ କପୋତୀଠୁ–ଶାନ୍ତ, ସରଳ, ନିରୀହ ଶ୍ୟାମବର୍ଣ୍ଣୀ କପୋତୀ । ତା'ର ପର ଥିଲା । ମନକୁ ମନ ଉଡୁଥିଲା । ଗୀତ ଗାଉଥିଲା । ଉଡ଼ି ଆସିଲା କପୋତଟିଏ । ସାତ ସମୁଦ୍ର ତେର ନଈ ସେ ପାରିର ଗୋଟେ ଶୁଭ୍ର, କପୋତ । ଦିହେଁ ଦିହିଁକି ଦେଖିଲେ । ଜାତି-ଜାତୀୟତା, ଭାଷା, ସ୍ୱପ୍ନମୟତା

ଈଶ୍ୱର-ଈଶ୍ୱରୀ, ବାୟୁ, ବାରି ସବୁ ଅଲଗା । ହେଲେ ବି ପକ୍ଷୀ ଯୁଗଳଙ୍କ ମନ କେମିତି ଯେ ମିଶିଲା । ସୁର ଓ ସୁରଭିର ସୂକ୍ଷ୍ମ ଡୋରିରେ ହୃଦୟ ଯୋଡ଼ି ହେଲା ଦିହିଁଙ୍କର । କପୋତୀର ଅଗଣାରେ ମଧୁମାଳତୀ ଲତେଇଲା । କପୋତକୁ ଭଲ ଲାଗିଲା କପୋତୀ ସହରର ଟାଣଖରା । ମିଠା ଲାଗିଲା, ମାଠିଆ ପାଣି ବିଞ୍ଚଣା ପବନ । ସୁଆଦିଆ ଲାଗିଲା କପୋତୀ ହାତର ଝୁରି ପୁର୍ଗା, କରଡି ଭଜା, କୁଲେର ଶାଗ ଓ ଆହୁରି କେତେ କ'ଣ । ଖେତର ଧାନଗଛ, ପୋଖରୀରେ ପହଁରୁଥବା ମାଛ, ମନ୍ଦିରର ମହାପ୍ରୁ, ସବୁର ଫଟୋ ନେଲା ସେ । ରଙ୍ଗୀନ ଫଟୋ ଦେଖେଇ ସର୍ଭିଙ୍କୁ ଚମକୃତ କଲା । କଳା-ଧଳା ଫଟୋର ସମୟ-ସେତେବେଲେ, ମୋ'ଛୋଟ ସହରରେ ।

ଦିନେ କପୋତ କହିଲା- "କପୋତୀ ଲୋ..."

ମୋ ନାଡ଼ଟିଏ ଲୋଡ଼ା । ଚାଲ ଆମ ଦେଶକୁ ଉଡ଼ିଯିବା । ନାଡ଼ ତିଆରିବା । ଦିହେଁ ଦିହିଁକ ସୁଖ, ଦୁଃଖର ସାଥୀ ହବା । ସାରା ଜୀବନ ତତେ ଭଲ ପାଇବି । ସୁଖରେ ରଖବି" । କପୋତର ଦେଶ ଧନଧାନ୍ୟ, ଗୋପ, ଲକ୍ଷ୍ମୀର ଦେଶ । ସଭିଏଁ ଚାହାଁନ୍ତି ସେଠିକି କେମିତି ଟିକେ ଉଡ଼ିଯିବେ । ସୁଖ ଭୋଗିବେ । କପୋତୀ ବି ଚାହିଁଲା । ସ୍ୱପ୍ନଫୁଲ ତୋଳିଲା । ଡେଣାରେ ଭରିଲା ପ୍ରେମ ଓ ତା'ର ଇନ୍ଦ୍ରଧନୁ । କିନ୍ତୁ ସେଇ କଥାରେ ଦୃଢ଼ ଉଠିଲା କପୋତୀ ଘରେ । ଗୀର୍ଜା ଓ ମନ୍ଦିରରେ । କାନନ ଓ କାନ୍ତାରରେ । ସମାଜ ବାଟ ଛେକିଲା । ଦା'ର ରୀତି, ନୀତି ଆଗରେ ଆସି ଠିଆ ହେଲା ।

କପୋତ ଭାରି ଦର୍ପରେ ଲଢ଼ିଲା । ପକ୍ଷୀ, ପବନର, ଦେଶ କି ସୀମା ସରହଦ୍ ନଥାଏ । ହୃଦୟର ଜାତି, କୁଳ ଭାଷା କି ଭୂଗୋଲ ନଥାଏ । ଥାଏ ? ଆଉ ପ୍ରେମ ତ ଏମିତି ଏକ ଉନ୍ନତ ଆଲୁଅ ଯାହା ଆଲୋକିତ କରେ ସାରା ସଂସାର । କିନ୍ତୁ କିଏ ବୁଝିଲା । ଦିହିଁଙ୍କ କଅଁଲ ଡେଣା ଜଖମ ହେଲା । ତଥାପି କପୋତ ଡାକିଲା, 'ଆ କପୋତୀ । ସବୁକୁ ପଛ କରି ଦେ । ଆ ମୋ ସାଥରେ ଉଡ଼ିଆ ।' କିନ୍ତୁ ବିଚାରା କପୋତୀ, ପ୍ରଜାପତିଟିଏ ହୋଇ ଫୁଲ ପାଖକୁ ଉଡ଼ି ଯାଇପାରିଲାନି । ରାଧା ହୋଇ ବାଧା ଅତିକ୍ରମ ପାରିଲା ନାଇଁ । ସେ ମା' ମାଟି ଦେଖଲା । ଦେଶ ଦେଖଲା । ସମାଜ ଆଖକୁ ଅନେଇଲା । ଲୁହରେ ସମୁଦ୍ର ତିଆରିଲା । ସେଠି ବସବାସ

କଳା । ସୁନା ରଙ୍ଗର ଜୀବନକୁ ମୁରୁଛି ନେଲା । ଜଖମ ଡେଣାରେ ଦି'ଟୋପା ଲୁହ ନେଇ କପୋତ ଉଡ଼ିଗଲା ତା ଦେଶକୁ । ସେଠିକାର ଠିକଣା ଦେଲା ନାହିଁ । କପୋତୀ ତାର ଫଟୋ ଖଣ୍ଡିଏ ବି ମାଗିଲା ନାହିଁ । ବାସ୍, ପକ୍ଷୀଟିଏ ଉଡ଼ିଗଲେ ତା'ପରଠୁ କପୋତୀ କାଦେ ।

କମଳା ରଙ୍ଗର ଜିନିଷପତ୍ର ଦେଖିଲେ, ଚକ୍‌ଲେଟ୍ ଦେଖିଲେ, ସ୍ଟ୍ରାଇଁବ୍ଭରି କୁଲେରର ଶାଗ ଦେଖିଲେ ବାହୁନେ । ଥରେ ସେ ସ୍ୱପ୍ନରେ ଦେଖିଲା ସେ ଗୋଟେ ପରେ ଗୋଟେ ସମୁଦ୍ର ପାର ହଉଛି । ଆଉ ଥରେ ଦେଖିଲା–ସେ ପକ୍ଷୀରାଜ ଘୋଡ଼ାରେ ଉଡ଼ି ଉଡ଼ି ଯାଉଛି । ଭାସି ଭାସି ଯାଉଛି ମେଘରେ । ନାଁ ନଥିବା ଠିକଣାରେ ।

: ଆଛା ! ଏଇଟା ତ ସେ ଜାଗା...ଏଇଠି ଓହ୍ଲେଇବ । ଉଁ...ହଁ...ହଁ...ଅଟୋ ଅଟକିଲା । ମୁଁ ସାଙ୍ଗେ ସାଙ୍ଗେ ସଜାଗ ହେଲି ବର୍ତ୍ତମାନ ପାଖରେ ହାଜର ହେଲି ।

'ସ୍ନେସିଆଲ ହୋମ୍' ନାମ ଫଳକଟିଏ ଲାଗିଛି ଗେଟରେ । ହଁ, ଇଏ ତା'ଠିକଣା । ଅଟୋରୁ ଓହ୍ଲେଇଲି । ଭଡ଼ା ଦେଲି ଡ୍ରାଇଭରକୁ । ସେ ଚାଲିଗଲା । ଏଠି ବି ତ ସେ ନାହିଁ । ତେବେ କଉଠି ବି ମୋ ପାଇଁ ତା'ର ଅପେକ୍ଷା ନାହିଁ । ଏସ୍‌ଏମ୍‌ସରେ ଜଣେଇଥିଲି ଟ୍ରେନ୍ ଟାଇମ ତଥାପି...? ତା'ର ତାହା ହେଲେ ଏତେ ଟିକେ ବି ବ୍ୟାକୁଳତା ନାହିଁ । ମୁଁ ଯେ ସ୍ୱାମୀ ସନ୍ତାନର ସଂସାର ଛାଡ଼ି ଧାଇଁ ଆସିଛି । ହଉ ଠିକ୍ ଅଛି ।

ଏ ବନ୍ଧନ ସତେ କେଡେ ବିଚିତ୍ର । ମନେ ପଡ଼ିଲା ଜଣେ କବିଙ୍କ କଥା । ତାଙ୍କ ମତରେ ପ୍ରେମ ଏକ ବିଚିତ୍ର ଫୁଲ । ସ୍ୱତନ୍ତ୍ର ସୁରଭି ଏହାର । ଭାବିଲି, କବିଙ୍କ ସେଇ ବିଚିତ୍ର ଫୁଲଟିକୁ ତମୁଣ୍ଡରେ ମାରିଛି । ସେଇ ସୁରଭିରେ ତ ସୁରଭିତ ହେଇଛି । ଆଉ କ'ଣ! କାହିଁକି ଆଉ ରାଗ ଅଭିମାନ ? ଗେଟ୍ ଖୋଲିଲି । ଦେଖିଲି, କେହି କୁଆଡ଼େ ନାହାନ୍ତି । ପ୍ରକୃତି କିନ୍ତୁ ଏଠି ପସରା ମେଲିଛି । ପ୍ରାୟ ଶହେ, ଦେଢ଼ଶ ଫୁଟ ଦୂରରେ ଦିଶୁଛି ଗୋଟେ ଘର । ମଝିରେ ମୋରମ୍ ରାସ୍ତା । ଦି କଡ଼ରେ ହସହସ ଟଗର, ମନ୍ଦାର, କନିଅର । ଅନାମିକା ଗଛ, ପତ୍ର ଆସର । ଆକାଶ ସାରା କୁନିକୁନି ଚଢ଼େଇମାନଙ୍କ ମିଠାମିଠା ସୁର ଶୁଭୁଥାଏ । ପାଦ ଅଟକି ଯାଉଥାଏ । ହେଲେ ଏଇଟକ ବାଟ ଟ'ପିଲେ- ସେ । ମୋର ମନର ଠିକଣା ।

ଚାଳିଶ ବର୍ଷର ଯନ୍ତ୍ରଣା । ଆନନ୍ଦ ବି । ତାକୁ ଇ ନେଇ ତ ମୋର ଦୁଃଖ । ତାକୁ ଇ ନେଇ ପୁଣି ମୋର ସୁଖ ।

ପାଦ ବଢେଇଲି । ପାଦ ଦିଶିଲେ ବି ସେ ଦିଶେ । ତା ବିଦାୟର ବେଳା ଦିଶେ । ବିଦାୟ । କ୍ଷଣଟିଏର ମିଶାଣ । ଅନନ୍ତ କାଳର ଫେଡାଣ ।

"ତୁ ଖାଲି ମୋର ଗୁରୁ ହୋଇ ରହିଗଲୁ ।" କହିଲା ସେ । ପାଦ ଛୁଇଁଲା । ମୁଁ ପଥର ହୋଇଗଲି ଯେମିତି । ପଥରରୁ ନାରୀ ହେଲାବେଲକୁ ମୋର ମନେ ହେଲା, ସେ ମୋର ଗୀତ । ସେ ମୋର ଗୋବିନ୍ଦ । ପାଦଧରି କହୁଛି । " ଦେହି ପଦ ପଲ୍ଲବ ମୁଦାରମ୍" । ଜଲ ଢଲେଉଛି । ତା' ନୀଳଆଖି । ସେ ବିଦାୟ ମାଗିଲା । ମୁଁ ଦେଲି ନାଇଁ । କେବେ ବି ଦେଇ ପାରିଲି ନାଇଁ । କେମିତି ଦେଇଥାନ୍ତି ?

ହଁ, ମୁଁ ଥିଲି ତାର ଗୁରୁ । ସେ ମୋର ଶିଷ୍ୟ । ତାକୁ ଓଡ଼ିଆ ଶିଖାଉଥିଲି । ଆମେରିକାନ୍ ପିସ୍ କୋର ତରଫରୁ ସେ ଦୁଇ ବର୍ଷ ପାଇଁ ଓଡ଼ିଶା ଆସିଥିଲା, ବିଜ୍ଞାନ ଶିକ୍ଷକମାନଙ୍କୁ ତାଲିମ ଦେବାକୁ । ପିସ୍ କୋର ମତେ ପାରିଶ୍ରମିକ ଦଉଥିଲା ।

ଦୁଇ ବର୍ଷର ରହଣିରେ ସେ ମତେ ଦେଇଥିଲା ଯେମିତି ଦୁଇଶ ବର୍ଷର ଆନନ୍ଦ । ପ୍ରେମ ଦେ'ବୋଲି ତାକୁ କେବେ ମାଗି ନଥିଲି । ଅଥଚ ସେ ଢାଲି ଦେଇଥିଲା ମୋ ପାଇଁ ଅନନ୍ତ ସମୁଦ୍ର ।

ମନେ ଅଛି, ମୋ ଶିଷ୍ୟକୁ ଦେଖ୍ ମୁଁ ପ୍ରଥମେ ପୁରାପୁରି ନର୍ଭସ୍ । ବିଦେଶୀ ଯୁବକ । ବୟସରେ ବଡ଼ । ଶିକ୍ଷାଦୀକ୍ଷାରେ ବି । ତା'ର ଡେଙ୍ଗା ଚେହେରା । ଦର୍ପିତ ଚାଲି । ଆମେରିକାନ୍ ଇଂଲିସ । ସବୁକୁ ଡରିଲି । ମୋ'ଶାଳ ସର ସର ଚେହେରା । ତଲକୁ ଚାହିଁ ତା ସହ କଥା, କଥା କହିବା ବେଲକୁ ଥରଥର ଭାବ– ବୁଝିନେଲା ସେ । ମତେ ସହଜ କରିବାକୁ ସବୁ ପ୍ରକାର ଚେଷ୍ଟା କଲା । ଚକ୍ଲେଟ୍ ଓ ଚୁଇଙ୍ଗମ ଆଣିଲା । ବସେଇ ବସେଇ ତା' କଥା କହିଲା । ତା'ପରେ ବି ମତେ ଦୁଇମାସ ଲାଗିଗଲା ତା ମୁହଁ ଚାହିଁବାକୁ, ତା' ଉଚ୍ଚାରଣ ବୁଝିବାକୁ, ପବନରେ ଆସୁଥିବା ତା ଦେହରଗନ୍ଧ ସହିବାକୁ । ଧୀରେ ଧୀରେ ଆହୁରି ସ୍ୱାଭାବିକ । ଓଡ଼ିଆ କହିବା ଓ ବୁଝିବା ଦର୍କାର ଥିଲା ତାର । ମୁଁ ସେଥିରେ ଜୋର ଦେଲି । ସେ ଚଟାପଟ ଧରି ନେଉଥିଲା । ଶବ୍ଦ ଓ ଉଚ୍ଚାରଣ ଅଭ୍ୟାସ, ନୂଆ ଭାଷା ଶିଖିବା ଆଗ୍ରହ ପାଇଁ ବୋଧେ ସେ ଜଲ୍‌ଦି ବୁଝିଲା ମୋ'ଭାଷା ।

ତା'ପରେ କ'ଣ ହେଲା କେଜାଣି...

ଦୂରରେ ବସିଲେ ବି ଆମେ ପାଖେଇ ଆସିଲୁ ମନ ଓ ହୃଦୟରେ । ହଜିଗଲୁ ଦିହେଁ ଦିହିଁକର ପ୍ରେମ ଓ ବିଶ୍ୱାସରେ । ହଜିବାଠୁ ବଳି ଆନନ୍ଦ ମୋ ପାଇଁ ସେ ବେଳକୁ ଆଉ କ'ଣ କିଛି ଥିଲା ? ମୁଁ ତାକୁ ଓଡ଼ିଆ ଶିଖେଇଲି ଆଉ ସେ ଶିଖେଇଲା ମତେ ସେଇ ସୁନେଲି ବିଦ୍ୟା । ଯେଉଁ ବିଦ୍ୟା ହାସଲ କରି ମୁଁ ପ୍ରଜାପତି ପରି ଉଡ଼ିଲି । ଫୁଲ ହୋଇ ଫୁଟିଲି । ଝରିଲି ଝରଣା ଦେଇ । ଚଉପହର ଏକ ସବୁଜ ଘାସର ଗାଲିଚାରେ ଚାଲିଲି । ରିକ୍ ଟିକ୍ ଟିକ ଆୱାଜ ଖାଲି ଶୁଭିଲା ମତେ ।

ସେ ମୋତେ ଚକ୍ଲେଟ ଓ ଚୁଇଙ୍ଗମ ଦେଲା ।

ମୁଁ ଦେଲି ପିଜୁଳି, ଜାମୁକୋଳି, କେନ୍ଦୁ, ଚାର ଆଉ ଆତଫଳ । କେମିତି ଖାଇବାକୁ ହୁଏ-ଶିଖେଇଲି । ସେ କହିଲା ତା'ଦେଶର କଥା-କାହାଣୀ-ଚଳଣି । ମୁଁ କହିଲି ମୋର ଦେଶର ଚଳଣି । ଜୀବନକୁ ଆଉ ପୃଥିବୀକୁ ସେ ଖୁବ୍ ବେଶି ଭଲ ପାଉଥିଲା ।

କହୁଥିଲା- ଯେତେ ଦୁଃଖ ଆସିଲେ ବି ଜୀବନକୁ ମୁଁ ଭଲ ପାଇବି । ଏ ଜୀବନ ଖୁବ୍ ସୁନ୍ଦର, ଅର୍ଥପୂର୍ଣ୍ଣ ।

ଏଇଠି ମନେ ପଡୁଛି ଦିନକର କଥା ।

ପଡ଼ା ଚାଲିଥିଲା । ଶୁଭିଲା ଶବଯାତ୍ରାର ବାଜା । ସେ ମତେ ଚାହିଁଲା । କହିଲି ମୁଁ ରାଜପୁତ୍ର ସିଦ୍ଧାର୍ଥଙ୍କ କଥା କହିଥିଲି । ମନେ ଅଛି ? ଯେଉଁ ତିନିଟି ଦୃଶ୍ୟ ଦେଖି ସେ ଘର-ସଂସାର ଛାଡ଼ିଥିଲେ ଇଏ ତା'ଭିତରୁ ଗୋଟେ । ଜଣକ ଜୀବନର ଅନ୍ତିମ ସତ୍ୟ । ମୃତ୍ୟୁ । ମନେ ଅଛି ?

: ହେଲେ ଦୁଃଖ ପାଇଁ ଘର ସଂସାର ଛାଡ଼ିବା କଥାଟିକୁ ମାନିପାରେନା । ଦୁଃଖକୁ ସାମ୍ନା କରିବା, ତା ସହ ଲଢ଼ିବା ହେଉଛି ଜୀବନ । ଦୁଃଖ ପାଇଁ କେବେ ମୋକ୍ଷ ଚାହେଁ ନା ମୁଁ । ଏ ଜୀବନ ବାରବାର ଚାହେଁ । ତା ମହିମାର ଗୀତ ଗାଇବାକୁ ଇଚ୍ଛା କରେ ।

କହିବା ବେଳେ ସେ ସତରେ ଖୁବ୍ ଜୀବନମୟ ଲାଗୁଥିଲା । ଏମିତି ତ ଅନେକ କଥା ସେ କହୁଥିଲା । ମୁଁ ଶୁଣୁଥିଲି ।

କିନ୍ତୁ ଯେଉଁଥିପାଇଁ ଏବେ ମୋ ଘରର ବଗିଚାରେ ଅନ୍ୟ ରଙ୍ଗର ଗୋଲାପ ଥିଲେ ବି ଲାଲ ଟହ ଟହ ଗୋଲାପ ନଥାଏ । ସେ କଥାଟି ମୋର ବେଶୀ ମନେ ପଡ଼େ । ଅଭିମାନ ରହିଗଲା ମୋର ଲାଲ ଗୋଲାପ ଉପରେ—ସେ ନାହିଁ ତ ସେ ଗୋଲାପ କାଇଁ ରହିବ ମୋ ବଗିଚାରେ ? ସେଦିନ ଚକ୍ଲେଟ୍ କି ଲଜେନ୍ଦ ଆଣିନଥିଲା ସେ ।

ଆଣିଥିଲା କୋଉଠୁ ଗୋଟେ ଲାଲ ଗୋଲାପ । ଟେବୁଲ ମଝିରେ ରଖିଲା । କିଛି ଭାବିଲା ବୋଧେ ଶବ୍ଦ ଖୋଜିଲା । ଗୋଟି ଗୋଟି କରି ଚାରିଟି ଓଡ଼ିଆ ଶବ୍ଦ କହିଲା । ଓଡ଼ିଆ କହିଲେ ଦିହେଁ ଦିହିଁଙ୍କ ତୁ କହିଥିଲୁ, ତୁ ଉଚ୍ଚାରଣ କରି ନ ପାରି ସେ କହୁଥିଲା ଥୁ । ତେଣୁ ସେ କହିଲା: " ଥୁ ଏଇ ଲାଲ ଗୋଲାପ ।" ଆ…ସେଇ ଚାରିଟି ଶବ୍ଦ, ଚାରିଟି ଲାଲ ଗୋଲାପ ପରି ମତେ ଲାଗିଲା । ଇଚ୍ଛା କଲି, ସେଇ ଚାରି ଶବ୍ଦକୁ ମୋ ଆଙ୍ଗୁଲାରେ ରଖିନେବି । ଗୋଟି ଗୋଟି କରି ମୋ ଲମ୍ୟବେଣୀରେ ଲଗେଇବି ।

ତା'ପାଇଁ ଆତଫଳ ନେଇଥିଲି ସେଦିନ । ବ୍ୟାଗରୁ ଫଳଟି କାଢ଼ି ତା' ଆଗରେ ରଖିଲି । ଆବେଗର ସହ କହିଲି ତାକୁ ମୁଁ—

"ତୁ ମୋର ଏଇ ପାଚିଲା ଆତଫଳ । ଭାଙ୍ଗି ରୁଜି ଯାଇ ବି ମତେ ମିଠାପଣ ଦିଅ ।" ସେ ବୁଝିପାରିଲାନି । ପୁଣିଥରେ କହିଲି ଇଂରାଜୀରେ । ତା'ମୁହଁ ମିଠାପଣରେ ଭରି ଯାଇଥିଲା । କହିଲି ବୋଲି ମୁଁ ଭରିଯାଇଥିଲି ଥୋପା ଥୋପା ଲାଜରେ ।

ବୟସ ବଢ଼ିଛି । ଅଥଚ… ପାଶୋର ହେଇନାଇଁ କିଛି କଥା ।

ଏବେ—ଶହେ ଫୁଟ ବାଟ ଅତିକ୍ରମ କରିଆସିଲି । ଅତି ଗୋପନରେ ଦୁଇ କଡ଼ର ଫୁଲଙ୍କୁ ପଚାରିଲି –

: କହତ ଟଗର, ମନ୍ଦାର । ସେ କେମିତି ଅଛି ? କେମିତି ଅଛି ତା' ମନ ? ସାହେବୀ ?

" ଓ… ସାହେବୀ ଆଦବ କାଏଦାର ମନ ? ଥିଲେ ଥାଉ । ସେ ସୁଟ୍ ଓ ଟାଏ ପିନ୍ଧା ସାହେବ ହେଲେ ମୁଁ ବି ମୋ ମାଟିର ରାଣୀ ।" ମନକୁ କହିଲି

ଏଇ ତ ସାମ୍ନାରେ ସ୍ପେସିଆଲ ହୋମର ସେ ଘର ।

ତିନିଟା ପାହାଚ ଚଢ଼ି ବାରଣ୍ଡାକୁ ଉଠିଲି । ଯେଉଁ ରୁମ୍‌ରେ ପର୍ଦା ଝୁଲୁଛି– ସେଇଟି ବୋଧେ ରିସେପସନ୍ କିମ୍ବା ଅଫିସ୍ । କିଛି ଲେଖା ନଥିଲା । ଖାଲି ଲେଖାଥିଲା ନୀଳରଙ୍ଗରେ 'ୱେଲକମ୍' । ତେବେ ଏମିତି ପଶିଯିବା ତ ଠିକ୍ ନୁହେଁ । ଅନୁମତି ଲୋଡ଼ିବି କି ନକ୍ କରିବି ଭାବିଲା ବେଳକୁ କଉ ଦୂରରୁ ଭାସିଆସିଲା କୋଇଲିର କୁହ...ଉଃ...ଯେଉଁଠି ଥିଲେ ବି ଏ ସ୍ୱର ମତେ ଆନମନା କରେ । ଗୀତିକା ର ସାରା ସଭାକୁ ଗୀତିମୟ, ପ୍ରୀତିମୟ କରିଦିଏ । ଆଉ ଆଜି ତ ସହଜେ ଆସିଛି ମୋ ମନମିତ । ମୋ'ଭିତରେ ଆଜି ଏକ ଅପୂର୍ବ ରାଗ ସଙ୍ଗୀତ । ଚଉପାଶ ନିନାଦିତ । ସେଥିଲାଗି କି ଏଇ କୁହ... କୁ... କହ ଲୋ କୋଇଲି...ମନ କଥା କହ... ।

ହେଲେ ମୁଁ ସଜାଗ ହେଲି, ରୋକି ନେଲି ମୋର କୋମଳ ଆବେଗ । ଇଏ ଏକ ସ୍ପେସାଲ ହୋମ୍ । ମାନେ–ଏଠି ରହୁଥିବେ ଭିନ୍ନକ୍ଷମ ମଣିଷ । ଭାସୁଥିବ ସବୁଠି ଦୁଃଖର କଳା କଳା ମେଘ । ସେ ଆମେରିକାର ଲୋକ । ଏଠି ତା'ର କ'ଣ କାମ ? ଭାବିଲି ମନେ ମନେ । ରୁମ୍ ପର୍ଦା ପଟେ ଶୁଭିଲା ମୁଁ ମୁଁ କାନ୍ଦ । ଉଃ...ଆ... ର ସ୍ୱର । ପର୍ଦା ଫାଙ୍କରେ ମୋ ନଜର । ଜଣେ ମହିଳା, ଦୁଇଜଣ ଭିନ୍ନକ୍ଷମ ପିଲା । ଦୁହେଁ ବୋଧେ ଇନ୍‌ଜୁୟଡ୍ । ଜଣକ କହୁଣୀରେ ବ୍ୟାଣ୍ଡେଜ୍ । ଆର ଜଣକର ଆଣ୍ଠୁରୁ ଝରୁଛି ରକ୍ତ । ଫାଷ୍ଟଏଡ୍ ଚାଲିଛି । ସେଥିପାଇଁ କାନ୍ଦୁଛି ପିଲାଟା । ଆସୁ ଆସୁ ଏ ଦୃଶ୍ୟ । ଆଉ କ'ଣ ସବୁ ଦେଖିବାକୁ ମିଳିବ କେଜାଣି । ସେ ମତେ ଏଠିକି କାହିଁ ଡାକିଲା ? ଜଣେ କିଏ ତାକୁ ବୁଝାସୁଝା କରୁଥିଲା ! ଆଣ୍ଠୁରୁ ରକ୍ତ ପୋଛି ଆଣୁଥିଲା । ପର୍ଦା ଫାଙ୍କରୁ ମୁହଁ ଦିଶୁନଥିଲା । ହେଲେ ସ୍ୱରଟି ଶୁଭୁଥିଲା । କାନ ପାରିଲି । ଟିକେ ପାଖକୁ ଘୁଞ୍ଚିଗଲି । ଆହୁରି ଭଲରେ ଶୁଣିଲି । କେମିତି ଚିହ୍ନିବିନି ? ଇଏ ତ ସେଇ ମୋର ଖୋଜିଲା ସଙ୍ଗୀତ । ଅଭୁଲା ରୁବାୟତ୍ । ତା'ଆଡ଼କୁ ସେ ଟାଣୁଛି । ଡାକୁଛି, ଆକର୍ଷ ନେଉଛି । ମୁଁ ଆଉ ନିଜ ଆୟତ୍ତରେ ନାହିଁ । ଚୈତନ୍ୟରେ ନାହିଁ, ଶିଷ୍ଟାଚାର କି ଜିନିଷ କିଏ ଜାଣେ ? ଥାଉ ସେ ତା' ଜାଗାରେ ।

ପର୍ଦା ଆଡ଼େଇ ସିଧା ରୁମ୍ ଭିତରେ ମୁଁ ହାଜର ହେଲି । ଏଇନେ ? ?

ସେ ମୋ ଆଗରେ ।

     ଗାୟତ୍ରୀ ସରାଫ୍

ସେ ମୋ ପାଖରେ ।

ଚାରିଆଡ଼େ । ଅଷ୍ଟଦିଗରେ । ଚାଳିଶ ବର୍ଷ ପରେ । କୁହାଯାଏ ସମୟ ଫେରେ ନାଇଁ, କିନ୍ତୁ ମୋ ପାଇଁ ଫେରିଛି । ଏଇ ତ ମୋର ସେଇ ସମୟ ।

ତା'ଆଖରେ ଚମକ୍ । ସେ ଠିଆ ହୋଇ ପଡ଼ିଲା । ସେଇ ଅଭ୍ୟାସ । ସେତେବେଳେ ବି ସେ ସେମିତି କରୁଥିଲା । ପଚାରିଲି– "ତୋର ଗୁରୁ ହେଲେ ବି ତୋଠୁ ସାନ ମୁଁ । ମତେ ଦେଖ ଠିଆ ହଉ କାହିଁକି ?"

କହିଥିଲା ସେ – "ସ୍ତ୍ରୀ ଲୋକଙ୍କ ପାଇଁ ଆମର ଖୁବ୍ ସମ୍ମାନ । ତାଙ୍କୁ ଦେଖିଲେ ସେଥିପାଇଁ ଆମେ ଠିଆ ହୋଇପଡୁ । ସେ ଆମ କଲଚର । ସବୁ ଆମେରିକାନ ଏମିତି କରନ୍ତି ।"

କଥାଟି ଶୁଣି ମତେ ଭାରି ଭଲ ଲାଗିଥିଲା ସେଦିନ । ଇସାରାରେ ସେ ମତେ ବସିବାକୁ କହିଲା । ପିଲାଟିର କାମ ସରିଲା । ଦିହିଙ୍କ ହାତରେ ସେ ଦିଟା ଚକଲେଟ୍ ଦେଲା । ମହିଳା ଜଣକ ଦିହିଁକୁ ନେଇ ଚାଲିଗଲେ । ସେ ବେସିନରେ ହାତ ଧୋଇ ଆସିଲା । ପାଖ ଚେଆରରେ ବସିଲା । ସ୍ୟାକ୍‌ହ୍ୟାଣ୍ଡ ପାଇଁ ମୁଁ ହାତ ବଢ଼େଇଲି । କିନ୍ତୁ ସେ ଦୁଇ ହାତ ଯୋଡ଼ିଲା, କହିଲା, "ନମସ୍କାର" ।

ଲକ୍ଷ ଲକ୍ଷ ଥର ଶୁଣିଛି । ହେଲେ ଏତେ ମିଠା ଏ 'ନମସ୍କାର', ଶବଦ ପ୍ରଥମ ଥର ଅନୁଭବ କଲି । ତାକୁ ଅନେଇଲି । ଅବୁଝା ମନ ମୋର । ବୁଢ଼ାପଣର ନକ୍‌ସା ବାହାରେ ଚିରକାଲ । ସେ ଭେଦିଯାଇଥିଲା ମୋର ହାଡ଼ ମାଂସ, ରକ୍ତ, ହୃତପିଣ୍ଡ, ବାଲ, ନଖ, ଆଖି କାନରେ–ପ୍ରଥମ ଦେଖାରେ ।

ସେ ପିନ୍ଧିଥିଲା ଜିନ୍‌ସ୍‌ପ୍ୟାଣ୍ଟ ଉପରେ, ସ୍କିନ୍ ଟାଇଟ ଗଞ୍ଜି । ଆଖିରେ ଚଷମା, ବିନା ରିମର । ସମୟର ଶିଳ୍ପୀ ତାକୁ ଦେଇଥିଲା ଏକ ପରିପକ୍‌ ରୂପ । ଦିଶୁଥିଲା ସେ ସତେଜ ସୁଖୀସୁଖୀ । ସକ୍‌ସେସ୍‌ଫୁଲ୍ । କ'ଣ ଉଣା ଥିବ ଯେ ? ଥଣ୍ଡା, ଶୀତଲ ଜୀବନ, ସୁସ୍ଥ ଜଲବାୟୁ ଦେଶର ନାଗରିକ ସେ । କ'ଣ କହିବି, କ'ଣ କହିବି ହେଇ ପଚାରିଲି ।

: ମନେ ରଖିଛୁ ଓଡ଼ିଆ ?

ତିନିଟା ଶବ୍ଦ । ଆଙ୍ଗୁଠି ଗଣି ସେ କହିଲା– 'ନମସ୍କାର', 'ଗୁରୁ', 'ଗାଥିକା' ।

ମୋ ନାଁ ଗୀତିକାକୁ କେବେ ବି ଠିକ୍ ଉଚ୍ଚାରଣ କରିପାରେନି ସେ । କହେ, 'ଗାଥିକା' ପରର କଥା ସବୁ ଇଂରାଜୀରେ । ଏତେ ବର୍ଷ ପରେ ତା ଆମେରିକାନ୍ ଆକ୍‌ସେଣ୍ଟ ବୁଝିବା କଷ୍ଟ ହେଉଥାଏ । ତେଣୁ ମୁଁ 'ପାର୍ଡ଼ନ୍' । 'ଏକ୍ସ‌କ୍ୟୁଜ ମି' କହୁଥାଏ ବାରବାର ।

କେମିତି ଅଛୁ ? ପଚାରିଲା ସେ ।

ଏବେ ବାଳରେ ରଙ୍ଗ ଦଉଛି । ଚଷମା ନ ହେଲେ ଲେଖାପଢ଼ା, କମ୍ପ୍ୟୁଟର କାମ କରିପାରୁନି । ମୋ ମୁହଁରେ ରିଙ୍କ୍‌ଲ, ବୟସର ଦାଗ...ମୁଁ ବୁଢ଼ୀ ହେଇ ଯାଉଛି... ଯେତିକି ହବା କଥା ତା'ଠୁ ବି ଟିକେ ବେଶୀ, ଦେହ ମୁଣ୍ଡ ପ୍ରାୟ ଖରାପ, ଔଷଧ ଖାଉଛି ।

: ତୋଠୁ ବଡ଼ ମୁଁ, କିନ୍ତୁ ବୁଢ଼ା ହେଇନି... ହେଇଛି ?

ପଚାରିଲା ସେ କଉତୁକରେ । ସତେ ସେ ଯୁବକ ପରି ଚାହିଁଲା । ମୁଁ ତା'ଆଖିର ନୀଳଜଳକୁ ତଲ୍ଲୀନ ହେଇ ଚାହିଁଲି । ବୁଡ଼ିଲି, ଉଠିଲି । ବାସ୍ ହେଇଗଲା ମୋର ତନୁୟ ତୀର୍ଥସ୍ନାନ । କେଉଁ ତୀର୍ଥକୁ ଯିବି ଆଉ ? ସ୍ନାନ କରି ପୁଣ୍ୟ ଅର୍ଜନ କରିବି ?

ସେ କ'ଣ ଦେଖୁଛି ମୋ ମୁହଁରେ ? ଗୋଟିଏ ମଉଳି ଆସୁଥିବା ଲାଲ‌ଗୋଲାପ ? ଅସୁସ୍ଥତା, ପୁଣି ରହିଲି ବି ସେଠି, ଯେଉଁଠି ବର୍ଷର ଦଶମାସ ଖରା । ଗୋଲାପ ଧଉଳିବନି ତ ଆଉ କ'ଣ ?

ରୁତୁ ବଦଲିଛି । ସମୟ ବଦଲିଛି । କେତେ କ'ଣ ଘଟିଛି ଏ ଜୀବନରେ... ସେ ଅଟକି ଅଟକି କହିଲା, ଚାହିଁଲା ବୋଧେ, ମୁଁ ଭଲରେ ବୁଝେ ତା ମନ କଥା ।

କିନ୍ତୁ...ମୁଁ ବୟସ୍କ ହେଇନାହିଁ...ଶିଥିଳ ହେଇନାହିଁ କାହିଁକି ଜାଣୁ ? ଜଣକର ମୋମୋରି ପାଇଁ, ହଁ, ତା'ର ସଦିଚ୍ଛା ପାଇଁ ମୁଁ ତଥାପି ସତେଜ । ମତେ ଦିଏ ସେ ଅଦ୍ଭୁତ ପ୍ରାଣଶକ୍ତି ।

ନିଜ ପ୍ରେମକୁ ନେଇ ଜଣେ ଆମେରିକାନ୍ କ'ଣ ଏତେ ବିଶ୍ୱସ୍ତ ? ମୁଁ ଯାହା ଜାଣେ, ସେ ଦେଶର ଯୁବକ ଖୋଜେ ନୂଆ ପ୍ରେମ । ନୂଆ ଉତ୍ତେଜନା । କା'ର ମେମୋରି ପାଖରେ ଅଟକି ରହିବା ଭଲି ସେଣ୍ଟିମେଣ୍ଟସ୍ ତା'ର ନଥାଏ । ଆଉ

ଗାୟତ୍ରୀ ସରାଫ୍

କିଏ କହିଥିଲେ ମୁଁ ମୋତେ ବିଶ୍ୱାସ କରିନଥାନ୍ତି । କିନ୍ତୁ ଏ କଥା ସେ କହିଛି । ସେ, ଯିଏ ମୋ ଆମ୍ୟାର ଘର ପାଖରେ ଆଉ ଗୋଟେ ଘର ତିଆରିଛି । ରହିଛି । ତେଣୁ... ବିଶ୍ୱାସ କଲି । ଏ କଥା ବି ଜାଣିଥିଲି ତା ବରଫ ଦେଶର ଜଳବାୟୁ, ଖାଦ୍ୟପେୟ ଓ ଉନ୍ନତ ଜୀବନଶୈଳୀ ତାକୁ ଏମିତି ସତେଜ ରଖିଛି । ଟିକେ ଆଗରୁ ଭାବି ନଥିଲି କି ସେ ସେମିତି ଥିବ... । ସେବେଳକୁ ହାଲକା ହାଲକା ପବନ ବହୁଥିଲା । ତା ଦେହ-ମନର ବାସ୍ନା ଆଣି ସେ ମୋ ଭିତରେ ଭରୁଥିଲା । ମତେ ଶୀତଳ କରୁଥିଲା । ପଚାରିଲି–

: ତୁ ହଠାତ୍ କେମିତି ଭାରତ ଆସିଲୁ ? ପୁଣି ଏଠିକି ?

ସେ କିଛି କହିବା ଆଗରୁ ରୁମ୍ ଭିତରକୁ ଆସିଲେ ଜଣେ ଭଦ୍ରଲୋକ । ଅଭିବାଦନ ଜଣେଇଲେ ଶାଲୀନ ଭାବେ । ସେ ଚିହ୍ନେଇଲେ–

: ମିଃ ସାମୁଏଲ୍ । ଏ ହୋମର ପରିଚାଳକ । ତାଙ୍କ କାମରେ ଭାରି ବିଶ୍ୱସ୍ତ ଓ ସମର୍ପିତ ସେ ।

ଫାଷ୍ଟଏଡ୍ ବକ୍ସଟି ସେ ଆଲମିରାରେ ରଖିଲେ । ଟେବୁଲ୍ କ୍ଲଥଟି ଟିକେ ସଜାଡ଼ି ନେଲେ । ଇଂରାଜୀରେ କହିଲେ ମତେ–

: ପରିଚାଳନା ସିନା ମୋର । ଅସଲ ତ ହେଉଛନ୍ତି ଆପଣଙ୍କ ବନ୍ଧୁ ରିଚାର୍ଡ । ଆଉ ତାଙ୍କର ଦିଜଣ ଘନିଷ୍ଠ ସହଯୋଗୀ । ସେ ଗୋଟେ ଚେଆରରେ ବସିଲେ । କଥା ଆଗକୁ ନେଲେ । ବୁଝିଲେ ମେମ୍ । ମୁଁ ଦାୟିତ୍ୱ ନେଲା ବେଳକୁ ହୋମର ଅବସ୍ଥା ଭାରି ସାଂଘାତିକ । ମୁଁ କ'ଣ କରିବି ? ନେଟ୍‌ରେ ବଦାନ୍ୟ ଲୋକଙ୍କୁ ସାହାଯ୍ୟ ଚାହିଁଲି । ମୋର ସୌଭାଗ୍ୟ, ସେ ତିନି ଜଣ ମତେ ଯୋଗାଯୋଗ କଲେ । ସେଣ୍ଟରର ଦୁରାବସ୍ଥା ଓ ପିଲାଙ୍କ ଦୁଃଖରେ ସେମାନେ ବ୍ୟସ୍ତ ହେଲେ । ପ୍ରଥମେ କିଛି ଆର୍ଥିକ ସହାୟତା ଦେଲେ । ଧୀରେ ଧୀରେ ପୂରା ଜଡ଼ିତ ହେଲେ ୟା ସହ । ତା'ର ରୂପ ବଦଲେଇ ଦେଲେ । ଏବେ ତ ହୋମ୍‌ଟି ସେମାନଙ୍କ ଅତିପ୍ରିୟ, ଅତି ଗେହ୍ଲା, ମାନସ ସନ୍ତାନ ।

ଦେଖିଲି– ସାମୁଏଲ ବେଶ୍ ପ୍ରେଜେଣ୍ଟେବଲ । କହିବା ଢଙ୍ଗଟି ତାଙ୍କର ଭାରି ଭଲ । ଖୋଲିଦେଲେ ସେ, ତା'ଜୀବନର ଅନ୍ୟ ଏକ ୫ର୍କ । ତା'ଆଖିରେ

ଜୀବନଟା କି ସୁନ୍ଦର । ଟିକେ ଆଗରୁ କ'ଣ ଭାବୁଥିଲି । ସେ ଯଦି ସାହେବ, ମୁଁ ମୋ ମାଟିର ରାଣୀ । ରାଣୀ ହୋଇ କ'ଣ କରିଛି ? କେବେ ଭାବିଛି ମୋ ମାଟିର କଥା ? ମାଟି ମଣିଷର କଥା ? ବର୍ଷା ନ ହେଲେ ସେ ମଣିଷ କ'ଣ କରେ ? କିଛି କାମଧନ୍ଦା ନଥିଲେ ତ ପରିବାର କେମିତି ଚଳେ ? ସେ କାହିଁକି ଇଟାଭାଟି ଯାଇ ଖଟେ ? ନା--ଭାବିନାଇଁ, ସେମାନଙ୍କ କଥା ଭାବିବା ପାଇଁ ମୋର ସମୟ ନଥାଏ ।

ଏତେ ଉଦାର ନୁହେଁ ମୁଁ ।

ଜୀବନଧାରାର କ୍ଷୁଦ୍ରତା ଭିତରେ ମୁଁ ବନ୍ଦୀ । କିନ୍ତୁ ସେ ? ସୀମା ସରହଦ ବି ପାର କରିଛି ।

ସାମୁୟେଲ ଚେଆରରୁ ଉଠିଲେ: କହିଲେ ଆସନ୍ତୁ ମେମ୍, ପିଲାଙ୍କୁ ଭେଟିବା ସେମାନେ ଭାରି ଖୁସି ହେବେ । ନୂଆ ଲୋକ ଦେଖିଲେ ତାଙ୍କର ତାଙ୍କଠୁ ସ୍ନେହ, ଆଦର ଟିକେ ପାଇଲେ ତାଙ୍କର କାହିଁରେ କ'ଣ ଆନନ୍ଦ । ସାମୁୟେଲ ବାଟ କଢ଼େଇଲେ । ନିଜେ ତିଆରିଥିବା ଲମ୍ବା, ଓସାରିଆ ବାଟ । ନିଜେ ଚାଲୁଥିବା ବାଟ । ସଭିଏଁ ସେ ବାଟରେ ଚାଲନ୍ତି ନାଇଁ ।

ସେ ବି କହିଲା—ସାମୁୟେଲ ମାନଙ୍କ ପାଇଁ ତ ପୃଥିବୀ ଚାଲିଛି । ମନେ ମନେ କହିଲି—ସାମୁୟେଲମାନଙ୍କ ପଛରେ ରିଚାର୍ଡ ମାନେ ଥାନ୍ତି ବୋଲି...ସିନା...

ଦିହେଁ ଅଲଗା ।

ଚିହ୍ନନ୍ତି ଜୀବନକୁ ଅଲଗା ଭାରେ ।

କିଛି କରନ୍ତି । ଝୁଣ୍ଟି ପଡୁଥିବା ଲୋକଙ୍କ ହାତ ଧରି ଚଳେଇ ନିଅନ୍ତି । ତାଙ୍କ ସାଙ୍ଗରେ ମୁଁ ? ମତେ ମାଡ଼ି ପଡୁଥାଏ । ଭିତରକୁ ଗଲି । ସେଠି ଏକ ପ୍ରଶସ୍ତ ପରିବେଶ । ସଫା ସୁତୁରା । ଯେଉଁଠି ଟିକେ ମାଟି ସେଠି ଗୋଟେ ଗଛ । ପତ୍ର, ଫୁଲର ସଂସାର । ପିଲାଙ୍କ ରୁମ୍ ବି ବୁଲି ଦେଖିଲୁ । ବେଶ ପ୍ରଶସ୍ତ । ବଡ଼ ଝରକା, ଚଉଡ଼ା କବାଟ, ବୋଧେ ହିଲଚେୟାର ଯିବା ଆସିବା ପାଇଁ । ପ୍ରତି ପିଲାଙ୍କ ପାଇଁ ଖଟ, ସଫାବିଛଣା, ବ୍ୟାଗ୍ ଓ ତାଙ୍କର ଅନ୍ୟାନ୍ୟ ଜିନିଷ । ପୁଅ, ଝିଅଙ୍କ ରୁମ୍ ଅଲଗା ।

ସାମୁୟେଲ କହିଲେ—

: କେହି ତ ସୁସ୍ଥ କି ସ୍ୱାଭାବିକ ପିଲା ଏଠି ନାହାନ୍ତି । ତେଣୁ ସେମାନଙ୍କ ଦାୟିତ୍ୱ ଏଠି ଆୟାମାନଙ୍କ ଉପରେ । ଖୁବ୍ ଅବୁଝା ହୁଅନ୍ତି ଆମ ପିଲା । ବଦ୍‌ମାସି ବି କରନ୍ତି । ରାଗନ୍ତି । ରୁଷନ୍ତି । ସବୁକୁ ସମ୍ଭାଳି ନିଅନ୍ତି ସେମାନେ । ମା'ଭଉଣୀ ପରି ସ୍ନେହ ଆଦର । ପାଟିର ଲାଳ ପୋଛନ୍ତି । ଝୁଣ୍ଟିଲେ ଉଠେଇ ନିଅନ୍ତି । ସତରେ ତାଙ୍କର ଖୁବ୍ ଖଟଣି । ଏବେ ଟାଉନରୁ କେତେ ଜଣ ଭଲ୍ୟୁନ୍‌ଟିୟର ଆସନ୍ତି । ଟିକେ ସାହାଯ୍ୟ ହୁଏ ।

ସେ ପୁଣି କହିଲା ସାମୁଏଲଙ୍କ ଉଦ୍ୟମ ଓ ସଂଘର୍ଷର କଥା । ନିଜ କଥା ମୋତେ କହୁ ନଥାଏ । କିଚେନ୍ ବୁଲିଲା ବେଳେ ଡାଲିରେ ଛୁଙ୍କ ଚାଲିଥାଏ । ସେ ବାସ୍ନାରେ ତା'ର ଆଲର୍ଜି ହେଲା କି କ'ଣ, "ଏକ୍‌ସକ୍ୟୁଜ ମି' କହି ସେ ବାରବାର ଛିଙ୍କିଲା । କାଶିଲା ବି । ବାହାରକୁ ଚାଲିଆସିଲା । ତା'ମୁହଁ ସେତେବେଳେ ଏକବାରେ ଲାଲ । ବ୍ୟସ୍ତ ଲାଗିଲା ମତେ ।

ତୁ ଠିକ୍ ଅଛୁ ତ ? ଧୀରେ ପଚାରିଲି ।

ସେ ହସିଦେଲା । ମୁଁ ହାଲକା ହେଇଗଲି ।

ସାମୁଏଲଙ୍କୁ ଏଥର ପଚାରିଲି-ପିଲାଏ ତ କଉଠି ନାହାନ୍ତି ? କୁଆଡ଼େ ଗଲେ । ପାଟିତୁଣ୍ଡ ଶୁଭୁନାହିଁ ।

ସେ ଭାରି ଆଗ୍ରହରେ କହିଲେ-

ସେମାନେ ଭାରି ଖୁସି । ଆସିଛନ୍ତି ତାଙ୍କର ରିଚାର୍ଡ ଅଙ୍କଲ । ସକାଳେ ଫଟୋ ଉଠେଇଲେ । ଚକ୍‌ଲେଟ୍ ଖାଇଲେ । ଆଉ କେହି ତାଙ୍କ ଅଙ୍କଲକୁ ଷ୍ଟେସନ ଛାଡ଼ିଲେନି । ତାଙ୍କ ଭିତରେ ପୁଣି ଫାଇଟ୍ ଲାଗିଲା । ଯେ ଦି'ଟା ପିଲା ଇନ୍‌ଜିଓଡ ଯାର ଫାଷ୍ଟ‌ଏଡ ରିଚାର୍ଡ ହିଁ କରିବସିଲେ । ଆପଣଙ୍କୁ ଏକା ଆସିବାକୁ ପଡ଼ିଲା ଷ୍ଟେସନ୍‌ରୁ ।

"ନା, କିଛି କଥା ନାହିଁ..." କହିଲି ମୁଁ । କିନ୍ତୁ ତାକୁ ନ ଦେଖି ମନର ଅବସ୍ଥା କ'ଣ ଥିଲା ମୋର ?

ସେ ଆମକୁ ଗୋଟେ ହଲ‌କୁ ନେଇଗଲେ । କହିଲେ ପିଲାଏ ଏଠି ଜମା । ସେମାନେ ଜାଣନ୍ତି ଅଙ୍କଲ ତାଙ୍କ ଦେଶରୁ ଉପହାର ନେଇ ଆସିଛନ୍ତି । ଏ

ହଲ୍‌ରେ ତାଙ୍କୁ ଦେବେ, ଆସନ୍ତୁ ସେ କାମଟି ସାରିଦେବା...ସେ ପାଛୋଟି ନେଲେ ଆମକୁ ଭିତରକୁ ।

ହଲ୍‌ ବାହାରେ ଥିଲା କେତେଟା ହ୍ୱିଲଚେୟାର । ଗୋଟେ ରିକ୍‌ସା ସାଇକେଲ ଆଉ କେତେ ହଲ ଅଲଗା କିସମର ଯୋତା, ଚପଲ । ଭିତରକୁ ଗଲି । ଦେଖିଲି ଯାହା, କେବେ ଦେଖିନଥିଲି । ଇଏ ବି ଏକ ପୃଥିବୀ । କିନ୍ତୁ କେତେ ଭିନ୍ନ । ଏଠିକି ଆସିଲେ ଯାଇ ବୁଝିହେବ । ଜାଣିହବ, ପାଇବା ନ ପାଇବା, ନ୍ୟାୟ, ଅନ୍ୟାୟ, ପୂର୍ଣ୍ଣାଙ୍ଗ ଓ ଅପୂର୍ବାଙ୍ଗର ଫରକ । ହଲଭର୍ତ୍ତି ଭିନ୍ନକ୍ଷମ ପୁଅ ଝିଅ । କା’ର ଶରୀର ଗଠନରେ ତୁଟି ତ କା’ର ମନ ମସ୍ତିଷ୍କରେ । କା’ର ମୁଣ୍ଡ ଗଡ଼ି ଆସୁଛି କାନ୍ଧ ଉପରକୁ । କିଏ ଘୁସୁରୁଛି କାଠପଟା ଧରି । କା’ର ଗୋଡ ବଙ୍କା ତ କା’ର ସବୁ । କା’ର ଚେହେରା ବିଗିଡ଼ି ଯାଉଛି କା’ର ଆଖିଡୋଲା ସ୍ଥିର । କା’ର ପାଟି ଫିଟୁନି– କିଏ ଶୁଣିପାରୁନି ପୃଥିବୀର ସ୍ୱର । ଓଃ...ଏତେ ଜଣ ? ଏକାଠି ? ଏମିତି ଭାବେ ? ?

ମୋ ଭିତରେ କ୍ରନ୍ଦା ଫୁଟିଯାଉଛି ଦୁଃଖର... । ବତୁରି ଯାଉଛି ବେଦନାରେ । ମୁଁ ମୋତେ ସମ୍ଭାଳି ପାରିଲିନି ନିଜକୁ ।

ସେତେବେଳେ ହିଁ ସେମାନଙ୍କ ଅସ୍ପଷ୍ଟ ଓ ଅବୁଝା ସ୍ୱରରେ ‘ନମସ୍କାର’ । ହାତ ଯୋଡ଼ିଲି ମୁଁ ଓ ପାଖ ଟେବୁଲରେ ହାତ ଥାପିଦେଲି । ସେ ମତେ ଦେଖିଲା । ମନ ବୁଝିଲା ମୋର । ତା’ ଚାହାଣୀରେ ମତେ ଯେମିତି ବୋଧ ଦେଲା । ଭିନ୍ନ ଧରଣର ପିଲାଙ୍କୁ ସାମ୍ନା କରିବା ପାଇଁ ସତରେ ଭିନ୍ନ ଛାତିଟିଏ ଦର୍କାର । ଯାହା ମୋର ନାହିଁ । ତେଣୁ ଟଳଟଳ ଆଖି ଓ ପାଦ ।

ଯେଉଁଠି ହାତ ଥାପିଲି, ସେଇଠି ଜମା ଥିଲା ସେ ଆଣିଥିବା ଉପହାର । କଲମ, ପେନ୍‌ସିଲ, ରଙ୍ଗ ବାକ୍ସ, ଟିଫିନ ବାକ୍ସ, ବଲ, ବେଲୁନ୍‌, କ୍ୟାଣ୍ଡି, ଖେଳଜିନିଷ, ଷ୍ଟିକର, କାର୍ଟୁନ...କେତେ କ’ଣ । ଆୟା ଓ ଷ୍ଟାଫମାନଙ୍କ ପାଇଁ ବି ଉପହାର । “ଏକ୍‌କ୍ୟୁଜ ମି” କହି ସେ ବାହାରକୁ ଗଲା । ଫେରିଲା ଗୋଟେ ହ୍ୟାଣ୍ଡିକମ୍‌ ନେଇ । ମତେ କହିଲା ପାଖକୁ ଆସି ।

: ପିଲାଙ୍କୁ ତୁ ଦେବୁ ଏଇ ସବୁ ଉପହାର ।

: ମୁଁ କାଇଁ ଦେବି ? ଜିନିଷ ତୋ’ର ତୁ ଆଣିଛୁ ।

    ଗାୟତ୍ରୀ ସରାଫ୍‌

ଟେବୁଲ ପାଖରୁ ଘୁଞ୍ଚିଗଲି ମୁଁ । ହଲରେ ହୋହଲ୍ଲା । କିଛି ଶୁଭୁନଥାଏ । ସେ ମୋ କାନ ପାଖକୁ ମୁହଁ ଆଣିଲା । ତା ଗରମ ନିଶ୍ୱାସର ମଧୁର ପ୍ରବାହ ବାଜିଲା ମୋ ଗାଲରେ । କହିଲା ସେ–

"ଚାଳିଶ ବର୍ଷ ହେଇଗଲା–ଗୋଟେ ଜୀବନ ନଇ, ଦୁଇଟି ଧାର । ତୁ ତଥାପି ଭାବୁଛୁ ତୋର ମୋର ?" ଚେତା ପଶିଲା ଯେମିତି । ଭାବିଲି ହଁ– ସତେ ତ । ସେ ଏକ ମଣ୍ଡଳ ମୋ ଚାରିପାଖର । ଆସ୍ତାର । ଆଲୁଅର । ମୁଁ ଦେଖୁଛି ମୋ ଖୋଜିବା ପଣ ଭିତରେ ମତେ ହିଁ ସେ ଖୋଜୁଛି । ସେ ପାଇଁ ସେ ମୋଠି ଅଛି । ମୋ ପାଖରେ ହିଁ ଅଛି । ଅଥଚ କଥାଟି କହି ଆଘାତ ଦେଲି ତାକୁ । ଆହା । ବେଲେ ବେଲେ ମୁଁ ଏମିତି ଭୁଲ କରିପକାଏ । ନିଜକୁ ତାଗିଦ କଲି ।

ଆଉ କିଛି ନ କହି ଟେବୁଲ ପାଖକୁ ଆସିଲି ଜୋସରେ ।

ଆୟାଙ୍କ ସହାୟତାରେ, ସାମୁଏଲଙ୍କ ଚିଅରଅପ ଭିତରେ ଜଣେ ପରେ ଜଣେ ଆସି ମୋଠୁ ଗିଫ୍ଟ ନେଲେ । ସେ ସୁଟିଂ କଲା । ମୋ ସହ ମୁହୂର୍ତ୍ତମାନଙ୍କୁ ସେ ନେଇଯିବ ଏଥର ସାଙ୍ଗରେ । ଏବେ ଆଉ କ'ଣ ଅସୁବିଧା ?

ଆନନ୍ଦ-ଉଲ୍ଲାସର ଛୋଟିଆ ପର୍ବଟି ସେଇଠି ସରିଲା ନାଁ ।

କିଛି ବାକି ଥିଲା । ବାକିକୁ ପୂରା କରିବା ପାଇଁ ହ୍ୟାଣ୍ଡିକାମ, ରଖଦେଇ ସେ ଗଲା ପିଲାଙ୍କ ପାଖକୁ । ମିଶିଲା ଯୋଡ଼ିହେଲା । କା'ର ବଲ୍ ଗଡେଇଲା । କା'ର ବେଲୁନ ଫୁଙ୍କିଲା । କ୍ୟାଣ୍ଡିର ର୍ୟାପର ଖୋଲି କାହାକୁ ଖୁଆଇଲା । କା ସାର୍ଟ ପକେଟ୍‌ରେ ଷ୍ଟିକର ମାରିଲା । ସମସ୍ତଙ୍କ ଆଡ଼େ ତା'ନଜର ।

ଥିଲା ସେ ଏକ ସୁନା ରଙ୍ଗର ସକାଳ । ସେଇ ସକାଳରେ ଦେଖୁଥିଲି ତା'ର ନାନା ରଙ୍ଗ ନାନା ରୂପ । ସବୁ ରୂପରେ ତ ସେ ଶୁଭ୍ର । ଉଜ୍ଜ୍ୱଳ । ମତେ ସେ ଆହୁରି ଆହୁରି ଭଲ ଲାଗିଲା ।

ସାମୁଏଲ ସେ ବେଲକୁ ହାତଘଣ୍ଟା ଦେଖିଲେ । ହ୍ୱିସିଲି ମାରିଲେ, ପିଲା ଟିକେ ଚୁପ୍ ହେଇଗଲେ । ସେ କହିଲେ–

: ଏଥର ଆଉ ଖେଲ ନୁହେଁ, ସ୍କୁଲ । ସମୟ ହେଇଛି, ପିଲାଏ ଆସ ଯିବା... ଖାଇବାକୁ...

ଗାୟତ୍ରୀ ସରାଫଙ୍କ ପ୍ରେମଗଛ

୧୪୫

ମୁଁ ଆଶ୍ଚର୍ଯ୍ୟ । ଏମାନେ ସବୁ ସ୍କୁଲ ଯାଉଛି ?

ଯାର କିଛି ବିଶେଷ ସମସ୍ୟା ନାଇଁ, ସେମାନେ ପଢ଼ନ୍ତି । ସ୍କୁଲ ଯାଆନ୍ତି । କେମିତି ଯିବେ ?

ଆମର ଗୋଟିଏ ସ୍କୁଲ ବସ୍ ଅଛି । ଦି'ଜଣ ଷ୍ଟାଫ ତାଙ୍କ ସାଙ୍ଗରେ ଯାଆନ୍ତି ନେବା ଆଣିବା କରନ୍ତି ।

ଓ ! …ଖୁବ୍ ଭଲ କଥା । ମୁଁ ଖୁସି ଜାହିର କଲି ।

ସେଠି ଆନନ୍ଦର ଲହରୀ । ଯିଏ ଯା ଢଙ୍ଗରେ ହଲରୁ ବାହାରିଲେ ଉପହାର ଧରି । ଆସୁଛି ମେମ୍ କହି ସାମୁଏଲ ବି । ସେ ଆସିଲା । କାନ୍ଧରେ ଝୁଲେଇ ତା ହ୍ୟାଣ୍ଡିକାମ । କପାଳ ସାରା ତା'ର ଝାଳ । ମୋ'କମଳା ରଙ୍ଗ ପଣତରେ ସେଇ ଝାଳବୁନ୍ଦା ପୋଛି ଆଣିବାକୁ ଇଚ୍ଛା କଲି । ପୋଛିଲିବି । କିନ୍ତୁ ସେଇ ପଣତକାନିରେ ଯାହା କେଉଁଠି ନଥଲା । ଯାର କିଛି ରଙ୍ଗ ବି ନଥଲା ।

ତା'ପରେ ଆସିଲୁ ଆମେ ଉପର ମହଲାକୁ ।

ସେଠି ଥବା ଗେଷ୍ଟ ରୁମ୍‌ରେ ସେ ରହୁଥଲା । ରୁମକୁ ଆସିସେ ଫ୍ୟାନ୍ ସୁଇଚ ଦେଲା । ମୁଁ ସୋଫାରେ ବସିଲି । ଆଖ୍ୱଡୋଲା ଘୁରିଗଲା । ଅଟକିଗଲା ଡାଇନିଂ ଟେବୁଲରେ ଥବା ଡ୍ରିଙ୍କମାନଙ୍କ ଉପରେ । ଡ୍ରିଙ୍କ ତାଙ୍କ ଦେଶର ଅତି ସାଧାରଣ । ହେଲେ ସେ —ଏତେ ସବୁ ପିଏ ? ଅନେଇଲି ତାକୁ । ମୋ'ଚାହାଣୀରୁ ସେ ବୋଧେ ବୁଝିଲା । କହିଲା—

: ଏ ସବୁ ମୁଁ ନିଏ କିନ୍ତୁ ଆଲକୋହଲିକ୍ ନୁହେଁ ବୁଝିଲୁ ? ତୁ କଫି ପିଇବୁ ? ମୋ କିଚେନ୍‌ରୁ ଆଣିଛି, ଗୋଲ୍ଡ କଫି ଖାସ୍ ତୋ ପାଇଁ । ଲରି କହେ— ମୁଁ କୁଆଡେ ଭଲ କଫି ତିଆରି କରେ ।

ଲରି–ତା'ପନ୍ତ ନିଶ୍ଚୟ । ସେ କେମିତି ? ଦିହିଁଙ୍କ ଭିତରେ ବୁଝାମଣା ଥବ ତ ?

ମନର ଟିକି ଢେଉଟିଏ ଉଠିଲା । କୂଲ ଛୁଇଁଲା, ପୁଣି ଫେରିଗଲା । ମୁଁ ଉଠିଲି । ମୁହଁ ହାତ ଧୋଇଲି ୱାସ୍ ବେସିନରେ । ରୁମାଲ କାଢ଼ି ମୁହଁ ପୋଛିଲି । ସେ କଫି ଆଣି ଟିପଯରେ ରଖଲା । ମୋ ହାତକୁ ବଢ଼େଇ ଦେଲା ନାଇଁ ।

ଗାୟତ୍ରୀ ସରାଫ୍

କହିଲା-ନେ' । ଆମ ଦେଶର କଲଚରକୁ ଆଖିରେ ରଖି ସେ ଏମିତି କଲା । ଏବେ ଏ ସବୁକୁ ଆଉ ଧରାଯାଏନା । ହେଲେ ସେ କ'ଣ ଜାଣେ ?

କେବେ ତାକୁ ଦେଖିବି । ସେ ମୋ ପାଇଁ କଫି କରିବ । ସାମନାରେ ବସିବ– ଏସବୁ କ'ଣ ଭୁଲରେ ବି ଭାବିଥିଲି ? ହେଲେ ଥରେ ଥରେ ମୁଣ୍ଡ ଉପରେ ତଥାସ୍ତୁର ଫୁଲଟିଏ ଝରିପଡ଼େ । ଏମିତି ଭାବେ । କଫି ଧୀରେ ପିଇଲି । ଏ କଫି ସେ ତା ଘରର କିଚେନରୁ ଆଣିଛି ? ନିଜେ ବନେଇଛି । ତେଣୁ ଇଏ ଖାଲି କପେ କଫି ହୋଇ ନପାରେ– ଇଏ ତାର ସମୁଦ୍ର ପ୍ରେମ । ପହଁରିଲି ମୁଁ ଏକ ଅଭୁତ ସୁଖ ସମୁଦ୍ରରେ । ସେ ବି କଫି ପିଇଲା । ମଝିରୁ ଉଠିଯାଇ ତା ଟ୍ରାଭେଲ ବ୍ୟାଗରୁ ଗୋଟେ କ'ଣ ପ୍ୟାକେଟ୍ ଆଣିଲା । ମିନି ଫ୍ରିଜ୍ ପାଖକୁ ଯାଇ ତା ଭିତରୁ ବି କିଛି କାଢ଼ିଲା । ଟିପଯରେ ଆଣି ରଖିଲା । କହିଲା–ତୋ ପାଇଁ ଆଣିଛି ।

ଦେଖିଲି–ଗୋଟେ ଗିଫ୍ଟ ପ୍ୟାକ୍ । ଆରଟି ଚକ୍‌ଲେଟ୍ ପ୍ୟାକେଟ୍ ।

ଚକ୍‌ଲେଟ୍ !! ମନକୁ ମନ କହିଲି –

ଓଃ...ରିକ୍ । ରିକ୍ ରିଚାର୍ଡ । ଆମ ଦି'ଟା ଦେଶ ଭିତରେ ଭୂଗୋଲର କାହିଁ କେତେ ଦୂରତା । ହେଲେ ପରସ୍ପରର କେତେ ପାଖାପାଖି ଆମେ । ଦୂରତା ଓ ସମୟ କ'ଣ ନେଇପାରେ ଆମଠୁ ? ଏଇ ତ ତୁ । ମୋର ପକ୍ ସୁନ୍ଦର ଫଳ । ଏଇ ତ ମୁଁ ତା'ର ଗଭୀର ରସାୟନ । ଆଉ ଏ ତ ସେଇ ଚକଲେଟ ଯିଏ ଆମ ଭିତରେ ଭରିଥିଲା ସାତ ସମୁଦ୍ର ତେର ନଈର ମିଠାପଣ । ସେଇ ମିଠାପଣ ଝରିନାହିଁ । ଚୋରି ହୋଇନାହିଁ । ଯେତିକି ପୁରୁଣା ହୋଇଛି ସେତିକି ମିଠାସ୍ ଭରିଛି । ଥରେ ଥରେ ଏଇ ମିଠାସ୍, ମିଠାପଣ ବାଣ୍ଟିବାକୁ ଭାରି ଇଚ୍ଛା ହୁଏ ମୋ ସ୍ୱାମୀଙ୍କ ସହ । ମୋର ଶତପ୍ରତିଶତ ସାଙ୍ଗ ସହ । କିନ୍ତୁ ମୂଲରୁ ତ ସେମାନଙ୍କୁ କହିଛି ମୋ ଜୀବନ ଏକ ଖୋଲା ବହି । ଏବେ କେମିତି କହିବି କେବେ ଖୋଲିନାହିଁ ? ତେଣୁ ଇଚ୍ଛାର ଫୁଲ ଗଛ ମରିଯାଏ । ସେୟାର କରି ପାରେନା ମୋର ମିଠା ସ୍ମୃତି ।

ଟିକେ କିଛି ଖାଇନେ...

ଏଁ...ସଜାଗ ହେଲି । ବ୍ରେଡ, ବଟର ଓ ଗ୍ରୀନ୍ କଦଳୀ ଆଣି ରଖିଲା ସେ । ଗୋଟେ ପିସ୍ ବ୍ରେଡ ନେଲି ।

ବତର... ନବୁନି ?

ଓଜନ ବଢୁଛି...ନେବିନି । ଥାଉ ।

ଚକ୍‌ଲେଟ୍ ନେ । ବହୁତ ଯନ୍ତରେ ସେ ଦେଲା ।

ସୋଫା ପଛକୁ ଟିକେ ଆଉଜି ଗଲି । ତା'ଆଡକୁ ଚାହିଁଲିନି । ବାଁ ପଟେ ରଖା ହେଇଥିଲା ଗୋଟେ କୁନି ଲ୍ୟାପଟପ । ତା'ଉପରେ ଆଖ୍ ରଖି କହିଲି ।

ଅଠଚାଳିଶ ବର୍ଷ, ଦୁଇ ମାସ, ଦଶଦିନ ହେଲା ମୁଁ ଆଉ କୌଣସି ଚକ୍‌ଲେଟ ଖାଉନି ରିକ୍, ଛାଡ଼ି ଦେଇଛି ।

କଥାଟି ଶୁଣି ସେ କ'ଣ ଭାବିଲା, କେମିତି ଦିଶିଲା ତା'ମୁହଁ, ଜାଣିପାରିଲିନି, ମୁଁ ଯେ ତାକୁ ଦେଖୁନଥିଲି । ବୋଧେ ସେ କଥାଟିକୁ ଆଗକୁ ନେବାକୁ ଚାହିଁଲାନି । ଅନ୍ୟ କଥା କହିଲା । ଚାହିଁଲା ସେ, ମୁଁ ତାର ଗିଫ୍ଟ ଖୋଲି ଦେଖେ । ସେତେବେଳେ ଯାଇ ସଜାଗ ହେଲି ଯେ ମୁଁ ତା'ପାଇଁ କିଛି ଆଣିନି । ଖାଲି ହାତରେ ଆସିଛି । ତା'ଇମେଲ୍ ମତେ ସବୁ ଭୁଲେଇ ଦେଲା । ଆଲ୍‌ମାରୀରେ ଥିବା ଦୁଇ ଖଣ୍ଡ ପଶାପାଲୀ ସମ୍ବଲପୁରୀ ରୁମାଲ ତ ଆଣିପାରିଥାନ୍ତି । ହୁଁ...ଥାଉ... ଆଉ ସେ କଥା କାଇଁ...ଆଣିନି ତ...

ହାତକୁ ପ୍ୟାକେଟଟି ଆଣିଲି । କେଡେ ସୁନ୍ଦର ପ୍ୟାକିଂ । ଖୋଲିଲ ଯନ୍ତରେ । କ'ଣ ଆଣିଛି ସେ ମୋ ପାଇଁ ? ଫରୁଆ ଭିତରେ ଫରୁଆ ପରି ମୋଟା କାଗଜର ଡବା ଭିତରେ ଗୋଟେ ସୋଲ ପ୍ୟାକ୍ । ତା'ଭିତରେ ତା'ର ଅମୂଲ୍ୟ ଉପହାର ।

ଓ... ମୋର ପରମ ପ୍ରିୟ ତାଜ । ଧୀରେ କାଢ଼ିଲି । ଅତି ଧୀରେ । ରଖିଲି ତାକୁ ମୋ ଦି'ଆଙ୍ଗୁଲାରେ । ତାକୁ ଅନେଇଲି । ତା'ଶଙ୍ଖ ମର୍ମର ମୁହଁରେ ଧୀରେ ହସର କିରଣ । ପୁଣି ଆଖ୍ ଫେରିଲା ତା ଆଡକୁ । ଯେତେଥର ମୁଁ ତାଜମହଲ ଦେଖେ ପ୍ରେମରେ ମରିଯିବାକୁ ମୋର ଭୀଷଣ ଲୋଭ ହୁଏ । ଆଜି ବି । ମରିଯାନ୍ତି ମୁଁ ପ୍ରେମରେ । ଦୁନିଆଁ କିଛି ଜାଣେନା । ସେ କହିବ ଖାଲି ଗାନ୍ଧିକା, ଗୀତିକା ମରିଗଲା ।" ମୁଁ ଚାହେଁ, ମୋ ମୃତ୍ୟୁରେ ହୁରି ପଡ଼ିଯାଉ । ଲୋକେ କହନ୍ତୁ । ଖବରକାଗଜ, ପତ୍ରପତ୍ରିକାମାନେ କହନ୍ତୁ ଗୀତିକା ମହାନ୍ତି କୌଣସି ରୋଗ ବ୍ୟାଧ୍‍ରେ କି ଦୁର୍ଘଟଣାରେ ପଡ଼ି ମରିନାଇଁ, ମରିଗଲା ସେ କେବଳ ପ୍ରେମରେ ।

ଏ ଇଚ୍ଛାଟି କ'ଣ ପୂରଣ ହେବ ? କେମିତି ହେବ ? ମୁଁ କାହାକୁ କ'ଣ କିଛି କହିଛି ?

ଆଛା ଏ କଥା କ'ଣ ଅନ୍ତତଃ ତାକୁ କହିଦେବି ? ନା ଥାଉ ।

ତାଜମହଲକୁ ପୁଣି ପ୍ୟାକିଂ ଭିତରେ ରଖୁ ରଖୁ କହିଲି–

: ଏଥର କହ ତୋ ପରିବାର କଥା...

: ପରିବାର...ହୁଁ... ହସର କିରଣ ଭିତରେ ସେଇ କୁନି ଲାପ୍‌ଟପ୍‌ଟି ସେ ଉଠେଇନେଲା । ସେଥିରେ ସେ ଦେଖେଇଲା ତା ଘର, ଗାଡ଼ି, ଗାର୍ଡେନ ଫାର୍ମ‌ହାଉସ, କମ୍ପାନୀ, ତା ପ୍ରେସିଡେଣ୍ଟ ଚେଆର, ଲାଇବ୍ରେରୀ ଏ ସବୁ ଜିନିଷରେ ଯେମିତି ମୋର ବି କିଛି ଅଧିକାର ସେମିତି ଭାବି ଖୁସି ହେଲି ମୁଁ । ସେଇଠି ମୁଁ ନ ରହିଲେ କ'ଣ ହେଲା । ମୋର ସ୍ମୃତି ତ ରହେ । ଅନେକ ସମୟରେ ଥାଏ । ସେଠି ମୋ ମନ ଓ ଆତ୍ମା ବି ସଭିଙ୍କ ଅଲକ୍ଷ୍ୟରେ ।

ତା ପରେ ଦେଖିଲି ତା ପତ୍ନୀ ଲରିକୁ । ବେକରେ ସିଲ୍‌କ ସ୍କାର୍ଫ ଗୁଡ଼େଇ ଭାରତୀୟ ନାରୀ ପରି ସେ ଘର କାମ ସମ୍ଭାଳୁଛି । କାମ କରୁଛି । କିଚେନ ଗାର୍ଡେନରେ । ନିଜେ ନିଜେ ସାଜ, ସରଞ୍ଜାମ ନେଇ ସଜାଡୁଛି ଫାର୍ମ‌ହାଉସ । ମୁଣ୍ଡରେ ଟୋପି, ହାତରେ ଗ୍ଲୋଭସ, ପାଦରେ ଜୋତା, ମୋଜା ପିନ୍ଧି ସ୍ନୋ– ସୋଭେଲରେ ଗାଡ଼ିର ବରଫ ସଫା କରୁଛି । ମୁଁ ଯଦି ସେଦିନ ତା ସାଙ୍ଗରେ ଯାଇଥାନ୍ତି–ଏ ସବୁ ମୁଁ କରୁଥାନ୍ତି ।

କିଛି କ୍ଷଣ ପାଇଁ ତା ଭିତରେ ନିଜକୁ ଦେଖିଲି ମୁଁ । ତା ସବୁ କାମରେ ନିଜକୁ ସାମିଲ କଲି । ପରକ୍ଷଣରେ କିନ୍ତୁ ସଜାଗ ହେଲି । ସେ-ଲରି । ତାର ପତ୍ନୀ । ତା'ଜୀବନସାଥୀ ।

ଆଉ ତା'ପରେ ?

ଜୋସେଫ । ଜୋ । ତା ପୁଅ । ତା'ର ଏକମାତ୍ର ସନ୍ତାନ । କିନ୍ତୁ ମୁଁ... ଏ କ'ଣ ଦେଖୁଛି ? କାହାକୁ ଦେଖୁଛି ? ଇଏ ରିକ୍‌ର ସନ୍ତାନ ? ନା ତା କେମିତି ହେବ ? ହଁ ସେ ଏକ ସତ୍ୟ, ମୁଁ ନ ମାନିଲେବି–ତା ଜୀବନର ନିର୍ମମ ସତ୍ୟ । ଯାହାକୁ ସେ ସାମ୍ନା କରୁଛି ବର୍ଷ ବର୍ଷ ଧରି । ଜାଣିଲି ସୁସ୍ଥ ଓ ସ୍ୱାଭାବିକ ନୁହେଁ ପୁଅ

ତା'ର । ମୁଣ୍ଡଟା ବେଶ୍ ବଡ଼ । ଛୋଟ ଛୋଟ ଆଖି । ବେକରୁ ଅଣ୍ଟାତଳ ଯାଏ ସ୍ୱାଭାବିକ । ଗୋଡ଼ ଜାଗାରେ ଲମ୍ବି ଆସିଛି ଦି'ଟା ସରୁ ମାଂସ । କଥା କହେ କ'ଣ ସବୁ । ବୁଝାପଡ଼େନା । ସେ ଜଣେ ଭିନ୍ନକ୍ଷମ ପୁଅର ବାପା । ଓଃ...ବିବାହର ସାତ ବର୍ଷ ପରେ ଯାଇ ଲରି ମା ହେଲା । ଏଭଳି ଏକ ସନ୍ତାନର ମା । ଅସୀମ ଧୈର୍ଯ୍ୟ ସହ ତାକୁ ଧରି ଦିହେଁ ଆମେରିକା ଓ ଇଉରୋପର ପ୍ରସିଦ୍ଧ ଡାକ୍ତରମାନଙ୍କ ପାଖକୁ ଗଲେ । କେତେ ଇନ୍‌ଷ୍ଟିଚ୍ୟୁଟ୍ ପୂରିଲେ । କିନ୍ତୁ କେହି ଆଶା ଦେଲେ ନାଇଁ । କେହି କହିଲେ ନାଇଁ ସବୁ ଠିକ୍ ହୋଇଯିବ । ଜ୍ଞାନ, ବିଜ୍ଞାନ ତାଙ୍କ ପାଇଁ କିଛି କି କରିପାରିଲାନି । ସେମିତି ରହିଲା । ଜୋ । ବଢ଼ିଲା ବଡ଼ ହେଲା । ଦୁଷ୍କାମୀ କଲା । ଲରି ସହିପାରିଲାନି ସେ ଦୁଃଖର ବୋଝ । ଡିପ୍ରେସନ୍‌ରେ ରହିଲା ।

କିନ୍ତୁ ସେ ? ରିଚାର୍ଡ ବ୍ରାୟକ ତା ଚଉଡ଼ା କନ୍ଧରେ ସମୁଦ୍ରେ ଦୁଃଖର ଓଜନ ବୋହିଲା । ତା'ଦେଶରେ ଅନ୍ୟ ଯୁବକ ପରି ପତ୍ନୀକୁ ସବୁରି ପାଇଁ ଦାୟୀ କରି ଡିଭୋର୍ସ ନେଲା ନାଇଁ । ଜଣେ ଭାରତୀୟ ସ୍ୱାମୀ ପରି ପୁଅ ଓ ପତ୍ନୀର କଥା ବୁଝିଲା । ଯତ୍ନ ନେଲା । ବିକଳାଙ୍ଗ ପୁଅର ମୁହଁରେ ସେ ଯେମିତି ଦେଖିଲା ଏକ ଭିନ୍ନ ସଂସାର । ପଢ଼ିଲା ଏକ ଭିନ୍ନ ଭାଷା । ଶୁଣିଲା ଏକ ଭିନ୍ନ ସ୍ୱର । ଯେମିତି ସେ କୌଣସି ଏକ ଈଶ୍ୱରିକ ଶକ୍ତି । ଅନନ୍ୟ ଅସାଧାରଣ । ପାଖପଡ଼ିଶା, ସଭ୍ୟସମାଜ କହିଲେ ତୁମ ଜୀବନ ପାଇଁ ସେ ଏକ ଅଭିଶାପ । ତୁମେ ତାକୁ ପରିତ୍ୟାଗ କର । ସେ କିନ୍ତୁ ବେଖାତିର କଲା ସେ ସବୁ କଥା । ପୁଅକୁ କୋଳେଇ ନେଲା କୋମଳ ଆବେଗରେ । ଚୁମାରେ, ଚୁମାରେ ଭିଜାଇ ଦେଲା । କହିଲା–

: ନା–ତୁ ମୋର ଅଭିଶାପ ନୁହେଁରେ ଧନ । ନିୟତିର ବରଦାନ । ତୁ ଅପୂର୍ଷ ନୁହେଁ । ମୋର ପୂର୍ଣ୍ଣାଙ୍ଗ ସନ୍ତାନ । ଦେବଶିଶୁ ତୁ । ପ୍ରଚୁର ଭଲ ପାଇବି ତତେ । ଛାତିରେ ଜଡ଼େଇ ଧରିବି ।

ଶୁଣିଲି ସବୁ । ଶୁଣୁ ଶୁଣୁ ଭାବୁଥିଲି । ଏତେ ଭାବ, ଆବେଗ, ଏତେ ନିଷ୍ଠା ଓ ଧୈର୍ଯ୍ୟ ଜଣେ ଆମେରିକାନ ପାଖରେ ଥାଏ ? ଜୀବନର ଘାତ, ପ୍ରତିଘାତରେ ସେ ତ ଅଧୈର୍ଯ୍ୟ ହୁଏ । ଜୀବନ ଜଞ୍ଜାଳ ସେ ପସନ୍ଦ କରେନା । ସେ ଚାହେଁ ଭୋଗ, ଉପଭୋଗ । ବସ୍ତୁ, ସୁଖ, ବିଳାସ ଆଉ ବିଳାସ । ଯାହା ନାହିଁ ଦେଶର ପାଣିପବନରେ ଇଏ କୋଉଠୁ ଶିଖିଲା । ସେ ମୋତେ ଭାରତୀୟ ଭାରତୀୟ ଲାଗିଲା ତାର

ଭାବମୟତା ପାଇଁ । ଗଲାବେଲେ ସେ ବୋଧେ ସେ ଗୁଣଟି ଭାରତରୁ ନେଇଯାଇଥିଲା । ସାଇଟି ଥିଲା । ପରେ, କାମରେ ଆସିଲା ।

ସେ ଲ୍ୟାପ୍‌ଟପ୍ ବନ୍ଦ କଲା ।

ଆଦରରେ ପଚାରିଲା–ଆଉ ଟିକେ କଫି ?

ମନା କଲି ।

ସେ ଏଥର କହିଲା–ୟୁଏସର ପ୍ରାୟ ସବୁ ବାପା ମା'ଙ୍କ ଗୋଟେ ସ୍ୱପ୍ନ ଥାଏ କ'ଣ ଜାଣ ? ତାଙ୍କ ପୁଅ ଦେଶର ରାଷ୍ଟ୍ରପତି ହେବ । ଆମର ବି ଥିଲା । ଜୋ ଆସିବା ପରେ ସେ ସ୍ୱପ୍ନ ଆଉ ରହିଲା ନାହିଁ । ଲରି ଜୀବନ ଉପରେ ଅଭିମାନ କଲା । ରୁଷିଲା, ରାଗିଲା । ଭାଓଲେଣ୍ଟ ହେଲା । ରାତି ରାତି ଶୋଇଲା ନାହିଁ । କିନ୍ତୁ ମୁଁ ମୋ ପୁଅ ପାଖରେ ରଣୀ ହେଇଗଲି । ସେ ମୋ ଆଖିରେ ଏକ ସୁନ୍ଦର, ଉଦାର ସ୍ୱପ୍ନ ଭରି ଦେଲା । ସାରା ସଂସାରକୁ ଭଲପାଇବାର ସ୍ୱପ୍ନ । ଟିକେ ସେବା ଓ ସହାନୁଭୂତି ଦେବାର ସ୍ୱପ୍ନ । ତା'ଠୁ ଆରମ୍ଭ ହେଲା ଏକ ଭିନ୍ନ ଜୀବନ । ସେଠି ଆଉ ଦେଶ, ଜାତି, ଧର୍ମ, ଭାଷା ଭୂଗୋଲର ଫରକ ନାହିଁ । ସେ ଜୀବନ, ସେ ସ୍ୱପ୍ନ ଏକ ଅନନ୍ତ ସମ୍ଭାବନାର... ଅମାପ ମାନବିକତାର...ତାକୁ ନେଇ ମୁଁ ଚାଲିଛି ।...ଆଗକୁ ଯାହା ବି ଥାଉ...

ବାହାରେ ଚକ୍‌ଚିକ୍ ଖରା, ମନୋଇ ମଧୋଦ୍ଧର । ଏ ଗଛରୁ ସେ ଗଛ ଏ ଡାଲରୁ ସେ ଡାଲ ଉଡୁଥିଲେ ପକ୍ଷୀଦଲ । ରୁମ ଭିତରେ ତାର ଶାନ୍ତ ସ୍ୱର । ସେତେବେଲକୁ ସାମୁଏଲଙ୍କ ଡାକରା ଆସିଲା ମୋବାଇଲ୍‌ରେ । ଲଞ୍ଚ ଅପେକ୍ଷାରେ ସେମାନେ । ଦିହେଁ ଦିହିଁକୁ ଅନେଇଲେ । ତା ଉପହାର ତା ଚକଲେଟ୍ ମୁଁ ବ୍ୟାଗରେ ପୁରେଇଲି । ଠିଆ ହେଲି । ସେ କିନ୍ତୁ ସେମିତି ବସିରହିଲା । କହିଲି । ଚାଲ ଯିବା ।

ସେ ମତେ ତା' କାର୍ଡ ଦେଲା ।

ଦେଖିଲି ତା ଆଖିରେ ଦି ଟୋପା ଲୁହ । ସେ ଠିଆ ହେଲା । ମୋ ପାଖକୁ ଲାଗିଆସି ମୋ କପାଲରେ ସରୁ ଚୁମାଟେ ଦେଲା । ଅସ୍ପଷ୍ଟ ଓ ଥର ଥର ଗଲାରେ ସେ କହିଲା ।

: ମୁଁ ତତେ ଆଜି ବି ଖୋଜେ ଗାଥିକା...ଆଜି ବି... "ଆଖି ବୁଜି ହୋଇଗଲା ମୋର, ଛାତି କର୍‌ତି ହୋଇଗଲା । କିନ୍ତୁ ନିଜକୁ ସମ୍ଭାଲି ନେଇ କହିଲି–ଚାଲିଶ

ବର୍ଷ ତଳେ ଯେମିତି ଅସହାୟ ଥିଲି ଆଜି ବି ସେମିତି । ଏବେ ମୋ'ଘର ସଂସାର । ତୋର ବି ସଂସାର । ନା ଯାଇପାରିବି ନା ତୋ ସହଭାଗୀ ହୋଇପାରିବି ।

ହଁ, ଏ ସମୟର ଗୋଟେ ବଡ଼ ବରଦାନ ହେଉଛି କମ୍ପ୍ୟୁଟର । ଏବେ ତତେ ଚିଠି ମେଲ୍ କରିବି । କେବେ କେମିତି ତତେ ଦେଖ୍‌ନେବି, କଥାବାର୍ତ୍ତା କରିବି ସ୍କାଇପରେ । ତେଣିକି ଯିଏ ଯା କହିଲେ କହୁ । ସହିଲେ ସହୁ ନ ହେଲେ ନାଇଁ...ଚାଲ୍ ଯିବା... ।

: ଲୁହ ପୋଛି ଦେ... ମୁଁ ମୋର ଲୁହ ପିଇ ଦେଇଛି ।

ଆଗ ପଛ ଦେଇ ବାହାରିଲୁ ରୁମ୍‌ରୁ ।

ରୟାଂଶ ଦେଇ ତଳକୁ ଆସିଲା ବେଲେ ମୁଣ୍ଡ ଟିକେ ଫାଙ୍କ କଲା ମୋର । ପୁଣି ଆମେ ଟିକେ ପରେ ଅଲଗା ହୋଇଯିବୁ ପରସ୍ପରଠୁ । କିଛି ସମୟର ଏ ନିରୋଳା କଥାବାର୍ତ୍ତାରେ ଆମେ ପଢ଼ିନେଇଥିଲୁ ଚାଲିଶ ବର୍ଷର ଧୂସର ଇତିହାସ । ଆଜି ଆହୁରି କିଛି ଯୋଡ଼ି ହେଲା ।

ସେ ପୁଣି ଛୁଇଁଲା ମୋ'କପାଲ ।

ଏବେ ବିଦାୟ ନେବାର ବେଲ ।

ତେବେ କାହାଠୁ ?

ରିଚାର୍ଡ଼ଠୁ ନା ଚାଲିଶ ବର୍ଷର ପଲାତକ ଇତିହାସଠୁ ?

ପ୍ଲାଟଫର୍ମ ଆଡ଼କୁ ଧସେଇ ମାଡ଼ିଆସୁଛି ଜୀବନର ରେଲଗାଡ଼ି ଛୁକଛୁକ୍ ଛୁକ୍...ଛୁକ୍...

ଗାୟତ୍ରୀ ସରାଫ୍